고인환 평론집　**정공법의 문학**

고인환 평론집

정공법의 문학

자음과모음

네 번째 평론집이다. 7년만이다. 길다면 길고 짧다면 짧은 기간이다. 그간 많은 것이 변했다. 하지만 변화하지 않은 것도 있다. 이번 평론집에서는 '변한 듯이 보이나 변한 것이 거의 없는' '지금 여기'의 삶에 주목하였다. 근대적 일상을 '정공법'으로 응시하며 화려한 문명의 이면을 들쑤시는 작품들이 유독 가슴에 와 닿았다.

인류가 쌓아올린 문명의 '바벨탑'은 하늘을 찌를 기세인데, '지금 여기'의 삶은 여전히 고통스럽기만 하다. 인간다움의 가치를 저당 잡는 자본의 형세가 가히 무소불위라 할 만하다.

그럼에도 문학은 꿈꾸기를 멈추지 않는다. 아니 멈출 수 없다. 문학적 상상력은 이윤에 대한 욕망이 지배하는 근대 사회의 규율과, 이 규율 너머로 난 흐릿한 오솔길 사이에서 아슬아슬한 곡예를 펼치고 있다. 이 긴장된 궤적을 통해 문학은 우리가 향유하고 있는 삶이 건강한지 그렇지 않은지를 심문한다. 이러한 문학의 본원적 기능을 충실하게 체현하면서 '지금 여기'의 현실에 적극적으로 개입하고 있는 작품들에 마음이 움직였다. 부정하고 극복해야 할 근대적 일상이 보듬고 살아가야 할 실존의 장이기도 하다는 사실을 스스로 감내하는 순간, 자본의 논리에 대한 거부의 수사학이 희미한 빛을 발하는 구원의 서사로 몸을 바꾼다. 삶의 고통을 창조적 에너지로 승화시키는 문학의 연금술은 여기에서 비롯된다.

이 책에 실린 글들은, 다음과 같은 자조적 질문에 대한 문학적 응전의 하나이다.

과연 시대가 변했는가? 그렇다면 변화된 시대에 부응하는 새로운 문학의 실체는 무엇인가? 이윤 추구의 메커니즘을 소리 높여 비판하지만, 그 자장에서 한 발자국도 벗어나고 있지 못한 것이, 아니 오히려 자본의 논리를 확대재생산하기에 급급했던 것이 우리 문학의 현실이 아니었던가? 우리는 여전히 노동의 소외는 물론이거니와 심지어 무의식까지 상품으로 포장되는 근대를 살아가고 있으며, 앞으로도 그럴 것이 아닌가? '새로움'을 좇아 비상하는 것도 중요하지만, 쉽게 해결되지 않는 현실의 모순을 부여잡고 보다 나은 삶에 대한 희망의 불씨를 되살리려는 노력 또한 소중하지 않겠는가?

이 평론집에서는 위의 문제의식을 에둘러가지 않고 정공법으로 돌파하고자 한 작품들에 주목하였다.

이 책은 크게 4부로 구성되어 있다.

1부는 우리 리얼리즘 문학의 현 단계를 진단해보는 총론적 성격을 지닌 글이다. 타자의 고통과 연대하려는 문학적 실천 양상, 리얼리즘 문학이 직면한 서사적 자의식과 자기갱신의 고투, 근대적 일상에 응전하는 젊은 소설의 몇 가지 가능성, 우리의 현실을 되비추어보게 하는 비서구 문학의 몇몇 양상 등을 다룬 글들이다. '연대와 갱신'이라는 제목이 표상하듯, 소통과 공감의 과정을 통해 스스로를 갱신하고자 하는 현실주의 문학의 현주소를 되짚어보았다. 특히 대만, 이란, 소말리아 등 비서구 작가들의 작품은 외세의 강압에 의해 분열된 한반도의 현실을 되비추어 보고 서구와 비서구 사이에 낀 우리의 초상을 재발견하는 기회를 제공하였다.

2부는 우리 소설의 다양한 표정을 포착하고 있는 글들이다. '공감과 소통'의 문제를 '정공법'으로 다루고 있는 작품에서부터, 화려한 비상을 꿈꾸지만 '저공비행'에 만족할 수밖에 없는 청춘들의 고뇌와 방황, 웃음과 울음이 뒤엉킨 동시대 농촌의 현장, 서정과 서사가 한몸으로 결합된 애틋한 내면풍경, 새로운 가족의 탄생 혹은 아비의 감동적인 귀환 장면 등에 이르기까지 그 면면이 다채롭다. 고전적이면서도 새롭고 친숙하면서도 낯선 이러한 서사의 풍경들은 동시대 리얼리즘 문학의 속살을 보여주기에 부족함이 없다.

3부에서는 세계의 불의에 능동적으로 개입하는 리얼리즘 서정의 다양한 자기모색 양상을 추적하였다. 부조리한 세계에 맞서 연약한 언어로 스스로의 영혼을 증명하고 있는 시인들의 고투는 우리 시의 미래를 밝히는 등불의 역할을 하고 있다. 분노와 공감, 절망과 희망, 문학사회학과 생태주의, 민중성과 서정성 사이에서 '지금 여기'의 어둠을 핍진하게 형상화하고 있는 시편들의 '속울음'과 동행하고자 했다.

4부에서는 전통 서정과 새로움의 서정을 가로지르며 우리 시의 현장을 갱신하고 있는 서정의 다채로운 스펙트럼을 엿보고자 했다. 세상에 대한 분노가 존재에 대한 연민으로 스며들어 외로움을 쓰다듬는 장면, 경쾌하고 발랄한 감수성이 삶의 무게를 거느리는 경이로운 풍경, 언어가 숨을 쉬는 순간을 길어 올리고 있는 장관, 지독한 그리움의 서정이 황폐한 현실을 몸에 담는 모습 등은 '시큼한' 생의 '곰삭은 향취'를 웅숭깊은 시선으로 갈무리한 우리 서정의 빼어난 결실이라 할 만하다.

필자에게 글쓰기는 근대적 일상에 깊숙이 침윤되어 있다는 사실을 인정하면서도, 이를 거부하고자 하는 모순된 욕망의 표현이다. 문학 작품은 이러한 불편한 내면을 끊임없이 환기하는 아프고도 소중한 죽비소리이다. 깨알 같은 글자들을 음미하며 삶의 의미를 성찰하게 해준 작가들에게 고마움을 전한다.

2014년 5월 고황산 기슭에서
고인환

차례

제2부 리얼리즘의 속살

제3부 '속울음'의 시학

제1부
연대와 갱신

연대의 문학을 위하여

―오수연의 문학적 실천을 중심으로

1. 중동 분쟁의 문학적 수용

오수연은 21세기 한국의 대표적인 '행동주의' 작가로 평가받는다. 그는 2003년 3월 '민족문학작가회의' 파견 작가 및 '한국이라크반전평화팀'의 일원으로 팔레스타인과 이라크에 다녀왔다. 『아부 알리, 죽지 마』(향연, 2004)는 그 체험의 기록이다. 한국에 돌아온 오수연은 현지에서 만난 팔레스타인 시인 자카리아 무함마드와 함께 〈팔레스타인을 잇는 다리〉¹를 결성하였다. 한국과 팔레스타인의 예술가, 평화 운동가, 시민들이 예술과 문화를 통해 연대하여 일그러지지 않은 아름다운 세계상을 만들어간다는 취지의 모임이다. 또한 이 단체는 중동 분쟁 문제를 '일상적이고 문화적인 운동'으로 풀어나가고자 했으며, 국제적 연대의 틀을 마련하기 위한 방법을 모색하였다. 그 첫 기획이 『팔레스타인의 눈물』(아시아, 2006)

로 결실을 맺었다. 이 책은 '이스라엘 – 팔레스타인 분쟁'을 한국에 소개하려는 목적으로 기획되었다. 오수연은 자카리아 무함마드와 함께 아홉 명의 팔레스타인 시인, 소설가 또는 학자들의 글을 선정하여 꼼꼼하게 번역하였다.

한편, 『팔레스타인과 한국의 대화』(열린길, 2007)는 2006년 7월부터 2007년 5월 말까지 인터넷 신문 〈프레시안〉에 매주 연재되었던 글들을 묶은 책이다. 팔레스타인 문인이 한국에 글을 보내고, 한국 작가들은 답글의 형식으로 팔레스타인 문인들에게 응답했다. 절실한 사연이 있는 두 국가의 문인들이 서로의 삶과 현실을 돌아보고 '국경'을 넘어 교류한 뜻 깊은 만남이자 대화의 장이라 할 수 있다. 이 기획과 저서의 중심에 〈팔레스타인을 잇는 다리〉와 이라크 전쟁 파견 작가 오수연이 있었다.

이러한 과정에 힘입어 한국문학은 중동 분쟁을 문학적으로 수용한 작품집 『황금 지붕』(실천문학, 2007)을 소유하게 되었다. 이 작품집은 '기록/증언'(『아부 알리, 죽지 마』)에서 출발하여, 그들의 내면적 삶을 이해하기 위한 노력(『팔레스타인의 눈물』)을 거쳐, 글쓰기를 매개로 한 소통과 대화 그리고 공감의 장(『팔레스타인과 한국의 대화』)을 통해 결실을 맺었다. 오수연은 체험과 실천 그리고 문학의 언어로 내면화하는 과정을 거치며 중동

---

1 〈팔레스타인을 잇는 다리〉는 2006년 초 한국의 작가 오수연과 팔레스타인의 시인 자카리아 무함마드가 주축이 되어 결성되었다. 2010년 6월 말 공식적으로 해체되기까지 주요 활동을 살펴보면 다음과 같다.
   • 2006년: 팔레스타인 현대 산문선 『팔레스타인의 눈물』 기획, 출간.
   • 2007년: 〈프레시안〉에 팔레스타인과 한국 문인의 교환 에세이 '팔레스타인과의 대화' 기획 연재.(2006. 7~2007. 5) 이 내용을 증보하여 단행본 『팔레스타인과 한국의 대화』 출간.
   • 2008년: '중동문화마당: 타한눈 플러스' 개최.
   • 2009년: 이스라엘의 가자 침공 시 '가자 돕기 모금운동'을 벌여 3차에 걸쳐 43,169,997원을 가자 지구 적신월사로 송금. '팔레스타인 — 한국 합동 전시회: 가자61+서울59' 개최. 팔레스타인 라말라에서 '한국 영화 상영회' 개최.

분쟁을 겪어냈다. 이 과정은 국경을 넘어선 한국문학의 상상력이 동아시아 지역을 넘어 중동 지역으로까지 확장된 최초의 사례이며, 구체적 현실을 체험하고 이를 내면화하는 계기가 매개되어 있다는 점에서 지식인적 관념에 바탕한 추상적 연대의식을 넘어서고 있다.

이 글에서는 오수연의 『황금 지붕』이 탄생하기까지의 과정에 주목하여 그의 문학적 실천이 지닌 의미를 고찰하고자 한다. 『황금 지붕』 작품 자체에 대한 면밀한 분석[2]도 필요하겠지만, 이에 대한 작업은 훗날을 기약하고자 한다. 타자와의 연대를 모색하는 오수연의 문학적 실천 양상이, 그의 작품을 온전하게 이해하게 하는 데 전제가 된다는 판단에서이다.

오수연이 중동 분쟁을 문학적으로 수용하는 양상은 '기록(증언)→이해(번역)→소통(대화)→창조적 수용(소설)'의 과정으로 이해할 수 있다.

2. 중동 분쟁의 기록: 『아부 알리, 죽지 마』

『아부 알리, 죽지 마』의 저자는 '문인'보다는 '운동가'에 가까워 보인다.

---

2 『황금 지붕』에 대한 논의는 그리 활발하게 진행되지 않았다. 본격적인 작품론은 거의 없는 실정이고 다른 작가의 작품과 함께 고찰한 경우가 대부분이다. 간략하게 소개하면 다음과 같다. 먼저, 체험적 사실의 기록인 『아부 알리, 죽지 마』와 비교하여 『황금 지붕』의 허구적 재현 양상을 주목한 경우이다. 복도훈, 「연대의 환상, 적대의 현실」, 『문학동네』 2006년 겨울호; 정호웅, 「우리 소설의 앞길을 열어가는 문학」, 『문학의문학』 2007년 가을호; 황광수, 「시공간의 중첩과 편재성」, 『황금 지붕』 해설, 실천문학, 2007. 다음으로는 다층적이고 복잡한 현실에서 타자와 어떻게 연대할 것인가의 문제를 서사 양식의 특성과 관련하여 고찰한 경우이다. 김미정, 「우리는 왜 이곳에 있고 저곳에 있지 않은가」, 『실천문학』 2007년 겨울호; 박상준, 「폭력에 맞서는 문학의 길을 찾아서—오수연의 소설세계」, 『크리티카』 2호, 사피엔스21, 2007; 고명철, 「세계의 고통'들에 공명하는」, 『실천문학』 2007년 겨울호; 서영인, 「불균질의 서사문법, 난독의 내막」, 『타인을 읽는 슬픔』, 실천문학, 2008; 졸고, 「현실주의 서사의 자기 갱신」, 『너머』 2008년 겨울호.

이는 이라크 파견 '종군 작가'³ 지원 동기에 잘 드러나 있다.

이라크에 간다고 전쟁을 막는다는 보장 없고, 간다면 전쟁을 일으키려는 얼굴 허연 나라의 양심적 소수가 그 나라 국민인 죄로 먼저 가야 할 것이며, 무엇보다 나는 운동가도 활동가도 아니고 글쟁이다. 행동이 본분이 아니다. 하지만 강대국이 필요로 하면 약소국은 전쟁을 당할 수밖에 없는 세상에 사는 불안함, 전쟁을 회춘의 영약삼는 이른바 세계 경제에 빌붙어 사는 이 불편함을 어찌할 것인가. 언제까지 내 처지에 걸맞게 적당히 다독이며 살 수 있을까.(오수연,「누군가는 계속 쓸 것이다」,『아부 알리, 죽지 마』, 4~5쪽)

'지구 한편의 평안을 위해 다른 편에서 죽음의 대가를 치러야 하는', 이 부조리한 세계를 글쓴이의 양심이 도저히 용납하지 못했기 때문이다. 따라서 『아부 알리, 죽지 마』는 작가 오수연이 문인으로서의 자의식을 잠시 뒤로하고, 평화운동가의 모습으로 중동 지역을 체험하고 기록한 텍스트라 할 수 있다.

오수연은 이라크에 파견되었으나 정작 전쟁 중에 이라크에 가지 못했다. 이라크의 수도 바그다드 공항이 폐쇄되어 비자를 얻을 방도가 없었기 때문이다. 사담 후세인 정부는 더 이상 외국인 평화운동가들을 받아들이지 않았다. 그는 이라크에 미군의 폭격이 시작되던 2003년 3월 20일 팔레스타인으로 발길을 돌린다. 오수연은 '서구가 아랍에 떠넘긴 재앙'의

3　'종군(從軍)'이라는 단어는 "전투 이외의 목적으로 부대를 따라 싸움터에 간다"는 뜻이다. 하지만 오수연은 싸움터에 가려고 했으되 결코 부대를 따라가지 않았다. 그리고 군인들 쪽에서 군사 행위의 대상을 바라본 적도 없다. 다만 그는 근대의 총과 폭탄이 겨누어진 민간인들 편에서 보고자 했다. 따라서 엄밀하게 말해 그는 '종군 작가'가 아니라 '종민(從民)이나 종인(從人) 작가'라 할 수 있다.(오수연,『아부 알리, 죽지 마』, 10쪽 참조)

현장이자 '피 흘리는 아랍의 상징' 팔레스타인에서, 글(기록)에 대한 욕심을 일단 접고, '국제연대운동'에 합류하여 활동을 시작한다.

그는 2003년 4월 18일, 바그다드 함락 일주일 뒤에야 비로소 이라크에 입국한다. 전쟁 직후의 아수라장에서 기록은 또 보류된다. 그는 '한국이라크반전평화팀'의 일원이 되어 구호 사업을 돕다가, 2003년 7월 말 한국이라크반전평화팀과 함께 철수하여 귀국한다.

한편, 2003년 9월 한국군을 이라크에 추가로 파병한다는 말이 나올 때부터는 사정이 바뀌어, 본격적으로 글을 쏟아내기 시작한다. 전후 이라크의 실정이 어떠하며 왜 한국군이 가면 안 되는지 글로 알려야 했기 때문이다.

이러한 '실천(구호 활동)'과 '기록(글쓰기)' 사이의 관계는 『아부 알리, 죽지 마』의 구성에도 반영되어 있다. 이 책 전체 분량의 약 3분의 1에 해당하는 제1부 「전쟁은 해결이 아니다」는, 팔레스타인 혹은 이라크 현지에서 기록한 글이다. 나머지 2, 3, 4, 5부에 수록된 글들은 작가가 이라크에서 철수한 이후 쓴 글이다. 특히, 한국군의 추가 파병을 막기 위한 의도로 집필한 경우가 많다. 정작 현지에서는 구호 활동(실천)이 너무나 절박하였기에 미처 기록(글쓰기)이 뒤따르지 못한 형국이다.

『아부 알리, 죽지 마』는 이라크, 팔레스타인 현지의 사정을 세계인에게 알림과 동시에 한국군의 파병을 반대하기 위해 집필되었다고 할 수 있다. 현지의 극한 상황을 생생하게 전달하기 위해 작가는 현지인의 생생한 목소리를 그대로 인용하기도 하며, 평화봉사단의 활동과 그 속에서 일하는 자신의 모습을 가감 없이 드러내기도 한다.

우리의 목적은 이스라엘 군인들에게 목격자가 있다는 사실을 상기시키는 것이다. 이스라엘은 자기들의 소행이 외부에 알려지는 걸 원하지 않으므로 외국인 평화운동가들을 의식한다. 외국인이 나타났다고 닫혀 있던 검문소들이 다 열리는 건 아니지만, 안 나타나는 것보다야 낫다.(『아부 알리, 죽지 마』, 20쪽)

사거리에서 지갑을 털어 지나가는 아무나한테 돈을 주기도 했던 그 성자 같은 동료가 과연 원칙에 어긋나며 이라크인들을 모욕했다고 단언할 자신이, 지금 내게는 없다. 가난한 혼돈과 불확실한 미래가 목에 감긴 뱀떼처럼 숨통을 조이던 그때, 잠깐 있다 떠날 외국인인 우리가 어떤 근본적인 해결책을 제시할 수 있었을까. 생각하면 할수록 우리는 이라크인들을 위해서가 아니라 우리 자신을 위해, 양심이나 분노나 어쨌든 우리 스스로의 필요 때문에 거기 가 있었다. 양심은 현실에 대처하기에는 너무나 모호한 것이기에, 우리는 거기서 허둥댔고 돌아온 지금도 그러고 있다.(『아부 알리, 죽지 마』, 155쪽)

하지만 활동(실천)과 이에 대한 기록(글쓰기)은 '이스라엘 군인들'을 감시하는 역할이나 '지갑을 털어 지나가는 아무나한테 돈'을 주는 행위와 크게 다를 바 없다. 또한 이러한 행위가 '그들'이 아니라 '우리 자신'을 위한 행동일 수도 있다는 뼈아픈 자각으로 이어진다.

결국 '우리'는 잠깐 있다 떠날 사람들이었고, 이라크가 어찌 되든 괜찮을 수밖에 없는 '이방인들'이었다. 그들은 어디로도 철수할 수 없는, 그 땅에 운명이 묶인 사람들이었다. 이러한 상황에서 글쓰기는 근본적인 한계를 노출할 수밖에 없다.

번역으로나마 작품도 못 읽었으면서 작가를 취재한다는 건 말이 안 된다. 그러나 나는 그런 짓을 했고, 그런 취재를 글로 옮기는 더욱 말이 안 되는 짓을 하려고 한다. 이유는 한 가지다. 하늘과 땅이 뒤집어지는 듯한, 전쟁 직후 이라크 문단의 대격변 현장에 내가 있었기 때문이다. 우리나라 해방 이후와 아주 비슷한, 역사의 마디를 건너가고 있는 이라크 작가들의 고민을 나는 전하고 싶다. 이 글은 작품에 대한 것이 아니라 작가들과 나눈 대화를 조립한 보고문이며, 그럴지라도 작품을 모르고 나눈 이야기기 때문에 성치 못 할 것이다.(『아부 알리, 죽지 마』, 191쪽)

인용 대목은 기록 혹은 취재의 한계를 극명하게 보여주는 장면이다. '전쟁 직후 이라크 문단의 대격변 현장'에 있었다는 사실이 '번역으로나마 작품도 못 읽었으면서 작가를 취재한다는 말이 안' 되는 상황을 압도하고 있기 때문이다. 작가들과 나눈 대화를 조립한 보고문 혹은 작품을 모르고 나눈 이야기를 기록한 이러한 성치 못한 글이 지닌 한계를 작가 스스로도 잘 알고 있다.

하여, 참혹한 '폭력의 연쇄'를 끊기 위해서는 '현장'에서의 '직접 행동'을 넘어선 '다른 방식'이 요구된다.

전쟁으로 전쟁을 막을 수 없고, 폭력으로 폭력을 저지할 수 없다. 폭력의 연쇄를 끊으려면, 우리는 다른 방식을 생각해야 한다. 나는 제3세계 민중의 수탈과 착취로 유지되는 평화가 정당하기 때문에 전쟁에 반대하는 것이 아니라, 전쟁이 해결책이 아니기 때문에 반대한다. 비폭력이 도덕적이어서가 아니라, 폭력으로서는 안 되기 때문에 비폭력을 쓸 수밖에 없다고 생각한다. 이 비폭력은 무저항이 아니다. 폭력을 찢어발기는, 전투 못

잖은 힘의 행사며 목숨 건 투쟁이다. 그러나 비폭력 자체는 탱크나 미사일을 파괴할 수 없기 때문에, 직접 행동은 현장에서 끝나지 않는다. 그 저항을 널리 알려 지구촌 인간들의 선택과 결정을 바꾸는, 일상적이고 문화적인 운동이 되지 않을 수 없다. "가라, 너희 나라로 돌아가서 우리의 진실을 알려달라"고 팔레스타인인과 이라크인들은 내게 말했다. 국익과 경제를 위해서라면 못 할 짓이 없는, 위험천만한 고국에 이제 나는 돌아와 있다.(『아부 알리, 죽지 마』, 286~287쪽)

따라서 현장에서의 '직접 행동' 혹은 그에 대한 증언 차원을 넘어 '팔레스타인과 이라크의 진실'을 알리는 '일상적이고 문화적인 운동'을 지속적으로 벌이는 일, 이것이야말로 '위험천만한 고국'에 돌아온 오수연 앞에 주어진 과제라 할 수 있다.

『아부 알리, 죽지 마』는 중동 분쟁의 현장에서 체험한 참혹한 '폭력의 연쇄' 앞에서 활동(실천)과 기록(글쓰기)으로 드러난 자신의 연대활동이 지닌 의미와 한계를 진솔하게 응시하고, 이를 넘어선 '다른 방식'을 모색하는 디딤돌이 되는 텍스트라 할 수 있다.

3. 현지 문인들의 내면적 고뇌: 『팔레스타인의 눈물』

『팔레스타인의 눈물』은 팔레스타인의 현실을 현지인의 시각으로 바라본 글을 소개하고 있는 번역서이다.

이 책을 번역하면서 나는 내 안의 가물거리는 희망을 가까스로 되살렸다. 팔레스타인 작가들의 글에는 인간다운 존엄함이라든가 품위가 있다. 돈도 무기도 없으므로 이들은 정신으로 싸웠다. 육체는 활활 타오르는 폭력 속에 있을지라도 정신은 분노와 증오에 내주지 않고 승화시킴으로써, 이들은 폭력을 넘어섰다. 늘 그렇듯이 희망은 가장 고통받는 사람들로부터 나온다. 당장 희망을 되살리지 못하면 꺼져버리고야 말 것 같은, 나처럼 갈급한 독자들과 이 감동을 나누고 싶다.(오수연, 「옮긴이의 말」, 『팔레스타인의 눈물』, 9쪽)

오수연은 이라크 전쟁과 팔레스타인 분쟁의 기록자에서 그들의 문학을 소개하는 번역자로 몸을 바꾸었다. 단기간의 취재를 통해 그들의 현실을 온전하게 포착하기란 쉽지 않다. 내면의 소통을 위해서는 팔레스타인의 현실을 그들의 눈으로 포착한 텍스트에 대한 이해가 선행되어야 한다. 팔레스타인 작가들의 눈에 비친 그들의 현실은 파견 작가 오수연이 취재한 현실과 동일하지 않다. 오수연은 '육체는 활활 타오르는 폭력 속에 있을지라도 정신은 분노와 증오에 내주지 않고 승화시킴으로써' '폭력'을 넘어선 팔레스타인 작가들의 '인간다운 존엄함'과 '품위'에 주목한다. 이를 통해 그들의, 나아가 자신의 '가물거리는 희망'을 되살리고 있는 것이다.

『아부 알리, 죽지 마』가 한국 파견 작가의 눈에 비친 아랍 현실의 기록이라면, 『팔레스타인의 눈물』은 팔레스타인 작가들의 눈에 비친 그들의 현실을 담고 있다. 전자를 외부인의 시각이라 할 수 있다면, 후자는 아랍의 현실을 그들의 눈으로 보고 있다는 점에서 내부인의 시각이라 할 수 있다. 그들의 현실에 다가가기 위해서는 내부인의 시각을 전유할 필요가 있다. 오수연은 이를 위해 번역자의 역할을 자청한 것이다.

한편, 『아부 알리, 죽지 마』에서 오수연은 이라크 혹은 팔레스타인의 부조리한 상황을 고발하는 데 집중하였다. 하지만 『팔레스타인의 눈물』은 팔레스타인의 현실을 고발하는 문인들의 자의식을 전경화하고 있다. 이는 문학(예술)을 통한 소통의 전제라 할 수 있다. 예술가들이 그들의 현실을 어떻게 인식하는지 그리고 어떻게 형상화하는지 이해를 하는 것이, 예술을 통해 소통하는 데에 밑바탕이 되어주기 때문이다. 오수연은 평화운동가 혹은 취재를 위한 파견 작가의 위치에서, 문학(예술)을 통한 소통의 매개자가 된 셈이다. 이를 통해 독자들은 팔레스타인의 현실에 대한 정서적·내면적 공감대를 형성하게 된다.

그렇다면 『팔레스타인의 눈물』에 투영된 문인들의 내면의식은 어떠한가. 이스라엘이 점령지 곳곳에 세운 검문소는 팔레스타인 사람들의 삶을 표상하는 상징적 기표와도 같다. 이 검문소에 얽힌 현지 예술가들의 에피소드는 오수연이 직접 취재한 글과는 사뭇 다른 울림을 선사한다.

검문소들이 현지인들의 내면을 어떻게 붕괴시키고 있는지 살펴보자.

검문소 앞에서 기다리는 동안 제일 신경 쓰이는 것은 옆에 서 있는 차다. 저 차가 내 차보다 먼저 가나, 내 차가 먼저 가나? 이에 따라 우리의 희망과 절망이 갈린다.

옆 차보다 앞서 가면 우리는 기쁨에 겨워 그날 하루가 잘 풀릴 것만 같다. 흠, 오늘은 내가 시작부터 운이 좋군. 그러나 뒤처지면 내면이 붕괴되기 시작한다. (…)

아무도 신경쇠약을, 최소한 전초 증상이라도 겪지 않고는 칼란디아 검문소를 지날 수 없다.

그리고 사람들은 기다린다.(아다니아 쉬블리, 「팔레스타인의 눈물」, 『팔레스타인의 눈물』, 29쪽)

곳곳에 임의로 설치된 검문소들은 팔레스타인인들의 내면을 붕괴시킨다. 윗글의 저자는 '신경쇠약' 혹은 '전초 증상'을 무시하고 아무렇지도 않게 검문소를 지나가려고 한다. 모든 감각을 동결시키고 잠시 부정하면 된다. 하지만 팔레스타인에 사는 사람들에게는 하루를 간신히 버텨낼 만큼의 감각밖에 남아 있지 않다. 그 감각마저 잃어버린다면 어떻게 인간다움을 유지할 수 있겠는가. 그들이 삶을 지탱하기 위해 끌어모을 수 있는 의욕의 총량이 이만큼인데 어찌 감각을 동결시키고 부정할 수 있겠는가. 이렇듯 검문소는 그들의 내면을 찢어놓는 분단선이다.

아래에서는 30년 만에 고국으로 귀환하는 지식인의 슬픈 내면이 음각되어 있다.

나는 멍하니 앉아 있었다. 이제 팔레스타인 장교도 말없이 자기 책상에 앉아 있었다. 그 방에는 우리 둘밖에 없었고, 둘 다 혼자였다. 그 방에서 나는 '그곳'으로 후퇴하는 나 자신을 발견했다. 누구나 내면에 감춘 침묵과 성찰의 장소로. 바깥세계가 부조리하거나 불가해하게 느껴질 때마다 들어가 숨는 어둡고 내밀한 곳. 마치 내 명령에 따라 움직이는 비밀커튼이 있는 것처럼, 나는 필요할 때마다 커튼을 쳐서 바깥세계로부터 내 내면세계를 가려버린다. 내가 생각하고 관찰한 것을 스스로도 납득하기 힘들 때나, 내 생각과 관찰을 보호하기 위해서는 가릴 수밖에 없을 때, 즉각 커튼이 자동적으로 쳐진다.

나는 다른 사람과 대화할 여지 없는 그 텅 빈 공간으로 들어갔다. 한동안 나는 팔레스타인 장교의 기묘한 상황에 신경 쓰지 않았다. 협정에 따라 그의 위치에서는 아무런 결정도 내릴 수 없음이 분명했다. 모든 보안, 관세, 행정 절차가 그들의 일, '저쪽'의 일이었다.(모리드 바르구티, 「나는 라말라

를 보았다」, 『팔레스타인의 눈물』, 156~157쪽)

'모든 보안, 관세, 행정 절차'가 '저쪽(이스라엘)'의 일인 상황에서, 팔레스타인 장교와 화자는 할 수 있는 일이 없다. 그들은 타자와 '대화할 여지 없는' '텅 빈 공간', 즉 '내면에 감춘 침묵과 성찰의 장소'로 '후퇴'한다. 개인의 힘으로는 어찌할 수 없는 부조리한 현실에 직면한 현지인들의 내면적 망명이 잘 드러나 있다.

다음의 글에는 귀환한 망명 작가의 내면적 고뇌가 투영되어 있다.

사실 그 작가는 내가 그의 판박이가 되기를 원했다. 내가 그와 똑같은 사람이 되지 않으면, 나는 이방인이고 신의가 없는 사람이다. 그는 내가 살아온 25년을, 나를 지금의 나로 만들고 성숙시킨 그 세월을 쑥 빼서 내던져버리기를 바랐다. 나는 25년 동안 망명생활을 했건만, 그는 나더러 자기를 위해 그 세월을 삭제해달라는 것이었다. 그의 눈에는 내가 자기하고 똑같아지든지 말든지, 둘 중 하나일 뿐이었다. 그러나 나는 그와 비슷해지고 싶지 않다. 지금의 나로 남고 싶다. (…)

그러니 내가 망명지와 고국 사이를 왔다갔다하도록 내버려둬라. 뜨거운 잿더미 위에서 폴딱폴딱 뛰듯이. 망명지가 기억이 되고 고국이 내 생활터전과 집이 될 때까지.(자카리아 무함마드, 「귀환」, 『팔레스타인의 눈물』, 185~186쪽)

망명지에서는 신분증만 있고 그 '자신'은 없었다. '자신'은 신분증에 딸린 부속물이었다. 고국에 돌아와도 '귀환자'라는 '주홍 글씨'가 먼저고 정작 '자기 자신'은 나중이다. '자신'은 신분증에서 생략될 수도 있는 부차적인 것일 뿐이다. 심지어 고국의 작가는 25년 동안의 망명 생활을 삭제해달라고 요구한다. 화자는 '망명지'와 '고국' 사이에서 정체성의 혼란을 겪는다. 여기에는 고국에 동화될 수도 그렇다고 고국을 외면할 수도 없는 현지인의 양가적 내면이 잘 드러나 있다.

외부인들이 팔레스타인 망명 작가들의 내면적 고뇌를 이해하기란 쉽지 않다. 오수연은 이들이 직접 쓴 산문들을 번역함으로써 '바깥 세계가 불가해하게 느껴질 때마다 들어가 숨는' 망명 작가의 '어둡고 내밀한' 내면, 혹은 현지 작가들에 의해 '자기하고 똑같아지든지 말든지, 둘 중 하나'를 강요당하는 '이방인'의 고뇌를 생생하게 내면화하고 있다.

이러한 상황 속에서도 자기 구원의 글쓰기는 지속되고 있다.

고국에 대해 쓰면 고국으로부터 멀어진다. 고국은 우리가 그 안에서 몸으로 느끼는 것이지, 바라거나 글로 쓸 대상이 아니기 때문이다. (…)

그럼에도 불구하고 우리는 고국에 대해 써야 한다. 글을 씀으로써 우리 자신이 고국과 별개임을 인식해야 한다. 고국과 평행으로 맞서 팽팽한 긴장을 유지해야 한다. 우리는 우리가 성스러운 존재이며, 우리 자신이 성스럽기 때문이지 성스러운 우리 조국 덕분이 아니라는 사실을 깨달아야 한다. (…)

그러므로 우리는 써야 한다. 조국의 상처를 위로하기 위해서가 아니라, 정작 우리는 제외된 성지라는 공간의 가장자리에 간신히 매달려 있는 자신의 상처를 치료하기 위하여. 한때 이 땅의 주인이라 일컬어졌던 자신을 우리는 되찾아야 한다.(주하이르 아부 샤이브, 「집을 지키는 선인장을 남겨두고」, 『팔레스타인의 눈물』, 221~222쪽)

고국이라는 추상적이고 관념적인 개념을 거부하고 개별 존재의 신성함을 환기하는 글쓰기는, '자신이 고국과 별개임을 인식'하는 동시에 '고국과 평행으로 맞서 팽팽한 긴장을 유지'해야 비로소 가능하다. 이들이 '고국'에 대해 글을 쓰는 이유는, 그들 스스로가 '성스러운 존재'이기 때문이지 '성스러운' '조국' 그 자체 때문이 아니다.

이렇듯 『팔레스타인의 눈물』에 스며 있는 현지인들의 내면을 붕괴시키는 '검문소', 부조리한 현실에 직면한 지식인의 내면적 망명, 귀환한 망명 작가의 양가적 내면, 전쟁의 포화 속에서 싹트는 자기 구원의 글쓰기 등은 팔레스타인 문제에 대한 심화된 인식을 제공한다. 산문 곳곳에는 '지옥 같은 현장'에서 어떻게 살아남을 것인가의 문제, 즉 주어진 현실을 내면화하는 작가들의 섬세한 자의식이 돌올하게 부각되어 있다.

이러한 팔레스타인 작가들의 내밀한 자의식은, 여러 겹의 문 앞에서 붕괴되는 화자의 내면 혹은 정체성의 분열, 부조리하거나 불가해한 현실 앞에서 뒤틀리는 마음의 풍경, 무자비한 폭력을 넘어 울려 퍼지는 자기 구원의 목소리 등으로 『황금 지붕』에 스며들어 있다. 이러한 문인들의 자의식과 공명(共鳴)하는 작가의식은 오수연의 소설을 단순한 전쟁 고발의 차원에 머무르지 않게 하는 데 기여하고 있다. 팔레스타인의 삶을 규정하는 복잡하고 중층적인 현실과 이에 응전하는 문인들의 겹 시선은, 작가의 현실인식에 내적 충격을 줌으로써 중동 현실을 새로운 감각과 감수성으로 형상화하는 계기를 마련해주고 있다.

4. 문학을 통한 소통: 『팔레스타인과 한국의 대화』

오수연은 이라크와 팔레스타인의 전쟁 현장에 가서 그들의 육성을 직접 전달했으며(『아부 알리, 죽지 마』), 팔레스타인 예술가들의 작품을 번역하여 그들의 내밀한 자의식을 포착·소개했다(『팔레스타인의 눈물』). 그는 이제 팔레스타인 문인과 한국 문인들이 글을 통해 소통하는 대화의 자리를 마련하였다(『팔레스타인과 한국의 대화』). 이러한 일련의 과정은 타자와의 연대(내면적 소통)는 어떠한 과정을 거쳐 이루어져야 하는가에 대한 주요한 시사점을 제공한다.

팔레스타인의 햄릿은 행동이 가득 찬 벽장을 바라본다. 그리고 아마 총이 아닌 언어를 택할 것이다. 그는 호주머니에 손을 넣어 만년필 보충잉크들을 총알이라도 되는 듯이 만지작거리면서 폐허를 걸을 것이다. 재 속에서 다시 날아오를 불사조를 위해 춤추고 노래할 것이다. 희망이 사라진 순간 자신을 희망의 태풍이라 부를 것이다. 그러나 지금 그는 으르렁거리는 탱크 소리에 맞서 니체의 「정신의 자유로움」을 읽고 있다. 그러면서 눈물 한두 방울을 흘릴지도 모른다.(키파 판니, 「팔레스타인의 햄릿」, 『팔레스타인과 한국의 대화』, 161쪽)

나는 내 영혼이 언제라도 싸울 수 있도록 준비할 것이나, 동시에 싸움으로 내 영혼이 얼룩지지 않도록 경계할 것이다. 오래 지속된 싸움이 인간의 영혼을 파괴할 수 있음을 나는 안다. 그것이 자유를 위한 투쟁일지라도 말이다. 나는 내 영혼이 증오와 어둠의 바다에서 헤엄치도록 놔두지 않을 것이다.(자카리아 무함마드, 「열번째 날의 호랑이」, 『팔레스타인과 한국의 대화』, 168~169쪽)

인용문에는 '으르렁거리는 소리'에 맞서 '총이 아닌 언어'를 선택한 '팔

레스타인 햄릿'의 눈물, '영혼'이 '증오와 어둠의 바다'에서 표류하지 않
도록 경계하는 시인의 비애가 잘 드러나 있다. 이에 대한 한국 작가의 따
스한 연대의 손길이 이어진다.

대추리와 빈민촌 철거, 서울역에 즐비한 노숙자들과 소리 소문 없이 사
라지는 그들의 시체와 비정규직 문제, 한미 FTA, 그리고 북핵 문제까지,
좀더 굵직한 문제들이 있지만 직접적인 죽음에의 위협으로부터 벗어나
있는 나는, 거대한 폭력과 살인의 한가운데에 있지 않는 나는, 그러나 골
방이나 도로 한복판에서 시를 쓸 때 힘들고 아프다. 시를 쓰면 쓸수록 명
징하게 칼날 하나가 심장에 깊숙이 박힌다. 경계는 무화되고 얼굴을 바꿔
가며 찾아오는 고통 속에 너와 나는 함께 있다. 당신의 진지하고 극적인
눈빛 속에 나의 괴롭고, 쓸쓸한, 지친 눈도 머문다.
시적인 곳인 너의 땅. 젖과 꿀이 흘렀던, 그러나 파괴되고 무너진 너의
땅을 이렇게 네 글에서 확인할 때 '시적'이라는 말이 주는 비명을 생각한
다. 너는 팔레스타인의 햄릿으로 독백을 준비해두었지만 나는 설명하기
힘든 복잡한 내 땅의 부조리에서 무슨 독백을 준비해야 할까.(이영주, 「너는
나를 걱정해야 해」, 『팔레스타인과 한국의 대화』, 164쪽)

타자를 통해 자신의 현실을 되비추어보고 스스로의 삶을 성찰하는 모
습은 문학적 연대(내면의 소통)의 구체적 사례라 할 수 있다. 한국의 작
가들은 '직접적인 죽음에의 위협'이나 '폭력과 살인의 한가운데'에서 벗
어나 '골방이나 도로 한복판에서' 시를 쓰고 있다. 하지만 힘들고 고통스
럽기는 마찬가지이다. 시를 쓰는 '고통' 속에서, 나아가 서로의 글에서 확
인할 수 있는 '시적'이라는 말이 주는 '비명' 속에서, 두 나라의 경계는 무

화되고 '너와 나'는 함께 공존할 수 있게 된다.

다음의 글에서는 그들에게 다가가기 위해서는 그들의 '시선'이 되어야 한다는 점이 잘 드러나 있다.

당신의 발뒤꿈치를 여러 번 여행한 후에야 나는 알았습니다. 이런 글을 쓸 수밖에 없는 작가가 있다는 것을. 이런 식의 낯선 초대장이 필요한 세계가 있다는 것을. 내가 당신의 장소로 가기 위해서는 당신의 시선이 되어야 한다는 것을. 그 시선은 다리를 다친 절름발이 비둘기의 시선이며, 어머니 나무에 매달려 썩어가는 오렌지 열매의 시선입니다. 차가운 다락방에 버려진 어린 소녀의 시선이며, 자신이 어떤 죄를 지었는지 알지 못하는 소년 죄수의 시선입니다. 따뜻한 보호 대신 차가운 장벽을, 자유와 순환 대신 감금과 유폐를, 강물 같은 마음 대신 녹슨 쇠못을 심장에 박도록 강요당한 시선입니다. (⋯)

나는 꿈꿉니다. 검문소 앞에서 하염없이 기다리는 당신의 동그란 발뒤꿈치가 알이 깨지듯 찬찬히 금이 가고 마침내 그곳에서 어린 새처럼 작고 힘찬 날갯죽지가 돋아나기를. 내가 고개를 들면 미처 그들이 지붕까지 만들어 덮지 못해 환히 열린 하늘 위로 당신이 힘차게 날아가고 있기를.(권여선, 「가장 지루한 것에 관한 가장 멋진 농담」, 『팔레스타인과 한국의 대화』, 63쪽)

한국의 작가는 힘겹게 팔레스타인 작가의 글(문학)에 다가간다. 해체된 내러티브, 뒤틀린 사건의 연쇄, 부유하는 상징의 기표 등 팔레스타인 작가가 보낸 '낯선 초대장'의 '발뒤꿈치'를 좇아 여러 번 여행한 후에야 비로소 공감하기에 이른다. 이러한 힘겨운 과정을 통해 팔레스타인 작가와 한국의 소설가는 '열린 하늘' 위로의 힘찬 비상을 꿈꿀 수 있는 것이다.

벌써 3년도 넘은 일입니다. 그런데 나는 여기 한국에서 여전히 헤매고 있습니다. 팔레스타인이라는 장소가 내 안에 들어와버리고 말았습니다. 그 뒤틀린 땅이 내 안에 들어와, 멍한 사자상이 계속 소리 없이 으르렁거렸습니다. 예컨대 이라크 파병 논란이 있었을 당시, 우리가 살려면 어쩔 수 없다는 이른바 현실론이야말로 내게는 오히려 비현실적으로 뒤틀려 보였습니다.(오수연, 「어느 사자상도 울지 않는 데서 만나요. 인샬라!」, 『팔레스타인과 한국의 대화』, 74쪽)

이렇게 '팔레스타인이라는 장소가' 자신의 안에 들어온 한국의 소설가는, 이라크에 파병을 결정한 한국 정부의 논리, 즉 '우리가 살려면 어쩔 수 없다는 이른바 현실론'을 '비현실적'으로 볼 수 있게 된다. 이는 부조리한 한국의 현실을 '팔레스타인'이라는 거울로 되비추는 성찰의 시선이다. 이들의 국경을 초월한 접속은 '학살자의 나라에서도 시가 쓰이는 아름답고도 이상한 이유'가 있고, '독재와 불의는 세상 어디서나 얼굴이 똑같으며 또 인간은 어디서나 자유를 추구하는 본능이 있'다는 사실을 확인하는 지점에서 이루어진다.

이렇듯, 『팔레스타인과 한국의 대화』는 한국의 작가와 팔레스타인 문인을 이어주는 디딤돌을 놓아 '문학적 소통'의 소중함을 환기하고 있다. 여기에는 타자의 삶을 통해 자신의 현실을 곱씹어보고, 나아가 스스로의 삶을 성찰하는 양국 문인들의 아름다운 교감의 언어가 음각되어 있다. 오수연은 이러한 과정을 통해 비로소 '팔레스타인이라는 장소'를 자신의 '안'에 들일 수 있게 되었다.

오수연과 함께 이러한 소통의 '촛불'을 밝히는 데 앞장 선 자카리아 무함마드 시인은 다음과 같이 질문하며 글을 끝내고 있다.

안녕,이라고 말하지 않겠다. 이렇게 말하겠다. 어이, 친구들! 다음은 뭐죠?(자카리아 무함마드, 「어이, 친구들! 다음은 뭐죠?」, 『팔레스타인과 한국의 대화』, 251쪽)

『황금 지붕』은 위와 같은 질문에 대한 하나의 응답이라 할 수 있다. 『황금 지붕』은 중동 분쟁 체험의 생생한 증언(『아부 알리, 죽지 마』)에서 출발하여, 그들의 내면적 삶을 이해하기 위한 노력(『팔레스타인의 눈물』)을 거쳐, 글쓰기를 매개로 한 소통과 대화 그리고 공감의 장(『팔레스타인과 한국의 대화』)을 통해 결실을 맺었다. 그에게 중동 분쟁의 문학적 수용은 체험과 실천 그리고 이를 문학적 언어로 내면화하는 과정이었다. 여기에는 타자의 고통과 연대하려는 오수연의 문학적 실천 양상이 직·간접적으로 투영되어 있다. 그는 뒤틀리고 파편화될 수밖에 없는 팔레스타인 작가들의 내면에 자신의 삶을 포개놓고, 중동 분쟁의 현장을 창조적으로 수용하는 구원의 글쓰기를 힘겹게 실천하고 있는 중이다. 오수연은 지상에서 가장 참혹한 상태에 있는 지역들에 대한 체험·공감·대화를 바탕으로, 우리의 감각과 의식 자체를 쇄신하지 않고서는 그들에게 다가갈 수 없다는 사실을 웅변함으로써 한국문학이 나아가야 할 방향 하나를 제시하고 있다.

'새로운 윤리의 길'과
노동소설의 서사적 자의식

—이재웅의 『불온한 응시』와 김하경의 『위커바웃』을 중심으로

1. 공감과 연대의 공동체

〈리얼리스트 100〉의 활동이 눈부시다. 이 공감과 연대의 공동체는 '리얼리즘을 풍부하게 갱신하고 문학과 사회의 긴장을 놓치지 않는다'라는 모토로 2007년에 첫 발을 내디뎠다. 공식 문예지 『리얼리스트』가 어느덧 9호에 이르렀으며, 이들이 주최하는 〈작가와의 대화〉가 17회째를 기다리고 있다. 〈리얼리스트 100〉의 홈페이지에는 리얼리즘을 생산적으로 갱신하는 풍경들이 살아 숨 쉬고 있으며, 100여 회에 걸쳐 독자들을 찾아간 〈뉴스레터〉는 문학을 매개로 한 공감과 연대의 장을 확장하고 있다. 구성원들의 자발적인 참여와 연대를 바탕으로 현실주의 문학운동의 새로운 지평을 열고 있는 〈리얼리스트 100〉의 사례는 자본의 논리가 강요하는 우울한 내면에 갇혀 좀처럼 외부와 소통할 출구를 찾지 못하는 문

학인들에게 신선한 활력소가 되고 있다.

'수평적 네트워크'에 기반한 '참여문학' 지향의 활발한 운동과 더불어 〈리얼리스트 100〉 회원들이 내놓은 창작물 또한 풍성하기 그지없다. 시는 말할 것도 없고 소설 부분만 한정해서 살펴보더라도, 소설과 평전의 장르를 넘나들며 우리 서사의 영역을 확장하고 있는 안재성(『연안행』)의 작업, 풍자와 해학을 무기로 우리 시대의 부조리를 경쾌하게 해부하고 있는 이시백(『나는 꽃도둑이다』), 최용탁(『즐거운 읍내』)의 소설, 존재가 직면한 '묵직한 슬픔의 실체'를 환기하며 우리 시대의 절망을 따뜻하게 끌어안고 있는 홍명진(『터틀넥 스웨터』)의 작품 등은 리얼리즘 서사의 심화와 확장을 보여주는 뚜렷한 사례로 기록될 것이다.

필자의 능력과 한정된 지면 탓에 위의 작품들을 온전하게 다루지 못하는 점이 끝내 아쉽다. 본고에서는 이재웅의『불온한 응시』와 김하경의『위커바웃』을 중심으로 우리 시대 리얼리즘 소설이 직면한 서사적 자의식을 엿보기로 한다. 이들 작가의 서사적 무의식이 필자의 내면 깊숙이 침전되어 있는 양심의 목소리를 소환하고 있기 때문이다.

2. '새로운 윤리의 길' 앞에서 — 이재웅의 『불온한 응시』

너무나 강렬한 이미지가 서사를 압도하고 있는 「절규」(『불온한 응시』, 실천문학, 2013)에서 논의의 실마리를 잡아보자. 이 작품은 "한때 꽤 총망받는 젊은 논객"이었으나 "언젠가부터 더 이상 글도 쓰지 않고, 사람들과의 공식적인 교류도 모두 끊어버린" 한 인물(L)의 삶을 응시하고 있는 단편이다.

먼저 작가가 스케치하고 있는 우리 시대의 딜레마를 따라가보자. "취향이 절대적인 가치를 전복시켜" "인간의 정의라는 것도 무가치한 것으로 전락"해버린 시대. 나아가 "삶과 사회에서 그것을 통찰해낼 수 있는 하나의 관념을 구한다는 것이 무척 어리석다고 여"겨지는 상황. 우리들은 자신들이 "추진하고 있거나 당면한 사안", 즉 "정책적인 판단력"을 요하는 "구체적이고 명확한 것"에나 매진할 수 있을 따름이다. 하지만 "절대적인 가치"나 "인간의 정의"를 "통찰"하고자 하는 "관념"에의 "욕망을 포기할 수도 없"다.

이러한 아포리아적 상황에서 작가가 L의 기억을 통해 응시하고 있는 장면은 충격적이다. "요즘은 왜 통 글을 안 쓰세요?"라는 화자의 질문에 L은 "처절하면서도 공포"스러웠던 기억을 떠올린다. 어린 시절 만동이와 독고몰 양반의 대화를 엿들었던 장면이다. 늙은 과부의 시체를 앞에 두고 그들은 너무나 "태연하고 천연덕스러"운 태도로 이야기를 나눈다. "마치 썩은 가축의 살덩어리를 두고 대화를 나누는 듯한 느낌"에 L은 "늙은 과부의 인생이라는 것이 너무도 보잘것없고, 그녀가 한평생 살면서 감내했을 고통"이 무가치하게 여겨지기까지 한다.

하지만 L이 궁극적으로 경악했던 것은 "저것이 인간이다! 저것이 인생이다!"라는 '절규'가 그의 안에서 강렬한 울림으로 터져 나오고 있었기 때문이다.

> 또, 그때에 제가 놀랐던 것은 제가 만동이나 독고몰 양반으로부터 비정하다거나 잔인하다거나 혹은 비상식적이라거나 하는 부정적인 감각만 받아들이는 것이 아니라 지극히 순결한 그 무엇, 일테면 죄와 선에 대해 천진난만한 아이들이나 취할 수 있는 순결한 무관심 같은 것을 느꼈다는 것입니다.(이재웅, 「절규」, 『불온한 응시』, 40~41쪽, 이하 작품과 쪽수만 표시)

이 비참한 상황 앞에서 느끼는 "투명하기 이를 데 없는 순결함." L은 "비정하다거나 잔인하다거나 혹은 비상식적이라거나 하는 부정적인 감각" "일테면 죄와 선"의 이분법을 뚫고 분출되는 "지극히 순결한 그 무엇"을 감지한 것이다. "희망이니 구원이니 하는 말"에 태연하고 심지어 그런 말을 "조롱"할 것 같은 "지독한 허무." "흥, 고까짓 것."이라는 말로 표상되는 '만동이'의 "불타는 듯한 도도함." "처참하게 죽은 늙은 과부마저도" 아무것도 바라지 않을 것 같은 "순결한 무관심."

그들은 사실 그 어떤 것도 바라지 않는 것입니다. 그리고 그 어떤 관념의 손도 그들에게 다가갈 수 없는 것입니다.(「절규」, 42쪽)

"그 어떤 것도 바라지 않는" "그 어떤 관념의 손도" "다가갈 수 없는" 생의 원초적인 현장이자 묵시록적 절망을 담고 있는 풍경이다. 생의 시작과 끝이 맞물려 있는 형국이라 할 수 있겠다. 그야말로 "너무도 까마득한 절망"이자, 그 "절망으로나 겨우 껴안을 수 있는" 도도한 풍경이다. 이 무심한 풍경은 '민중적 삶'이 구축한 관념(구원, 희망 등)은 물론, 인간의 삶을 지탱하는 윤리와 관습[정/비정, 상식/비상식, 선/악(죄) 등의 이분법]을 뿌리째 뒤흔들고 있을 정도로 강렬하다.

이 "순결한 무관심"의 이미지는 이번 소설집을 지배하고 있는 모티프이다. 이어지는 작품인 「인간의 감각」은 이러한 「절규」의 풍경과 얼굴을 맞대고 있다. 만동이와 독고몰 양반은 '지금 여기'의 현실에서 '진균'으로 부활한다. 하지만 작가는 진균과 같은 비정하고 부도덕한 인물을 양산하고 있는 우리 시대의 냉혹함을 문제 삼고 있는 것이 아니다. 오히려 진균을 비정하고 부도덕한 인물로 여기는 우리의 윤리 감각을 심문하고 있는 것이다. 작가는 L이 만동이와 독고몰 양반을 통해 제시한 "저것이 인간이다! 저것이 인생이다!"라는 절규를 환기하고 있다. 다시 말해 우리 사회를 떠받치고 있는 근원적 윤리 감각 그 자체를 무화시키고 있는 것이다. 작가는 진균에게 그 어떤 연민이나 동정의 감정도 투영하지 않는다. 진균의 무감각은 "자신에게 깃든" "추억이나 그리움", 심지어 천륜조차도 떨쳐버리고 있지 않은가. 의식은 물론 무의식마저 자본의 논리에 차압당한 '지금 여기'의 현실을 발본적으로 전복하는 새로운 인간이 탄생하는 순간이다. 이재웅에게 있어 이러한 '무감각'하고 '불온'하기 그지없는 인물의 '응시'야말로 하나의 가능성이자 대안이다.

이러한 점에서 '노인'을 화자로 내세운 작품들은 주목을 요한다. '노인'은 상대적으로 감각이 퇴화한 존재이기에 세상을 관조하는 시선을 지닌 경우가 많다. 작가는 이러한 노인들이 가장 뜨거운 감정의 소산인 '복수'와 '테러' 앞에 직면한 딜레마적 상황을 전경화하고 있다. 먼저 「안내자」의 경우를 살펴보자. 외국인 노동자의 후손인 권우와 준호는 자신들을 해고시킨 사장의 개를 죽이기로 결심한다. 억울하고 자존심이 상했기 때문에 '복수'를 해줘야 한다는 것이다. 도움을 구하러 찾아간 사람 중 하나는 정말 순진하게도 "법이나 정부나 그런 기관"을 통해 억울함을 풀라고 조언한다. 권우와 준호는 "정말 그래서는 안 됐지만 웃고" 말았다. 하지만 이들의 '복수'와 '비웃음'이 우리가 "오랫동안 교육받아왔던 어떤 도덕의 감각을 위배"하는 것임은 분명하다.

그렇다면 권우와 준호의 억울함은 어떻게 해소되어야 하는가? 작가에 따르면 기존의 "도덕" "감각을 위배"하지 않는 한 "방법이 없다." 화자가 이유 없이 '갑병'의 집을 찾아가 반행패를 부리고, 차밭에 내려온 새끼 멧돼지를 사살하기까지 한 이유도 바로 여기에 있다. 기존의 윤리 혹은 도덕의 감각을 벗어던져야 비로소 이들의 계획에 동참할 수 있기 때문이다.

이 노인은 자신이 느끼는 이 혼란의 감정이 자신이 선택할 수밖에 없는 새로운 윤리의 길인지 아니면 그저 범죄에 대한 단순한 감정의 운동인지도 판별할 수가 없었다. 그런 면에서 그의 젊은 시절 그가 세상에 대해 불만을 표출하는 방식은, 비록 그것이 폭력적이고 과격한 형태였을지라도 궁극적으로는 너무 얌전한 것이었는 것인지도 모른다. 그는 그 시절에는 이러한 감정을 배워본 적이 없다.(「안내자」, 97~98쪽)

권우와 준호의 '복수'는 우리 시대의 절망을 어떻게 극복할 것인가의 문제를 함축하고 있다. "국가나 법"이 "아무 소용이 없다는 것"을 알고 그 "누구의 힘도 빌리지 않고 온전히 자신들의 힘으로 복수"를 하려는 것이기 때문이다. 자신의 권리를 찾으려는 이방인들의 객기 혹은 잠재된 용기가, 이 땅에서 나고 자라 삶을 마무리하는 시점에 있는, 그것도 젊은 시절 운동에 몸담았던 늙은이의 삶을 뿌리째 뒤흔들고 있는 것이다. '이 노인'은 자신의 동조 행위가 "선택할 수밖에 없는 새로운 윤리의 길인지 아니면 그저 범죄에 대한 단순한 감정의 운동인지 판별할 수" 없어 혼란에 빠진다. 그는 젊은 시절의 "폭력적이고 과격한 형태"의 저항이 "너무 얌전한 것"은 아니었는지 곱씹어보고 있다. 왜냐하면 그때의 운동은 기존의 윤리 혹은 도덕적 감정에 바탕한 저항이었기 때문이다. 작가는 "배워본 적이 없"는 "이러한 감정"을 통해 기존의 도덕 감각을 넘어서는 "새로운 윤리의 길"을 조심스럽게 모색하고 있는 것이다.

다음으로 근미래의 상황을 배경으로 우리 시대의 절망을 알레고리화하고 있는 「어느 날」의 경우를 따라가보자. 지구촌 곳곳에서 이른바 "전 세계적인 자본의 질서에 전 세계적인 시민의 테러로!"라는 구호를 내건 비밀결사 조직들이 "관청과 다국적 기업"에 대한 공격을 동시다발적으로 감행하고 있다. 이들의 요구사항은 그리 특별하지 않다. "근대를 지탱하고 있는 사유권의 상한 제한, 근대 금융 산업 주도에서 생산 산업 주도로의 전환, 소규모 자치 기구의 협력을 통한 대규모 관료제의 역할 대치 등"이다. '지금 여기'의 사람들이 요구하고 있는 내용과 별 차이가 없다. 이들의 공공연한 '테러'를 '완전히 신뢰할 수도 그렇다고 완전히 불신할 수도 없'는 화자는 여든여덟의 늙은이다. 그는 "자신이나 가족의 영달만을 위해 살아오지는 않았다." "시민단체의 운동에 관심을 가졌고, 진보적인 정치 후보자들을 선택했고, 어쨌거나 소시민으로서 사회에 동참할 수 있는 길"을 열어둔 삶을 살았다. 자신의 삶 속에서 "대한민국이라는 공동체를 개선해나가는 데 기여할 수 있는 방식"을 추구했다. 이러한 삶의 태도를 부정하기란 쉽지 않다. 하지만 작가는 단호하게 선언한다. 그것만으로는 부족하다. 한계가 있다.

「1,210원」「전태일 동상」「불온한 응시」「월드 피플」 등은 신자유주의의 논리를 믿지 않지만 그렇다고 "따라가지 않을 수도 없"는 처지, 즉 소시민적 삶이 지닌 한계를 응시하고 있는 작품들이다. 「월드 피플」을 통해 작가가 응시하고 있는 풍경을 조금 더 들여다보기로 하자. 이 작품은 "세상에 대한 혐오와 환멸"로 가득 찬 사람들의 절망적 현실 견디기를 다루고 있다. 어느 날 "노동과 대지를 거세당한 도시의 잠재적 프롤레타리아들"이 사는 지역에 방범 카메라가 설치된다. 주민들은 모욕감을 느낀다. 하지만 그들을 진실로 절망케 하는 것은 그 모욕을 극복할 만한 어떤 항변의 입장도 없다는 것이다. 그들이 주장하는 추상적 권리, 즉 '우리들이 사는 지역에 방범 카메라를 설치할 권리는 당신들에게 없다' 혹은 '우리에게는 우리만의 삶의 방식이 있다' 등은 "경찰이 언급한 구체적인 몇몇 사례와 자신들의 자화상" 속에서 힘을 잃고 만다.

　하지만 T구역에서 그것이 이곳 전체에 대한 선입견이었고, 원룸 단지에 거주하는 수천 세대에 대한 집단적인 낙인이기도 했다. 주민들은 감각적으로 그것을 알고 있었다. 그러나 그들이 그것을 거부할 수 있는 유일한 길은 이곳을 떠나는 것밖에는 없다. 그리고 그들은 방범 카메라를 거부할 수 없듯이, 이곳을 떠나지 못하는 삶도 쉽게 거부할 수 없다는 것을 알고 있었다. 결국 그들에게 남겨진 유일한 길은, 자신들의 삶을 견디듯이 방범 카메라의 이질감을 견디는 것뿐이다. 이것은 어떤 면에서는 조금도 어려운 일이 아니었다. 인간은 부당한 논리로 극단의 상황에 몰린다 해도 생명이 부여하는 어떤 힘이 있다면 그것에 의지해 그것을 일상으로 흡수하기 때문이다. 그래서 언제나 밑으로부터의 혁명은 일어나기가 힘들고, 일어난다 해도 끝까지 전복하는 일이 없는 것이다.(「월드 피플」, 245쪽)

　이들에게 "남겨진 유일한 길"은 "방범 카메라의 이질감을 견디는 것뿐이다." "이것은 어떤 면에서는 조금도 어려운 일이 아니"다. 인간은 "생명이 부여하는 어떤 힘"에 의지해 이러한 "극단의 상황"을 "일상으로 흡수"할 수 있기 때문이다. 하지만 이렇게 "자신들의 삶을 견디"는 것에는 분명한 한계가 있다. "언제나 밑으로부터의 혁명은 일어나기가 힘들고, 일어난다 해도 끝까지 전복하는 일이 없"기 때문이다.
　작가는 「어느 날」을 통해 소시민적 삶이 지닌 자기도취, 혹은 절망적 현실 견디기에 안주하여 주저앉았을 때 후손들이 그에 대한 "핏값"을 치를 수도 있다는 점을 분명히 하고 있다.

우리는 경제적 집중화와 그로부터 발생하는 경제적 권력, 그리고 그 권력에 대한 우리의 종속을 막아내지는 못했다. 우리는 개인적으로 많은 교양을 쌓았고, 우리들 스스로가 인간을 존중하려고 노력해왔지만, 우리 전체의 불안과 비인간성을 막지는 못했다. 그리고 이제 우리의 후세들이 훨씬 폭력적인 방식으로 체제를 되돌리려 하고 있다.(「어느 날」, 94쪽)

그렇다면 후세들에게 이 "핏값"을 물려주지 않기 위해 어떻게 해야 하는가? 작가가 '불온한 시선'으로 응시하고 있는 지점은 바로 여기이다. 이재웅 소설이 추구하는 "새로운 윤리의 길"은 여기에서 시작된다.

3. 노동소설의 서사적 자의식 — 김하경의 『워커바웃』

『워커바웃』(삶창, 2012)의 세계로 길을 떠나기 전에 「작가의 말」을 유심히 음미할 필요가 있다.

나는 주로 정치적인 글쓰기를 소설 쓰기로 승화한다. 내가 쓰고 싶은 정치적 이야기가 있고, 그 이야기를 소설이라는 형식에 담는다는 말이다. 그런데 정치적인 글쓰기는 넘쳐나는데 그걸 담을 소설 형식이 잘 안 풀려 항상 문제다. 특히 둘이 만나는 그 접점을 찾는 게 만만치가 않다. 그런데 이상하게 이번에는 그 접점이 기다렸다는 듯이 기가 막힌 타이밍에 맞춰 찾아왔다.(김하경, 「작가의 말」, 『워커바웃』, 366쪽, 이하 작품과 쪽수만 표시)

작가는 "처음으로 소설 쓰는 재미가 들렸다"고 고백한다. "쓰고 싶은 정치적인 이야기"를 "소설이라는 형식에 담는" 작업이 한결 수월해졌다는 것이다. 정치와 소설의 "접점이 기다렸다는 듯이 기가 막힌 타이밍에 맞춰 찾아왔"기 때문이다. "소설 형식"에 대한 고민은 소설가로서의 자의식을 투영한다. 소설 장르의 본질이 '자아의 세계화'라는 점을 고려할 때, 이는 자신의 목소리를 타자화(객관화)하려는 의지를 투사한다. 우리의 노동소설을 돌이켜볼 때, 우리는 우리들의 목소리로 우리들의 정서를 전달하는 우리들의 이야기에 머물렀다는 사실을 부인하기 어렵다. 이제 '타자들은 우리들의 이야기를 어떻게 받아들일까?'라는 질문을 던질 때가 되지 않았나 싶다. 우리가 변화시켜야 하는 것은 우리들의 자족적 태도이자 우리와 생각을 달리하는 사람들의 마음이 아닐까? 이런 점에서 김하경의 서사적 자의식은 노동소설의 깊이와 폭을 심화·확장시키는 작업과 연결되어 있다.

이 "정치적인 글쓰기"와 "소설 쓰기" 사이의 긴장(서사적 자의식)은 「초란」에서 노동운동에 대한 자의식으로 변주되고 있다. 화자는 노동현장에서 물러나 시골에 정착하여 소규모 농장을 경영하고 있다. 그는 "식량을 자본화, 투기화하는 다국적 기업들의 횡포"에 맞서 "친환경 유정란"을 생산하는 "자가사료"를 실험하고 있는 중이다. "옳은 일이고, 가야 할 길이기 때문에" 기꺼이 위험을 감수하지만 결코 쉽지 않은 길이다. "자가사료를 시작한 후 생산량이 급속히" 떨어졌기 때문이다.

한편, "시간에 쫓기며 사는 게 싫어서 시골로 내려왔는데" 여전히 "일과 삶"은 조화롭지 못하다. "삶은 없고 일만 있"다. 그래도 화자는 "욕심"에 잡아먹히는 상황을 "미리미리 경계"하며 하루하루의 삶을 견디고 있다.

주문이 밀리면 장사꾼처럼 다른 데서 사다가 팔고 싶은 욕심이 생길지도 모른다. 한 번쯤은 그 욕심을 누른다 해도 똑같은 문제가 거듭되면 결국 닭을 늘려 생산량을 높이고 싶어질 것이다. 그러면 사람을 사야 하고 기계를 더 보강해야 한다. 그때부턴 소박한 농장이 아니라 대규모 사업이 되는 것이다. 나도 가끔 거짓말을 하고, 창밖으로 담배꽁초를 버린다. 나라고 성인군자처럼 살 수는 없다. 하지만 욕심을 계속 키웠다가는 결국 욕심에 잡아먹히고 말 것이다. 미리미리 경계하는 도리밖에 다른 수가 없다. 고심 끝에 참농장 홈페이지에 일주일에 3, 4일 농장 일기를 쓰기로 했다. 내가 시골에 들어온 이유, 어떤 삶을 원하는지에 대한 분명한 원칙을 세우고 그걸 기록으로 남기기로 했다. 기록 자체가 자기 성찰이 아닌가. 더욱이 그 기록을 공개하면, 수많은 감시의 시선 속에 나 자신을 구속하는 셈이 된다.(「초란」, 37~38쪽)

화자에게 일기 쓰기는 자신의 삶을 성찰하는 도구이다. 그 "기록을 공개"한다는 것은 "수많은 감시의 시선 속에" "자신을 구속하는" 행위이기도 하다. 이러한 일기 쓰기는 "정치적인 글쓰기"에 가깝다. 하지만 소설은 다르다. 소설은 사실 그 자체의 기록도 아니고 수많은 감시의 시선에 자신을 구속하는 수동적인 글쓰기도 아니다. "정치적인 글쓰기"(일기 쓰기)를 허구적 형식 속에 승화시키는 창조적인 행위인 것이다.

이야기가 전개되면서 일기 쓰기의 영역에 머물던 화자의 일상이 소설 쓰기의 영역으로 확장된다. 노동 현실(정치적 이야기)에 대한 자의식이 싹트기 시작한 것이다. 화자의 트라우마가 조금씩 고개를 들기 시작한다. 후배의 전화 한 통으로 그동안 잊고 있던 "가슴속 심연"이 입을 크게 벌린다. 그는 심연을 회피하지 않고 응시한다. 화자는 대산중공업 굴뚝에서 동료인 영호와 함께 20일 동안 단식 농성을 한 노동운동가였다. 농성을 끝낸 화자와 영호는 감옥에 가게 된다. 화자는 6개월 만에 풀려났으나 영호는 법정 모욕죄로 3년이나 더 감옥에 갇혀 있어야 했다. 그 후 영호는 감옥에서 시신으로 발견된다. 그렇게 스러져간 영호의 추모비를 15년 만에 세우게 되었다는 소식이었다.

농성 후 노조는 분열되었다. 실리주의 노선을 선택한 대산중공업 노조 위원장의 위선에 맞서 일부 조합원들은 '민주노조추진위원회'를 결성했다. 화자가 위원장으로 추대되었다. 하지만 노조원들은 운동의 대의를 배반한 오정환 노조위원장 불신임 건을 받아들이지 않는다. 설상가상으로 노조의 분열 소식을 들은 영호가 감옥에서 자살하고 만다. 노동운동에 "정이 떨어진" 화자는 현장을 떠난다. 굴뚝 농성 당시 영호와 한 약속을 지키기 위해 화자는 농촌으로 들어가 닭 키우는 일을 시작한다. "양계장 집 아들"인 영호와 시골로 가서 닭을 키우며 살기로 약속했기 때문이다.

이렇듯 화자의 농장 생활은 영호, 나아가 노동운동에 대한 죄책감에서 비롯되었다. 이를 극복하기 위한 노력은 두 방향에서 전개되면서 하나로 모인다.

먼저, '지금 여기'의 노동운동과 연대하기이다. 이는 노동 현장(정치적 이야기)을 떠난 화자가 다시 그곳으로 돌아오는 과정과 맞물려 있다.

1980년대처럼 싸우라는 말이 아이다. 그렇게 싸울 수도 없꼬. 지금은 분명 그때와는 다르다. 하지만 세상이 아무리 변해도, 아무리 세상이 절망적이라 캐도, 노동조합은 여전히 우리의 희망이데이. 그 유일한 희망을 버려선 안 된다는 말이다. 촛불 시민이 아무리 거리로 몰려나와도, 인터넷 누리꾼이 아무리 떠들어싸도, 조직적으로 되지 않으모 반짝하고 끝나고 마는 기라. 눈을 뭉킬라카모 먼저 작은 덩어리를 만들어야 한다 아이가?

그 작은 덩어리를 굴리모 많은 눈들이 거 들러붙어 큰 덩어리가 되는 기

라. 그 작은 덩어리 하나하나가 노동조합 아이가? 뭐든 중심이 있어야 큰

덩어리로 뭉칠 수 있는 기라.(「초란」, 69~70쪽)

시대의 변화를 인정하면서도 "노동조합이 여전히 우리의 희망"임을
확인하기. 이는 자신의 "삶터"에서 노동운동과의 접점을 찾는 일이다. 현
재의 위치에서 균형감각을 유지하며 노동운동과 연대하기, 이를테면 "대
산노조 20년사 사업"의 "편집장" 같은 역할이 될 수 있겠다.

다음으로 영호에 대한 죄책감 벗어나기이다.

초란을 손안에 쥔 그 순간, 나는 비로소 내 손아귀에 온전한 내 삶을 틀
어쥐었음을 실감했다. 100퍼센트 자가사료로 키운 닭들이 초란을 낳았으
니, 비로소 내 삶도 완성된 것이다. 그동안 한 번도 내 삶이 온전히 내 것
이라는 생각을 하지 못했다. 영호의 삶을 대신 살고 있다는 자괴감에서 벗
어나지 못했다. 이제야 영호에게서 벗어날 수 있을 것 같았다. 무거운 짐
을 벗어던지고 깃털처럼 가볍고 자유롭게 날 것 같았다. 나 자신의 삶을
향해 날아갈 수 있을 것 같았다.

어쩌면 앞으로는 영호의 이야기도, 우리 모두의 이야기도, 다 말할 수
있을지도 모른다.(「초란」, 76쪽)

자신의 삶의 현장에서 이룩한 성취, 즉 "자가사료로 키운 닭들"이 낳
은 "초란"은 화자에게 "영호의 삶을 대신 살고 있다는 자괴감"에서 벗어
나게 한다. 그는 자신의 "손아귀에 온전한" "삶을 틀어쥐었음을 실감"한

다. 앞으로는 "영호의 이야기도, 우리 모두의 이야기도, 다 말할 수 있을" 것이라는 자신감을 회복한다. 일기 쓰기에서 소설 쓰기로 옮겨오는 장면이자, 새로운 소설가가 탄생하는 순간이라 할 수 있다.

이렇듯 화자가 자신의 삶을 찾아가는 과정은 정치적인 글쓰기를 소설형식으로 승화시키는 작가의 모습과 닮아 있다. 작가에게 소설 쓰기는 노동운동(정치적 이야기)에 대한 부채감을 떨쳐내고 소설가로서 다시 노동운동에 참여하는 작업에 다름 아니다.

「비밀과 거짓말」 또한 '운동'에 대한 자의식(현실과 운동의 균형감각)을 드러내고 있는 작품이다. "왕가위 영화에 꽂혀 사족"을 못 썼던 화자는 결혼 후 "노동자뉴스제작단"에 뛰어들어 운동의 세계에 발을 들여놓는다. 한편, "운동에 꽂혀서 운동이 세상의 중심이고, 전부고, 절대라고 믿었"던 아내는 운동이 타락하는 모습을 지켜보면서 점차 운동의 세계에서 멀어진다.

작가는 가출한 아내의 행방을 좇는 남편의 시선으로, 진실이니 거짓이니 하는 것은 필요 없고 오직 다수가 되는 것만이 중요해진 "운동판"의 "코미디"를 비판적으로 성찰하고 있다. 삶에서 멀어진 운동에 대한 반성과 성찰은 현실(영화)과 운동의 접점을 찾으려는 작가의 의도를 투영하고 있다. 이러한 의도는 정치적인 글쓰기를 소설 쓰기로 승화하려는 서사적 욕망과 닿아 있다.

「워커바웃」은 소설가로서의 자의식이 현장의 생생한 노동운동을 감싸고 있는 작품이다. 호주 원주민의 후손들이 조상의 땅을 순례하는 이야기, 즉 『나나의 고향』에 나오는 "Walkabout(숲 속의 떠돌이 생활)"이 현장의 노동운동을 감싸는 알레고리로 기능하고 있다. 또한 이 작품은 트라우마를 지닌 화자가 고향인 "율포조선소"의 농성장을 방문하고 돌아오는 회귀의 서사를 지니고 있다. 한편, 노동자들의 투쟁과 함께 한 화자는 그들의 삶에 공감하고 이를 통해 과거의 상처를 극복하고 정신적으로 성숙·성장한다.

이렇듯, 「워커바웃」은 알레고리, 회귀의 구조, 성장 서사 등 소설 형식에 대한 자의식이 현실의 노동운동과 적절한 균형감각을 유지하며 미학적으로 승화되고 있는 작품이다.

굴뚝 농성장 침탈이나 부상자 속출과는 아무런 상관없이, 아니 119 헬기에 실려가는 탈진한 굴뚝 농성자들에겐 아무런 관심도 없이, 사람들은 오늘도 웃고 즐기며 부지런히 일한다. 한 달 넘게 진행된 굴뚝 농성이 그 뒤 어떻게 되었는지, 7년 동안 싸운 해고자들은 원직복직 되었었는지 말았는지, 아무도 궁금해하지 않는다. 예전 같으면 화를 냈겠지만 지금은 그렇지 않다. 같은 병원 안에서도 한쪽에선 생명이 태어나고, 다른 한쪽에선 생명이 죽어가지 않던가. 이것이 인생이다. 서울 강남도, 율포조선소도 일터고 삶터일 뿐이다.(「워커바웃」, 211쪽)

이러한 과정을 통해 "서울 강남"과 "율포조선소"는 연대의 "삶터"로 거듭날 수 있게 된다.

4. 절망을 '체화'하는 '끈기'의 언어들

이상으로 이재웅과 김하경의 소설을 작가의 서사적 자의식을 중심으로 살펴보았다. 절망과 희망을 오가며 폐허의 시대를 힘겹게 헤쳐가고 있는 이들의 소설은 "10년에 한 번 붉은 꽃"을 피우는 "선인장"의 "끈기"를 연상시킨다.

> 컴퓨터가 놓인 지숙의 업무용 책상에는 토분에 담긴 선인장이 자라고 있었다. 10년에 한 번 붉은 꽃이 핀다는 사막의 선인장이었다. 사막의 식물들은 수분을 최대한 아끼기 위해 크고 화려한 잎사귀들을 가시처럼 뾰족하게 만드는 고통을 통과했으리라. 사막에서 살아남은 데 필요한 건 어쩌면 수분뿐만이 아니었는지도 모른다. 자기 몸을 무기로 갈증의 고통을 체화하며 마침내 꽃을 피우고 마는 끈기가 필요했을 것이다.(홍명진, 「2009, 서울 피에타」, 『터틀넥 스웨터』, 삶창, 2011, 225쪽)

"사막"과 같은 절망의 현실에서 "자기 몸을 무기로 갈증의 고통을 체화하며 마침내 꽃을 피우고 마는" 이러한 "끈기"의 언어들이야말로 전망 부재의 시대 눈물겹도록 아름다운 소통의 전언이 아닐까.

현실주의 서사의 자기 갱신

—『개밥바라기별』『럭키의 죽음』『황금 지붕』을 중심으로

1

황석영의 『개밥바라기별』(창비, 2008)은 '회한덩어리였던 청춘'과 작별하면서 '얼마나 그때를 사랑했는가'를 새삼 깨닫게 되는 성장소설의 구도를 지니는데, '이야기 주고받기의 형식'을 통해 화자와 주변 인물들의 방황과 고뇌를 입체적으로 형상화하는 데 성공하고 있다. 화자 준과 여타의 작중 인물들이 이야기를 주고받는 형식은 전통 서사의 '이야기 돌리기' 양식을 연상시킨다. 준을 구심으로, 모범 학생 영길에서 문제적 개인 인호까지 다양한 스펙트럼을 형성하고 있는 화자들의 시선은, 선형적 서사를 구부리며 중층적인 의미를 생성시키고 있다. 이는 '해체를 위한 해체'의 악순환에 노출된 탈근대 지향의 서사와 성격을 달리한다. 중심(준)과 주변(여타의 작중 인물)이 팽팽한 긴장을 유지하면서 역동적 의미를 창출하고 있기

때문이다. 재구성을 전제로 한 해체의 한 양상을 보여주는 셈이다.

먼저, 젊은 독자들의 눈높이에서 서사가 진행되고 있다는 점을 지나칠 수 없다. 인터넷 한 포털사이트에 연재된 작품이기도 한『개밥바리기별』은 '새롭고 어린 독자'들과 '속 깊은 이야기'를 나누고 싶은 작가의 욕망이 투영되어 있는 성장소설이다. 작가는 '사춘기 때부터 스물한 살 무렵까지의 길고 긴 방황'을 펼쳐 보이며, '변하지 않는 젊음의 본질'을 통해 50여 년의 시간적 간극을 넘어서고 있다.

황석영은 짧고 간결한 문체로, 그 당시 그들만의 목소리를 생생하게 포착하고 있는데, 이 실존적 고뇌가 녹아 있는 젊음의 깊이와 너비는, '지금 여기'의 젊음과 접속하는 데 부족함이 없다. 그의 문체는 무거우면서도 경쾌하고, 섬세하면서도 간결하다. 역사의 무거움(격변의 근현대사)을 젊음의 밑그림으로 녹여내는 작가의 솜씨는 이를 보여주는 대표적인 예이다. 역사적 기억은 구체적 정황과 함께 젊음의 눈높이로 스며든다. 여기에서 젊음은 황석영 세대의 젊음이면서 동시에 '지금 여기'를 살아가는 젊은이들의 감수성이기도 하다. 이 '비동시적인 것의 동시성'이야말로『개밥바라기별』이 길어 올린 성장 서사의 정수이다.

화자는 '우리는 그해에 함께 피투성이가 되었다'라는 진술로 '그날들 속으로' 진입한다. 이어 1960년 4월 시청 앞 광장에서 총 맞아 죽은 친구의 모습을 영길의 목소리로 불러온다. 역사의 무거움은 친구의 죽음을 수습하는 영길과 준의 구체적 행동, 즉 '애들한테 총질이나 하고, 나쁜 놈들'이라는 준의 목소리와 몇 달 뒤 학교의 보조를 받아 중길이가 남긴 시 편들을 편집해서 시집을 내주는 장면으로 내면화된다. 역사에 대한, 그리고 역사에 희생된 친구에 대한 '그들 나름의 이별의식'인 셈이다. 이듬해 소위 '애국적 결단'으로 정권을 장악한 군부에 대해 '어린 신사들'은 '자아, 군바리 세상을 위하여!'라고 건배하며 그들 나름의 방식으로 전유한다. 이러한 태도는 그들의 눈높이로, 나아가 '지금 여기'의 눈높이로 역사와 젊음을 포착하는 사실주의 정신을 반영한다.

그러면, 삶과 죽음, 학교와 산(명동), 일상과 문학(예술), 사랑과 이별, 자아와 세계, 현재와 과거가 뒤엉킨 젊음의 풍경을 엿보기로 하자. 이 젊음의 표정은 작가가 작품의 서두에서 제시한 세 개의 명제로 압축할 수 있다. '미친 새는 밤새껏 울부짖는다.' '나는 가우데아무스 이키투르에 맞추어 젊음을 제(祭) 지내고 있네.' 그리고 '바다 바다, 그리고 마그네슘.' 첫 번째 명제는 공중변소에 살던 미친 여자의 죽음과 연관되는데, 삶과 죽음 그리고 광기가 내재된 젊음의 한 표정을 함축하고 있다. 오랜 방황을 거친 '준'이 다락방에서 자살을 감행하는 동기가 된다는 점에서 '참을 수 없는 삶의 무거움'(절망)을 표상한다. 두 번째 문장은 그림쟁이 장무가 죽기 전 요양원에서 보내온 엽서에 적힌 문구이다. 젊음과 예술에 대한 찬가(讚歌)이자 동시에 이를 떠나보내는 비가(悲歌)이다. 마지막 문구는 부산의 바닷가에서 수음을 하면서 읊은 인호의 엉터리 시 구절이다. 문학과 예술에 대한 낭만적 치기와 열정이 배어 있는 대목이다.

이들의 젊음은 삶과 죽음 그리고 예술(문학)이 뒤엉킨 우울하고 쓸쓸한 초상으로 표상되는데, 이는 '궤도에서 이탈한 소행성'의 모습으로 비유할 수 있다. '세월이 좀 지체되겠지만 확실하게 자신의 인생을 살아보고 싶은 욕망'이 투영된 셈이다. '교실 안의 몽상가'를 자처하는 젊음의 악동들은 '돌려서 다르게 말하기'에 심취해 있으며, '지금 여기'와는 '전혀 다른 경험'을 동경한다. 이에 몰래 시를 쓰며 암벽 등반에 골몰하거나(인호), '제도와 학교가 공모한 틀에서 빠져나가기'를 열망하고(준), 대학생과의 연애에 빠지기도 한다(상진).

하지만 이들의 '어른 흉내내기의 굳건해 보이던 지반'은 '현실의 벽'에 가로막혀 일시에 무너져버린다. 낭만적 열정과 '현실의 벽' 사이의 긴장은 세 번의 '여행'을 통해 준을 '성인'의 문턱으로 이끈다.

먼저, '소년 딱지 떼기 여행.' 준은 '못 가본 데가 너무 많'다는 생각으로 인호와 호남선 야간 완행열차에 몸을 싣는다. 이 여행은 '낭만적 열정'에 추동된 모험에 가깝다. 준과 인호는 방학이라 시골에 내려와 있던 정수와 영길을 차례로 찾는다. 정수가 합류하여 셋이 된 젊음의 방랑자들은 제주도행 배에 몸을 싣고 '서쪽 하늘에 번진 장엄한 낙조'를 보며 '드넓은 대륙'을 꿈꾸기도 하고, 부산의 바닷가에서 수음을 하며 '나는 바다 바다, 그리고 마그네슘!'이라고 외치기도 한다. 하지만 준은 이 여행을 통해 '다시는 소년으로 되돌아갈 수 없을 것 같은 느낌'을 받는다. 새로운 세상을 향하여 한 걸음 내디딘 셈이다. 이러한 젊음의 열정과 낭만적 치기를 동반한 여행은 '그해 여름 우리는 아무것도 아니었음을 절실하게 깨'닫는 계기가 된다. 지금까지의 삶을 되돌아보는 성찰의 시간을 요구하는 여행인 셈이다.

준은 여행에서 돌아와 그해 가을 '변두리 공고의 야간부'에 적을 두게 된다. '공업학교 야간부' 학생들의 삶을 마주하며 '명문고교의 어린 신사들의 모임'에 지나지 않았던 자신들의 젊음의 열정을 곱씹어보기 시작한다.

당시에는 명문고교의 어린 '신사들의 모임'을 서로가 대단하게 여겼지만 이제 와서 돌이켜보면 세상 어느 사회에나 있는 엘리트 놀이에 지나지 않았다. 그들은 좌절하거나 아니면 살아남아서 요 모양의 산업사회를 이끌어갈 사회 지도층이 되었다. 그들은 그맘때에 벌써 세계문학전집이나 사상전집 따위를 모조리 읽어치우고 어른들도 읽기 힘든 사회과학이나 철학책을 읽고 의젓하게 비평을 하며 토론을 주고받기도 했다.

그들은 사창가를 가거나 어두운 대폿집을 드나들며 퇴폐의 흉내도 냈지만 어느 길로 가는 것이 지도자가 되는 길인가를 잘 알았다. 절대로 자기 자신을 정말 방기하지는 않았다. 인호나 나처럼 온몸을 던지는 일은 곁에서 지켜보기에는 신나는 모험이었지만 그들 자신은 끝내는 신중한 충고를 하며 한 걸음 비켜섰다.

하지만 그들이 가진 매력 가운데 으뜸인 것은 역시 자기 존재와 생각을 서투르게 드러내지 않는 점이었다. 또한 밖으로 드러낼 때도 일부러 그것을 보편적인 사물에의 비유나 실제적인 것으로 바꾸어 표현했다. (…)

이런 길에서 탈락되었던 청소년기의 어느 때부터 나는 저절로 알아차렸다. 이들이 얽어내는 그물망 같은 사교가 서로 직조되어 일정한 그림으로 나타난, 이를테면 연애와 결혼, 성공과 실패, 출세와 낙오, 사랑과 야망 따위의 전형들이 결국은 한강을 둘러싼 자본주의 근대화 사회의 풍속도를 그려내고 있음을. 아니면 로스앤젤레스와 뉴욕에까지 연결되고 그 길은 더욱 확장되고 뚜렷해질 것이다.(『개밥바라기별』, 184~186쪽)

공업학교 야간부 학생들은 '소년이 아니라 가장이거나 스스로 생업을 꾸려가는 어른들'이었다. 그들은 이렇게 교실에 앉아 있어봤자 별수없다는 것도 알고 있으며 지금 배우고 있는 학과목들이 그들의 생활을 바꾸어주기는커녕 무력하게 만들 뿐이라는 사실을 예감하고 있었다. 그럼에도 불구하고 그들이 서로에게 갖던 끝없는 관심은 감탄을 불러일으키기에 충분했다. 그런 관심과 인정의 표현은 '직접적이고 노골적'이었는데, 저 어린 신사들의 '드러내지 않기'와는 대조적이었다.

다음으로 '미아'와 함께한 여행. 미아는 삶의 무게(생활/일상)를 묵묵하게 감내하고 있는 인물로 제시되어 있다. 그녀는 명문 대학을 우수한 성적에 합격했지만 가난 때문에 후년을 기약할 수밖에 없는 처지이다. 이러한 미아는 화자에게 양가적 감정을 불러일으킨다. 삶의 무게를 환기시키는 대상이지만, 한편으로는 '현실의 벽'에 좌절할지도 모른다는 경계심을 불러오기도 한다. 준의 내면엔 '잡다한 일상을 살아내야 하는 것과, 거기서 벗어나야 하는 무심함이 간발의 차이로 늘 함께 있다.' 이 둘 사이의 긴장이 미아에게 다가가지 못하게 한다. 끝내 도망가지 못하고, 미아와 함께한 잠자리는 '무미건조하던 은밀한 곳에 금이 가거나 구멍이 뚫린 것 같은 느낌'으로 다가온다. 준은 그대로 무너져버릴 것이라는 생각에 다시 탈출을 감행한다.

준은 '사춘기를 거치면서 겪었던 모든 일들과 읽었던 책들, 그리고 어정쩡하게 진학한 대학' 미아(사랑)까지도 벗어날 수 있는 여행, 즉 '자기 자신'에게서 해방될 수 있는 새로운 여행을 꿈꾼다. 한일회담반대 시위에 참여했다가 경찰서 유치장에서 만난 떠돌이 노동자 '대위'와의 동행이 그것이다. 지금까지의 자신을 버리는 여행인 셈이다. '살아 있음이란, 그 자체로 생생한 기쁨이다.' '사람은 씨팔…… 누구든지 오늘을 사는 거야'로 대변되는 대위의 인생철학은 준의 마음을 사로잡는다. 준은 대위와 고된 노동을 함께하면서 스스로의 힘으로 살고 있다는 실감 혹은 '목마르고 굶주린 자의 식사처럼 매순간이 소중한 그런 삶'을 체험한다. 하지만 대위의 삶 또한 듣기와는 달리, '고되고 험한 생활'의 연장임을 깨닫는다. 자신의 집에서 쉬어가자는 대위의 제안에 준은 그럴 바엔 집으로 돌아가겠다고 말하며 물러선다.

이러한 체험과 더불어 준은 글쓰기의 허위의식을 깨닫기 시작한다. 삶의 맨얼굴을 마주한 글은 얼마나 초라하고 보잘것없는가? 이제 글 따위는 쓰지 않기로 결심한다. 자신을 둘러싼 사물들은 명료한데, 반대로 스스로가 쓴 글은 아무 의미도 없거나 분명하지 않다는 절망감이 밀려오기 시작한다. 하지만 글을 쓸 수 없다면 그의 존재는 없는 거나 마찬가지이다. 이 세상에서 사라지고 싶은 생각은 여기에서 싹튼다. 어디선가 처절하게 들려오는 비명소리에 준이 응답한 것은 이 때문이다.

젊음의 방황은 이렇게 '영원히 돌아올 수 없는 출발점', 즉 '헤어지며 다음을 약속해도 다시 만났을 때는 각자가 이미 그때의 자기가 아니다'라는 자각과, '개밥바라기별'의 축축한 물기를 머금고, 베트남으로 향하는 여정 앞에서 마무리된다. '쏠리고 몰'리는 인생을 쓰다듬는, '개밥바라기별'의 이름만큼이나, '쓸쓸하고 예쁜' 청춘의 아스라한 여운을 남기고…….

황석영의 『개밥바라기별』은 50여 년의 시간을 가로지르는 젊음의 풍경을 아름답게 주조하고 있다. '성숙'으로 가는 '젊음'의 통과제의는 '각성'의 서사로 마무리되는데, 이는 '현실과 현실 너머의 긴장'으로 직조되는 근대소설의 대표적인 유형의 하나이다. 황석영 세대의 젊음은 이렇게 '지금 여기'의 젊음과 접속하며, 여전히 지속되는 '학교와 제도가 공모한 근대적 일상의 틀'을 심문한다.

2

이재웅의 『럭키의 죽음』(랜덤하우스코리아, 2007)은 작품들 각각의 도발적 제목이 시사하듯, '지금 여기'의 현실을 에둘러가지 않고 집요하리만치 정면으로 파고든다. 그의 짧고 간결한 문장은 근대적 일상의 이면을 관통한다.

「젊은 자식들이 아버지를 어떻게 망쳐놓는가?」는 화자(유내춘)의 내면의식을 초점으로, 그의 윗세대와 아랫세대의 삶을 성찰하고 있는 작품이다. 먼저, 윗세대를 살펴보자. 화자가 기억하기로 아버지 '유봉길'은 그가 보아온 풍경(1950년대의 거리든, 살인현장이든, 전쟁이든 간에)에 침묵했다. 화자 또한 윗세대에 대해 한 번도 진지하게 생각해보지 못했다. 이에 화자 세대는 윗세대와 소통하지 못한 단절된 세대라 할 수 있다.

그렇다면, 물질적 풍요로 대변되는 아랫세대는 어떠한가? 자식들은 '아버지는 우리들을 절대로 이해하지 못'할 것이라고 단정한다. 화자가 '자신의 젊은 아이들을 잘 알지도 못하고 너무 깊게 믿고' 있는 사이, 아들은 오토바이 사고를 내고 경찰서를 들락거리고, 딸은 '도시 외곽에 있는 산부인과에 가서 2개월이 채 못 된 아기'를 지운다. 이들 또한 부모 세대와 소통하지 못한다. 이렇듯 우리 사회를 지탱하고 있는 각각의 세대는 저마다 고립되어 있는 '섬'인 셈이다.

다음으로 화자인 '유내춘' 세대의 내면 풍경을 엿보기로 하자. 그는 '뒤는 고사하고 옆도 돌아볼 줄' 모르고 앞만 보고 달려온, 우리 시대의 물질적 풍요를 생산하는 중심 세대의 일원이다. 그러던 그가 직장에서 쫓겨나고, 주변을 돌아볼 여유가 생겼다. 그는 묻는다. '누가 인생을 되짚어볼 만큼 충분한 시간을 주었던가!' '누가 나에게 안식을 주어본 적이 있는가!' 물질적 풍요를 재생산하는 메커니즘에서 벗어나는 순간, 그에게 남는 것은 아무것도 없다. 한 세대의 허위의식과 몰락을 보여주는 대목이다. 근대의 메커니즘에서 이탈한 사건(실직)이 없었다면 이러한 사실도 모른 채 유내춘은 계속 앞으로만 달려갔을 것이다. 윗세대든, 아랫세대든, 화자의 세대든 모두 스스로의 삶에 침묵하면서……

"그래, 실컷 봐둬라. 지금은 너에게 아무런 문제가 없다고 생각되겠지?

아마 그럴 거야. 하지만 잘 봐둬. 너도 언젠가는, 정말 네 일상이 조금 흐
트러지는 언젠가는 너도 주체할 수 없는 무엇인가가 너를 덮쳐버릴 테니
까.”(「젊은 자식들이 아버지를 어떻게 망쳐놓는가?」, 33쪽)

인용문에 나타난 절규는 부모/자신/자식 세대 모두를 향하고 있다. 이
세 세대가 길항하며 '지금 여기'의 사회를 움직이고 있기 때문이다. 하여,
작가는 「젊은 자식들이 아버지를 어떻게 망쳐놓는가?」를 통해 견고해 보
이는 근대 사회의 풍요의 메커니즘이 실로 얼마나 허약한 지반 위에 서
있는가를 여실히 보여주고 있는 셈이다.

한편, 물질적 풍요를 생산하는 메커니즘에 한 발을 걸치고 있다고 해
도 상황은 그리 나아 보이지 않는다. 「인터뷰」의 화자는 일상의 궁핍함
때문에 최소한의 양심도 지키지 못하는 인물이다. 그가 쓰는 '말도 안 되
는 기사'는 '돈 많고 허영심 많은 인간들 앞에서 마치 박하사탕으로 고양
이를 유혹'할 때 흔들어대는 미끼와 같이 사용될 뿐이다. 화자가 만드는
잡지는 '시사 전문지인지 경제지인지 아니면 그저 흔한 종합 교양지인
지 분간이 안 되'는 '걸레'가 되어간다. 그는 '돈이 궁한 사람'이다. 화자는
'무슨무슨 정신사 연구소의 소장'이자 '노동위원회 총무'인 좌파 실천가
'전학태'를 취재 차 방문한다. 전학태의 허위의식이 발견될 때마다 화자
는, '중요한 것은 그를 얼마나 멋진 사상사이자 실천자로 그려낼 수 있느
냐는 것이며, 그로 인해 몇 푼의 돈을 더 움켜쥘 수 있느냐뿐'이라고 스스
로를 다잡는다. 하여, 이들이 생산하는 물질적 풍요(잡지의 기사가 될 것
이다)는 허위와 가식으로 가득 찬 쓰레기에 불과하다.

작가는 차분한 어조로 '웃지도 울지도 못할 지금 여기'의 풍경을 스치
듯 보여줄 뿐이다. 너무나 흐릿해서 지나치기 쉬운 우리 사회의 이면이

슬쩍 카메라에 담긴다.

나는 카메라를 들어 렌즈 너머의 전학태를 본다. 전학태의 얼굴을 클로
즈업한다. 여유로우며 희미한 미소가 다가오고, 다음 순간 그 이면의, 그
것을 떠받치고 있는 듯도 하고 그것에 가린 듯도 한, 미소와는 전혀 다른
세계에 속한 그의 실체가 드러난다. 거친 이마의 주름살, 약간 올라간 눈
꼬리, 땀구멍, 눈가의 주름살들, 잠시 흔들리는 동공, 그놈의 방석코와 비
웃고 있는지 아니면 미소 짓고 있는지 분간하기 힘든 입술, 지저분한 턱수
염. 그의 표정이 갑자기 무서워지더니 다시 밝아진다.(「인터뷰」, 57~58쪽)

인용문은 전학태의 '여유로우며 희미한 미소' 이면에 비낀 '무기력하
고 슬픈 한 늙은이의 모습'을 포착한 대목이다. 화자 또한 타락한 진보 인
사의 한 전형인 전학태와 별반 다르지 않다. 다만, 물질적 풍요를 재생산
하는 우리 사회의 메커니즘에 대한 흐릿한 자의식을 지니고 있을 뿐이
다. 이 전학태와 화자 사이의 미세한 거리감이 위의 장면을 포착하게 한
것이다.

「젊은 노동자」의 마지막에는 「인터뷰」의 풍경을 연상시키는 한 장면
이 음각되어 있다.

"넌 떠나버릴 거야. 그렇지? 넌 이곳에 오래 머무르지 않을 거야. 너희
들은 마치 백년만년 이곳에 머무를 것처럼 얘기하지만 1년도 채우지 못하
고 모두 떠날 거야. 너희들은 이곳을 잊을 거고, 이곳에서 보낸 시간들을
수치스러워할 거야. 너희들이 파업을 계획할 수 있는 건 너희들이 떠날 곳
이 있기 때문이야."(「젊은 노동자」, 81~82쪽)

젊은 노동자 중택이 취직한 빵공장에서 일군의 노동자들이 파업을 계획한다. 하지만 '그 누구도' 그들의 전단지를 읽어주지 않는다. 진짜 노동자 황득수의 비난이 부메랑이 되어 돌아올 따름이다. 젊은 노동자 중택 또한 파업에 관심이 없다.

중택은 도시 빈민촌 출신이다. 어머니는 일찍 죽었으며, 아버지는 장애인이자 주차장지기였다. 그는 중학생 때 자신의 삶의 조건이 형편없다는 사실을 깨닫고 방황한다. 술을 마시고, 도둑질을 하고, 가출 소녀들과 어울려 다녔다. 그때 만난 여자 친구 윤경은 두 번이나 낙태 수술을 받았다. 그러던 어느 날 싸구려 여인숙에서 눈을 떠보니 스물두 살이었다. 자신의 삶을 처음으로 슬퍼했으며, 큰 소리로 울었다. 그는 어디론가 떠나야 했고, 새 출발이 필요했다. 하지만 갈 곳이 없었다. 다시 거리를 헤맸다. 그러다가 친구의 도움으로 빵공장에 취직하게 되었다.

중택이 빵공장에서 만난 박 반장은 주목을 요하는 인물이다. 그는 마흔두 살이며, 두 딸의 아버지다. 스무 살부터 빵공장에서 일했으며, 본사의 노조 설립에 지대한 공을 세운 베테랑이다. 그는 지긋지긋한 공장에서 벗어나려고 주방용품 대리점도 차려보고 빵공장도 열어보았으나, 모두 실패했다. 지금도 이 생활을 그만둬야겠다고 생각한다. 그가 중택의 게으름을 질책하자, 중택은 '저는 아무 문제가 없어요'라고 답한다. 이에 박 반장은 '나도 젊은 시절에는 그렇게 말했지. 내 아버지에게도, 작업반장에게도'라고 응답한다. 박 반장은 '파업을 하겠다는 녀석들'은 물론 '젊은 노동자' 중택의 잿빛 '미래'를 보여주는 인물이다. 그것도 '아주 짧은 순간 돌아갈 곳을 잊'은 '이들'이 길을 찾았을 때 그러하다는 것이다. 하지만 작가는 이들이 길을 찾을 가능성조차 열어놓고 있지 않는데, 이는 냉혹한 근대의 메커니즘 앞에 어찌할 바를 몰라 바르르 떠는 '젊은 노동자'의 절망에 관심의 초점이 있기 때문이다.

한편, 「위안」의 용석은 만사가 귀찮아지고, 삶이 구질구질하게 느껴져 당장에 그것에서 벗어나지 않고는 견딜 수 없어 여행을 떠난다. '젊은 노동자' 중택이 떠나고자 했으나 떠날 곳이 없어 다시 거리를 방황했듯이, 용석의 여행 또한 다른 도시를 헤매는 것에 다름 아니다. 그는 술을 먹고, 게임을 하고, 여자를 사는 일로 소일했을 따름이다. 여행은 그나마 유지되었던 삶을 뒤죽박죽으로 만든다. 용석은 여자에 속아 돈을 날리고, 술에 취해 운전하다 외제차를 들이받고 도망치듯 서울로 올라온다. 돌아온 용석은 즐겨 찾던 연탄 게임장에 들어선다. 평소처럼 대해주는 사람들이 마음에 든다. 용석을 맞이하는 박성순 최원식, 게임장 사장, 종업원 유진 등은 삶의 막다른 벼랑에 몰린 사람들이다.

　그는 주스를 마시다 말고 고개를 들어 용석을 바라보았다. 그리고 이제껏 자신을 빤히 내려다보던 용석이 갑자기 소파에 기대어, 두 손으로 소파 팔걸이를 꽉 움켜쥔 채 눈물을 흘리고 있는 모습을 보았다.

　"자네 무슨 일 있나?"

　박성순은 놀라서 물었다.

　용석은 손을 내저었다. 하지만 그는 눈물을 참느라고 얼굴까지 붉게 달아올라서는 어금니를 힘껏 깨물고 있었다.

　"왜 그래? 무슨 일 있어?

　박성순은 여전히 의아해하며 물었다. 그리고 잠시 후, 연탄 게임장 안의 모든 사람이 용석에게로 고개를 돌렸다. 그것은 용석이 어깨까지 들썩이며 어미 잃은 짐승의 새끼처럼 큰 소리로 울어댔기 때문이었다. 연탄 게임장의 사람들은 그 영문을 몰랐다. 하지만 그들은 용석이 소파 팔걸이를 꽉 움켜쥔 채, 얼굴 전체로는 눈물을 비 오듯이 쏟아내면서, "돌아왔어, 씨발 돌아왔어" 하고 처량하게 읊조리는 말만은 들을 수 있었다.(「위안」, 249쪽)

용석의 울음은 '만사가 귀찮아지고, 삶이 구질구질하게 느껴져 당장에 벗어나지 않고는 견딜 수 없는' 그 '일상'마저 지키기가 벅찬 막다른 골목에 몰린 자의 비애이자, 거기에서 '위안'을 발견하는 것 이외에 다른 도리가 없는 소외된 자의 절규이다. 따스하면서도 섬뜩한 장면이다. 이는 벼랑으로 내몰린 자들의 '자기만족'에 가까운 '위안'이기 때문이다. 용석은 이제 앞으로 나아갈 수도, 그렇다고 뒤로 물러설 수도 없다. 근대적 일상의 비극성을 이보다 전면적으로 드러낼 수 있을까?

「럭키의 죽음」과 「신년 연하장」은 우리 시대 소시민의 양가적 내면을 탁발하게 포착한 수작이다. 이재웅이 새롭게 개척하고 있는 리얼리즘의 영역을 보여주는 예라 할 수 있겠다.

작가는 「럭키의 죽음」에서 황노인을 바라보는 화자의 양가감정을 집요하게 추적하고 있다. '순진무구한 영혼이거나 그에 가까운 영혼의 소유자', 즉 '사회의 영악함과는 어울리지 못하는 천성'을 지닌 황노인은 '지금 여기'를 살아가는 사람들에게 '불편함' 혹은 '짜증'의 감정을 불러일으킨다. 삶의 맨얼굴을 보여주고 있기 때문이다. 화자는 그를 받아들일 수도, 그렇다고 내칠 수도 없는 딜레마에 빠진다. 그를 대하면 인간적으로 몹쓸 짓을 저질렀다는 죄의식과 그와 얽혀봐야 득 될 것 없고 귀찮게 될 거라는 경계심이 동시에 발동한다. 하지만 늘 후자의 감정이 전자의 그것을 밀어내기 일쑤인데, 이는 우리 사회가 지닌 냉혹함을 잘 보여주는 대목이다. 근대를 살아가는 소시민의 내면을 냉정하게 응시하고 있는 작가의 시선이 부담스러운 이유도 이와 무관하지 않다. 반성은 익숙하지만, 이를 행동으로 옮기는 것에는 질색인 존재가 바로 근대인이기 때문이다.

「신년 연하장」 또한 뒤틀리고 왜곡된 화자의 내면을 집요하게 포착하고 있다. 쉰둘의 가난한 홀아비 진생이 신년 연하장 문구를 놓고 벌이는 분열된 의식의 쟁투는 우리 문학에서 찾아보기 쉽지 않은 명장면이라 할 수 있다. 특히 일자리를 소개해준 은사를 연상하는 대목은 단연 압권이라 할 만하다.

사정이 이렇게 되고 보자, 그는 짜증이 치밀었다. 그리고 그것은 곧 옛 대학 은사에 대한 원망으로 이어졌다. 방금 전까지는 경비 일을 알선해준 것에 대한 고마움으로 그에 대해 칭송했지만, 이제 우연히 그를 만나 경비 일을 얻게 되고, 또 그로 인해 이렇게 신년 연하장까지 보내야 하며, 다시 그로 인해 자신이 이토록 고통을 받는다고 생각하니 차라리 그와 만나지 않는 게 몇십 배는 나았을 거라고 생각하게 되는 것이다.

'이래선 안 되지. 이건 인간에 대한 예의가 아니거든.'

그는 마음을 진정시켜보려고도 했다. 하지만 그와 동시에 괜한 인연으로 영 귀찮게 되었다는 생각이 불쑥불쑥 솟아나곤 했다. 짜증은 더 커졌다. 그러자 어느 순간 그는 이제 신년 인사말 따위는 안중에도 없게 되고, 은사에 대한 더 큰 원망만 이어졌다. 그것은 힘든 경비 일과 관계된 것으로, 말하자면 옛 은사랍시고 일자리를 소개시켜준 게 고작 경비 일이라고 생각하게 되는 것이다.

'월급이라고는 몇 푼 되지도 않고, 귀찮고 지루하기 짝이 없는 그런 일자리나 소개시켜준단 말이야?'

그는 또 이렇게도 생각했다.

'만약 은사가 이 일자리를 소개시켜주지 않았던들, 강원택 같은 놈하고

상종할 일도 없었을 것 아니야?'

　이런 생각까지 들자, 그는 이제 지금 그가 겪고 있는 모든 불행의 씨앗
이 은사로부터 비롯된 듯한 느낌을 받았다.(「신년 연하장」, 206~207쪽)

　일자리를 갖게 해준 고마움을 표현하려고 준비한 신년 연하장. 하지
만 문구를 작성하는 과정에서 주객이 전도된다. '고마움'은 어느새 '은사
에 대한 원망'으로, 나아가 '지금 그가 겪고 있는 모든 불행의 씨앗'이라
는 느낌으로 번져나간다. 이러한 의식의 흐름을 섬세하고도 꼼꼼한 필치
로 포착하고 있는 작가의 시선은 우리 근대문학의 소중한 자산의 하나라
할 수 있다. 이를 통해 작가는 세상과 불화하는 소시민의 도도하고 삐뚤
어진 성격을 우리 소설 인물사의 목록에 추가하고 있다. 근대적 일상의
구석구석을 파헤치는 작가의 치밀한 시선이 돌올하게 빛나는 대목이다.

3

　오수연의 『황금 지붕』(실천문학, 2007)은 지상에 발붙일 곳조차 없는 비참
한 처지에 놓인 사람들의 삶에 '어떻게' 다가갈 것인가의 문제를 집요하
게 천착한다. 개개의 작품들은 체험 서사의 극한을 연상시킬 정도로 긴
박한 현장감을 지니고 있다.

　『황금 지붕』에 실려 있는 작품 중 「여름방학」을 제외한 나머지 6편은
전쟁 피해 지역의 삶을 다루고 있다. 각각의 작품들은 구상과 추상 사이
에서 다양한 스펙트럼을 연출하고 있는데, 「문」이 가장 구체적이고 사실
적인 경향을 띠고 있다면, 「재칼과 바다의 장」은 가장 실험적이고 추상적

인 성향을 지니고 있다. 이들 사이에서 나머지 작품들이 저마다의 목소리로 공명하고 있는 형국이다.

주지하듯, 체험의 직접성을 강조하는 작품은 사실주의 경향을 띠기 마련이다. 체험의 생생함이 진한 감동을 불러오기 때문이다. 하지만 체험하는 사건이 이해 가능하고, 그것에 의미를 부여할 수 있을 때만 그렇다. 오수연이 이번 작품집을 통해 보여주고 있는 구상의 해체는 그가 체험한 현실이 이해 불가능한 어떤 것이라는 사실에서 기인한다.

현실에서는 도저히 일어날 수 없는, 나아가 도저히 이해할 수 없는 일이 눈앞에서 태연히 벌어지고 있는 현장에서 작가는 무엇을 할 수 있는가? 오수연의 문제의식은 여기에서 출발한다.

사실주의적 성향이 강한 「길」에서부터 논의의 실마리를 잡아보자. 이 작품에는 전쟁 피해 지역을 돕기 위해 현장에 온 다양한 군상들의 내면이 잘 드러나 있다. 먼저 피해자들의 모습을 살펴보자.

이들은 여러 나라 사이에 낀 나라 없는 종족의 한 부족이었다. 그 종족은 부족마다 종교는 이 나라, 생활방식은 저 나라, 언어는 또 다른 나라에 보다 가까운 식으로 달리 조합되어, 국경지대에 색상표처럼 펼쳐져 있다. 주변 모든 나라가 그 종족을 골치 아픈 적의 첩자로 간주했다. 전쟁이 나서 국경이 요동칠 때마다 그 종족은 밀고 당기는 양쪽에 번갈아 보복과 학살을 당하게 마련이었다. 이 나라의 독재자는 이 부족이 살고 있던 지역을 잠깐 점령한 시기에 골칫거리를 아예 없애버리려고 이들을 이 나라 안쪽 깊숙이, 황무지 한가운데로 강제이주시켜버렸다. 이번 미국의 침공으로 독재정부가 망할 때까지, 이들은 난민촌에서 반경 삼 킬로미터 이내 보이지 않는 감옥에 갇혀 있었다.(「길」, 143쪽)

주민들은 '난민촌을 도와달라고 해야 할지, 그게 아니고 자기들이 이 난민촌을 떠나게 도와달라고 해야 할지' 모를 정도로 무력하다. 난민촌은 외국인들이 봉사할 수 있는 시설은커녕 주민들이 최소한의 삶을 영위할 그 어떤 시설도 돌아가지 않고 있는 실정이다. 이 나라 사람들은 '아무리 죽고 고생해도 전쟁의 피해자이지 반대자'가 되지 못한다.

리안의 주선으로 화자 그리고 '박'이 난민촌을 방문한다. 리안은 전쟁 중에도 인간 방패로 이 나라에서 버텼으며 전쟁 이후에는 전쟁 피해 조사를 한다고 참혹한 곳만 찾아다니는 자원봉사자이다. 그는 '약자 편에 선다는 원칙에 충실'하며 '가난한 사람들을 직접 만나야' 한다고 생각한다. 하지만 방문한 난민촌에서 '그들'이 주는 물을 받아먹지 않으며, 호텔만 나서면 어디를 가든 화장실에 들르는 법이 없다. '리안'과 '그들'은 꼭 그만큼의 거리감을 유지하고 있다.

'박'은 '이 나라 사람들을 돕고 싶다는 마음 하나'로 사비를 털어온 인물이다. 하지만 '마음 하나만 갖고 여기서 할 수 있는 일은 없'다는 사실을 깨닫는다. 그는 난민촌에서 아이들에게 돈을 나누어준다.

일행은 한국의 조그마한 단체들의 선발대 한두 명이 급히 만나(일부는 인천공항에서 처음 만나기도 했다), 여기까지 같이 온 임시적인 단체이다. 뭐라도 해야만 되겠다는 마음(평화는 좋고 전쟁은 싫으며 전쟁 피해자를 돕고 싶다는 뜻) 하나로 여기에 왔으나, 마음만 갖고는 안 된다는 걸 뼈저리게 실감한다. 하지만 어떻게 해야 하는지는 아직도 알 수 없다. 이를테면 난민촌에서 '박'이 한 행동을 막아야 한다는 생각(아이들만이 아니라 어른들까지 모욕하는 행위라고 생각하기 때문에)을 가지고 있으나 행동에 옮기지는 못한다. 어쨌거나 이제껏 난민촌을 다녀온 외국인들 중에 뭐라도 한 사람은 '박'뿐이었기 때문이다.

그리고 한심한 한국 단체들도 있다. 그들은 한국 단체라는 스티커만 열심히 붙이고 다닌다. 그들 중 두 단체는 점령군 미국을 협력 단체로 삼는다. 미군의 홍보 문건에 올랐다고 자랑스럽게 선전하고 국내에 뿌듯한 실적을 올렸다고 급히 타전하는 단체는 한국 단체 그 둘뿐이다.

상황이 이러한데, 어떻게 '그들'에게 다가갈 수 있겠는가? 헤어지면서 같이 울어주는 것 이외에 할 수 있는 일이 거의 없어 보인다.

"우린 너무 비참해. 너는 외국인이라 이런 말 못 하겠지만, 나는 이 나라 사람이니까 말할 수 있어. 우린 너무 비참해!"

알리가 분통을 터뜨렸다. 그러나 목소리가 점점 떨렸다. 눈물 많은 알리. 독재자한테 처형당한 자기 형 이야기를 할 때는 물론이고, 성자들의 계보를 설명해주다가도 자기 혼자 감동해서 훌쩍이곤 하는 알리.

"당신들 잘못이 아니야. 나라도 그렇게 됐을 거야."

김도 눈물이 쏟아졌다.

"독재도, 미군도, 우리는 어느 쪽도 원하지 않았어. 둘 다 우리가 선택한 것이 아니야. 그것들은 벼락처럼 우리한테 차례로 떨어졌어. 정말 이렇게 살고 싶지 않아."

"누구도 이렇게 살 수는 없어."

둘은 서로 반대 방향을 쳐다보며 울었다. 하나가 잠잠해지려 하다가도 다른 하나가 흑흑거리면 다시 감정이 복받쳐 울고, 잠잠해지려다가 자기가 또 흑흑거려 다른 하나를 울리면서 속시원히 울었다.(「길」, 165~166쪽)

'알리'는 '제 동포를 돕는 일행'을 자발적으로 따라나선 현지인이다. 그는 '김의 일행'이 '조금 더 있거나 덜 있거나 별로 상관이 없'다는 사실을 잘 알고 있다. 자신들의 문제가 해결되기 위해서는 많은 시간이 필요하기 때문이다. 혹 그의 아들, 그의 손자들의 세대까지 문제가 해결되지 않을 수도 있다. 하여, 세상 어딘가 '그들'을 이해하는 사람이 있다는 사실에 위안을 삼을 수밖에 없다. 화자는 그들의 '일행이 여기 남길 수 있고 또 남길 수밖에 없는 결실'이 '사람'(알리)이라는 사실, 즉 그들과 주고받는 마음뿐이라는 것을 실감한다. '내 말을 믿어. 너희는 최선을 다했어.'라는 알리의 위안을 뒤로하고 현지를 떠나는 화자의 심정은 어떠하겠는가?

이러한 '연대의 마음'으로 '그곳'의 상황을 덮는다는 것은 너무 감상적이고 휴머니즘적인 결말이 아닌가? 「황금 지붕」「문」「소리」는 이러한 문제의식에서 출발한다. 이들의 삶에 더 다가갈 수는 없는가? 「황금 지붕」에서 작가는 현지인 앞에 선 스스로의 자의식을 더욱 날카롭게 벼리며 '그들'의 삶으로 성큼 다가선다.

먼저, '우리'와 '그들' 사이의 경계에 대해 심문한다. 검문소에 세로로 줄이 길게 늘어서 있다. 검문소를 꼭 지나가야만 하는데 점령군들이 알은체를 하지 않아 주민들이 세 시간이나 기다리고 있다. 검문소를 지나갈 필요가 없는 화자와 동료가 옆에 서서 알리지 않았다면 점령군은 절대로 초소에서 나오지 않았을 것이다. 이렇듯 그들은 세로줄에 서 있고, 화자는 가로줄에 서 있다.

나의 여권은 절대로 강하지 못하고 그렇게 부유하지도 않다. 나의 일부는, 얼마 만큼인지는 몰라도, 여전히 세로줄에 남아 있다. 그리고 가로줄의 나를 인정하지 않을뿐더러 비아냥거린다. 이 무슨 주제넘은 짓인가. 먹고살 만해졌다고 가로줄에 슬쩍 끼어든 내가 스스로 아니꼽고, 자신에 대해 뜨거운 질투심마저 끓어오른다. 주민들한테 '땡큐'라는 말을 들을 때마다 나는 흐뭇하면서도 미안하고, 창피하다 못해 화난다. 하지만 동료들이 서구 합리주의와는 다른 아시아적 가치를 정중히 존중하면 나는 또 뜨끔하고 속이 터진다. 형태가 불안정한 나는 수시로 돌변한다. 나는 오리엔탈리즘에 신경질적으로 반응하는 오리엔탈리스트이자, 자주를 신뢰하지 않는 민족주의자다. 근대를 두려워하는 근대주의자, 개발에 반대하는 개발론자, 평화를 회의하는 평화주의자이다. 나는 나의 일부를 믿지 못한다. 가로인지 세로인지 몰라도. 항상 정반대의 두 가지 생각이 한꺼번에 떠오르는, 나의 전부도 믿지 못한다.(「황금 지붕」, 238~239쪽)

'가로줄'과 '세로줄', '우리'와 '그들' 사이에서 정체성의 혼란을 겪고 있는 화자의 내면이 잘 드러난 대목이다. 이러한 팽팽한 긴장에서 '세로줄', 즉 '그들'에게로 무게중심이 옮겨가면서 오수연의 작품세계는 전환을 맞이한다.

만약에 '점령군'이 온다면 '외국인으로서 방패'가 되어야겠지만, '혼자 점령군을 막아야 한다거나 막을 수도 있다는 생각'은 결코 해본 적이 없는 화자가, '자존심'을 허물고 '공포만이 질척거리는' 마음을 이끌고(비록 '그들' 뒤로 숨는다는 심정이지만), '그들'의 공간으로 내려가는 대목은 이를 보여주는 대표적인 예이다. 물론 여기에는 다음과 같은 따스한 공감과 소통의 과정이 매개되어 있다.

어둑한 거실에 조그만 전기난로 하나 발갛게 켜 있으며, 고만고만한 소녀들과 어머니가 둘러앉아 있다. 막내딸은 엎드려 전기난로 불빛에 숙제를 하다가 연필을 입에 물고 쳐다보았다. 옆방 문이 살짝 닫히는 걸 보니 남자들은 여자 손님인 나를 피해 방으로 들어가는 모양이었다. 문턱을 넘자마자 현관에 뭉텅 진흙을 찍어놓은 신발을 내가 벗으려고 해도, 아가씨는 한사코 내 손목을 잡아끌었다.

"오케이, 오케이."

어머니가 나더러 어서 오라고 두 손을 들어 연신 끌어당기는 시늉을 하면서, 무릎에 덮은 담요를 훌쩍 걷어 자기 옆에 자리를 마련해주었다. 나는 어기적거리며 걸어가 등에 멘 가방을 내려놓고, 물이 뚝뚝 떨어지는 점퍼를 벗어 그 위에 걸쳐놓았다. 그제야 진흙투성이 신발을 벗기는 했으나 양말에도 흙탕물이 흠뻑 배어, 바닥에 몇 겹으로 깔린 담요 위에 올라서기가 미안했다.

"음음, 음음!"

오케이라는 말도 하기가 쑥스러운 어머니가 안타까운 신음 소리를 내며 자기 옆자리를 손바닥으로 두드렸다. 나는 마침내 담요에 주저앉았다. 젖은 바지가 다리에 감겨 몸이 부르르 떨렸다. 어머니가 채근하여 아가씨는 차를 끓이러 부엌으로 뛰어 들어갔다.

얄팍하고 홀쭉한 유리잔에 설탕이 두텁게 깔리고, 진한 홍차가 가득 부어졌다. 설탕은 몇 알갱이만 솟구쳤다가 한들거리며 가라앉았는데, 당분이 녹아 투명한 줄기가 되어 위로 뻗어 올라갔다. 차 표면에는 하얀 김이 어리더니 한 바퀴 돌고 사라졌다. 설탕에 파묻힌 찻숟가락을 나는 가만히 빼서 접시에 내려놓고, 유리잔 가장자리를 두 손가락으로 집어 입에 댔다. 달아서 혀가 짜릿하고 목구멍은 뜨거워서 꿈틀했다. 식도와 뱃속은 부드럽게 요동쳤다. 난로에 가까운 내 스웨터 소매에서부터 김이 무럭무럭 피어올랐다. 나는 소름이 끼쳤다. 차고 눅눅한 삼층에서 뼈에 사무친 냉기가 피부로 배어 나왔다. 다시 소름이 끼쳤고, 냉기가 또 내어 나왔고, 몇 차례 소름이 온몸을 훑고 지나갔다. 비로소 나는 노곤해졌다.(「황금 지붕」, 222~223쪽)

이러한 과정을 거쳐 화자는 '그들'의 시공간, '지상에 없는 장소'에 합류한다. 이 지점에서 시간과 공간의 변형이 일어난다. 화자가 존재하는 '지금 여기'의 거꾸로 가는 시간과 우그러진 공간이 근대의 객관적 시공간을 밀어내기 시작한다.

다시 말해, 『황금 지붕』을 지배하고 있는 아우라인 시공간의 변형과 전치는 '그들'의 삶을 자신의 삶으로 끌어들이는 작가의 치열한 내면의식을 바탕으로 형성된 것이다. 체험적 글쓰기의 극한을 보여주는 한 대목이라 할 만하다.

추상(주관적 시공간)이 구상(객관적 시공간)을 밀어내는 과정을 뒤따라가보자.

삼십 분쯤 뛰어가도 풍경이 똑같을 것 같은 이 황무지가 검문소가 있음으로써 좌표로 나뉜다. 검문소 왼쪽이 왼쪽이며, 검문소 오른쪽이 오른쪽이다. 사람들은 똑바로 가지 않고 왼쪽에서 오른쪽으로, 또 오른쪽에서 왼쪽으로 이 지점을 향해 모여들어 줄을 선다. 줄 서 있는 발밑이 여기고, 검문소 너머는 저기다. 그런데 여기에서 저기까지 거리는 매우 신축적이다. 오 분일 수도, 열두 시간일 수도 있다. 공간이 볼록렌즈 형이거나 말안장 형이라는 말을 나는 이제야 이해하겠는데, 한 가지 이견이 있다. 공간을 우그러뜨리는 힘은 질량이나 중력이 아니다. 저것이다. 두두두두.(『황금 지붕』, 233~234쪽)

화자가 발 디디고 있는 땅에서는 '검문소'가 있음으로 '좌표'가 생긴다. '줄 서 있는 발밑'(여기)과 '검문소 너머'(저기) 사이의 거리는 매우 '신축적'이다. 이 거리는 '오 분일 수도, 열두 시간'일 수도 있는데, 이 '공간을 우그러뜨리는 힘은 질량이나 중력'이 아니라, 점령군의 총구이다.

　제 맘대로 왼발 앞에 오른발을 또 오른발 앞에 왼발을 내디딜 땅을 빼앗긴 사람들은, 왼발을 내디딜 일 초, 또 오른발을 내디딜 일 초 또한 빼앗긴다. 지금 이 순간은 이들에게는 강제된 순간이고 없어야 좋을 순간이다. 이들에게는 시간이 오히려 거꾸로 간다. 남자들로부터 몇 미터쯤 떨어져 따로 세로줄을 서 있는 여기 여자들은, 머리끝부터 발끝까지 검은 옷을 치렁치렁 드리웠다. 수십 년 전 할머니 세대는 당시 세계적 유행에 따라 미니스커트를 입기도 했으나, 장벽에 갇힌 그들의 손녀들은 민족정신과 전통으로 회귀했다. 같은 자리에 서 있으되 이들은 과거로 밀려나고 있다. 이들은 다른 시간대에 서 있다. 이들은 여기 있으나 지금 이 순간에는 없다. 이들은 존재해도 존재하지 않는다.(「황금 지붕」, 237쪽)

　공간을 빼앗긴 사람들은 시간 또한 빼앗긴다. '이들에게는 시간이 오히려 거꾸로 간다.' 이들은 근대의 시간과 '다른 시간대'에 서 있다. 따라서 '그들'은 '여기 있으나 지금 이 순간에는 없'으며, '존재해도 존재하지 않'는 존재이다. 이들의 시공간을 내면화하고, 스스로가 서 있는 지점을 직시하자 지금까지 우리가 믿어왔던 객관적인 시공간이 붕괴되기 시작한다. 화자는 '모든 곳이자 아무 데도 아닌 오직 한 지점, 접히고 찌그러지고 압축되다 못해 터져버리려는 빅뱅의 직전'에 서 있는 자신을 실감한다.

　여기는 어디의 동서남북도 아니고, 어디로부터 멀지도 가깝지도 않다. 여기에는 전진도 후퇴도, 과거도 미래도 없다.(「문」, 36쪽)

여기가 아무 장소가 아닌데, '저기나 거기라는 게 과연 아직도 굳건히 버티고 있을까?' 그렇다면 몇 주 후 화자가 돌아갈 고향(한국)은 어디에 있는가?

내 고향은 여기의 동쪽이어야 하지만, 여기가 세상 어디 지점이 아닌데 거기인들 어느 방향과 거리에 위치할 수 있겠나. 땅이 제각각 성스럽고 불가피하며 정당한 이유로 갈가리 찢겨, 파편들이 제각각 정처 없이 떠간다. 특히 작은 한 조각, 나의 고향이 멀어져간다.(「황금 지붕」, 251쪽)

오수연의 소설은 '우리'가 아닌 '그들'의 '눈'(시공간)으로 세상을 바라보았을 때, '지구를 우그러뜨리는 장력과는 반대의 힘', 즉 '각기 무수한 꽃잎을 가진 무수한 꽃송이로 피어나려는 땅의 의지'를 읽을 수 있다는 기도문이다. 이러한 기도가 '나'를 구하는 것이기도 하다는 작가의 말이 오랫동안 기억에 남을 듯하다.

지금까지 일별한 황석영·이재웅·오수연의 작품들은, 인류가 일구어 낸 문명의 거대한 탑에도 불구하고 우리의 삶은 여전히 고통스럽고 진부하다는 사실을 환기한다. 2000년대 이후 부상한 일군의 가벼움의 서사와 구별되는 이들의 문제의식은, 자본의 논리에 은폐된 일상의 폭력성에 대해 강력한 거부의 수사학을 펼쳐 보인다. 부정하고 극복해야 할 근대적 일상이 보듬고 살아가야 할 실존의 장이기도 하다는 사실을 스스로 감내하는 순간, 이 거부의 수사학은 희미한 빛을 발하는 구원의 서사로 몸을 바꾼다.

서사의 힘

—『오 하느님』『전갈』『바리데기』천천히 읽기

1

한국 소설사의 한 봉우리를 쌓아 올린 작가들이 나란히 장편을 냈다. 이미 문학사의 한 페이지를 장식하고 있음에도 불구하고 여전히 진행형의 작품세계를 펼쳐 보이는 사실이 놀라우면서도 반갑다.『오 하느님』『전갈』『바리데기』는 한반도의 영역을 넘나들면서, 일제강점기에서 동시대에 이르기까지를 배경으로 '지금 여기'의 정체성을 심문하고 있다. 이 세 작품은 모처럼만에 본격 서사의 진경을 감상하는 즐거움과 더불어 여전히 건재한 서사의 힘을 확인하는 계기를 제공하고 있다.

소재나 주제의식이 아무리 기발하다해도 이를 흥미 있게 구조화하지 못한다면 독자들에게 외면당하기 십상이다. 절반의 실패작인 셈이다. 조정래의『오 하느님』(문학동네, 2007)은 단숨에 끝까지 달려가게 하는 소설이라는 점에서 절반의 성공을 전제로 한 작품이다. 극적인 상황 설정, 간결하고 명료한 문체, 공간을 중심으로 전개되는 급박한 장면 구성, 주제 의식의 명징성 등은 이를 뒷받침하는 장인정신의 발로다.

『오 하느님』을 지배하고 있는 정서는 다음의 인용문에 잘 드러나 있다.

> 하얗게 눈 덮인 대지는 피로 붉게 물들었다. 그 위에 다시 눈이 내려 덮었다. 그러나 다음날이면 눈은 또 붉게 물들었다. 마치 하늘과 인간이 거대한 화폭의 추상화를 그리고 지우는 다툼을 벌이는 것 같았다. 그런데 인간들이 이기고 있는 것처럼 보일 지경이었다.(『오 하느님』, 115쪽)

하늘(눈)과 인간(피)의 처절한 투쟁, 이 다툼에서 '인간들이 이기고 있는 것'처럼 보이는 잔혹한 풍경. 주인공은 일제 말 일본군으로 징집된다. 전쟁포로가 되어 소련군으로, 다시 포로가 되어 독일군으로 참전한다. 종국에는 미군의 포로가 되어 비극적 최후를 맞는다. 『오 하느님』에는 전쟁 중 살아남기 위해 몸부림치는 이름 없는 민중들의 애환과 절망이 생생하게 그려져 있다. 이 민초들의 구체적 삶은 '일본/중국/소련/독일/미국' 등 강대국들의 이권다툼(자신의 국권/국민을 보호하려는 근대 국가주의)에 희생되는 '약소민족/국가'의 이야기로 확장된다.

먼저, 이들이 지켜야 할 조국도, 수호해야 할 그 어떤 신념도 없이 전쟁에 참여했다는 사실을 지나칠 수 없다. 자국민을 보호해주지 못하는 조선의 현실과 나라 잃은 민족의 비애가 포개진다. 이들과 더불어 연해주로 이주하여 남의 땅에서 남의 국민으로 살아야 하는 사람들, 즉 중앙아시아의 여러 지역에서 징집되어 온 소련 지배하 고려족의 비극이 더해진다. 민족사의 수난이 서사를 압도하고 있는 형세여서 숨이 막힐 지경이다.

자신의 민족과 국가를 위한 주체적·자발적 의지가 매개된 전쟁이 아니기에, 용케 살아남은 자들은 포로수용소를 전전할 수밖에 없다. 편은 중요하지 않다. 살아날 궁리만 하면 된다. 전쟁 중 조선인의 정체성은 '생존'과 '귀향'이라는 소박한 민족애에 의해 지탱된다. 그들은 일본군도, 소련군도, 독일군도 아닌 조선인인 것이다. 고향에서 자꾸만 멀어질수록 살아 돌아가야 한다는 생각이 더 단단한 차돌맹이로 굳어져간다. 고향은 늘회귀 욕망을 자극하는 안온한 분위기로 존재할 뿐이다. 하지만 고향의 현실은 어떠한가? 온갖 술수와 협박으로 조선의 젊은이들을 전쟁터로 내모는 일제 강점기가 아닌가? 이 그리운 고향과 암울한 현실 사이의 거리를 어떻게 메울 것인가? 그래도 고향이 전쟁터보다는 낫다는 의미로 이해할 수 있다. 하지만 전경화된 민족사의 수난이 구체적 현실의 디테일을 압도하고 있는 형국이어서, 이를 역사의식의 결여로 볼 수도 있다.

일제 강점기 일본 제국주의의 만행에 대해서는 이미 많이 형상화되어왔지만, 우리 민족의 운명과 관련해서 '소련'은 거의 이야기되지 않았다는 사실에 주목할 필요가 있다. 이 작품에서 소련(스탈린 정권)은 포로들을 조국의 배신자라고 간주한다. '도망자들'은 전선의 뒤에 배치되어 있는 방첩대에게 즉각 사살된다. 스탈린 정권은 특히 자국민(고려인)들에게 가혹하다.

"반장님은 이젠 고향에 가게 됐잖아요."

신길만은 최 유기아노프가 완전히 풀 죽고 근심에 빠져 있는 것을 선뜻 이해할 수가 없었다.

"글쎄……, 그게 그렇게 좋은 일만은 아니오. 신형은 잘 모르고 있는 모양인데, 쏘련 사람이 아닌 신형과, 쏘련 사람인 우리 같은 사람들은 형편이 완전히 달라요. 우리 같은 쏘련 사람들은 두 가지 죄를 졌어요. 포로가 된 것만도 조국의 배신자가 된 것인데, 거기다가 적국인 독일군 노릇까지 했거든요. 그러니 소련에 돌아가면 무슨 처벌을 받을지 몰라요. 스탈린은 아주 무시무시하고 용서가 없는 사람이오. 이렇게 말하면 좀 우습지만, 쏘련에 돌아가기 싫은 것은 신형네보다 우릴 거요. 신형네가 쏘련군이 될 때, 일본이 망하면 조선으로 보내주겠다고 약속했다면서요. 이제 바로 그 때가 왔어요. 여기 미국에서 바로 고향으로 못 돌아간다고 너무 실망하고 걱정하지 말고 희망을 가져요."

"우리도 포로가 됐고, 독일군 노릇을 했는데요?"

"신형네는 쏘련 사람이 아니잖소. 그 점이 중요해요."(『오 하느님』, 204쪽)

심지어 대학생 출신의 한 젊은이는 '우리는 조국을 배반하려는 것이 아니라 스탈린 정권에 항거하는 것이다'라는 유서를 남기고, '강제소환'에 반대하며 목숨을 버린다. '포로들은 입고 있는 군복에 따라 국적을 구분한다'는 제네바협정 선언문은, 강대국의 이해관계에 의해 한갓 휴지조각으로 전락한 것이다. 협정에 따른다면 독일군복을 입고 있었던 포로들은 독일인으로 취급받아야 마땅하다. 하지만 스탈린 정권은 이들을 자신의 국민으로 여긴다. 물론 여기에 조선인(고려인)들도 포함된다. 소련은 무산자들의 해방을 표방하는 사회주의 국가임에도 불구하고, 자국의 민중들을 억압하는 통치체제를 유지해온 것이다. 특히, 고려인이나 일본군으로 참전한 조선인들은 두말할 나위가 없다.

여기에 제2차 세계대전의 또 다른 승전국 미국의 이해관계가 개입한다. 독일의 패색이 짙어가는 가운데 얄타 회담이 열린다. 스탈린은 미국에 수용되어 있는 독일군 포로들 중에서 국적이 소련인 자들을 전부 소련으로 송환해줄 것을 요구했고, 미국 대통령은 이를 수용한다. 왜냐하면 독일군에 잡힌 미군 포로들이 동유럽의 여러 수용소에 갇혀 있었기 때문이다. 이제 그 지역이 소련의 점령하에 놓이게 된 것이다. 소련과는 반대로 자국민을 보호하려는 자국민 중심주의가 타국민을 희생시키는 결과를 초래한 것이다. 이미, 이라크 전쟁과 같은 여러 사례에서 우리는 미국의 자국민 중심주의를 여러 번 보아왔다. 이를테면, 미국인의 목숨과 타국민의 목숨은 다르다는 것이다.

이러한 강대국의 이해관계에 의해 고향으로 돌아갈 꿈에 부풀어 있던 조선인들은 허망하게 최후를 맞는다.

"여기서 삼십 분 쉬어 간다. 모두 내려 트럭선(線) 안에서 소변도 보고 자유롭게 쉬어라." (…)

마지막 트럭에서 포로들이 다 내리고 몇 분이나 지났을까.

타당탕탕탕탕……

타당타타타타……

드득드드드드……

야산 숲 속 여기저기서 기관총 난사가 시작되었다. 한가롭게 쉬고 있던 수많은 포로들은 아우성과 비명을 지르며 고꾸라지고 엎어지고 뒤집어지고 나뒹굴고 뒤엉키고 있었다.(『오 하느님』, 212~213쪽)

'오 하느님!'이라는 감탄사가 저절로 나오는 결말이다. 『오 하느님』은 과거의 역사를 소환하여 강대국의 틈바구니(이권다툼)에 끼어 희생되는 약소국 민초들의 비극적 삶을 추적하고 있다. 이러한 상황이 오늘의 신자유주의 논리에도 그대로 관철되고 있다는 사실 환기에로까지 나아가지 못한 점이 끝내 아쉽다. 아마도 작중인물들의 소박한 민족의식으로는 감당해내기 어려운 문제가 아니었을까 싶다.

2

김원일의 『전갈』(실천문학, 2007)은 손자가 할아버지의 행적을 좇으면서 정체성을 확인하는 과정을 치밀하게 형상화하고 있는 작품이다. 할아버지는 '네 자신을 위해 나를 기록해보라고' '나를 기록하다 보면 갱신의 길로 들어설 수 있을 거'라며 무언의 압력을 넣는다. 가족과 사회로부터 철저하게 버림받았다는 사실이 이들을 묶어주는 동류의식으로 제시된다.

할아버지는 독립군 출신으로 만주를 누볐으며, 우여곡절 끝에 '하루삥(하얼빈)' 시절 '니뽄도'를 찬 일본군 복장(일본 관동군 731부대 위병소 초병)으로 일한 바 있으며, 해방과 더불어 귀국하여 단정수립과 외세의 간섭에 반대한 입산 투쟁을 벌여 좌우 양쪽에서 철저하게 버림받았다. 이러한 삶은 일명 '자유시 참변'과 헌병대 생활 그리고 해방공간에서의 빨치산 투쟁 등 세 부분에서 뚜렷한 굴곡을 보인다.

먼저, 자유시 참변 부분을 살펴보자. 이 부분에 대한 구체적 증언이나 자료가 없어, 화자는 소설을 끌어들인다. 작가 김동심의 『청산리의 혼』이 그것이다. 이 작품의 주인공 S가 대한독립군부대에 투신하여 1921년 자유시 참변을 경험했기 때문이다. 주인공 S가 참전한 북로군 정서의 백운평 전투에 강치무 역시 제2제대 전사로 참전했다. 이 부분은 특히나 민감한 부분이라 허구/상상력을 설정하여 재구성하고 있는 셈이다.

소설에 따르면 1921년 해동 절기 무렵 대한독립군단은 일본군에 쫓겨

자유시에 도착한다. 자유시로 건너온 대한독립군단은 사할린특립의용
군에 편입된다. 당시 자유시에는 일본군과 러시아 백군을 상대로 전공을
세운 고려인 군사 조직 '자유대대'가 세력을 잡고 있었다. 여기에 러시아
적군 편인 군사조직체(이르쿠츠크파)가 들어온다. 이르쿠츠크파와 상해
파('자유대대'와 대한독립군단) 사이에 갈등의 조짐이 보이자 코민테른
극동비서부는 고려인들만으로 '고려혁명군정회의'를 만들고 러시아 적
군 지휘관 갈란다라시빌리를 사령관으로 앉힌다. 이르쿠츠크파는 고려
혁명군 사령관에게 적극 협력했다. 고려혁명군 창설에 반대해온 상해파
는 별도로 사할린특립의용군을 조직한다. 고려혁명군 사령관은 사할린
특립의용군에게 무조건적인 복종을 강요한다. 사령관은 사할린특립의용
군 병영을 삼면에서 포위하곤, 무기를 버리고 투항하라고 명령한다. 사할
린특립의용군(대한독립군단)은, 우군이라도 총부리를 겨누면 적이라며
투항에 반대했다.

약소민족의 해방을 지원하는 붉은군대의 총질에, 사할린특립의용군
도 완강히 맞서 전투에 임했으나 화기와 수적 열세로 밀리기 시작했다.
밤이 되자 사할린특립의용군은 후퇴 끝에 제야 강에 뛰어들었다. 자유시
참변은 이렇게 대한독립군단의 참극으로 끝났다.

포로가 된 사할린특립의용군은 러시아 병영에 수용되었다가 동토 시
베리아로 이송되었다. 그들은 탄광과 벌목 등 강제노동에 동원되어 추위
와 굶주림, 질병으로 죽어갔다. 한 해 전만 해도 일본 정예군 5천여 명을
상대로 백두산록 이도구와 삼도구 일대에서 큰 전과를 올렸던 대한독립
군단의 허망한 말로였고, 이름 없이 사라진 비극적인 생이었다.

용케 살아남아 도망병 신세가 된 강치무는 이제 대한독립군 병사가
아니었다. 전사했다면 모를까, 독립을 염원하던 동족이 이국 군대를 끌

어들여 동족을 살상하는 행위를 겪었기에 그는 이국땅에서 치를 떨었다. 독립의 희망이 환멸로 돌아오자 그는 좌절했고, 타의 반 자의 반 한낱 필부 신세로 전락하고 말았다.

한편, 강치무가 해삼위 일본 영사관 소속 헌병대로 끌려가 무단장으로 이송되기까지 8년간은 아무런 증빙 자료가 없는 형편이다. 좌파 독립운동에 몸담았던 강치무와 박문일은 연해주 지방 고려인을 상대로 세포 확장, 군자금과 조직 관리, 독립운동 단체와 상호 연락 등의 임무를 비밀리에 수행했음은 틀림없는 사실로 추정된다. 역사의 행간에 묻혀버린 개인의 실체가 어디 강치무와 박문일뿐이랴. 강치무가 일본이 패망한 1945년까지 관동군 731부대와 하얼빈에서 보낸 11년간의 세월은 전적으로 조모 김덕순의 회상에 의지했고, 역사적 사실은 문서 자료 및 인터넷 자료를 참고했다. 픽션으로 미화되었거나 바뀐 부분이 있다 해도 필자로서는 증언을 따를 수밖에 없다.

이렇게 재구성된 할아버지의 삶은 다음과 같다. 강치무는 어떤 곤경에 처하더라도 살아남기로 작정했다. 애국심, 정의감, 양심 등 듣기 좋은 모든 말에 등을 돌렸다. 인간다운 인간으로 살기를 포기했다. 살아남았기에 부끄러웠으며, 죽음을 극복할 수 없었기에 치욕스러운 살아남음이었다. 인간 이하가 되기로 결심했으나 아직도, 너는 인간이라고 주장하는 인자가 마음 귀퉁이에서 꿈틀거렸다. 이빨로 혀를 잘랐다. 자살은 실패로 끝났다. 죽을 수도 없는 목숨이었다. 말을 잃어버리자 모든 생각의 연결 고리도 끊어져버렸다. 대한독립군 전사 시절의 장백산록, 자유시 참변을 겪은 뒤 중국으로 넘어와 우위안에서 한때를 보낸 머슴살이, 블라디보스토크에서 지하 독립운동원으로 암약하던 시절의 기억들이 남의 일 같게, 감정이 편승되지 않은 채 이따금 편린으로 스쳐가곤 했다. 비루하게, 겨우 살아남았다. 일본이 패망했어도 자신은 조국으로 돌아갈 수 없는 몸이 되었다.

마지막으로 해방 공간에서의 강치무의 행적이다. 그를 이전투구의 세상으로 불러낸 것 또한 우연이었다. 강치무는 이른바, 10월사건이라 불리는 밀양모직 공장 종업원 2백여 명의 파업과 뒤이은 군내 농민들의 무력시위에 앞장섰다. 경찰서로 연행되었으나, 대한독립군 출신이란 이력이 감안되어 다섯 달 만에 풀려난다. 석방되자 밀양군 인민위원회에 본격적으로 관여한다. 뒤이어 조선노동당 밀양군당 군사반 부책을 맡아 입산투쟁을 벌이기에 이른다. 강치무가 좌익전선 대열에 나서게 된 동기를 추정해보면 다음과 같다. 그는 일본군으로 복무함으로써 조국을 배신했다. 자기가 저지른 죄를 인정했기에 고향으로 돌아온 뒤 참회의 심정으로 세상일에 나서지 않고 묻혀 살기로 결심했다. 그러나 김원봉의 격려가 그에게 힘을 실어주었다. 소극적인 은둔만이 능사가 아니라 조국을 위해 마지막으로 봉사할 수 있는 길이 있음을 깨달았던 것이다. 자신이 박문일과 함께 해삼위에서 몸담았던 고려공산당의 강령도 프롤레타리아 민족해방의 길이었다. 강치무는 그 헌신만이 적극적인 속죄의 길이라고 믿었다. 하지만 강치무는 장차 남북 어느 쪽에서든 버림받을 존재가 될 것임을 늦게나마 짐작하고 있었다. 강치무가 좌파적 환상에서 벗어나던 때이기도 하다. 그는 그 후 별세하기까지 일곱 해를 낚시질로 소일하며 세상사와 철저히 등지고 살았다.

할아버지가 어떤 계기로 이념적 물꼬를 트게 되었느냐에 대해서도 증언자가 없었다. 이를 두고 고심하다, 할아버지가 김원봉을 만나러 내이동 본가를 찾았을 때 거기서 우연히 정두삼 씨를 만나게 되었다고 창작했다. 박문일이 마루타로서 희생되었다는 사실과 할아버지가 스스로 혀를 끊은 장면도 이런 식으로 창작되었다.

여기에서 작가가 할아버지의 삶을 재구성하는 방식에 주목할 필요가 있다. 할아버지는 자신의 삶에 대한 글을 남기지 않았다. 과거의 흔적을 철저히 파기해버린 셈이다. 화자는 사실과 허구, 증언과 소설을 병행하면서 할아버지의 삶을 되살린다. 허구(소설)는 역사를 타자화하는 기능을 한다. 사실과 증언조차 미화되거나 왜곡될 수 있다. 증언에 의지해야 할 기록자도 나름의 선입관으로 진실이 아닌 허위에 편승하기도 한다. 역사 자체가 진실을 은폐하며 얼마쯤은 위장되고 있고 진실도 세월이 흐르면 시대에 따라 굴곡을 겪게 마련이다. 따라서 할아버지의 생애 기록은 미완으로, 마무리 아닌 마무리가 될 수밖에 없다. 어차피 인생이란 완성에 이르지 못한 채 미완으로 끝나게 마련이다.

이러한 할아버지의 삶은 우리 역사의 중요한 한 궤적을 관통하고 있다. 한반도와 만주 그리고 연해주를 가로지르는 물리적 공간의 확대와 더불어 이를 추적하는 시선의 확대도 문제적이다. '독립운동→자유시 참변→촌부의 생활→독립운동→투옥→일본군 앞잡이→필부(해방)의 삶→빨치산 투쟁→필부의 삶'으로 이어지는 강치무의 삶은 우리 근·현대사를 가로지르는 문제적 삶이다. 이 다채롭고 기구한 삶을 껴안는 작가의 시선이 믿음직스럽고 따스하다.

하지만 군데군데 서사의 허점이 눈에 띄기도 한다. 화자(손자)의 삶이 개연성 있게 할아버지의 삶과 연결되지 않고 있다. 화자의 직업, 방황, 우울증(현재) 등이 할아버지의 삶의 궤적(과거)과 매끄럽게 연결되지 못하고 있는 것이다. 할아버지를 제외한 화자의 가족사가 작품 속에 자연스럽게 스며들지 못하고 겉도는 듯한 느낌이 드는 이유도 여기에 있다. 오히려 「손풍금」에서와 같이 지식인 화자를 등장시켜 할아버지의 삶을 본격적으로 탐색했다면 어땠을까 하는 생각이 든다.

3

황석영의 『바리데기』(창비, 2007)는 현실과 환상을 교차시키며 슬프고도 아름다운 무늬를 직조하고 있는 작품이다. 바리설화는 『바리데기』를 직·간접적으로 지배한다. 우선 표면적으로 바리가 일곱째 딸이고 산속에 버려진다는 점, 흰둥이가 일곱 마리의 새끼를 낳는다는 점 그리고 일곱째 칠성이가 바리와 같은 처지라는 점, 바리설화의 세계와 현재를 이어주는 인물인 할머니와 바리가 신통력·예지력을 지니고 있다는 점 등이 눈에 들어온다. 나아가 작품을 지배하고 있는 주제의식, 즉 병들고 타락한 세상을 구원한다는 내용도 바리설화를 이어받고 있다. 심지어 구체적 디테일까지 바리설화와 정확하게 일치한다. '장승/알리' '서천으로 가는 장면/영국으로 가는 배' '할머니/압둘 할아버지' '지옥에 갇힌 죄인들을 구원해주는 장면' 등은 바리설화의 형식과 내용을 그대로 따르고 있다.

황석영의 작가적 역량이 돋보이는 부분은 바리설화의 교훈을 전 지구적으로 확장하여 보편성을 획득하고 있는 지점이다. 우선, 작품의 시·공간적 배경을 북한으로 설정하여 이야기를 시작한 점을 들 수 있다. 이는 두 가지 의미를 함축하고 있는데, 먼저 우리의 구체적 삶의 현장에서 이야기를 시작하여 이를 세계로 확장하려는 의도(특수성과 보편성의 조합)이고, 다음으로는 '북한→중국(연변)→영국'으로 이어지는 공간의 이동, 즉 신자유주의의 이데올로기에 의해 가장 고통받는 공간에서 구원의 가능성을 찾으려는 의도(다시 말해 주변부에서 중심부로 이동하여,

중심과 주변을 동시에 구원하려는 의도)이다.

그 궤적을 따라가보자. 작품의 초반부를 장식하는 바리의 삶(북한에서의 삶)은 북한의 비참한 삶을 사실적으로 포착하는 데 기여한다. 이러한 리얼리티가 바리데기 설화의 환상성(비현실성)을 든든하게 뒷받침한다. 아버지가 무산시 부위원장으로 발령받아 청진으로 이사하게 되는 설정이나, 외삼촌으로 인해 가산을 차압당하고 가족들이 소환·재배치되어 뿔뿔이 흩어지게 되는 장면, 이들을 도와주는 조력자의 기능을 하는 조선족 미꾸리 아저씨, 강변에 시체들이 떠내려 올 정도로 힘든 고난의 행군 등 북한의 현실을 구체적으로 포착하는 황석영 특유의 거침없는 필치가 단연 돋보인다.

이렇게 국경을 넘었던 바리가 언니와 할머니를 잃고, '보이지 않는 무슨 실 같은 것이 머리카락에 붙어서 가만가만 당기는 것 같은 신비로운 운명의 힘'에 이끌려, 부모님을 찾으러 다시 고향으로 향하는 장면은 단연 압권이다. 여기에서 바리는 가난과 기근으로 인해 죽은 자들의 원혼을 위무한다.

바리는 칠성이마저 잃고 소리 없이 움집으로 돌아온다. 미꾸리 아저씨의 도움으로 중국에서의 삶이 시작된다. 이어 영국으로 흘러가게 된다. 이는 서천으로 생명수를 찾으러 떠난다는 바리데기 설화의 현재적 재현이다. 작가는 영국행 배 안에서의 장면을 설화적으로 해결했다. 이승과 저승의 경계에서, 몸과 정신의 분리/재구성을 통해 바리는 새롭게 탄생한다. 영국까지 어떻게 왔는지 바리는 아무것도 기억하지 못한다.

던져라 던지데기 바려라 바리데기
칼산지옥 불산지옥 독사지옥 한빙지옥 물지옥 땅지옥

무간 팔만사천 지옥 지나

해 저무는 서천 땅끝까지 와시니

여기는 또 무슨 지옥이냐

아린 영, 쓰린 영, 숨지구두 넋진 영

한도 끝도 없이 헤아릴 수도 없이

새로 나서 살아라 휘이휘이(『바리데기』, 142쪽)

이어 이산자들의 삶이 펼쳐진다. 방글라데시 루나 언니, 나이지리아의 흑인 부부, 중국인 요리사, 필리핀인 청소부, 스리랑카인 가족, 폴란드인 가족, 파키스탄에서 온 압둘 할아버지, 태국에서 온 학생 부부, 불가리아인 노부부 등의 삶은 탈북자로서의 바리의 삶과 포개지며 생생하게 부각된다.

특히 할머니의 재현인 압둘 할아버지의 삶은 주변부 문화로서의 바리 설화(전통설화)와 이슬람문화가 만나는 계기를 마련한다. 마치 할머니가 바리 이야기를 들려주었듯, 압둘 할아버지는 자신의 가족과 조상들에 대한 얘기와 우주에 하나밖에 없는 알라신에 대하여 그리고 예언자 무함마드에 대한 일화들을 들려준다. 바리는 할머니가 말해주던 그분이나 압둘 할아버지가 말한 이분이나 별로 다를 게 없다고 생각한다. 살아온 방식이 다를 뿐이다.

바리는 알리와 결혼한다. 이는 바리가 장승이와 인연을 맺는 장면의 재현이다. 알리의 큰 눈을 닮은 딸 '홀리야(자유) 순이'가 태어난다. 이는 이슬람 문화와 바리 설화의 만남을 상징한다. 하지만 아이는 죽는다.

아무런 악한 짓도 저지르지 않았는데 신은 왜 저에게만 고통을 주는 거예요? 믿고 의지한다고 뭐가 달라지죠?

신은 우리를 가만히 지켜보시는 게 그 본성이다. 색도 모양도 웃음도 눈물도 잠도 망각도 시작도 끝도 없지만 어느 곳에나 있다. 불행과 고통은 모두 우리가 이미 저지른 것들이 나타나는 거야. 우리에게 훌륭한 인생을 살아가도록 가르치기 위해서 우여곡절이 나타나는 거야. 그러니 이겨내야 하고 마땅히 생의 아름다움을 누리며 살아야 한다. 그게 신이 우리에게 바라시는 거란다. 어서 음식을 먹고 기운을 차려야지!

나를 그냥 내버려두세요.

내가 외치자 압둘 할아버지는 접시를 들고 나가다가 방문 앞에서 다시 말했다.

아내와 딸들이 총살당하고 잠무카슈미르를 떠나면서 나는 너와 똑같이 신을 원망했다. 어째서 이렇게 선량한 사람들에게 고통을 주느냐고. 그런데 육신을 가진 자는 누구나 살아가면서 지상에서 이미 지옥을 겪는 거란다. 미움은 바로 자기가 지은 지옥이다. 신은 우리가 스스로 풀려나서 당신에게 가까이 다가오기를 잠자코 기다린다.(『바리데기』, 263쪽)

가족도 잃고 딸도 잃은 바리는 실의에 빠진다. 할머니가 등장해 바리를 다시 일으킨다. 할머니는 바리의 꿈에 나타나 '서천의 끝'으로 안내한다. 세상의 지옥에서 사람들은 묻는다. 바리의 대답은 다음과 같다.

서로 양보해서 차례차례 말하든지, 목청을 합쳐 서로의 말을 해주든지, 아니면 그냥 침묵하면 좋을 텐데.(『바리데기』, 281쪽)

사람들의 욕망 때문이래. 남보다 더 좋은 것 먹고 입고 쓰고 살려고 우리를 괴롭혔지. 그래서 너희 배에 함께 타고 계시는 신께서도 고통스러워하신대. 이제 저들을 용서하면 그이를 돕는 일이 되겠구나.(『바리데기』, 282쪽)

전쟁에서 승리한 자는 아무도 없대. 이승의 정의란 늘 반쪽이래.(『바리데기』, 282쪽)

신의 슬픔. 당신들 절망 때문이지. 그이는 절망에 함께하지 못해.(『바리데기』, 283쪽)

우리 엄마가 묶여 있어. 엄마가 미움에서 풀려나면 너희두 풀릴 거야.(『바리데기』, 284쪽)

지구촌 곳곳에서 벌어지고 있는 갈등은 '힘센 자의 교만과 힘없는 자의 절망이 이루어낸 지옥' 풍경에 다름 아니다. 지옥에 갇힌 사람들의 한을 위무하는 과정은, 자신의 분노·상처를 극복하는 작업과 포개진다. 궁극적으로는 자신의 상처, 분노 치유가 중요하다는 것이다.

이러한 과정을 거쳐 바리는 새로운 희망의 씨앗(아이)을 잉태한다. 여전히 종식되지 않은 지옥의 풍경(엄청난 폭발음)을 목도하며, 바리는 '아가야, 미안하다'라고 중얼거린다. 흐르는 눈물을 두 손으로 닦으면서 걷다가 돌아보니 알리도 울고 있었다.

이 눈물이야말로 지옥 같은 세상을 촉촉하게 적시는 '생명수'가 아닐까?

희망을 버리면 살아 있어도 죽은 거나 다름없지. 네가 바라는 생명수가 어떤 것인지 모르겠다만, 사람은 스스로를 구원하기 위해서도 남을 위해 눈물을 흘려야 한다. 어떤 지독한 일을 겪을지라도 타인과 세상에 대한 희망을 버려서는 안된다.(『바리데기』, 286쪽)

황석영은 『바리데기』를 통해 비서구/서구, 피식민/식민, 이슬람(주변부의 삶)/기독교(서구중심주의) 사이의 갈등을, '타인과 세상에 대한 희망'(남을 위한 눈물/생명수)으로 중재하고 있다.

아쉬움도 남는다. 바리의 영국에서의 삶은 지구상의 모든 갈등을 제시하고 해결하려는 욕심이 앞선 나머지 긴장감이 떨어지는 측면도 없지 않다. 바리 설화가 작품 속으로 자연스럽게 녹아들었다기보다는, 도식적으로 구조화되었다는 느낌을 지울 수 없는 이유도 이와 무관하지 않다.

의도의 과잉과 형상화의 미흡

—『강남몽』과『허수아비춤』에 대한 단상

1

한국문학의 큰 흐름을 형성해온 두 작가가 나란히 장편소설을 내놓았다. 황석영의『강남몽』(창비, 2010)과 조정래의『허수아비춤』(문학의문학, 2010)이 그것이다. 독자들은 작가들의 명성에 걸맞은 뜨거운 반응으로 화답했다.

두 작품은 자본의 논리가 우리들의 뼛속 깊이 각인된 '걷잡을 수 없는 소비사회'에서 '경제민주화' 혹은 '경제정의'와 직·간접으로 관련된 주제를 다루고 있다. 시의적절한 문제의식을 가지고 우리 사회의 '성감대'를 건드린 셈이다.

두 작품을 읽은 감상을 앞질러 말한다면 작가들의 문제의식이 문학적 형상화를 압도하고 있다는 느낌이다. 다소 장황한 감이 없지 않지만 작가들의 '육성'에서 논의의 실마리를 풀어보자.

저 삼십여년에 걸친 남한 자본주의 근대화의 숨가쁜 여정과 엄청난 에피쏘드들을 단순화하고, 이를테면 꼭두각시, 덜머리집, 홍동지, 이심이 등등처럼 캐릭터화하면 어떨까 하는 생각을 갖게 되었다. 그리고 그 인형 같은 캐릭터들은 남한사회의 욕망과 운명이라는 그물망 속에서 서로 얽혀서 돌아가고 그러면서 모르는 사이에 역사가 드러나게 하면 어떨까.

나는 성수대교와 삼풍백화점이 차례로 무너진 1995년 무렵을 일단 정치적으로는 형식적 민주주의 시대의 출발로, 경제적으로 개발독재가 종언을 고하면서 한국 자본주의가 스스로 재생산구조를 갖추게 되는 시기로, 그리고 문화적으로는 사회변혁에 대한 열정으로 지식인 머릿속에서만 형성되어온 민중이 걷잡을 수 없는 소비사회의 적나라한 대중으로 휩쓸려들면서 욕망이 얽혀가는 시대였다고 생각한다. 그래서 이 소설은 바로 그즈음에서 시작하여 거꾸로 현재의 삶을 규정하는 최초의 출발점을 향하여 거슬러올라간다.(황석영,「작가의 말」,『강남몽』, 376~377쪽)

『강남몽』은 말 그대로 '강남형성사'를 다루고 있다. 작가는 '너무나 복잡해서 종잡을 수 없는 인생을 조형적으로 전형화'하고, '현실세계가 어째서 변해야 하는가'를 암시적으로 드러내기 위해 '꼭두각시놀음'과『홍루몽』을 불러왔다. '광복 반세기'의 '숨가쁜 여정과 엄청난 에피소드들'을 단순화하고, '서서히 몰락해가는' 상류층의 일상을 파편화된 욕망의 그물망으로 구조화하고자 한 것이다. 하지만 '남한 사회의 욕망과 운명'의 그물망에 얽힌 등장인물들은 '꼭두각시놀음'의 캐릭터처럼 현실의 부조리를 날카롭게 풍자·희화화하지 못하고 있으며, 주요 인물들을 중심으로 전개되는 파편화된 에피소드들은 '강남형성사'라는 중심 서사의 흐름에 온전히 수렴되지 못하고 제각기 부유하고 있는 인상이다. 그렇다면 형상화 전략, 즉 작가의 현실인식이 구체화되는 서사의 구축 과정을 음미해 볼 필요가 있다.

『허수아비춤』으로 시선을 옮겨보자.

경제에도 '민주화'가 필요하다. '경제민주화'·'정치민주화'에 비해 낯선 말일 수 있다. 그러나 그 말뜻은 어렵지 않다. 이 땅의 모든 기업들이 한 점 부끄러움 없이 투명경영을 하고, 그에 따른 세금을 양심적으로 내고, 그리하여 소비자로서 줄기차게 기업들을 키워온 우리 모두에게 그 혜택이 고루 퍼지고, 또한 튼튼한 복지사회가 구축되어 우리나라가 사람이 진정 사람답게 사는 세상이 되는 것, 그것이 바로 '경제민주화'다. (…)

이제 우리는 그런 물음들 앞에 정면으로 서야 할 때가 되었고, 그 응답을 찾아내지 않으면 안 될 시점에 이르렀다. 그것이 바로 '경제민주화'를 이루어내는 길이다. (…)

진정한 작가이길 원하거든 민중보다 반 발만 앞서 가라. 한 발은 민중 속에 딛고. 톨스토이의 말이다. 진실과 정의 그리고 아름다움을 지키는 것이 문학의 길이다. 타골이 말했다. 작가는 모든 비인간적인 것에 저항해야 한다. 빅토르 위고의 말이고, 노신은 이렇게 말했다. 불의를 비판하지 않으면 지식인일 수 없고, 불의에 저항하지 않으면 작가일 수 없다. 나랏일을 걱정하지 않으면 글(시)이 아니요, 어지러운 시국을 가슴 아파하지 않으면 글이 아니요, 옳은 것을 찬양하고 악한 것을 미워하지 않으면 글이 아니다. 다산 정약용의 말이다.(조정래, 「우리의 자화상 보기」, 『허수아비춤』, 5~8쪽)

『허수아비춤』은 '경제민주화'를 기치로 내건 작품이다. 작가는 '지금 여기'의 추한 자화상을 정직하게 응시하며, 한 손에는 '민중보다 반 발만 앞서 가라. 한 발은 민중 속에 딛고'(톨스토이)라는 깃발을, 다른 손에는 '진실과 정의 그리고 아름다움을 지키는 것이 문학의 길'(빅토르 위고)이라는 횃불을 들고 시대의 어둠을 밝히고자 한다. '경제민주화'를 이루어내야 한다는 시대적 소명이 작품의 전면에 드러나 있는 셈이다. 그렇다면 톨스토이의 '민중'과 함께, 위고식의 '문학'을 무기로 '경제민주화'를 어떻게 이루어낼 것인가가 관건일 터이다. 즉, '지금 여기'에서 요구되는 경제 정의의 실현이라는 문제의식을 효과적인 서사전략을 통해 구현하는 것이 작품의 성패를 좌우하는 척도일 것이다.

작가들의 '육성'이 텍스트 속에 구현되는 양상을 염두에 두고 작품 속으로 들어가보자.

2

『강남몽』은 조그마한 군청소재지에서 여상을 나와 하이틴 모델, 술집 마담을 거쳐 사업가의 후처로 강남에 정착한 마흔두 살 '박선녀'의 삶을 축으로, 그와 얽힌 주변 인물들의 에피소드를 '강남형성사'의 구조로 형상화하고 있다.

작가는 왜 박선녀를 느슨한 서사를 조율하는 축으로 설정했을까? 아마도 '강남형성사'의 주역들과 이들의 욕망이 들끓는 시공간을 효과적으로 불러오기 위해서일 것이다. 1장인 '백화점이 무너지다'는 이 소설 전체의 맛보기 장으로, 박선녀의 일상(남한 사회의 삶과 욕망의 집적소인 강남)과 그와 얽혀 있는 인물들이 소개되고 있다. 그녀가 '대성백화점' 붕괴 사건으로 '캄캄한 어둠' 속에 갇히기까지 접촉한 인물들은 '대성백화점' 주인이자 바깥사람인 김진, '대형 룸쌀롱 업주' 공사장, '막강한 사채 업자' 문회장, '부동산 알부자' 오여사 등이다. '강남형성사'의 주역이자 그 알토란 같은 혜택을 독점하고 있는 인물들이다.

뒤이어 박선녀의 과거가 소개되면서, 그녀의 연인이었던 부동산업자 심남수, 밤의 세계를 지배한 주먹 홍양태 등이 등장한다. 그리고 지하매장에 근무하는 종업원 임정아가 무너진 백화점 아래에서 박선녀와 절박한 대화를 주고받는다. 이렇게 1장에서 박선녀를 스친 인물들은 다음 장부터 각기 한 장씩을 배당받아 그들의 이야기를 엮어간다.

'강남형성사'의 주역인 박선녀와 김진, 심남수, 홍양태 등을 바라보는 작가의 시선은 의외로 담담하다. 이들은 적당히 세속적이고 적당히 양심적인 인물들로 그려진다. 특히, 심남수에 대한 작가의 무덤덤한 시선에는 의외의 흡인력이 스며들어 있다. 그는 물질적 부와 안온한 일상을 추구하면서도 자신의 욕망을 적당히 제어할 줄 아는, 인간미가 배어 있는 인물이다.

마치 작가는 '욕망 절제'를 척도로 인물을 계열화하고 있는 듯하다. 돈과 권력의 유혹에서 벗어나지 못하고 파멸하는 첫번째 인물군은 김진의 오랜 친구 이희철과 그의 부인 장영숙이다. 이들은 금융업(사채를 주로 하는 기업)에 손을 대 사채시장의 큰 손으로 부각되지만, 욕망의 무한질주를 제어하지 못하고 '사기죄의 법정 최고형인 징역 십오년을 선고'받음으로써 '강남형성사'의 막바지에서 하차한다.

이희철보다 더 오래 버티며 '강남형성사'의 주역을 담당한 인물은 김진이다. 2장 '생존만으로는 충분치 않다'의 주인공 김진은 박선녀의 현재를 있게 한 핵심인물 중 하나이다. 일본 정보부 앞잡이로 시작된 그의 인생 여정은, 해방과 더불어 미군정청 특무부대의 정보원으로 이어진다. 그는 준위로 예편한 뒤 권력과 정보를 이용해 건설업에 뛰어든다. 또한 부동산 매입을 통해 강남개발의 이익을 챙긴 주도면밀한 경제적 인간의 전형이기도 하다. 그는 '미국 측에 대한 영향력과 군사정부의 정보 계통 인맥을 동시에 가진 상태에서 중정 창설을 마치자마자 옷을 벗고 사업에 뛰어들었기 때문에 가장 안전한 길을 걸었다는 세평'을 얻는다.

김진은 '자기관리'에도 철저한 인간이다. 그는 '실속 없는 모험이나 무리'는 하지 않는다.

　그는 부서를 옮길 때마다 간단한 기록카드마저도 남기지 않으려고 노력했다. 자신의 그림자가 되겠다고 생각했고 나중에 민간인이 되었을 때에도 절대로 과거를 말하지 않았다. 그는 끝까지 미군 측에 남았고 그 연결을 놓지 않았다. CIC에 들어가자마자 영어회화를 부지런히 익히기 시작한 것도 말이 힘이라는 걸 알았기 때문이었다.(『강남몽』, 101쪽)

또한 자본주의 사회의 속성을 간파하고 거기에 철두철미하게 적응하며 주어진 기회를 이용하는 이기적 인물이기도 하다.

　─비자금을 충분히 조성해야겠군. 그러나 나는 정당에 돈을 대는 짓은 안한다.

그것은 김진이 사업을 시작하면서 스스로에게 한 다짐이었다. 정관계에 돈을 뿌릴 적에도 철저하게 개인 대 개인으로 해결했다. 자본주의 사회는 직급에 관계없이 철저하게 자신과 가족의 이해관계에 따라 개인적 연관을 맺을 때 약해진다는 점을 잘 알기 때문이었다. 요소마다 비자금을 풀되, 그걸 받아먹은 놈이 정치자금으로 쓰든 집을 사든, 술을 처먹든 오입

질을 하든 알 바 없다는 의미였다.(『강남몽』, 181~182쪽)

이러한 김진의 처세술은 강남의 상징인 대성백화점과 대성아파트를 일구는 계기가 된다. 그는 '강남 개발'이 시작될 때 '개발전략'에 대해 상세히 알고 있었고 당시의 권력층이 그랬듯 개발 요지에 땅을 매입했다. 그가 부동산에 투자한 물건들 중에서 가장 성공적인 것은 '서초동 일대의 오만 칠천여 평'이었다. 여기에 '미군 임대아파트를 지어 십 년간 관리'하다가 '완전 점유하는 조건'이었다.

그리고 드디어 오래전에 불하받은 서초동 오만 칠천평 아파트 부지가 기간 만료로 엄청난 재부가 되어 그의 손에 쥐어졌다. 대성건설의 김진 회장은 외국인 임대아파트를 헐고 그 자리에 백화점과 아파트를 함께 짓기 시작했다. 1989년 12월에 대성백화점이 개점하고 대성아파트까지 들어서자 재계에서 그의 자금동원력은 일시에 상승했다. 백화점은 일년여 만에 매출순위 전국 2위를 기록했고 강남지역 중상류층에게 가장 인기있는 쇼핑명소로 떠올랐다.(『강남몽』, 189쪽)

김진을 주축으로 한 '강남형성사'가 일단락되는 순간이다. '미군임대아파트'가 철거된 자리에 대성백화점이 들어섰다는 사실은, 미군정보부의 주역으로 살아온 김진의 삶과 연결되어 화려한 강남 건설의 허약한 지반과 불구적 성격을 잘 드러내준다.

친일, 친미, 친권력에 바탕한 김진의 기회주의적 삶은 격변의 한국 근·현대사를 가로지르는 모습으로 전개된다. 하지만 김진을 중심으로 한 생동하는 인물들이 서사를 이끌어가는 것이 아니라 격변의 근·현대사가 인물들의 구체적 삶을 삼켜버린 양상이다. 하여, 김진이 주도한 '강남형성사'는 '절반의 성공 혹은 절반의 실패'에 머물렀다고 볼 수 있다. 그나마 김진의 주도면밀한 처세술과 개성적 성격이 볼거리를 제공하고 있으나, 이러한 독창적 캐릭터가 우리의 근·현대사를 개관하려는 작가의 과도한 의욕으로 빛을 잃고 있다는 점은 아쉬움으로 남는다.

서사를 치밀하게 구조화하지 못한 한계와, '너무나 복잡해서 종잡을 수 없는 인생'을 파편화된 이야기 구조로 포착하는 일은 분명하게 구별할 필요가 있다. 역사적 사실을 단순화하여 제시하는 작업과 이를 해체하여 서사적으로 재구성하는 일은 질적으로 다르기 때문이다.

그렇다면 3장의 주인공 심남수의 경우는 어떠할까? 심남수의 삶은 정부의 강남개발 정책과 밀접하게 연결되어 있다. 작가는 선거자금을 마련하려는 청와대의 음모, 금융기관과 결탁된 서울시의 남서울 개발 정책, 이러한 정보를 이용해 야금야금 부를 축적하는 부동산업자 심남수의 삶을 통해 '강남형성사'의 한 축을 생생하게 재현하고 있다.

아마도 심남수가 주인공으로 등장하는 3장이 '강남형성사'를 기술하려는 작가의 서사전략에 가장 부합하는 장이 아닐까 싶다. 심남수 또한 그에 걸맞게 가장 공들여 형상화되고 있다.

그 무렵 심남수는 같은 아파트 동의 아래윗집에 살면서 박선녀와 가까워져 있었다. 하지만 그가 박선녀를 애틋하게 사랑한 건 아니었다. 그가 박선녀에게 잘 대해준 것은 아마도 옛날의 자기 회한이 겹쳤기 때문일 것이다. 그녀는 냉정하고 영악한 데가 있지만 자세히 속을 들여다보면 시속 말로 촌년이었다. 살아내려고 겉으로 차가운 척하는 게 역력히 보였다. 일본으로 떠날 준비를 하면서 그는 그녀와의 작별을 사무적으로 무덤덤하

게 잘해내는 것 또한 사내다운 일이라고 생각했다.(『강남몽』, 240~241쪽)

심남수는 박선녀와 가장 밀착된 인물로 그려진다. 그리고 정신없이 달려온 인생을 되돌아보며 '자기 회한'에 젖어들 줄 아는 인물이다. 박선녀가 보기에 그는 '한국에서의 자기 인생과 시대를 맞춤한 때에 깔끔하고 고리타분하지 않게 정리'하고 떠난 사람이다. 부동산업에 뛰어들었던 과거의 기억이 청년기의 쓸쓸한 실수처럼 가슴속 깊숙이 숨겨져 있기도 하지만, 젊은 날의 횡재가 그를 안전하게 중년기로 안착시켜준 사실을 누구보다 잘 알고 있다.

나아가 작가는 백화점 붕괴 사고의 마지막 생존자 임정아의 구조 장면과 심남수의 트라우마를 겹쳐놓기도 한다.

심남수와 일년 반을 동거한 여자가 있었다. 그가 이촌동 맨션에 살던 시절이었는데 까페에서 우연히 알게 된 여자였다. 이혼을 했다던가, 지금은 몰락했지만 사업하는 사람들은 알 만한 기업가의 딸이었다. 그 무렵 부동산업자는 접대가 업무의 절반이어서 지방 출장도 잦았고 사흘이 멀다하고 룸쌀롱을 드나들었다. 아침에 숙취가 남은 채로 셔츠도 갈아입지 못하고 나서는데 그녀가 거실에 앉아서 담배를 물고 한강을 내다보고 있었다. 다녀오겠다고 했는데도 아무 대답이 없었다. (…)

—여자분께서 베란다 창을 열고 투신했습니다.

그는 아내도 아닌 여자의 주검을 확인하러 병원에 가서 낯선 그녀의 가족들이 외면하는 가운데 영안실 구석자리를 지키던 하룻밤이 잊히지 않았다.(『강남몽』, 238~240쪽)

십수일이 지나서 마지막 생존자인 점원 소녀가 구조되는 장면을 보면서 그는 자기도 모르게 뜨거운 눈물을 흘렸고, 얼핏 어떤 장면이 떠올랐다. 그것은 이국에서 혼자 살 때 어쩌다 꿈속에서 보던 영상이었다. 느릿느릿 슬로우모션으로 베란다에서 잠옷 바람의 여자가 떨어진다. 하도 느려서 흰 옷자락은 펄럭이지도 않고 천천히 물결치다 정지된 빨래처럼 보인다. 순간적으로 돌린 그녀의 얼굴 정면이 멈춰 있다. 그녀는 웃는 것인지 입을 조금 벌리고 있다.(『강남몽』, 242쪽)

스치듯 지나간 심남수의 트라우마는 임정아의 구조 장면과 겹쳐지며 묘한 여운을 남긴다. '강남형성사'의 주역으로 그 단물을 빨아먹기에 급급해 놓쳐버린 삶의 소중한 그 무엇에 대한 회한의 눈물이, 강남 붕괴의 잔해 더미에서 기적적으로 생존한 임정아의 모습과 함께 되살아나고 있는 대목이다. 작가는 이 회한의 눈물을 통해 심남수의 과거를 씻어주려 했는지도 모른다.

그리고 홍양태가 주연인 '개와 늑대의 시간'이 이어진다. 4장은 이야기의 흐름이나 서사의 구조와 관련하여 가장 미흡한 장이 아닌가 싶다. 강남 개발 과정에 매개된 각종 이권 사업, 즉 아파트·상가 분양, 건설자재 납품, 성인 오락장 및 유흥업 등과 얽힌 걸출한 주먹들의 활약담이 '강남형성사'의 한 축이 된다는 사실에 이견이 있을 수 없다. 하지만 이러한 주먹들의 세계가 '강남형성사'와 유기적으로 연결되지 못하고 흥미 위주의 에피소드로 전락한 점은 두고두고 아쉬운 대목이다.

우선 박선녀를 중심으로 기획된 '강남형성사'와 4장의 인물들이 구체적으로 연결되지 않고 있다. 다만 홍양태와 박선녀의 짧은 만남이 그려지고 있을 뿐이다. 다음으로 주먹들의 의리나 인간적 풍모가 전면에 부각됨으로써 흥미 위주의 이야기에 머물고 있다는 점도 지적되어야 한다. 셋째 윤무혁으로 대변되는 정치권력과의 관계 또한 피상적으로 드러날 뿐이다. 이러한 구성상의 문제점과 세간에서 불거진 표절시비가 무관하지만은 않을 것이다.

마지막 장 '여기 사람 있어요'는 '백화점 건물이 무너진 지 십칠 일 만'에 구조된 마지막 생존자 임정아를 중심으로 전개된다. 임정아는 황석영이 부활시킨 박순녀이다. 작가는 대성백화점이 무너진 자리, 즉 박선녀가 삶을 마감한 자리에서 앞으로 새롭게 써야 할 '강남사'를 예고하고 있다. 부실공사로 지어진 강남이 붕괴되었다면 튼튼한 건축자재로 다시 건설해야 하지 않겠는가.

그러자면 전혀 다른 삶의 양상이 제시되어야 한다. 강남 개발(도심지 정비)로 인해 주변으로 밀려난 소외된 계층의 건강한 삶이 복원되어야 할 터이다. 임정아와 그녀의 부모 세대의 삶이 그려지는 이유도 이 때문일 것이다.

작가의 서사전략에 균열이 생기는 지점이다. 애써 무덤덤하게 구축된 '강남형성사'에 당위의 목소리가 개입하기 시작한 형세이다. 가진 자의 경제 논리에 기반한 '강남형성사'에 도심에서 밀려난 '빈곤층의 희생사'가 얼굴을 맞세우기 시작한다.

육십년대 말에 서울시는 강남에 중산층을 위한 새서울계획을 세우는 것과 동시에 도시빈민들의 정착지는 서울에서 더 떨어진 경기도 일대의 외곽에 형성할 작정이었다. (⋯)

꾀를 낸 기획이라는 게 경기도 땅을 평당 사백원에 산 뒤 철거민을 보내 신도시를 건설하면 자연히 땅값이 오를 것이고 결과적으로 서울시는 땅을 팔아 시설투자비와 행정지원비를 뽑아낸다는 것이었다. 그리고 흉물이 된 도심지의 무허가 판자촌 일대를 재개발하고, 특히 경제적 가치가 높은 상업지구인 청계천 주변을 복개해서 그 부지를 처분하면 또다시 막대한 경제효과로 도심지 정비의 재원을 충당할 수 있으리라는 기대도 있었다.(『강남몽』, 346쪽)

작가는 '강남형성사'와 맞물려 진행된 '성남개발사'를 추적하며, 그 궤적에 따스한 인간애를 음각한다. 임정아 가족의 정착기에는 어려운 환경 속에서도 삶에 대한 희망을 포기하지 않는 민초들의 생명력과 이러한 소박한 삶에 대한 작가의 염원이 투영되어 있다.

　—내 동생 휠체어를 왜 사모님이 사주죠? 그러구 집두요. 저는 임시직인데요. 우리 부모님은 시골서 올라와서 여태껏 일만 죽도록 하구두 산동네를 못 벗어났지요.
　—그러니까 앞으론 잘살아야지.
　—그렇지만……
　정아는 이어서 단호하게 말했다.
　—사모님이 다 해줄 수 있단 말씀 다신 하지 마세요.(『강남몽』, 338쪽)

　—그래, 우리 식구 앞으루 무슨 어려운 일이 있겠냐. 집두 있겠다, 너하구 나하구 둘이 벌면 금방 저축도 많이 할 수 있을 테구. 부자들두 무슨 걱정이 그리 많은지 우리보다 별로 잘사는 것 같지두 않더라.(『강남몽』, 371쪽)

작가는 남한 자본주의 근대화의 한 꼭짓점, 즉 소비사회의 적나라한 욕망 집적소가 붕괴된 잔해에서 알몸으로 구조되는 한 소녀의 자존심과 소박한 희망을 통해 우리 사회의 미래를 엿보고 있는지도 모른다.

'성수대교'와 '삼풍백화점'이 무너진 현장에서 작가가 길어 올린 희망의 씨앗은 그 의도의 정당성에도 불구하고 '지금 여기'의 서사가 지닌 딜레마를 표상하는 양날의 칼로 기능하는 듯하다. 임정아의 생존을 통해 암시한 새로운 서사의 실루엣으로 '강남의 욕망'을 대적하기엔 여전히 역부족이기 때문이리라.

3

『강남몽』이 남한 자본주의 근대화의 취약한 지반을 '강남형성사'를 통해 추적하고 있다면, 『허수아비춤』은 우리 사회의 부조리한 경제시스템을 대기업의 비리를 중심으로 고발하고 있다.

'경제민주화'를 이루어내야 한다는 작가의 의도에 공감하면서도 작품 속으로 쉽게 몰입하지 못했다. 소설을 읽는 내내 마음이 불편했다.

이를테면 다음과 같은 진술이 불러오는 의문 때문이다.

> 첫째 선진국의 기업들은 완전히 투명경영을 한다. 그러므로 전혀 탈세를 하지 않는다. 둘째 뒤로 비자금을 조성하는 범법을 저지르지 않는다. 셋째 기업인들은 그렇게 합법적이고 양심적으로 번 자기 개인들의 돈(절대 회사 돈이 아님)에서 천문학적인 재산을 사회에 환원하고 있다.(『허수아비춤』, 393쪽)

선진국들의 민주주의가 오늘의 형태를 갖추기까지는 지난 2백여 년의 시행착오를 거쳐야 했다. 오늘날의 인간의 얼굴을 한 자본주의의 틀이 잡히기까지도 정치사와 마찬가지로 2백여 년의 세월이 필요했다. 그런데 우리는 오늘의 민주주의를 이루는 데 단 50여 년밖에 걸리지 않았다. 경제 발전도 그와 똑같은 세월 속에서 이른바 고속성장을 거듭해왔다. (…)

이제 그 모순과 문제점들을 대수술해 경제민주화의 시대로 나아가야 할 때였다. 지금, 시대는 급속도로 변해 가고 있다. 재벌들이 돈의 힘으로 국가의 모든 권력, 언론의 모든 영역을 장악한다 해도 그들이 절대 손아귀에 넣을 수 없는 세계가 있다. 인터넷 세상이다. 시민단체들이 연합해 인터넷 세상에서 대중들을 결속시키면 무혈의 경제혁명은 이루어질 수 있다고, 그는 줄곧 꿈꾸어 왔던 것이다.(『허수아비춤』, 398~399쪽)

작가의 단순 명료한 현실인식은 꼬리에 꼬리를 무는 의문을 불러온다. 미국식 정의를 구현하는 선진국인지 아니면 유럽식 경제 모델에 바탕한 선진국인지에 대한 해명이 있어야 하지 않을까? 또한 이러한 선진국들이 과연 투명하고 깨끗한 경제민주화의 길을 걸었는지에 대해서도 논의가 필요한 부분이 아닐까? 백번 양보해서 '선진국의 기업'들이 '투명경영'을 하고 있다고 해도 그들의 '정당한(?)' 기업 운영이 제3세계 민중들에게 끼치는 해악은 어쩔 것인가? 우리는 과연 정치민주화를 이루었는가? 군부독재 정권이 물러났다고 해서 정치민주화가 이루어졌다고 한다면 너무 단순한 생각이 아닐까? 나아가 정치민주화와 경제민주화가 과연 단계적으로 사고할 수 있는 문제인가도 숙고해야 하지 않을까? 인터넷 세상 또한 막대한 자본이 장악하고 있는 공간이 아닌가?

내친김에 조금 더 나아가보자. 이 소설에는 '어떻게'가 생략되어 있는 것은 아닐까? 등장인물의 입이나 작가의 목소리를 통해 당위적 명제가 반복되고 있는 것은 아닐까?

다음으로 『허수아비춤』에 등장하는 캐릭터에 대해서도 아쉬운 점이 많다. '일광그룹'의 회장은 마치 1970~80년대 기업소설이나 만화에 등장하는 전형적 악인을 연상시킨다. 이러한 인물 설정은 복잡하게 얽힌 현실을 선과 악의 이분법적 구도로 단순화할 우려가 있다. 의도하든 의도하지 않든 작가가 지향하는 경제민주화라는 과제의 복합성이나 어려움을 회피하는 기능을 할 수도 있다는 것이다. 이 '살아 있는 황제', 일광그룹 회장을 '문화개척센터'에서 떠받치는 인물들 또한 평면적 성격을 벗어나지 못하고 있다. 윤성훈, 박재우, 강기준 등은 작가의 의도를 강조하기 위한 '허수아비'일 뿐인데, 문제는 작가의 현실인식이 그리 치밀하지 못하다는 점이다. 이러한 인물들은 신자유주의로 대변되는 보수층의 논리와 대화적 관계를 유지하지 못하고 있다. 정교하고 세련된 기득권층의 논리가 마치 이 소설에 나오는 박제화된 인물들의 태도로 여겨질 우려가 들 정도이다.

한편, 이들과 대조적인 삶을 살아가는 인물들은 어떠할까? 작품의 절반이 지나서야 본격적으로 등장하는 전직 검사 전인욱과 해직 교수 허민은 '서로 다른 길'을 가고 있다는 작가의 설정에도 불구하고 실감나는 연기를 펼쳐 보이지 못하고 있다. 이들은 '현실과 이상' 사이에서 고민하고 방황하는 모습을 보이지만 기실 생동감 있는 성격을 획득하고 있지 못하다.

이를 대표적으로 보여주는 대목은 다음과 같다.

우리는 흔히 분노와 증오를 감정적인 것, 또는 비이성적인 것으로 값싸

게 취급하거나, 경멸적으로 비웃는다. 그러나 그건 아주 잘못된 것이다. 우리가 사는 세상에서는 비인간적인 불의와 반사회적인 부정이 끝없이 저질러지고 있다. 그런 그른 것들을 보고도 아무런 분노나 증오도 안 느낀다면 그것이 옳은 것인가. 더구나 지식인들이라면 어떤 태도를 취해야 할 것인가. 마땅히 그 잘못을 바로잡으려는 분노와 증오를 느껴야 한다. (…)

지식인으로서 현실의 부당함과 역사의 처절함에 대해 이성적 분노와 논리적 증오를 가슴에 품고 있지 않다면 그건 지식인일 수 없다. 더구나 작가로서 이성적 분노와 논리적 증오가 가슴에 담겨 있지 않다면 그건 작가일 수 없다.

80년대 그때에 큰 자극을 받았던 어떤 작가의 글이었다.(『허수아비춤』, 234~235쪽)

지식인(작가)이라면 '비인간적인 불의와 반사회적인 부정이 끝없이 저질러지고' 있는 현실에 대해 '이성적 분노와 논리적 증오'를 품어야 한다. 옳은 말이다. 하지만 전인욱의 사고는 '80년대 그때에 큰 자극을 받았던 어떤 작가'의 목소리에 머물러 있다. 이들이 '경제민주화'를 위해 추구하고자 하는 운동 또한 너무나 단순 명료하다. 첫째는 소비자의 불매운동이다. 엄청난 비리를 저지르는 거대기업의 횡포에 맞서 소비자는 상품을 구매하지 않는 것으로 대응해야 한다는 것이다. 둘째는 자발적인 시민단체 활동으로 대기업의 비리를 감시하는 일이다. 자유롭고 개방적인 인터넷 공간을 통해 시민들의 힘을 결집해야 한다. 하지만 이는 누구나 다 알고 있는 상식적인 내용이다. 문제는 이를 어떻게 실현하느냐에 달려 있다.

출감 사유는 코에 걸면 코걸이, 귀에 걸면 귀걸이인 병보석이었다. 그리고 약방의 감초처럼 덧붙여진 한마디는, 국가 경제발전에 기여한 공이 컸고, 잠시도 소홀히 할 수 없는 국민경제에 더 이상 부담을 주어서는 안 되기 때문,이라고 되어 있었다. 그 말은 고무도장에 새겨서 필요할 때면 마구 찍어대거나, 녹음테이프에 녹음해서 반복 반복 또 반복해가며 틀어 대는 것처럼 벌써 40여 년의 전통을 자랑하며 그 생명력을 과시해오고 있었다. 그 이유는 세상 사람들이 그 반복 행위를 지겨워하지도 않고, 신물 내지도 않고, 의심하지도 않고 그대로 믿어주고 따라주었기 때문이다. 그렇지, 큰 기업이 잘돼야 우리도 잘살게 되지. 대중들은 이렇게 동의하고 동조하면서 재벌들이 저지르는 죄를 가볍게 여겼고, 그들이 받는 사법적 특혜에도 지극히 관대했다. 국민경제를 위하여……, 그 기업 옹호론과 재벌 보호론의 주문은 그 효력 좋고 생명력 강대하기가, 우리를 믿어야만 재물운이 트이고 건강하게 오래 산다는 그 한마디로 2천 년이 넘도록 줄기차게 배부른 번성을 누려온 종교들의 긴 생명력과 맞먹었다. 신문들이 앞장서 설파하고, 법관들까지 활용하고 나서는 그 기업 옹호론과 재벌 보호론은 자본주의 한국에서 출현한 신통력 좋은 신흥 종교이기도 했다.(『허수아비춤』, 64~65쪽)

작가는 마치 고발과 선동을 통해 대중들의 의식을 변화시킬 수 있다고 보는 듯하다. 하지만 이 작품에 드러나는 민중은 익명의 대중일 뿐이다. 이 익명의 대중을 향해 작가는 의식의 개혁을 강요하고 있는데 거의 폭력적으로 느껴질 정도이다. 세태를 꼬집고 폭로한다고 해서 그들의 의식이 변화하는 것은 아니다. 당위적 명제의 강조는 현실의 생생함을 소외시키기 마련이다. 소설이라는 양식에 걸맞게 구체적 삶의 꿈틀거림을 통해 현실의 변화를 추동해야 하지 않을까? 그러려면 우선 대중들이 개성을 지닌 생동감 있는 인물로 되살아나야 한다. 하지만 이 작품에서 대중, 즉 월급쟁이들은 '정당한 요구를 입 밖'으로 내지 못하는 무능한 불평불만분자로 그려져 있다. '지금 여기'의 경제를 뒷받침하는 역군(노동자들을 포함한 월급쟁이)들이 과연 대기업의 비리를 몰라서 차디찬 현실에 절망하고 있는 것일까? 대기업의 비리를 목소리 높여 고발한다고 해서 이들이 순식간에 정의의 사도로 탈바꿈할 수 있을까?

이렇듯 작가는 복잡하고 미묘한 현실의 입체성을 단순화하여 평면적으로 형상화하고 있다. 허민 교수의 입을 통해 제시된 작가의 계몽담론은 1980년대의 거대담론보다 후퇴한 느낌이 들 정도이다.

국민은 나라의 주인인가. 아니다. 노예다. 국가 권력의 노예고, 재벌들의 노예다. 당신들은 이중 노예다. 그런데 정작 당신들은 그 사실을 모르고 있다. 그것이 당신들의 비극이고, 절망이다. (…)

국가의 모든 권력이 재벌의 손아귀에 들어가 좌지우지되고 있다는 것을 뜻한다. 그러니 아무리 큰 죄를 저질러도 무죄가 될 수밖에. (…)

긴 인류의 역사는 증언한다. 저항하고 투쟁하지 않은 노예에게 자유와 권리가 주어지지 않는다는 것을. 그런데 노예 중에 가장 바보 같고 한심스런 노예가 있다. 자기가 노예인 줄을 모르는 노예와, 짓밟히고 무시당하면서도 그 고통과 비참함을 모르는 노예들이다. 그 노예들이 바로 지난 40년 동안의 우리들 자신이었다.

우리는 지난 80년대에 피 흘려 '정치민주화'를 이룩했다. 이제 우리는 '경제민주화'를 이룩해야 할 시점에 와 있다. 그 경제민주화가 바로 모든 재벌들이 그 어떤 불법 행위도 저지르지 못하도록 막는 것이다. 그것은 우리가 취해 있었던 그 환상과 몽상과 망상에서 빨리 깨어나는 것이다. 그리고 우리가 가진 강력한 무기를 뽑아 들어야 한다. 그것이 바로 소비자로서 우리 모두가 가지고 있는 권한인 '불매'다. (…)

투표가 피 흘리지 않고 민주주의를 계속 신장시켜나갈 수 있는 '정치혁명'이듯이, 우리가 단결한 불매운동은 기업들과 우리들이 모두 함께 행복해질 수 있는 가장 효과적인 '경제혁명'이다.(『허수아비춤』, 322~326)

우리는 소비사회의 재생산구조가 자본의 논리를 거부하는 혁명의 이념까지 상품화하는 역설의 시대에 살고 있다. 이러한 시대에 국민을 '이중 노예', 즉 '자기가 노예인 줄을 모르는 노예' '짓밟히고 무시당하면서도 그 고통과 비참함을 모르는 노예들'로 여기고, 하루빨리 '환상과 몽상과 망상'에서 깨어나야 한다는 주장은 얼마나 설득력을 지닐 수 있을까? 국민을 바라보는 작가의 태도 문제는 접어두고라도, 국가의 모든 권력이 재벌의 손아귀에 들어가 좌지우지되고 있는데 어찌 정치민주화가 이루어졌다고 말할 수 있는가? 문제는 어떻게 노예들이 '환상과 몽상과 망상'에서 깨어나 '모든 재벌들이 그 어떤 불법 행위도 저지르지 못하도록' 막느냐 하는 것이다. 그 과정과 거기에서 느끼는 어려움 혹은 문제점 등을 구체적으로 형상화해야 할 것이다.

『허수아비춤』은 현실인식의 단순함과 투철한 계몽의식이 빚어낸 아포리즘 지향의 소설이라 할 수 있다. 불투명한 현실을 투명하게 인식하는 방식의 하나는 복잡한 현실을 아포리즘적으로 포착하는 것이다. 지나치게 아포리즘에 의존하는 태도는 구체적 일상을 섬세한 감각으로 형상화하는 소설의 본분을 회피하는 수단이 되기도 한다.

『허수아비춤』에서 다음과 같이 반짝, 빛을 발하는 대목을 만나기란 그리 어렵지 않다.

억이란 뜻을 아는가? 그 글자는 사람 인 변(人·亻)에, 뜻 의(意) 자가 합해진 거지. 그게 무슨 의미일까? 그건 실재하는 수가 아니라 사람의 마음 속에만 있는 큰 수라는 뜻이야. 그 글자가 만들어졌던 그 옛날에는 지금과 달리 경제 규모가 작았으니까 억 단위의 금전 거래는 이루어지지 않았던 거야.

교양 국어 시간에 교수가 한 말이었다. 배움의 필요를 새삼스럽게 느끼게 하는 신선함이 머리를 산뜻하게 해주었었다.

사람의 마음에만 있는 그 큰 수를 만 개나 비자금으로 감추다니. 다시 분노가 꼬약꼬약 괴어올랐다.(『허수아비춤』, 234쪽)

하지만 한 편의 소설을 앞에 두고, 아포리즘적 현실인식의 '신선함'에 머리를 끄덕이는 교양 수업 시간의 학생 자리에 만족할 수 있을까? 복잡한 현실의 중압감을 뒤로하고 정당한 문제의식의 그늘 아래 숨어 은밀한 만족을 느끼기보다는, 개인의 힘으로는 어찌할 수 없는 삶의 무게에 절망하면서도 보다 나은 삶에 대한 가느다란 희망의 끈을 놓지 못하는 인간들의 몸부림을 기대하는 것은 지나친 욕심일까?

젊은 소설의 존재 방식

— 백가흠, 이기호, 천명관의 작품을 중심으로

1. 젊은 소설의 자기변신

소설은 살아 움직인다. 근대사회의 적자(嫡子)인 소설은 '단절과 계승의 다채로운 스펙트럼'을 연주하며 '근대 이전 혹은 근대 이후'와 접속한다. 물론 이 드라마의 주역은 젊은 소설이다. 그런데 '지금 여기'에서 세대론적 인정투쟁을 벌이는 이 젊은 작가들의 치열한 몸짓에 화답하는 대화적 목소리가 들려오지 않는 듯하다. 평론가들은 젊은 소설에 대한 문학사적 자리매김과 이들의 작품을 독자들에게 안내하는 매개자의 역할을 동시에 수행해야 한다. 요컨대, 이 둘 사이의 균형 감각을 어떻게 유지할 것인가의 문제가 지금의 평단에 부여된 과제일 터이다. 하지만 '새로움에 대한 일방적 찬사'나 '독자들을 배려하지 않는 자기들만의 리그' 등등 평단에 대한 부정적 수사가 끊이지 않고 있다. 젊은 소설의 새로움이 '지금 여기'의 현실과 접속하는 방식에 대한 탐색보다는, 더 강한 자극을 요구하는 새로움의 무한증식 그 자체에 주목한 것은 아닌지 싶다. 젊은 소설에 대한 다소 과장된 포장 또한 이와 무관하지 않다.

다소 겸연쩍지만, 소설이 '지금 여기'에서 무엇을 할 수 있는가에 대해 질문해보자. 과연 소설이 근대적 일상에 균열을 낼 수나 있는 것일까? 도식화의 위험을 무릅쓰고, 젊은 소설의 몇 가지 존재 방식을 상상해보자.

첫째, 근대적 일상의 논리를 어떻게 탈주할 것인가의 문제보다는, 그 자체를 부정·비판하는 데 주력하는 작품군이다. 둘째, 자본의 논리와 기꺼이 몸을 섞으며, 근대적 일상을 명랑하고 경쾌하게 타고 넘으려는 경향들을 생각할 수 있다. 셋째, 자본의 논리를 애써 무시하고 자신만의 '무중력의 세계'로 침잠하는 작품들이다. 마지막으로 자본의 논리에서 벗어날 수 없다는 사실을 인정하면서도, 어쩔 수 없이 그 너머를 꿈꿔야 하는 서사의 모순된 운명을 체현하는 경향의 소설들이다.

여기 2000년대 가장 주목받는 젊은 작가 셋이 있다. 백가흠, 이기호, 천명관이 그들인데, 각기 두 권의 소설을 상재했다. 이 글에서는 이들의 첫번째 소설과 두번째 소설 '사이'를 추적해봄으로써, '지금 여기'의 현실과 인정투쟁을 벌이는 젊은 소설의 가능성을 타진해보기로 한다. 소설의 자기 변신을 주도하고 있는 이들의 작품은 근대적 일상과 고투하는 우리 문학의 자화상을 유추해보는 각주의 역할을 한다.

2. 폭력의 현상학 — 백가흠

여러 사람들이 언급하였듯, 백가흠 소설에 나타난 폭력과 섹스는 불편하고 불쾌하다. 작가는 섬뜩하리만치 냉정하게 서술한다. 첫번째 소설집 『귀뚜라미가 온다』(문학동네, 2005)에서 백가흠은 '불쾌하고 불편한 진실'을 '불쾌하고 불편한 방식'으로 적나라하게 까발렸다는 평가를 받았다. 여기에는 우리 문학사에서 보기 드문, 아니 존재하지 않았던 패륜의 현장이 생생하게 그려져 있다. 작가는 철저하게 객관화된 소설을 써야 한다는 강박에 일부러 탈출구를 막았다고 한다. 그는 '가해자를 증오하지 않고 피해자에게 연민을 느끼지 않는다'라는 특유의 서술방식을 선보였다.

부인하고 싶지만, 아니 외면하고 싶지만 그럴 수 없는, '소설보다 더 황당한 우리의 실재 현실'을 포착했다는 점에 문단이 박수를 보냈다. 대중매체의 고발 프로그램에서 모티프를 얻었다는 사실은, 백가흠의 작품에 그려진 '배덕자들의 천국'이 우리의 현실에서 직접 벌어지고 있다는 점을 시사한다.

그렇다면 다시 질문해보자. 왜 이러한 장면이 불편하고 불쾌한가? '저들과 다르다고 자신하는 우리의 우월감과 그로부터 파생된 수직적 연민'이 파열되어서(차미령), 혹은 '합리적 이성, 곧 근대의 계몽'이 가장 지독한 '폭력'라는 역설(김형중)을 보여주기 때문이라 할 수 있다. 하지만 조금 더 고민해볼 필요가 있다. 이러한 평가에는 '배덕자들의 천국'을 우리 사회의 일반적 현상으로 보편화하려는, 아니 그렇게 하고 싶은 논리가 전제되어 있다. 그래야지만 백가흠의 소설을 제대로(?) 평가할 수 있기 때문이다. 특수와 보편의 간극을 줄이는 것이 비평의 주요한 과제가 아닌가.

백가흠 소설 속 장면이 과연 우리 사회의 일반적 현상인가? 그렇게 생각할 수도, 그렇게 생각하지 않을 수도 있다. 만일 그렇게 생각한다면, 배덕자들의 천국과 일반 현실을 매개하는 소설적 장치가 필요하다. 이 점에서 백가흠의 첫번째 작품집 『귀뚜라미가 온다』는 그리 친절하지 못하다. 이를테면, 대중매체의 고발 프로그램이나 신문 사회면 기사와 다른 소설의 고유한 정체성, 나아가 대중매체와 소설의 차이점에 대한 자의식이 텍스트 속에 드러나야 하지 않을까 싶다. 이러한 소설(가)의 몫을 비평가들이 떠맡고 있는 것은 아닐까? 아니, 소설(가)과 비평(가)의 거리가 너무 가까워진 것은 아닐까?

「광어」는 등단작이자 그의 소설에 난무하는 폭력의 뿌리를 엿볼 수 있는 작품이다. 작가는 치밀한 묘사와 상징으로 광어와 당신을 교차시키고 있다. 화자는 회를 뜨는 일을 한다. 회를 치는 데 있어서 '살만 들춰내는 칼의 느낌'이 중요하다. 화자에게 '살짝'은 광어에게 '치명적'이다. 물고기들이 죽기 전에 내뱉는 '바람'이, 당신과 몸을 섞은 날 이후로 화자의 몸에서 떠나지 않는다. 창백한 당신 얼굴과 물고기들의 하얀 살들이 겹쳐지고, 회 쳐진 '광어'와 한 생명을 지운 '당신'이 포개진다. 하여, 스무 살, '봄날'이 가고 있는 당신의 시커먼 자궁 속으로 '물고기들이 죽기 전에 내뱉는 그 바람'이 떠다닌다.

화자는 당신과 결혼하여 아이를 낳고 싶었다. 하지만 당신은 아이를 원치 않는다. 그래서 중절수술을 한다. 화자는 이리저리 몸값을 구해 당신을 찾는다. 그러나 당신은 통장만 들고 떠난다. '광어가 죽기 전에 내뱉는 가냘픈 바람 소리'도 '당신을 따라 나간다.'

회 뜨이는 광어와 '봄날'이 가고 있는 스무 살의 당신, 여기에 당신에게 버림받는 화자를 교차시키며, '지금 여기'의 보이지 않는 폭력을 곱씹고 있는 작품이다. 화자가 광어에게 가하는 폭력과 당신에게 가하는 폭력(관심이나 애정이 부담스럽게 느껴지면 그것도 폭력이다), 당신이 화자에게 가하는 폭력(화자의 관심과 애정을 무시하고 통장만 가지고 떠나는 행위, 즉 당신을 버리는 행위인데, 이는 화자의 어머니가 화자를 버리는 장면과 겹쳐진다), 스무 살의 당신에게 '봄날'을 가게 하는 사회의 폭력(이는 화자에게도 그대로 적용된다) 등이 꼬리에 꼬리를 물고 이어진다. 마치 폭력의 현상학을 보는 듯하다. 이 연쇄에서 취약한 고리가 끊어졌을 때 '배덕자들의 천국'이 펼쳐진다.

「광어」이후 「귀뚜라미가 온다」「배꽃이 지고」로 이어지는 작품들은 폭력과 섹스의 극단적 양상을 보여준다. 「귀뚜라미가 온다」는 차마 눈뜨고 볼 수 없는 비참한 풍경으로 얼룩져 있다. '달구분식과 바람횟집은 원래 한집이다.' 늙은 노모에게 가하는 아들의 폭력("끄윽, 이런 시불, 요즘 니 건투하나. 노인네, 잽싸졌네, 끌끌, 그래, 자, 이것도 하믄 피해바아라.")과 장난삼아 하는 섹스("참지 말고 딴 데 가 하라카니까, 와 말을 안 듣노. 니 나랑 재미있겠나?")는 한 몸이다.

부모를 패는 아들은(아버지도 폭력으로 죽였다), 엄마를 두들겨 팬 자신을 자학하며 울다 잠이 든다. 술이 깨면 아무것도 기억하지 못한다. '자학'은 끝내 반성을 불러오지 못한다.

바람횟집의 어린 남자는 여자에게 아이를 만들자고 제안한다. '남들 다 가지고 있는 가정'을 이루기 위해 앞으로는 '정성을 다해' 섹스를 하고자 다짐한다. 이러한 다짐은 늙은 여자와 공유된 것도 아니고, 사랑이 매개된 것은 더더욱 아니다. 다분히 자기만족적이고 폭력적인 선언인 셈이다.

이렇듯, 폭력 아들의 '자학'(반성)과 어린 남자의 '선언'(희망)은 가식적이고 기만적인 포즈에 불과하다. 이러한 포즈마저 '달을 품고' 온 태풍 '귀뚜라미'가 삼켜버린다. 흥미로운 것은 폭력의 가해자가 아니라 피해자들이 희생된다는 점이다. 그래야지 폭력은 계속될 수 있다. 달구는 끝까지 어머니를 외면하고 혼자 '달구분식'을 빠져나오며, 어린 사내는 먼저 피신하여 '은빛 전어떼'를 따라 파도에 밀려 사라지는 나이 든 연인을 멍하니 지켜볼 뿐이다.

살아남은 '배덕자'들은 다시 폭력의 취약한 고리를 찾아 어슬렁거린다. 장애인들을 대상으로 한 무자비한 폭력이 이어진다. 「배꽃이 지고」는 대중매체에서 고발한 내용을 '상상력'을 통해 재구성하고 있는데, 작가는 눈뜨고 볼 수 없을 정도로 비참하게 폭력을 연출하였다. 이러한 폭력에 감염되기 전에 언론이 보도한 폭력적이고 선정적인 장면과, 백가흠 소설의 그것이 어떻게 다른지 따져보아야 할 것이다. 이에 대한 구체적 탐색이 전제되지 않았을 때, 백가흠 소설의 폭력은 고발 프로그램의 선정적이고 폭력적인 이미지와 구별되지 않는다.

두번째 소설집 『조대리의 트렁크』(창비, 2007)는 『귀뚜라미가 온다』에서 보여준 세계를 반복·확장하고 있다. 폭력이 난무하는 현장은 그대로인데, 이를 다루는 방식의 변화를 통해 '가느다랗고 희미한 구원의 빛'을 드리워놓았다. '악행으로 가득 찬 세계'를 있는 그대로 보여주는 방식에서, '일말의 희망을 암시하면서 보여주는 태도'로 한 걸음 물러선 것이다.

우선 폭력의 가해자나 희생자의 내면이 조금씩 드러나고 있다는 점이 눈길을 끈다. 이 내면은 무자비한 폭력을 응시하는 시선의 다른 이름이다. 작가에 의해 일방적으로 제시되었던 폭력이 작중인물들의 의식을 통해 입체적으로 조명되고 있는 것이다.

이러한 점에서 「웰컴, 마미!」는 다분히 문제적이다. 한 아이를, 그것도 자기 자식을 지하 단칸방에 유폐하여 죽게 한 스무 살 '애어른'의 내면이 제시되어 있기 때문이다. 그녀는 자신의 행위가 어떠한 결과를 불러올지 이해하지 못한다. 자식을 죽음으로 몰아넣은 패륜적 행위는 가해자의 자의식과 무관하게 진행되는 셈이다.

그녀는 열여섯 살 때 동갑내기 남자애와 동거를 시작했다. 둘은 막 입학했던 고등학교를 그만두었다. 애를 키워야 했고, 돈도 벌어야 했기 때문이다. 부모의 도움으로 월세방에서 살림을 시작했다. 그래도 둘은 어른 흉내를 실컷 내며 살 수 있어서 행복했다. 문제는 둘 다 진짜 어른이 되고부터였다. 진짜 어른이 되고 나니 어른 흉내가 재미없어진 것이다. 나이에 맞게 놀고 싶기도 했다. 하여, 아이는 스스로 커야 했다.

순미가 아이에게 강아지를 선물한 이유는 따로 있었다. 순미에게 남자친구가 생겨서 예전만큼 집에 자주 올 수 없게 되었기 때문이다. 아이도 클 만큼 컸다고 생각했다. 순미가 네 살배기 아들을 둔 엄마인 것은 사실이었지만, 이제 갓 스물을 넘긴 여자이기도 했다. 스무 살은 하고 싶은 것을 포기하기 힘든 나이였다. 순미는 미니핀셔를 믿고 의지했다. 순미는 강아지와 아이가 노는 모습을 보자 흐뭇해졌다.(백가흠, 「웰컴, 마미!」, 『조대리의 트렁크』, 84쪽)

스무 살 순미의 내면(그럴 만한 자신만의 논리가 있다)을 통해 아이를 굶어 죽게 만든 폭력이 나름의 개연성을 부여받는다. 어른 흉내를 내던 아이가 진짜 어른이 되었을 때, '네 살배기 아들'은 감당하기 버거운 짐이 될 수밖에 없다. 스무 살은 하고 싶은 것을 포기하기 힘든 나이이기 때문이다. 그렇다면 이러한 개념 없는 엄마를 방임한 개념 없는 사회의 무책임을 문제 삼지 않을 수 없다. '순미'가 아이를 방임하기 이전에, 개념 없는 사회가 '순미'를 방임한 것이다. 이러한 과정을 통해 백가흠의 소설은 개념 없는 사회의 냉혹한 현실을 '가까스로' 환기한다.

「매일 기다려」는 사회에서 버림받은 그늘진 삶의 한 단면을 포착한 작품이다. 노인은 폐품 수거로 생계를 유지한다. 식사는 무료 급식소에서 해결한다. 동네 사람과 교회 집사의 특별한 배려 속에 임시 거처를 마련할 수 있었다. 노인은 무료 급식소에서 우연히 가출 청소년 연주를 만난다. 무료 급식을 받는 사람들은 서로 등을 돌리고 선 채로 밥을 먹는다. 옹기종기 둘러앉아 밥을 먹는 사람은 아무도 없다. '동정의 눈길'은 오히려 사람을 쫓는 결과를 낳을 뿐이어서, 급식소에서는 '도움을 청하면 도와주지만, 찾아다니며 도움을 베풀지 말자'는 원칙을 세웠다. 연주는 며칠째 공원을 찾아왔지만 선뜻 밥을 탈 용기가 나지 않는다. 누군가 자신을 봐주길, 부르길 기다렸지만 관심을 갖는 사람이 아무도 없다. 이때 노인이 연주에게 콩나물국밥을 내민다. 연주는 잠깐 망설였지만 이내 노인을 따라나선다. 노인과 연주는 무료 급식을 시작한 교회의 원칙을 거스르는 인물들이다. '동정의 손길'을 짐짓 무시하는 가식의 마스크를 쓰지 않은, 예외적 인물인 셈이다. 노인은 자신이 도움을 줄 수 있다는 사실만으로도 뿌듯하고 따뜻한 마음이 든다.

연주 또한 자신의 감정에 솔직한 인물이다. 노인이 베푸는 호의를 야금야금 받아 먹으면서도 거의 고마움을 느끼지 않는다. 물론 가출 이후 데리고 온 다른 친구들과 노인을 대하는 태도가 조금은 다르다. 노인을 떠나며, '근데, 할아버진 어디로 가?'라고 물어보는 대목이라든지, 가출 이후 돌아와서 '미안해, 할아버지. 말도 없이 나가서…'라고 말하는 대목에서 노인과 연주 사이의 희미한 소통의 가능성이 엿보이기도 한다. 하지만 이러한 감정은 이내 사라진다. 연주에게는 부담스러운 노인의 사랑보다, 또래들과의 어울림이 더 중요하기 때문이다.

작가는 노인의 일방적인 보살핌과 연주(와 또래들)의 냉혹한 거절을 담담한 시선으로 응시할 뿐이다. 이 응시 속에서 '동정의 눈길'을 보내는 듯한 인상을 주지 않으려는 무료 급식소의 속살이, 연주에게 보내는 노인의 무한한 '연민의 시선'이, 그리고 노인의 부담스러운 관심에 대한 연주의 양가적 감정이 '희미하게' 교차한다.

첫번째 작품집에서 전경화되었던 폭력과 섹스의 선정성은 어느덧 뒤로 물러나고, 비루하지만 소박한 인물들의 삶이 슬그머니 부각된다. 지난밤 아내를 살해하고, 이제 노모마저 죽이고 자신의 생을 마감하려는, 삶의 벼랑에 몰린 한 가장의 절박함은, 「조대리의 트렁크」에서 사내의 독백(넋두리)으로 처리되어 있다. 대신 '자신의 부족함이 드러나는 것이 두려워 존재감을 숨기기에 여념이 없었'던 조대리의 소박한 삶이 드러난다. 조대리의 삶은 '신도시개발'로 인한 '구시가의 몰락'과 겹쳐진다. 조대리는 '도시가 발전하고 변한다는 것은 없던 것들이 많이 생긴다는 것이지, 원래 있던 것들이 다른 것으로 바뀐다는 말은 아닐지도 모른다'고 생각한다. 조대리는 '원래 있던 것'의 모습으로 살고 있다. 이러한 조대리가, 차마 죽이지 못하고 스스로 목숨을 끊은 사내의 노모를 업고, 늙은 엄마가 누워 있는 자신의 집으로 뛰어가는 장면은, 진한 여운을 남긴다. 조대리의 행동을 통해 잔혹한 현실의 폭력성이 '다소간' 정화되는 느낌이다. 이렇듯, 백가흠 소설은 우리 사회의 내면화된 폭력을, '가까스로' '희미하게' 혹은 '다소간' 포착한다.

첫번째 작품집에서는 폭력의 현상학이 여과 없이 표출되었다. 하지만, 이러한 날것으로의 폭력이 폭력의 의미를 진지하게 탐색하는 작업으로 이어지지는 않았다. 백가흠 소설의 새로움에 대한 거품은, 이 날것으로서의 폭력과 내면화된 폭력 사이의 간극을 인정하지 않는 태도에서 발생하는 듯하다.

하여, 두번째 작품집에서 백가흠은 이 폭력의 '분출'과 '탐색' 사이를 연결하는 작업을 진행하고 있다. 그는 현실의 구조적 폭력을 객관적인 시선으로, 나아가 인물들 사이의 관계성을 통해 입체적으로 조명하고 있다. 작가의 시선이 폭력의 내면화, 혹은 폭력의 관계성에 대한 탐색으로 심화·확장되고 있는 셈이다.

3. 소설의 자기변신 — 이기호

이기호의 첫 작품집 『최순덕 성령충만기』(문학과지성사, 2004)는 다채로운 이야기 형식의 축제 마당이다. 그의 서사 양식에 대한 실험은 집요하다. 데뷔작 「버니」는 랩 가사의 형식으로 이야기를 경쾌하게 노래한다. 표제작 「최순덕 성령충만기」는 성경을 패러디한 인물의 약전 형식을 차용하고 있으며, 「햄릿 포에버」는 피의자의 조서를 작성하는 문답 형식을 취하고 있다. 지금까지 우리 문학에서 이처럼 서사 형식의 실험에 집중한 경우는 찾아보기 어려웠다.

이기호는 이 다채로운 실험을 경쾌하고도 재미있게 수행하고 있다. 그가 지향하는 소설은 그리 거창하지 않다. 독자(청중)들과 함께 호흡할 수 있으면 그만이다. 이는 엄숙한 근대 서사에 대한 거부의 의미를 지닌다. 현실 속에서 현실 너머를 꿈꾸는 근대 서사의 모순된 운명을 경쾌하게 비틀며, 구술문화를 향해 길을 내고 있는 느낌이다.

엄숙한 근대 서사를 비틀고 냉소하는 형식 실험의 이면에, 근대의 문제적 인물을 연상시키는(모방하는) 인간군을 포진해놓았다는 점을 지나칠 수 없다. 이기호의 소설이 너무나 쉽게 근대 담론을 탈주하려는 소설적 징후들과 구별되는 지점은 바로 여기이다. 근대 서사의 영역을 다양한 형식 실험을 통해 넘나들면서도, 근대의 비루한 일상에 한 발을 걸치고 있는 형국이다.

「버니」의 화자나 순희는 근대적 일상에서 소외된 문제적 인물이며, 이들 사이의 미묘한 감정은 돈의 논리에 의해 거부되고 있다. 화자는 경쾌한 랩의 리듬을 통해 이러한 아이러니한 세태를 꼬집고 있다. 「햄릿 포에버」 또한 직접화법의 문답 형식을 통해 현실과 환각이 전도된 현실을 풍자하고 있다. 본드를 분 환각 상태에서 만난 '햄릿'이, 맨정신으로 연기하는 '햄릿'을 압도하는 형국이다. 그야말로 요지경 세상이다. 「최순덕 성령충만기」에서도 성경 양식의 차용을 통해 종교적 맹신을 희화화하고 있다. 이러한 점이 형식 실험에 압도되어 대놓고 드러나지 않는 것은 그가 얼마나 서술 방식에 집착하고 있는지를 알려준다.

그가 차용한 다양한 대중문화 양식은 탈근대의 세계로 비상하는 것이 아니라, 오히려, 근대 이전의 구술문화의 세계를 향하고 있는 느낌이 든다. 꼬리는 근대 너머를 향하고 있는데, 머리는 근대 이전을 향하고 있는 그로테스크한 괴물의 형상을 연상시킨다.

『최순덕 성령충만기』에 실린 작품들이 소설 양식에 대한 자의식이 너무 강해, 작가의 의도나 기획이 서사의 자연스러운 흐름을 방해하고 있는 것은 아닌지 되새겨볼 일이다. 가슴으로 느껴지는 것이 아니라, 머리로 읽히는 소설이 되어버린 이유도 이와 무관하지 않을 것이다. 이기호의 소설이 다소 과대 포장된 점이 있다면, 이는 가슴과 머리 사이의 거리를 인정하지 않으려는 태도에서 비롯된 것이리라.

두번째 작품집 『갈팡질팡하다가 내 이럴 줄 알았지』(문학동네, 2006)에서도 예의 형식 실험은 여전하다. 특히, 「나쁜 소설—누군가 누군가에게 소리내어 읽어주는 이야기」「누구나 손쉽게 만들 수 있는 가정식 야채볶음흙」 등은 그 연장선에 있는 작품들이다.

소설 양식에 대한 자의식은 여전하지만, 『최순덕 성령충만기』의 세계에서 한 걸음 더 나아간 성향의 작품으로 「수인」「당신이 잠든 밤에」「할머니, 이젠 걱정 마세요」 등을 들 수 있다. 형식에 대한 지나친 집착에서 벗어나자, 첫번째 작품집에서 쉽게 드러나지 않았던 주제의식이 부각되기 시작한다.

「수인」은 이미 여러 논자들이 분석했다. 특히, '자본주의적 가치체계 속에서 질식된 소설의 운명과 그러한 운명에 저항하는 소설가의 절망적인 운명'(심진경)을 그렸다거나, '소설가의 윤리는 결과를 예측할 수 없는 무한노동의 윤리'이며, '소설가는 곡괭이를 든 노동자이고, 이 소설은 육체파 노동자의 자기 선언'(신형철)이라는 진술은 귀담아 들을 필요가 있다.

하지만 이 작품의 '수영'과 작가 이기호를 이렇게 동일시해도 되는 것인가에 대한 의구심이 든다. 이기호는 위와 같은 평가, 아니 답을 미리 전제하고 소설을 쓴 것이 아닐까? 이를테면, 작가의 머릿속에서 인공적으로 만들어진 소설·소설가의 운명이라는 것이다. 사정이 이러한데 체험(가슴)과 상상력(머리)을 동일시하는 평가는 왠지 부담스럽다. 부단한 형식 실험에 여념이 없는 육체파 노동자, 혹은 자본의 논리에 질식된 소설의 운명에 저항하는 경쾌한 이야기꾼 등의 이미지는 어쩐지 어울리지 않는다. 작가는 서사 양식에 대한 실험을 텍스트 내부로 끌어들여 깔끔하게 구조화하고 있는 셈이다. 서술 방식에 치중하였던 지금까지의 관심을 소설·소설가의 존재조건에 대한 문제로 치환한 것이다.

한편, 서사 양식에 대한 자의식이 개입하지 않을 때 「당신이 잠든 밤에」 같은 계열의 작품이 탄생하는데, 여기에는 '이렇다 할 기술도, 학력도, 연고도 없는 지방 상경 청년'들의 생존을 위한 몸부림이 담겨 있다. 이들은 달리는 자동차에 뛰어들어 보상금을 받아내기로 작당하지만, 범퍼 근처에도 가지 못하고 몸만 상한다. 오히려 깡패들에게 걸려 흠씬 두들겨 맞기까지 한다. 이러한 진만과 시봉의 에피소드는 서사 양식에 대한 자의식과 더불어 이기호 소설의 다른 한 축이다.

글쓰기에 대한 자의식과 소외된 존재의 삶이 교차하는 지점에서 「할머니, 이젠 걱정 마세요」가 불쑥 솟아난다. 이 작품은 현실과 환상, 현재와 과거를 넘나들기 위해 극화의 형식을 차용하고 있다. 할머니의 이야기와 화자의 이야기가 '육이오 동란' 때 희생된 할머니의 조카 덕용이를 통해 포개진다. 이야기 도중, 과거의 장면이 마치 연극의 무대처럼 재현되기도 하고, 화자가 '덕용이 아저씨'가 되어 연기를 하기도 한다.

할머니는 육이오 때 형부가 좌익 우두머리가 되어 동네에 나타났다가 전세가 역전되어 언니와 조카들이 모두 몰살당한 이야기, 그리고 조카들 중 한 명이 숨겨달라고 찾아왔는데, 그 어린것을 그냥 모른 척해버린 이야기를, 반복해서 들려준다. 이유는 간단했다. 작년부터 몹쓸 병에 걸려버렸고, 그래서 누군가에게 빨리 그 이야기를 들려주고 싶었던 것이다. 평생 맺힌 한을 풀어야 했기 때문이다. 이러한 할머니의 이야기를 들었으니, 명색이 소설가인 화자도 자신의 이야기를 들려주기로 결심한다. 이모들이 자신을 밤낮으로 찾아온다는 이야기였다. 할머니는 숨겨주지 못한 조카 덕용이가 화자를 닮아 이모들이 찾아온다고 말한다. 이를 통해 할머니의 이야기와 화자의 이야기, 화자와 덕용이 아저씨가 포개진다.

화자는 덕용이가 되어, 덕용이 아저씨와 할머니의 한을 풀어주기로 작정한다.

나는 예전처럼, 허리를 더 동그랗게 말며 이불 깊숙이 파고들었을 뿐이었다. 그리고 그 안에서⋯⋯ 나는 내 안에 있는 어떤 다른 이의 목소리를 들었다. 그것은 내 목소리이기도 했지만, 또 한편 할머니의 목소리이기도 했고, 화로와 벽장과 요강이 내는 소리이기도 했다.

"갈 데가 없어요, 이모…… 아저씨들이, 동네 아저씨들이, 엄마와 누이들을 다 잡아갔어요……"

그것은 분명 내 입에서 흘러나오는 목소리는 아니었다. 그러나 할머니는 그 들리지 않는 목소리에 대고 낮고, 화난 목소리로 대꾸했다.

"야가, 가라니까 왜 이리 안 가고 장승처럼 부티고 있어? 아, 어여 가라니까!"

"이모, 저 좀 숨겨줘요…… 아저씨들이 엄니랑 누이들이랑 다 산으로 끌고 갔대요…… 동무들이 다 봤대요…… 인제 저 잡으러 온대요."

"야야…… 네가 여기 있으면, 인제 네 사촌형도 죽고, 네 이모부도 죽고, 내두 죽는 거야…… 그러니, 어여 가…… 아, 회초리 치기 전에 얼른!"(이기호, 「할머니, 이젠 걱정 마세요」, 『갈팡질팡하다가 내 이럴 줄 알았지』, 253쪽)

할머니의 이야기 속에서 과거의 상황이 재현되고 있다. 화자는 긴장한다. 자칫하다간 할머니도, 덕용이 아저씨도, 아무도 위로받지 못하고 상처만 받지 않을까 두려웠기 때문이다. 고민 끝에 할머니를 현재로 모셔 오는 것이 좋다고 생각한다. 스위치를 올리려는 순간, 할머니는 버럭 소리를 지른다.

"야야! 가란다고 증말 가면 어쩌냐! 얼른 일루 안 와! 아, 얼른!"

할머니는 이불 위에 앉아 다급한 손짓으로 내가 서 있는 반대편 벽을 보며 그렇게 소리쳤다. 두리번두리번 어두운 방 안을 살펴보기도 했다. 나는 그런 할머니를 가만히 바라보고 있다가, 다시 무릎걸음으로 할머니 곁에 다가가 앉았다. 그리고…… 그곳에서, 어두운 벽 구석에 쪼그려앉아 있는, 잔뜩 겁에 질린 한 아이를 보았다. 빡빡 깎은 머리에, 이곳저곳 '땜통'이 나 있는, 채 아홉 살도 안 돼 보이는 아이를…… 나는 그 아이가 누구인지 금세 알아차릴 수 있었다……

"거 가면 어쩌려고 글루 가! 어린 것이 겁두 없이……"(이기호, 「할머니, 이 젠 걱정 마세요」, 같은 책, 255쪽)

이렇게 할머니는 맺힌 응어리를 풀어낸다. 여기에서 이야기(소설)는 주술적 힘을 지니는데, 지난 과거의 상처를 직시하고, 그때 미처 하지 못한 말을 발설하게 함으로써 맺힌 한을 푸는 굿의 역할을 대신한다.

우리의 비극적 역사가 매개된, 혹은 현실에 발 디디고 선 형식 실험이라 할 수 있다. 이야기와 소설이, 혹은 전근대와 근대가 만나 새로운 영역을 개척하는 순간이기도 하다. 이기호 소설의 한 가능성은 여기에서 빛을 발한다.

4. 새로움의 매혹 — 천명관

천명관의 『고래』(문학동네, 2004)는 기존의 소설문법이나 구성방식과는 전혀 다른 낯선 세계로 독자들을 끌어들이고 있다는 점에서 한동안 문단의 화제였다. 심지어 한 평론가는 분명 매혹당하고 있는데 이 작품에는 자신이 좋은 소설의 조건이라고 설정한 요소들이 거의 없었다고 언급하면서, 자신의 진리기준을 버리고 한국 문학사의 계보를 다시 그려야 하는 상황에 처했다고 고백했다. 이러한 환호성을 받으며 『고래』는 문단에 나왔다.

영화, 시나리오, 연극 등 대중문화의 세례를 받은 그의 이력 또한 시선을 끌었다.『고래』속에 설화, 신화, 기담, 민담, 영화, 신파극, 무협지, 만화, 판타지 등 다양한 대중문화의 요소들이 들어오게 된 배경도 이로써 설명되었다. 이러한 요소들을 통해 소설의 영역을 확장시키고 있다는 것이다.

천명관은 분명 문단의 방외인이다. 그렇다면 이러한 낯섦과 새로움에 현혹·매혹되기 전에 따져보아야 할 것이 있다. 그가 끌어들인 요소들이 문학(소설)의 장을 얼마나 풍요롭게 하고 있는지, 나아가 외부(대중문화)의 요소들이 내부(문학)의 무엇을 타자화하고 있는지 말이다.

달리 말해, 천명관의『고래』는 소설의 방식으로 수용되어야 한다는 것이다. 작가에 의해 요약된 '국밥집 노파의 잔혹한 복수극' 혹은 많은 평자들이 언급한 '노파 – 금복 – 춘희로 이어지는 여인 삼대의 일대기'로 정리되는『고래』의 세계는 다채로운 언어와 이야기의 카니발을 유감없이 보여준다. 이러한 스토리의 잔치가 '지금 여기'의 현실과 어떻게 접속하고 있는가를 질문한다면『고래』는 어떠한 대답을 내놓을 수 있을까? '대체 무엇을 위한 이야기인가 혹은 그래서 어쨌다는 건데?'(은희경)라는 질문을『고래』는 어떻게 견딜 것인가? 장편소설『고래』를 통해 화려한 조명을 받았던 천명관이 작품집『유쾌한 하녀 마리사』(문학동네, 2007)를 냈다. 주로 구체적 일상의 문제를 다루고 있다는 점에서『고래』의 세계보다 차분하고 치밀해졌다. 미적 완결성을 요구하는 단편 양식의 특징도 이러한 변화에 한몫했으리라 판단된다.

이 작품집에서 천명관은 이야기의 다채로움으로 대변되는『고래』의 세계와는 다른 실험에 몰두하고 있는 듯하다. 먼저, '외국을 무대 삼아 좀 더 보편적인 것을 말하고 싶었다'는 작가의 말이 시선을 끈다. 한국에서 성공하려면 뼛속까지 한국적이라야 하는데, 문학적으로나 영화적으로나 자신은 전혀 그렇지 않다는 것이다. 이러한 주장은 외국소설의 정서(이야기, 플롯 중심)를 통해 한국소설의 미학(미적인 문장, 묘사 중심)을 넘어서려는 의도를 함축하고 있다. 정확한 의미 전달에 치중하는 연극적인 취향 때문에 간결하고 정확한 번역투의 문장을 주로 사용한다는 진술 또한 이와 무관하지 않다.

그렇다면 인간 세사의 보편적 이야기를 한국적이지 않게 이야기하는 것이 관건일 터이다. 『고래』에서 추구하였던 다채로운 형식 실험이 지속되면서(어떻게 이야기할 것인가), 한편으로는 단절된다. 『고래』에서 현실을 한껏 일탈한 세계(상상력 혹은 환상의 세계가 현실을 압도하는 형국)에서 자신의 이야기를 구축하였다면, 『유쾌한 하녀 마리사』에서는 '세계인이 고개를 끄덕일 만한 보편적인 이야기'를 새롭게 들려주겠다고 선언한 셈이다. 다만, 전자가 대중문화의 코드를 통해 문학을 낯설게 하고 있다면, 후자는 외국소설의 양식을 통해 한국소설을 풍요롭게 하려는 의도를 담고 있을 따름이다. 여하튼, 천명관에게는 문학보다 대중문화가, 한국소설보다 외국소설이 더 익숙하다.

등단작 「프랭크와 나」는 『유쾌한 하녀 마리사』의 작품세계를 집약적으로 보여주는 문제작이다. 이후 두 개의 경향으로 분화되는 분기점에 놓이는 작품이기도 하다. '프랭크'로 대변되는 이국적 정서와 '나'로 표상되는 구체적 일상이 교차되면서 이야기가 전개된다. 전자가 강조되었을 때 「유쾌한 하녀 마리사」「프랑스 혁명사 — 제인 윌시의 간절한 부탁」「더 멋진 인생을 위해 — 마티에게」 등의 작품이, 후자에 주목했을 때 「세일링」「농장의 일요일」「숟가락아, 구부러져라」 등의 세계가 펼쳐진다.

「프랭크와 나」는 '한국의 평범한 가정주부'에게 '지구 반대편에서 일어나는 해프닝'이 미치는 영향에 대한 한 보고서이다. 남편이 실직하자, 화자는 쇼핑센터의 계산원으로 취직한다. 그러던 어느날 캐나다로 이민 간, 말로만 듣던 '프랭크'가 인생의 전면에 등장한다. 무용담이 소설로 내려앉는 장면이다. 그가 랍스터 수입을 제안한 것이다. 남편은 캐나다로 떠난다. 이후 캐나다에서 발생하는 해프닝은 아내의 목소리가 극적으로 전해준다. 캐나다에서 들려오는 이름은 한결같이 화자의 희망과 절망을 한 손에 움켜쥐고 있는 절대적 기표이다. 남편이 빨리 일을 끝내고 돌아와야 가족의 생계가 해결되기 때문이다. 우여곡절 끝에 남편은 빈손으로 돌아온다. 캐나다에서의 해프닝은 절망적인 상황을 우연과 아이러니로 점철된 경쾌한 이야기로 들려준다는 점에서 『고래』의 서사를 연상시킨다. 이 작품에서 주목할 점은 캐나다에서의 해프닝이 끊임없이 한국의 상황에 영향을 미친다는 사실이다. 귀국 후 남편은 많이 변했다. 장난기 가득하던 얼굴엔 인생의 고달픈 그늘이 짙게 드리워졌으며, 싱거운 웃음도 사라지고 말수도 줄어들었다. 프랭크에 대한 무용담도 사라졌다.

남편은 캐나다에 다녀온 지 두 달 만에 취직을 했으며, 좀더 나은 보수를 찾아 직장을 옮겼다. 새로운 직장을 얻은 기념으로 화자의 가족은 랍스터 집에 가서 외식을 한다. 랍스터를 먹는 도중 마피아 프랭크에 대한 이야기가 나왔다. 이야기는 끝이 없이 이어졌고 웃음은 점점 커졌다. 한때 한 가정의 희망이기도 했고 절망이기도 했던 그 이름들을 하나하나 들춰내며 화자와 남편은 끝내 배꼽을 잡고 의자에서 뒹굴었다. 이 '웃음'에 '세계인이 고개를 끄덕일 만한 보편적인 이야기', 즉 눈물겹도록 비루한 인생의 아이러니를 유쾌하게 들려주겠다는 천명관의 욕망이 투영되어 있는 것은 아닐까.

'웃음'이 근대적 일상을 초월하여 보편적(추상적) 세계로 비상할 때

「유쾌한 하녀 마리사」 계열의 작품이 탄생한다. 「유쾌한 하녀 마리사」는 극적 반전의 효과를 노린 추리소설이나 서구의 고전 단편을 연상시키는 작품이다. 남편과 여동생의 불륜 사실을 발견한 화자가 유서 형식의 편지를 남기는 이야기 방식을 취했다. 표면적으로는 남편에 대한 사랑을 듬뿍 담은 내용같이 보이나, 이면에는 남편의 독선적이고 이기적인 사고나 행동을 비꼬고 있는 어조가 깔려 있다. 남편의 논리적이고 이성중심적이며 이기적인 태도가, 전생을 중시하고 덜렁대며 감성적인 화자의 태도(뚱뚱한 몸에서 샘물처럼 솟아나는 마리사의 유쾌한 에너지의 다른 양상이다)와 대비된다. 화자는 '아들과 상피 붙고 남편을 독살한 로마의 악녀, 아그리피나'가 자기의 전생이기에, 2천 년 전에 자신이 저지른 주홍같은 죄와, 남편과 여동생이 범한 현세의 죄를 자신이 씻어야 한다고 생각한다. 하지만 하녀 마리사가 실수로 와인의 병을 바꾸는 바람에 남편이 독주를 마시고 만다. 결국 화자가 아니라 남편이 죽는 결말이다. 극적반전과 치밀한 복선(화자와 마리사 사이의 유대를 암시하는 전생, 점성술, 비행기 등에 얽힌 에피소드를 시작에서 결말까지 치밀하게 배치해놓았다)이 돋보이는 깔끔한 단편이다. 하지만 '지금 여기'의 현실과 접속되는 지점이 쉽게 찾아지지 않는다는 점에서 소품에 가깝다.

한편, 「세일링」은 '지금 여기'의 일상이 섬세한 문체로 그려져 있다는 점에서 「유쾌한 하녀 마리사」의 맞은편에 있다. '행복해지길 원하기보다는 단지 불행해지는 게 두려운 나이'가 되어버린, '거창한 야심이 사라진 대신 회사원다운 조심성과 규칙성'이 엿보이는 중년 가장의 내면이 음각되어 있는 작품이다. 화자를 꼼짝 못하게 결박한 근대적 일상의 그물망속에서, 동생과의 관계 회복이나 아내와의 이혼 등 그 '어느 것 하나 쉬운게' 없어 보인다. 자신의 인생이 안개 속에서 제멋대로 흘러가고 있다는 생각이 드는 순간, '갑자기 코앞에서 흐릿한 물체가 나타난다.' 거대한 배가 하얀 돛을 달고 안개 속을 향해 미끄러지듯 천천히 앞으로 나아가고 있다. 유선형 배는 신비로운 느낌이 들만큼 아름답다. 화자는 홀린 듯 천천히 운전을 하며 배의 뒤를 따라간다. 세상에 오로지 자신의 가족만 존재하는 것 같은 느낌이다. 그리고 자신에게 닥친 모든 상황이 안개 속에서 운전을 하는 것처럼 천천히 지나가길 바란다. 도심 한복판에 홀연히 나타난 배의 존재가 더 이상 이상하다는 생각도 들지 않는다. 희망이라고는 보이지 않는 우울한 근대인의 일상 탈출 욕망을 안개 속의 배(환각)를 통해 포착한 작품이다.

배의 실루엣이 화자에게 부여한 이 '숭고한 감동'은 그의 일상에 조그마한 힘을 줄 것이다. 우리는 근대적 일상을 벗어날 수 없다는 사실을 잘 알고 있다. 다만, 조금씩 변화시켜갈 뿐이다. 뒷좌석에 앉은 아이의 '아빠, 파란 불인데 왜 안 가?' 라는 호출 신호를 통해 화자는 다시 일상으로 귀환한다. 하지만, 이렇게 돌아온 일상은 이전과 조금은 다를 것이다. 이러한 경험을 통해 우리는 근대적 일상을 견디고 있는지도 모른다.

천명관은 외적인 것(대중문화/외국문학)을 통해 내적인 것(문학/한국문학)을 타자화하려는 야심 찬 실험을 진행하고 있다. 그가 의식하든 의식하지 않든, 이 새로움과 익숙함의 화학반응에서 이야기의 가능성이 열릴 것임은 분명하다. 천명관의 관심은 전자에 쏠려 있다. 하지만 「세일링」 계열의 작품이 시사하듯, '현실'이 '현실 너머'를 끌어당길 때, 의외로 그의 소설은 구체적 실감을 획득하고 있다. 이에 후자에 대한 진지한 성찰 또한 필요하지 않을까 싶다.

5. 젊은 소설의 가능성

이상으로 최근 주목받는 세 작가의 작품세계를 일별해보았다. 첫번째 소설에서 강렬하게 표출되었던 '새로움'에 대한 추구가 두번째 작품집에서는 차분하게 내면화되고 있는 인상을 받았다. '지금 여기'의 서사에 대한 문제의식이 보다 날카롭게 벼려지면서 근대적 일상과 접속하는 지점을 조금씩 넓혀가고 있다.

백가흠의 소설은 날것으로서의 폭력을 충격요법으로 제시하는 방식에서, 내면화된 폭력의 의미를 진지하게 탐색하는 방향으로 나아가고 있다. 구조화된 폭력을 벗어날 수 없다는 사실을 극단적 폭력의 분출로 드러내는 방식은, 폭력 그 자체를 부정하는 태도와 다르지 않다. 주지하듯, 폭력 그 자체를 부정한다고 해서 폭력이 사라지는 것은 아니다. 벗어날 수 없다는 사실을 알면서도, 어쩔 수 없이 그 너머를 꿈꿔야 하는 서사의 모순된 운명을 체현하며, 백가흠 소설이 '배덕자들의 천국'에서 '가까스로' '희미하게' '다소간' 길어 올리는 희망의 전언이 소중한 이유도 바로 여기에 있다.

이기호는 집요한 형식 실험에서, 서사 양식에 대한 자의식과 '지금 여기'의 현실을 매개하는 방식으로 변모하고 있다. 이는 그가 추구한 새로움에 내용을 채우는 작업에 다름 아닌데, 머리로 쓰는 소설에서 가슴으로 쓰는 소설로 이동하는 과정과 궤를 같이한다. 「수인」의 곡괭이질과 같은, 몸(머리+가슴)으로 쓰는 소설을 기대해보기로 하자.

천명관의 경우는 '현실 너머'의 세계에 대한 관심에서, '현실'과 '현실 너머'의 긴장을 포착하는 방식으로 이동하고 있다. 새로움에 대한 추구가 '지금 여기'의 현실과 접속하는 순간, 문학(안)과 문화(밖), 한국(특수)과 세계(보편) 사이의 소통의 장이 마련될 수 있을 것이다.

앞에서 상상해보았던 젊은 소설의 존재방식을 되새겨본다. 백가흠, 이기호, 천명관의 첫번째 소설에 드러난 새로움의 추구는, '자본의 논리와 기꺼이 몸을 섞으며, 근대적 일상을 명랑하고 경쾌하게 타고 넘으려는 성향'에 가까웠다고 볼 수 있다. 문단과 언론은 여기에 과도하다 싶을 정도의 관심과 집중 조명을 보냈는데, 이들은 이러한 부담감을 넘어, 두번째 작품집에서는 '근대적 일상을 벗어날 수 없다는 사실을 인정하면서도, 어쩔 수 없이 그 너머를 꿈꿔야 하는 서사의 모순된 운명을 체현하는 경향'으로 나아가고 있다. 젊은 소설의 가능성이 새로움의 추구와 '지금 여기'의 현실이 접속하는 지점에서 타진될 수 있음을 시사하는 대목이다. 이들의 젊음이 있기에 우리 소설의 미래는 그만큼 밝다.

이성의 붕괴와 안주의 불가능성

―우줘류,『아시아의 고아』

최근 한국문단 일각에서는 비서구문학에 대한 관심이 증폭되고 있다. 비서구문학의 연대와 가치를 지향하는 문예지들이 속속 발간되고 있으며 (『아시아』『바리마』『지구적 세계문학』 등), 비서구 문학인들의 소통과 토론의 장('세계 작가와의 대화' '2007 전주 아시아·아프리카 문학 페스티벌' '인천 AALA 문학 포럼' '식민주의와 문학 심포지엄' 등)이 꾸준히 이어지고 있다. 이러한 성과들이 축적되어 아시아문학선, 비서구 문학전집, 식민지와 문학 총서 등이 전격적으로 기획, 출간되고 있다. 이는 비서구문학의 소통과 연대를 통해 세계문학의 생태계를 온전히 복원하기 위한 노력의 일환이다.

한국문학 전공자들이 이러한 비서구문학 논의의 흐름을 주도하고 있다는 점은 의미 있는 시사점을 제공한다. 지금까지 외국문학은 주로 외국문학 전공자들에 의해 논의되었는데, 외국문학의 번역과 소개 혹은 한국문학과의 비교연구 차원에 머무르는 경우가 많았다. 하여, 외국문학은 한국문학의 구체적 현실과 온전하게 접속하기 어려웠다. 하지만 '지금 여기'의 비서구문학 열풍은 한국문학의 갱신과 재구성을 요구하고 있다는 점에서 주목할 만하다. 아시아문학, 세계문학의 일원으로서 한국문학이 지닌 위상을 제고하는 주체적 관점에서 촉발된 흐름이기 때문이다. '남한문학→북한문학→디아스포라 문학→아시아문학→비서구/세계문학'으로 문학적 관심이 확장되는 과정에서 한국문학의 위상은 새롭게 재구성되고 있다. 이는 한국문학이 민족·국가의 경계의 넘어 어떻게 세계문학으로 편입될 것인가의 문제와 맞물려 있다. 동시에 구미중심주의 담론이 주도면밀하게 은폐한 비서구적 가치를 재조명하면서 온전한 지구문학을 건설하기 위한 다양한 목소리들을 한국문학의 장(場)으로 끌어들이고 있다.

우쥐류의 『아시아의 고아』(아시아, 2012)도 비서구문학에 대한 이러한 관심의 연장에서 소개된 작품이라 할 수 있다. 이 작품을 곱씹어보는 내내 '식민지 지식인의 고뇌와 방황'이라는 문구가 뇌리를 떠나지 않았다. 식민의 역사를 공유하고 있다면 누구나 공감할 수 있는 보편적 정서를 담고 있기 때문이리라. 우리가 이 작품을 통해 '가깝고도 먼' 타이완의 독특한 현실을 온몸으로 느낄 수 있는 이유도 이와 무관하지 않다. 소설에는 일제강점기 타이완의 현실과 이러한 모순된 현실 속에서 '인간다움'을 지키기 위해 몸부림치는 지식인의 고뇌가 진솔하게 드러나 있다.

『아시아의 고아』에 그려진 타이밍의 고뇌와 방황은 『만세전』(염상섭)의 주인공 이인화의 그것과 그리 멀리 떨어져 있지 않다. 또한 '후 노인(할아버지)→후원칭(아버지)→타이밍'으로 이어지는 삼대의 삶은, '조의관(할아버지)→조상훈(아버지)→조덕기'로 표상되는 한국의 1930년대 삶의 풍경(『삼대』)과 크게 다르지 않다. 한편 1940년대 이중어 글쓰기를 통해 암울한 시대를 헤쳐간 김사량의 모습은, '참혹한 현실' 속에서 '위험을 무릅쓰고' 작품을 집필할 수밖에 없었던 작가의 절박한 사연과 겹쳐진다. 이렇듯 『아시아의 고아』는 우리의 현실을 되새김질하는 소중한 기회를 제공한다.

이 작품과 더불어 한국의 문학계가 『식민지문학의 생태계—이중어체제하의 타이완문학』(류수친·송승석 옮김, 역락, 2012)을 소유하게 된 사실도 반가운 일이 아닐 수 없다. 2005년 이후 매년 개최된 '식민주의와 문학 심포지엄'에 초청된 저자가 학회에서 발표한 내용을 정리하여 엮은 책인데, 공통의 식민경험을 지닌 아시아 작가들이 정기적으로 만나 토론하고 논의한 성과들이 결실을 맺은 사례의 하나이다. 한국의 독자들은 이를 통해 식민지 시기 타이완 문학의 내밀한 속살을 접할 수 있는 기회를 얻게 되었다. 이 연구서와 『아시아의 고아』를 겹쳐 읽는다면 일제강점기 타이완 문학을 입체적으로 이해하는 데 도움이 될 것이다.

『아시아의 고아』는 근대문물의 유입으로 점차 퇴락해가는 전통 공동체의 우울한 풍경을 묘사하는 것으로 시작된다. '운제서원'으로 대변되는 유교 중심의 공동체는 일본을 통해 유입된 근대문물의 침투로 균열을 일으킨다. 아홉 살의 타이밍은 할아버지의 손에 이끌려 '운제서원'에 발을 들여놓는다. 그의 눈에 비친 서당은 "어지럽게 널려 있는 아편 흡입 도구들과 그 옆에 가로누워 있는 뼈만 앙상하게 남은 노인" 그리고 "정면으로 보이는 벽" 한가운데 걸려 있는 "공자의 초상"이 겹쳐지는 그로테스크한 풍경으로 다가온다.

타이밍은 중국 고대문화에 대한 동경과 애착으로 가득 찬 할아버지 세대와 새로운 문물에 대한 막연한 기대를 품은 아버지 세대 사이에서 위태롭고 불안하게 "표류하는 조각배" 세대이다. 한자(중국)와 국어(일본어)를 동시에 학습한 최초의 세대이기도 하다.

서원이 문을 닫자 타이밍은 '공학교'에 진학한다. 일본식 근대 교육의 장으로 진입한 것이다. 그는 재래의 한(漢)민족 문화가 지배하는 공동체와 일본을 통해 유입된 근대적인 제도 사이의 심연(深淵) 속에서 정체성의 혼란을 겪는다. 국어(일본어)학교 사범부를 졸업한 타이밍은 시골 학교로 발령을 받는다. 그는 타이완인이라는 사실 때문에 부당한 차별 대우를 받는다. 일본인 교원과 타이완인 교원 사이의 차별은 '식민자'와 '피식민자' 사이의 해소할 수 없는 간극을 경험하게 한다. 이러한 간극은 사랑조차도 용납하지 않는다. 차별에 맞선 타이밍의 대응은 충실하게 선생으로서의 본분을 다하는 것이다. 그의 노력으로 학생들의 성적은 크게 향상된다. 하지만 원칙과 상식을 중시하는 이상주의자로서의 태도는 모순된 현실에서 좌절을 겪을 수밖에 없다. 식민 지배하의 타이완은 상식과 원칙이 통용되지 않는 '기형적인 사회'이기 때문이다. 타이밍은 점점 교육에 대한 회의감에 빠져든다.

그렇다고 할아버지의 세계(전통 공동체의 세계)로 돌아갈 수도 없다. "현실 도피적"이고 "초현실적"인 세계이기 때문이다. 서원의 스승 평수재의 장례식을 빠져나오며 타이밍이 "고대의 망령, 고대의 허물 속에서 도망쳐 나온 것" 같은 기분을 느끼는 이유도 여기에 있다.

타이밍은 "과거와의 결별이 주는 달콤함과 석별의 아쉬움, 미래에 대한 기대와 불안 등이 뒤섞인 복잡한 심정"으로 일본행 배에 오른다. 식민지 지식인에게 일본은 '근대 학습의 공간'이다. 하지만 일본 유학도 그의 정신적 공허함을 채워주지 못한다. 타이완 출신이라는 사실이 중국 유학생들에게 "일본의 스파이"일지 모른다는 불신을 불러일으킨 것이다. 그는 식민지 모국 일본에서 선조들의 고향인 중국의 학생들에게 배척당한다. 타이밍은 일본의 지배를 받는 식민지 타이완의 지식인으로서가 아니라, 중국과 적대적인 일본 국적자로서 호명된다. 중국 유학생들은 '일본=타이완'이라는 동일성의 논리로 타이밍을 타자화한 셈이다. 중국에 뿌리를 둔 타이완인의 정체성이 식민주의 체제 아래에서 그들의 의지와 무관하게 폭력적으로 재구성되는 경우이다.

타이밍은 좌절과 절망, 분노를 품고 타이완으로 귀환한다. 그의 눈에 비친 고국 타이완의 모습은 "구제 불능"이다. 그는 이러한 불가항력적인 현실로부터 벗어나 "신천지"를 꿈꾸기 시작한다. 바다 저편에 있는 "선조들의 땅, 대륙의 꿈"이 그를 깨운다. 타이밍은 '청 훈도'의 권유로 중국 땅을 밟게 된다. 그는 꿈을 채 펼쳐보기도 전에 절망의 나락으로 떨어진다. "전시체제"로 전환한 중국의 급박한 정세하에서 타이완인(일본 국적)이라는 이유 때문에 당국에 구속된 것이다. 이는 일본과 중국 사이에 낀 타이완의 상황을 잘 보여주는 대목이다. 타이완인은 일본 국적이기에 중국과 적대적이다. 하지만 중국은 타이완의 문화적 전통의 젖줄인 조상의 대륙이다. 타이밍이 새로운 중국 건설에 기여하고자 하는 이유도 여기에 있다. 하여 타이밍이 일본 국적(타이완인)이기에 중국에서 구속되고 쫓겨나는 상황은 역사의 아이러니가 아닐 수 없다.

타이밍은 중국을 탈출하여 고향으로 돌아온다. 전시체제하의 고향은 우울하기 그지없다. 그는 암울한 고향에서 가느다란 희망의 씨앗을 발견한다. "대지에 밀착해 있는" "농민들"의 "건전한 정신"이 그것이다. 이는 새로운 주체(민중)의 발견이다. "명리에 눈이 먼 일부 극소수의 타이완인"들이 황민화운동에 매진하고 있을 뿐이며, "대다수의 타이완인"들은 시대의 환각에 "중독되지 않"고 묵묵히 자신의 삶을 이어가고 있다. 때문에 "지금의 암흑은 새벽이 오기 전의 암흑", 즉 "머지않아 새벽이 올 것을 알리는 암흑"이다. 타이밍은 "숨어서 끊임없이 상대의 허를 노리는" "무화과 열매"와 같은 삶을 살기로 결심한다.

그는 그 열매를 보며 말할 수 없는 감동을 느꼈다. 일반적으로 생물에게는 두 가지의 생존 방식이 있다고 한다. 불상화처럼 꽃은 예쁘게 피어도 열매를 맺지 못한 채 떨어지고 마는 것이 있는 반면에 무화과처럼 눈에 잘 띄지는 않지만 남모르는 곳에서 살면서 열매를 맺는 것이 있다. 그는 왠지 무화과의 생존 방식에 마음이 끌렸다. 그도 그럴 것이 지금의 타이밍에게 있어서 무화과의 생존 방식은 매우 의미심장한 시사점을 던져 주었기 때문이다.

그는 무화과를 만지작거리며 울타리 근처를 천천히 배회했다. 누가 다듬어 놓았는지 예쁘고 깔끔하게 손질된 타이완 개나리 울타리엔 어느덧 파릇파릇 새잎이 움트고 있었다. 문득 그 밑동을 들여다보니 커다란 나뭇가지 하나가 울타리 중간을 뚫고 제멋대로 자라나 수족을 길게 늘어뜨리고 있었다. 그는 경이로운 눈길로 다시 한 번 그 가지를 유심히 들여다보았다. 위로 뻗쳤다거나 가로로 누워 있었다면 필경 다 가지치기되었을 텐데 유독 이 가지만이 잘리지 않고 자유롭게 그 생명력을 발하고 있었다. 그 모습에 그는 새삼 깊은 감명을 받았다.(『아시아의 고아』, 323쪽, 강조는 인용자)

지금과 같은 급박한 상황(태평양전쟁 시기)에서는 무모하게 저항하거나("위로 뻗쳤다거나"), 일본의 논리에 중독되어 거세되는("가로로 누워 있었다면") 것 모두 효율적이지 못하다("필경 가지치기"될 것이다). 자신의 개성을 굽히지 않고 꿋꿋이 살아가야 하며, 소극적인 태도에서 벗어나 주어진 조건 속에서 최대한 적극적으로 살아야 한다. 타이밍은 현실 속으로 뛰어들어 "미곡협회"에 취직한다. 그는 "생산지원병제도"에 지원을 거부하여 협회에서 쫓겨난다. 그리고 '사토'가 있는 타이베이로 건너가 언론 활동에 참여한다. "최대한 합법적인 수단과 방법을 찾아내어 나름대로 모종의 역할을 완수하는 것"이 목적이다. "협력할 건 어느 정도 협력하는 척 하면서 서서히 독자들에게 제대로 된 현실을 알리는 쪽으로 방향"을 잡은 것이다.

하지만 식민지 타이완의 현실은 이러한 소극적 저항조차 용납하지 않는다. 타이완의 현실은 그 어떤 희망도 존재하지 않는 "살아 있는 지옥"이자 "살아 있는 무덤" 그 자체이다. 타이완은 흔히 '의붓자식' '숙명적인 기형아'로 비유되곤 한다. '아시아의 고아'인 셈이다. 타이완은 식민 종주국 일본의 적자도, 그렇다고 선조의 고향 중국의 아들도 될 수 없었다. 중국과 일본 그 어느 곳에서도 환영받지 못하는 저주받은 운명인 셈이다.

'즈난'은 이러한 타이완의 운명을 상징하는 인물이다. 즈난은 타이완 근대문명의 의붓자식이자 봉건제도의 희생양이다. 의붓동생 즈난의 죽음은 타이밍이 그토록 지키려 했던 최소한의 이성도 부정하며 그를 광기로 내몬다. 즈난의 죽음 앞에서 타이밍은 "모든 사고의 맥락을 잇고 있던 그 팽팽하던 줄이 어느 순간 '탁'하고 끊어져 내리듯이 머릿속이 수상한 혼돈으로 가득 채워져 가는 느낌을 강하게 받았다."

타이밍이 "대청 벽"에 써놓은 글귀나 "낭낭한 목소리"로 읊은 한시는 전통문화의 형식으로 표출한 광기의 표현이라면, 입에서 나오는 대로 퍼붓는 "곡조도 기괴하고 그렇다고 산가도 아닌 이상한 노랫소리"는 암울한 식민지 현실에 항의하는 민중적 절규이다. 타이밍의 광기의 고함, 욕설, 노랫소리는 듣는 사람의 "심금을 울"리고 "가슴을 콕콕 찔러댄다." 주체 부재의 상징인 '광기'는 새로운 탄생을 환기하는 이미지이기도 하다.

이 광기의 몸부림은 지금까지 타이밍이 견지해왔던 "이성적 태도" 혹은 "중용지도"의 붕괴를 암시한다. 중용의 태도는 저항과 협력, 어느 한쪽으로도 치우치지 않는 객관적 관점을 제공한다는 장점이 있지만, 상식과 원칙이 통하지 않는 야만의 현실 속에서는 무력한 태도일 수도 있다. 타이밍의 파국은 이러한 지식인적 태도의 한계를 극명하게 보여주는 예이다.

『아시아의 고아』가 도달한 결론은 이성의 붕괴(광기)이자 안주의 불가능성이다. 이러한 붕괴와 불가능성의 공간이야말로 비서구문학이 스스로의 식민성을 극복해가는 역설의 장소가 아닐까 싶다.

'독립'을 향한 지난한 '혁명'

—파리누쉬 사니이, 『나의 몫』

"세상의 모든 혁명은 사람들이 독립을 원했기 때문에 일어났어."(『나의 몫』, 574쪽)

파리누쉬 사니이의 장편 『나의 몫』(문학세계사, 2013)은 격동의 이란 현대사를 배경으로 한 소녀가 성숙한 어머니로 변모하는 과정을 눈물겹도록 아름답게 그리고 있는 작품이다. 작가는 무슬림 전통의 가정에서 자란 소녀가 온갖 역경을 뚫고 "독립"을 향해 나아가는 이야기를 섬세한 필치로 수놓고 있다. 우리는 이 소설을 통해 문제적 주인공의 삶의 애환은 물론, 고난과 역경의 배경이 되는 이란의 고통과 아픔, 나아가 절망적 현실 속에서도 기어이 희망을 길어 올리는 위대한 정신의 승리를 목격하게 된다.

이란은 중동의 축구 강국, '터번'과 '히잡'으로 대변되는 이슬람 국가, 핵을 보유한 고집 센 석유 강국, 오리엔탈리즘이 투영된 영화 속의 테러국 등 몇몇 단편적이고 추상적인 이미지로 각인된 국가이다.『나의 몫』은 이러한 편견을 깨고 '이란 이슬람공화국'의 역사와 문화를 생생하게 접하는 소중한 기회를 제공한다. 낯설게만 느껴졌던 이란이 가슴속으로 들어왔다고나 할까.

우선,『나의 몫』이 지닌 서사성을 언급하지 않을 수 없다. 장편이 가져야 할 미학적 조건을 두루 갖춘 이 작품의 견고한 서사성은 '지금 여기'의 우리 소설이 짐짓 외면하고 있는 본격 서사의 진경을 제대로 감상하는 기회를 제공한다. 한 여성의 일대기를 통해 이란 사회의 총체성을 탐사하려는 작가의식은 서사의 해체가 주류가 된 오늘날에도 서사의 본질을 환기하는 작업이 여전히 유효하다는 사실을 온몸으로 웅변하는 듯하다.

다음으로, 작가가 창조한 인물 '마수메'의 매력을 지나칠 수 없다. 그녀는 이른바 이념에 길들여지거나 종교에 빠져들기 이전의 인간이다. 마수메는 격변하는 이란의 현실을 균형감각을 지닌 시선으로 응시하고 있는데, 이는 그녀가 고난의 현실을 회피하지 않고 맞서면서 획득한 것이기에 그만큼 소중하다. 그녀의 삶의 태도는 인종과 국경을 초월한 보편적 휴머니즘에 기반하고 있다. 우리가 '마수메'를 통해 이란의 현실에 한층 가깝게 다가갈 수 있는 이유도 여기에 있다. 작가는 종교와 이념, 전통과 서구문화, 부모와 자식, 남과 여 등의 대립구조를 삶의 논리에 바탕한 마수메의 시각으로 상대화하고 있다. 그녀는 종교를 부정하지도, 그렇다고 전면적으로 긍정하지도 않는다. 이데올로기(마르크시즘)를 전면적으로 수용하지도, 그렇다고 부정하지도 않는다. 작가는 모성애에 바탕한 어머니의 눈으로 이러한 대립 너머를 비추고 있다. 이러한 관점으로 인해 이란 혁명의 생생한 현장, 혁명의 성과와 한계, 혁명 이후 이란의 현실 등이 생생하게 포착될 수 있었다.

마지막으로, 이 작품에서 형상화하고 있는 현실은 우리의 저항운동 역사와 겹쳐지는 부분이 많다. 『나의 몫』을 읽는 내내, 일제 말 조국의 독립을 염원하며 분투했던 민중들의 애환, 해방공간에서 새로운 나라를 건설하기 위해 노력했던 국민들의 고뇌와 투쟁, 권위주의적인 독재정권에 맞서 자유와 민주주의를 쟁취하기 위해 투쟁했던 우리의 경험, 전통문화와 서구문화 사이에서 정체성을 찾으려 노력했던 지난한 고투의 과정 등이 작중 현실과 포개지며 한국과 이란을 넘나드는 색다른 감동을 불러일으켰다.

이상을 염두에 두고 작품을 일별해보기로 하자. 『나의 몫』은 한 소녀의 티 없이 맑고 투명한 첫사랑의 감정을 수놓는 것으로 시작된다.

> 내가 고개를 든 순간, 우리 둘의 눈이 마주쳤다. 그러자 이상한 느낌이 온몸을 관통했고 얼굴이 빨개지는 것이 느껴져 나는 얼른 바닥으로 시선을 돌렸다. 그런 이상한 느낌은 난생처음이었다. (『나의 몫』, 29쪽)

전통적 이슬람 가정에서 성장한 열여섯 소녀에게도 어김없이 첫사랑의 설렘이 찾아온다. 누구에게나 "이유 없이 웃음이 나던, 반짝반짝 빛나는 축복의 나날들"이 있다. 마수메는 "좋은 친구, 진정한 사랑, 젊음, 아름다움과 빛나는 미래" 등 "온 세상을 다 가진 것 같"은 충만한 감정에 빠져든다. 하지만 이러한 소녀의 꿈과 희망은 무참하게 짓밟힌다. 남성(아버지, 오빠)들의 명예를 훼손시켰다는 이유에서이다. 권위적이고 억압적인 이슬람 가정의 규율은 신(종교)의 이름으로 한 소녀의 "순결하고 솔직한 감정"을 가차 없이 난도질한다. 이처럼 마수메의 사랑이야기는 인류의 보편 정서가 담긴 이야기이자, 이란의 독특한 상황이 투영된 특수한 이야기이다.

첫사랑의 대상을 "마음 한구석, 가장 깊은 곳에 묻"은 소녀는, "팔려고 내놓은 상품"이 되어 새로운 가정으로 던져진다. 이윽고 아내로서의 삶이 시작된다. 남편은 아내나 결혼 생활에 관심이 없다. 그는 이상을 꿈꾸는 마르크스주의자이다. 그는 "여자들이야말로 역사상 탄압을 가장 많이 받아온 사람들"이며, "언제나 도구로 사용이 되어왔고 지금도 그 상황이 변하지 않았"다는 사실을 잘 알고 있다. 나아가 "부부는 동료요, 협력자요, 서로를 이해하고 서로가 바라는 것을 인정하고 동등한 권리를 누리는 친구"라는 점을 인식하고 있다. 그는 여성들의 삶을 옹호한다. 하지만 그들의 처지나 상황은 좀처럼 이해하지 못한다. 그의 지식은 관념적이고 추상적인 영역, 즉 머릿속에 머물고 있을 따름이다. 바로 옆에서 살아 숨 쉬고 있는 아내를 품어줄 따뜻한 가슴이 부재한 인물인 셈이다. 또한 여성(약자)의 권리를 '어떻게' 찾을 것인가에 대한 구체적인 고민도 없다. 다만 아내의 "눈에 보이지 않는 친구들"과 그녀가 "모르는 곳에서 그의 인생"을 살고 있을 뿐이다.

"부엌에서 일을 하고 침실에서 남편을 섬기도록 태어난 존재였"던 마수메는 점차 자유분방하고 이념적인 남편의 세계로 다가가기 시작한다. 그러던 중 첫 아이가 태어난다. 남편은 위대한 공산주의자의 이름을 빌려와 '시아막'이라 이름 짓는다. 둘째가 태어나자 마수메는 남편의 의견을 무시하고 자신의 의지대로 아이의 이름을 정한다. '마수드'이다. 아들이 "자기만의 이름"을 가지고 "자기만의 개성"을 발휘하며 살기를 바랐기 때문이다. 이와 같이 마수메는 점차 남편의 절대적인 영향에서 벗어나 삶에 대한 자신의 관점을 확립해간다. 그녀는 남편을 통해 정치적·사회적 문제를 인식하고 그에게 가까이 다가가고 있고, 남편은 그녀를 통해 점차 이념적 이상에서 일상의 현실로 내려오고 있는 형국이다. 오히려 그녀의 삶의 태도가 남편과 그의 친구들을 압도하는 경우까지 발생한다. 마수메는 샤흐자드와의 대화를 통해 이념의 그늘에 가려진 가족(일상)의 속살을 엿보기도 한다.

"그러고 보니 우린 서로에게 필요한 사람들인 것 같네요. 내가 당신보다 더 절실해요. 적어도 당신에게는 가족이 있으니까요. 나에게는 가족조차 없어요. 내가 가족들을 얼마나 그리워하는지, 소소한 이야기들이며 친척들의 소식이며 단순한 잡담이며 일상 이야기들을 얼마나 그리워하는지 당신은 상상조차 하지 못할 거예요. 사람이 정치와 철학 이야기를 얼마나 오랫동안 할 수 있을 것 같아요? 가끔, 가족들의 소식이 궁금해서 이런저런 생각을 하다 보면 친척 아이들의 이름을 잊었다는 걸 깨달을 때가 있어요. 그들도 나를 잊었겠죠. 나는 이제 가족의 일원이 아니에요."

"하지만 당신과 당신 친구들은 민중의 일원이고 노동자 계급이라는 전 세계적인 가족에 속해 있다고 믿고 있지 않나요?"(『나의 몫』, 295쪽)

샤흐자드는 "전사이기 이전에" 여자이다. 그녀는 "전 세계 어린이들의 행복이라는 추상적 슬로건과는 다른, 눈앞에 실재하는 목표", 즉 구체적 가정의 실체를 보고 신념이 흔들리기 시작한다. 얼마 후 사흐자드는 군사작전 중 체포되어 수류탄을 품고 자살한다. 마수메의 가족을 지켜주려는 동료들의 배려로 하미드는 극적으로 목숨을 건진다. 이어 남편 하미드도 체포된다.

이제 마수메는 "두 아이의 엄마이자 주부, 직장인, 학생" 그리고 "수감자의 아내 역할"까지 해내야 하는 처지가 되었다. 남편과의 관계가 전도된다. 남편과 아이들이 마수메에게 의지하는 존재가 된 것이다.

바야흐로 혁명의 분위기가 무르익는다. 마수메는 아들과 함께 "샤의 체제에 반대하는 시위에 참가"하고 "회의와 강연에도 참여"한다. "봉기한 사람들이 거리"로 뛰쳐나온다. 분명 남편의 "꿈이 현실이 되어가고 있"는 듯했다. 석방된 하미드는 다시 몇 년 전의 생활로 되돌아간다. "샤가 이란을 떠나고 기존의 정부"가 무너지자 국민들의 흥분과 기쁨은 최고조에 달한다. 많은 사람들이 마수메에게 축하인사를 건네고 하미드를 만나고 싶어 한다.

하지만 "혁명의 허니문"은 오래가지 못한다.

그러나 오랫동안 압제 속에 살아온 우리는 자유를 올바로 누리는 방법을 몰랐다. 어떻게 논쟁을 벌이는지도 몰랐고 반대 의견을 듣는 것에도 익숙하지 않았으며 다른 생각과 의견을 수용하는 훈련도 되어 있지 않았다. 결과적으로 혁명의 허니문은 한 달 이상 지속되지 못했고 우리가 생각하는 것보다 훨씬 빨리 끝났다.

그때까지 공동의 적에 대항하기 위한 결속으로 가려져 있던 다양한 의견과 개인적인 성향은 시간이 지남에 따라 더욱 격렬한 형태로 모습을 드러냈다. 여러 가지 신념을 놓고 싸움을 벌이던 사람들은 재빨리 편을 가르고 서로가 서로를 국민과 국가와 종교의 적이라고 비난했다. 매일 새로운 정치 그룹이 생겨났고 다른 그룹에게 도전장을 내밀었다.(『나의 몫』, 402~403쪽)

혁명의 분위기를 교묘하게 이용해 출세한 이슬람 근본주의자 마흐무드와 공산주의자 하미드는 심한 의견 대립을 보인다. 마흐무드는 이슬람 교리를 시행하는 이슬람 정부를 원하고, 하미드는 "민중 대표들로 구성된 정부"를 주장한다. 이러한 아버지와 외삼촌 사이에서 방황하던 시아막은 "무자헤딘(이슬람 전사)의 신문"을 가져오기 시작한다.

이러한 "이념전쟁의 그늘"에서 마수메는 딸 '쉬린'을 낳고 남편에게 가정으로 돌아오라고 간청한다. "샤의 정권이 무너지"고 "혁명이 성공" 했으니 "나머지는 젊은 사람들에게 넘겨"주고 아버지가 필요한 가족의 품으로 돌아오라는 것이다.

"민주주의 정부가 대체 뭔데요? 국민이 선출한 정부 아닌가요? 미안하지만, 그건 벌써 이루어졌거든요. 이것 보세요, 당신만 빼고 온 국민이, 당신이 가슴을 치며 걱정한 그 국민들이 이슬람 정부에 표를 던졌다고요. 이제 누구와 함께 전장에 나갈래요?"

"선거는 무슨 선거? 저들은 아무것도 모르고 혁명에 미친 사람들로부터 표를 갈취했어. 자기들이 어떤 덫에 빠졌는지도 모르는 사람들로부터."

"그 사람들이 알았건 몰랐건, 그들은 이미 현 정부에게 표를 던졌고 그 표를 취소하거나 지지를 철회하지는 않을 거예요. 당신은 그들의 변호사도 아니고 대표도 아니에요. 당신의 신념과 반대되는 결과가 나왔더라도, 당신은 그들의 선택을 존중해야 해요." (…)

"싸움이라고요? 누군가 싸운다는 거죠? 이제 샤는 없어요. 공화국과 싸우겠다고요? 좋아요, 싸워요. 당신의 계획을 발표하고 4년 후에 투표에 붙여요. 당신이 생각하는 것이 옳은 방법이라면, 사람들이 당신에게 표를 던질 거예요."(『나의 몫』, 414쪽)

하지만 하미드는 끝내 가정으로 돌아오지 않는다. 모든 것이 다시 시작된다. 이제 오직 자신을 믿을 수밖에 없다. 엎친 데 덮친 격으로 마수메는 해고된다. "공산주의자의 성향이 있고 반혁명 세력과 연루되어 그들의 활동을 도왔다는" 이유 때문이다. 남편은 결국 처형된다.

> 일자리도, 하미드도, 시아버지도, 집도, 유산도 없이 이마에 처형당한 공산주의자의 아내라는 낙인을 찍은 채 이 험한 바다에서 어떻게 나의 아이들을 구해 안전한 곳으로 데려간단 말인가?(『나의 몫』, 439쪽)

마치 "텔레비전 재방송" 같은 인생이다. 매번 사건들은 조금씩 달라지고 사건들은 그녀를 더욱더 큰 고통의 수렁으로 밀어 넣는다. 무자헤딘의 열성 단원이었던 큰아들 시아막이 경찰에 끌려간다. 그녀는 "처형당한 공산주의자의 아내"이자 "반역자의 어머니"라는 이유로 대학에서 퇴학당한다. 작은아들 마수드는 전쟁에 참전하여 실종된다. 마수드는 전쟁포로로 붙잡혀 있다가 고국으로 무사히 돌아온다.

> 우리에게 붙어다니던 오명이 순식간에 사라져버렸다. 이제 마수드는 소중한 보석이었다. 그리고 참전용사의 어머니인 나는 존경을 한몸에 받으며 거절해야 할 만큼 많은 일거리를 제안받았다.
> 그런 극적인 변화가 코미디같이 느껴졌다. 세상은 얼마나 이상한 곳인가. 세상의 분노와 친절에는 어떤 기준이 존재하지 않았다.(『나의 몫』, 525쪽)

비로소 마수메의 삶은 안정을 찾는다. 대학 졸업장을 딸 수 있게 되었다는 마수드의 말에 그녀는 다음과 같이 말한다.

> "오랫동안 그들은 내 권리를 묵살해왔어. 그 때문에 나는 그 어려웠던

시절에 절실히 필요했던 돈을 더 벌 수 없었지. 그런데 이제 와서 수천 번 수만 번을 빌고 부탁한 끝에, 내 사정을 봐주겠다고? ……마수드, 엄만 그런 거 싫어. 이제 난 전문가로 꽤 유명해졌고 편집 일을 해서 받는 돈도 여느 박사가 받는 돈과 엇비슷해. 대학 졸업장을 보자는 사람도 없고. 그런 말 자체가 우스워졌지. 나의 진정한 가치를 못 보고 학위나 타이틀을 따지던 사람들은 나라는 인재를 잃었어. 나는 동정이 아닌 내 실력으로 뭔가를 성취하고 싶었단다.”(『나의 몫』, 561쪽)

그녀 스스로 자신의 삶을 선택한 것이다. 힘들고 어려웠지만 그녀는 자신에게 맡겨진 책임을 다했다. 아이들은 대학을 마치고 각자의 인생을 시작해 성공의 길로 나아가고 있다. 그녀는 자식들에게 의지하지 않고 자립적으로 살아가기를 꿈꾼다. “세상의 모든 혁명은 사람들이 독립을 원했기 때문에 일어”났다. 마수메는 이란 혁명의 소용돌이 속에서 묵묵히 자신의 힘으로 자신의 혁명을 추진한 것이다.

마침내 그녀에게 새로운 삶이 찾아온다. 첫사랑 사이드를 다시 만난 것이다. 다시 젊어진 느낌이다. 세상이 다른 빛깔로 보이기 시작한다. 하지만 자식들이 그녀의 발목을 잡는다. 자식들은 그녀를 “권리를 가진 인간”으로 대하지 않는다. “자식들의 명예와 이름” “순교하신 아버지”의 명예가 그녀의 사랑과 행복을 가로막고 있는 것이다. 자식들의 교육과 성공을 위해 모든 것을 바쳤지만, 정작 자식들의 마음을 변화시키지 못한 어미의 회한이 아련한 여운을 남긴다. 헌신적인 사랑으로 양육한 세 명의 자식들이 어머니의 재혼을 받아들이지 못하는 모습을 통해 작가는 이란 사회에서 여성들의 삶은 여전히 커다란 제약을 받고 있다는 사실을 보여주고 있다. 하여, “독립”을 향한 ‘그녀들’의 “혁명”은 여전히 진행형이다.

생생하게 살아 숨 쉬는 조국을 위하여

—누르딘 파라, 『지도』

1

동아프리카의 소말리아는 1인당 국민소득이 2달러에도 미치지 못하는 가난한 나라이다. '해적의 나라'라고 불리기도 한다. 최근 청해부대의 아덴만 작전으로 우리에게 익숙해진 국가이다. 이러한 소말리아 출신의 대표적 작가 누르딘 파라가 비서구 작가들의 연대를 모색하는 '아시아·아프리카·라틴아메리카 문학포럼'(AALA)에 참석하기 위해 한국 땅을 밟았다. 그는 한 신문사와의 인터뷰에서 한국 정부의 해적소탕작전에 대해서는 말을 아끼면서,[1] '물론 해적행위는 나쁘지만 소말리아 해역에서 마구

---

1 그는 소말리아 내전을 다룬 3부작의 마지막 작품 『해적』이 곧 출간될 예정이니 '책을 보라'고 말했다.

잡이로 어획을 하는 국가들에게도 책임이 있'다는 의미심장한 말을 남겼다. 누르딘 파라는 2000년대 들어 줄곧 노벨문학상 후보에 오르내리는 아프리카의 대표 작가이다. 그의 대표작『지도』(원작 출간 1986; 번역본 출간, 인천문화재단, 2010)가 이석호의 번역으로 한국어로 소개되었다. 이미 스물한 개 언어로 번역된 작품이지만 우리에게 소개되기는 처음이다.

『지도』는 '오가덴'이라는 지역을 가운데 두고 소말리아와 에티오피아 사이에서 벌어진 영토분쟁을 배경으로 하는 작품이다. 소말리아는 19세기 이래 유럽 강대국의 침략, 에티오피아와의 전쟁, 끊이지 않는 내전 등으로 많은 어려움을 겪고 있다. 서구 열강이 그들의 이권에 따라 무자비하게 그은 국경선[2]에 의해 소말리아 민족은 다섯 개의 소국가로 분단되었다. 작가는 '글을 통해 자신의 조국을 생생하게 살아 숨 쉬는 곳으로 만들고 싶'다고 밝히고 있다.

『지도』는 퍽이나 낯선 성장소설이다. 이 작품은 우리에게 익숙한 서구의 교양소설 혹은 성장소설과 그 성격이 다르다. 주인공, 즉 성장의 주체가 이른바 서구적 의미의 '근대적 개인'으로 거듭나지 않기 때문이다. 이 작품의 화자는 서구적 의미의 '근대성'에 끊임없이 회의의 시선을 보내며, 이와 팽팽한 긴장 관계 속에서 '아프리카(소말리아)적 정체성'을 탐색하고 있다.

고향 오가덴(미스라)과 소말리아 공화국의 수도 모가디슈(힐랄 삼촌)는 화자의 정체성을 형성하는 두 축으로 기능하고 있다. 미스라와 연결

---

2 아프리카 지도를 펼쳐놓고 국경선을 유심히 살펴보라. 각 나라의 국경이 마치 자로 그은 듯 가로·세로 직선으로 나뉘어 있다. 서구 제국주의자들이 멋대로 그은 이 분단선으로 인해 아프리카의 대다수 부족(종족)들은 이산의 아픔을 겪어야 했다. 소련과 미국이 한반도 분할 점령 군사분계선으로 정한 38선도 이와 다르지 않다.

된 충만함의 세계는 모가디슈로 떠난 아스카르에게 끊임없이 영향력을 미치고 있으며, 힐랄 삼촌으로 대변되는 모가디슈의 세계 또한 아스카르의 새로운 고향으로 자리 잡는다. 아스카르는 오가덴과 모가디슈 사이에서 자신의 정체성을 끊임없이 심문하고 있다.

화자는 미스라와의 충만한 우주에서 힐랄 삼촌의 세계로 순례를 떠난다. 이윽고 미스라와의 관계에 균열이 발생한다. 그는 미스라의 대체물을 찾는 과정에서 자신의 조국 소말리아를 발견한다. 하지만 이 조국은 아스카르의 욕망을 온전하게 충족시키지 못한다. 남자인 아스카르가 월경을 하는 모습이나 입에 피가 고이는 현상 등은 새롭게 발견한 조국 소말리아에 온전히 동화하지 못하는 모습을 상징한다. 몸이 남자(국가/조국)되기를 거부하는 것이다. 이는 근대 국민국가의 이데올로기에 함몰된 조국(소말리아)의 모습을 비판하려는 의도를 함축하고 있다.

하지만 미스라와의 관계는 이와 다르다. 아스카르는 혈통과 고국이 다른 미스라와 한몸이 된다. 미스라는 에티오피아의 계약 결혼인 다모스 결합으로 태어났다. 돈으로 산 첩실의 아이인 셈이다. 그녀는 전쟁의 희생양(전리품)이 되어 거부에게 입양된 후 그의 아내가 된다. 미스라는 남편을 살해하고 다시 돈 많은 사내(꾸락스 삼촌)를 만난다. 이후 가정부에서 정부로 몸을 바꾸어 아스카르를 만난다. '미스라'라는 이름은 '이 땅의 토대 혹은 기초'라는 의미를 지닌다. 그녀는 자신의 종족과 아스카르의 종족이 같다고 여긴다. 그녀가 가장 사랑하는 사람이 아스카르이기 때문이다. 이러한 미스라의 동족의식은 혈연, 인종, 민족, 국가 등을 넘어선 공동체의식이라 할 만하다.

말하자면 그녀는 너를 모태의 세계와 순수의 세계로 되돌린 사람이자 너를 새로운 생명의 물과 성수로 깨끗이 씻기고 네 속에 젊고 튼튼한 자아를 새겨 넣어 고통스런 기억을 없앤 인물이었다.(『지도』, 24쪽)

아스카르의 영원한 어머니이자 우주 그 자체인 미스라는, 아스카르의 정체성을 표상하는 소말리아의 비극적 역사를 정화시키는 역할을 하고 있다.

"전 이따금 제 속에 다른 누군가가 살고 있다는 이상한 느낌을 받아요. 저보다 나이가 많은 여자 같아요. 누군가 저를 통해 이야기를 하고 있다는 느낌이 든다고요. (…) 제 어미의 죽음이 제 탄생과 관련되어 있다는 느낌이 들 때 그래요. 꼭 제 어미가 죽어서 제가 태어나게 된 것 같아서요." (…)
    삼촌은 초조하게 방 안을 왔다 갔다 했다.
    "네가 지금 몇 살이냐?"
    그가 물었다.
    "여덟 살이요."
    그는 이제 우주 전체 아니 그 이상의 것들이 모두 사라져도 좋다는 표정이 되어 있었다. (…)
    그리고 그는 그가 지금껏 연구해온 모든 자료에 불을 붙였다. 그는 후에 살라도에게 말했다. 너와 이야기를 나누면서 그가 지금껏 연구해오던 방향이 완벽하게 잘못되었다는 것을 깨달았다고.(같은 책, 299~301쪽, 강조는 인용자)

인용문에서 아스카르 속의 '누군가' '나이가 많은 여자' 혹은 '제 어미'

등은 소말리아의 정체성을 규정하는 그 무엇으로 볼 수 있다. 화자는 조국인 소말리아의 죽음 이후 태어나 미스라를 통해 새로운 생명을 얻었다. 이 미스라와의 유대는 그가 추구하는 새로운 조국의 모습을 암시하는데, 힐랄 삼촌을 지탱해오던 이성적이고 합리적인 학문 태도를 무너뜨리기에 이른다. 서구적 의미의 근대성에 바탕한 국민국가(소말리아 공화국의 수도 모가디슈의 세계)의 이념과 질적으로 다르기 때문이다. 이렇듯 아스카르는 온전한 어미(온전한 조국)에서 다시 태어나고 싶은 욕망을 지니고 있는 인물이다.

2

『지도』의 화자는 1인칭, 2인칭, 3인칭을 넘나들며 이야기를 풀어가고 있다. 특히, 2인칭 화법이 강조되고 있는데, 이는 주관성과 객관성에 함몰되기 쉬운 극단적인 현실인식을 경계하려는 의도로 보인다. 또한 하나로 쉽게 통합될 수 없는 소말리아(아프리카)의 복잡하고 미묘한 정체성과 이를 서술하는 화자의 분열된 자의식을 반영하고 있기도 하다. 작가는 주관과 객관, 감성과 이성, 말과 글, 민족과 국가, 자아와 세계, 이상과 현실 사이의 팽팽한 긴장을 바탕으로 소말리아(아프리카)의 현실을 효과적으로 포착하고 있다.

이 작품은 '과거→현재→미래'로 이어지는 시간의 선조성을 구부리는 파편적 구성을 취하고 있다. 18세의 아스카르가 자신이 살아온 삶을, 현재와 과거를 넘나드는 진술 양식을 통해 재구성하고 있다. 이는 '나는 누구인가?'라는 질문에 대한 응답이며, 또한 소말리아의 정체성에 대한 심문과 다르지 않다.

주인공 '아스카르'는 이미 성장한 인물, 즉 예언자나 선지자의 모습을 띠고 있다. 그의 '시선(응시)'[3]은 합리적 이성 너머의 초월적인 그 무엇을 상징한다. 아스카르의 응시는 온전한 모습으로 태어나고 싶다는 소망 혹은 하나의 온전한 존재가 되고 싶다는 소망을 반영하고 있다. 이는 소말리어를 구사하는 지역 전체의 재통합 의지를 함축하고 있다.

이렇듯 아스카르는 '어른의 정신'을 가지고 태어난 인물이며, '앎과 이해'를 갖춘 자이다. 그는 우리가 이미 아는 것 너머의 진실을 보여주려는 작가의 의도를 체현하고 있다.

이러한 아스카르의 사명은 '파편화된 육체의 이야기들' 혹은 '파편화된 이야기의 육체들', 즉 조국의 분단으로 인한 '상심한 가슴과 상한 영혼에 관한 이야기들'을 들려주는 것이다. 작가가 제시하는 아스카르의 꿈은 '소말리어를 공용어로 사용하던 사람들의 땅과 바다를 온전히 되찾는 것'이다. 이는 국가와 민족의 경계를 넘어선 새로운 공동체의 모습으로 드러난다.

작가는 모가디슈(힐랄과 살라도)와 오가덴(미스라) 사이, 즉 국가적 정체성(공화국)과 인종적·민족적 정체성(고향)의 통합에서 새로운 공동체의 가능성을 타진하고 있다.

(살라도는 에티오피아라는 이름을 지은 사람이 이방인일지도 모른다

---

3 누르딘 파라는 '응시'에 대해 알제리 여성(피식민자)이 프랑스인(식민자)를 바라보는 시각으로 설명하고 있다. 프랑스인들은 피식민자를 그냥 바라보지만, 알제리 여성은 '앎과 이해'를 갖춘 시선으로 식민자들을 바라본다는 것이다. 필자의 경우를 예로 들자면, 지금까지는 누르딘 파라에 대해 거의 아는 바가 없었으므로 그를 그냥 바라보았지만, 『지도』를 읽은 후에는 조금이나마 '응시'에 가깝게 다가갔다고 할 수 있다.

고 주장했다) (…)

힐랄이 말했다.

"에티오피아라는 말은 정확한 분류가 불가능한 다양한 집단의 사람들을 일컫는 일반명사란다. 서로 다른 종족과 서로 다른 종교 그리고 서로 다른 조상을 모시는 사람들이 바로 이 에티오피아라는 말속에 다 들어 있다는 뜻이지. 그러므로 '에티오피아'라는 일반명사는 확장적인 성격과 내포적인 특징을 다 갖추고 있는 것이지. 반면에 '소말리아'라는 말은 달라. 소말리아는 아주 구체적이지. 그 누구도 소말리아인이거나 소말리아인이 아니지. 둘 중의 하나뿐이야. '에티오피아인'이라고 할 때는 그런 구분이 불가능하지. 그런 취지에서 본다면 '나이지라아인'도, '케냐인'도, '수단인'도, '자이레인'도 모두 마찬가지지. 모두 구분이 불가능하지. '에티오피아'라는 말의 의미는 검은 인종의 땅을 의미하기 때문이지."(같은 책, 293쪽, 강조는 인용자)

"소말리아는 소말리 사람들의 나라라는 뜻이지. 소말리아어를 공동으로 사용하고 공동의 조상을 가진 사람들의 나라란 뜻이지."(같은 책, 294쪽)

아프리카에서 벌어지는 전쟁은 일반명사와 구체명사의 싸움이다. 일반명사는 외부인이 아프리카인들을 타자화한 명칭이다. 에티오피아라는 말은 '까만 얼굴을 가진 사람'이란 뜻이다. 이러한 일반명사에 속하는 국가의 사람들은 자신만의 고유한 정체성을 지니고 있지 못하다.

반면에 소말리아는 구체적이다. '소말리 사람들의 나라'라는 뜻이다. 즉, 소말리아어를 공동으로 사용하고 공동의 조상을 가진 사람들의 나라이다. 소말리아 사람들은 한 인종임에도 불구하고 여러 갈래로 나뉘어 있다.[4] 일반명사를 추구하는 외세와 이를 지지하는 아프리카 국가들의 강압적인 논리 때문이다. 작가는 소말리어를 사용하는 사람들의 통일조국, 즉 '국경' '국기(국가)' '국어'의 경계를 넘어선 구체명사의 공동체를 만들고자 한다.

누르딘 파라의 『지도』를 통해 우리는 외세의 강압에 의해 분열된 한반도의 현실을 되비추어볼 수 있으며, 서구와 비서구 사이에 낀 우리의 초상을 재발견할 수 있다. 역사적 배경은 다르지만 한반도 또한 외세의 개입으로 인해 분단된 현실을 살아가고 있기 때문이다. 소말리아의 상황은 하나 된 민족국가를 꿈꾸는 한반도의 상황과 다를 바 없다. 『지도』가 각별하게 다가오는 이유도 여기에 있다.

---

4 소말리아는 두 개의 영국령 소말리아와 프랑스령 소말리아 그리고 이탈리아령 소말리아로 분할되어 있었다. 두 개의 영국령 소말리아 중 하나는 독립을 쟁취하여 공화국의 일부를 구성하였고, 다른 하나는 케냐에 종속되어 있다. 이탈리아령 소말리아 역시 공화국의 일부가 되었다. 그리고 프랑스령에 속했던 소말리아는 지부티 공화국이 되었다. 작가는 이렇게 분열된 소말리아의 재통합을 염원하고 있다.

제2부
리얼리즘의 속살

'그대'에게 가는 길

—조해진론

1. '어떻게' 소통할 것인가?

조해진의 소설은 언어, 인종, 국적, 사고방식 등이 다른 '타자들' 사이의 공감에 관한 이야기이다. 작가는 특히, 소통의 과정에 관심을 집중한다. 주지하듯, 공감과 소통은 문학의 영원한 테마이다. 조해진의 소설에서 다시 공감과 소통의 문제가 주목되는 것은 그만의 집요한 탐색 방식 때문이다. 그는 지난한 소통의 과정을 에둘러가지 않는다. 이 정공법이 조해진의 소설을 낯설게 하는 '지금 여기'의 아이러니다.

다시, 문제는 '어떻게' 소통할 것인가이다. 조해진의 소설은 '타자의 고통에 공감할 수 있는가?'라는 근원적 질문을 던진다. '있다'라고 대답할 경우, 자기만족적 합리화 혹은 가면을 쓴 기만이라는 심문을 견뎌야 한다. '없다'라고 주장할 경우, 세상에 대한 냉소와 환멸 그리고 절망이라는 수사를 감내해야 한다. 조해진의 소설은 이 둘 사이로 나 있는 위태롭고 아슬아슬한 오솔길을 '어떻게'라는 화두로 탐색한 보기 드문 사례의 하나이다.

조해진의 소설은 타자들의 삶에 대한 관심에서 시작하여, 그들의 삶으로 스며들기까지의 고통스러운 과정을 통해, 기어코 자신의 내면에 타자의 삶을 깃들게 하는 구조를 지닌다. 또래의 젊은 작가들이 새로운 소재와 기발한 아이디어를 조합하여 삶의 우연적 요소가 빚어내는 잉여적 소통에 골몰하고 있다는 점을 염두에 둘 때, 조해진의 작업은 더욱 빛을 발한다. 그의 소설은 '소통의 가능성/불가능성'이라는 당위적 명제에 짓눌려 그동안 간과되었던 '공감과 소통의 과정'을 우직하게 파고든다는 점에서 역설적으로 새롭다.

2. '두터운 침묵'의 가면을 넘어

첫 작품집 『천사들의 도시』(민음사, 2008)의 표제작 「천사들의 도시」는 2인칭 서사의 구조를 지닌다. 이는 공감과 소통의 절박함을 드러내는 방식의 하나이다. '타자'와의 거리를 줄이고자 하는 의도, 즉 '나'에게로 '너'를 끌어당기고자 하는 작가의식을 투영하고 있기 때문이다. 작가는 치밀한 구성과 섬세한 내면 묘사를 통해 소통과 공감의 긴장된 떨림을 효과적으로 포착하고 있다.

먼저, 공감과 소통을 가로막는 표면적 층위의 문제인 언어의 간극에 대해 살펴보자. '너'는 다섯 살 때 한국을 떠나 미국 중서부의 작은 마을에 입양되어 15년을 그곳에서 살았다. '너'에게 언어는 '공포' 그 자체였다. '떠나고 싶다는 충동'이 '너'의 '전두엽'에 '언어 이전의 감정'으로 스며든다. 그곳에서 처음 배운 말은 '자살(suicide)'이었다. 이처럼 '너'의 언어는 '민족'과 '국가' 사이를 떠돈다.

한편, 화자는 한국에 온 '타자들(이방인들)'에게 '한국어'를 가르치는 강사이다. '한국어의 특수성'에 쉽게 적응하지 못하는 그들과 '영어'로 소통하지만 늘 불완전하다. 이방인들은 '영어'로 치환되지 않는 한국어의 특수성을 힘겨워한다. 이처럼 조해진이 창조한 인물들은 '주체'와 '타자' '한국어'와 '영어' 혹은 '모국어'와 '타자들의 언어' 사이에 낀 존재들이다.

이러한 표면적 층위의 간극은 언어 그 자체가 지닌 불완전함에 대한 천착으로 이어진다. 화자는 언어 자체가 공포였던 '너'의 내면에 일렁이는 언어 이전의 감정을 감지한다. '너'는 '자신의 세계에 갇혀 있음으로써 타인으로부터 자신을 보호하는 방식을 가까스로 터득한 아이'다.

함께 있어도 우리 사이의 언어는 매우 인색하다. 너는 한국어를 배운 지 이제 겨우 두 달밖에 되지 않은 초짜였고 나의 영어 발음은 누가 들어도 구제 불능인 탓에 우리는 자주 서로의 말을 이해하지 못한다. 하여, 우리 사이의 언어는 인색했을 뿐 아니라 매번 연약했고 무력했다. 아니, 언어란 애초부터 내 의도를 비껴 가고 있다는 걸 나는 너를 만나고 나서야 깨닫게 된다. 감정을 꿰뚫는 언어는 없었고 그래서 한순간에만 존재하는 무한대의 감정은 정제되고 정제되어 다만 몇 마디로만 남아 불투명하게, 불완전하게 발화되는 것이리라. 가끔씩 나는 너에게 내가 이미 서른두 살이라는 것을, 서른두 살이 갖는 의미를 설명하기 힘들다. 너를 외면해야 한다는 의식과 너에게 닿고 싶다는 욕망이 내 안에서 충돌할 때면 나는 걸음을 멈추고 숨을 고른다. 마지막 순간까지 너를 만지지 않기 위해 나는 필

사적으로 인내한다. 그리고 그 끝엔, 차가운 비웃음이 치명적인 독처럼 알
싸하게 혀끝을 감싼다. 우리가 볼 수 없는 곳에서 마른 몸을 누이고 있을
그림자들도 나를 향해 일제히 폭소를 터뜨리는 순간. 자주, 나는 너에게
서른둘의 내가 열아홉의 너를 만날 때에는 일정 분량의 죄의식이 수반되
기도 한다는 걸 설명하기 힘들다. 나에겐 미래가 없다는 걸, 너는 끝내 납
득하지 못한다.(「천사들의 도시」, 17~18쪽)

'나'와 '너'의 언어는 서로에게 닿지 못하고 '차가운' '독처럼 알싸하게'
각자의 '혀끝'에 묻힌다. '언어가 닿지 못하는 근원적 결핍감'으로 인해
'나'와 '너' 사이의 '침묵의 공간'이 오롯하게 부각된다. '너'와 '화자'는 '묻
지 않고 말하지 않는 침묵, 그 침묵의 틀 안에서' 조용하게 숨을 고른다.
이 침묵은 서로에게 철저한 '타인'이 되기 위해 '혼자 남'는 방법을 연습
하는 고독한 영혼의 보금자리이다.

　　나는 다만 네가 나를 떠난 지 3년이 지난 어느 날, 그렇듯 무력하고 연
약한 언어에 기대어 가까스로 생각할 뿐이었다. 그날 우리는 분명 비겁했
다고, 서로에게 필요한 것은 배려를 가장한 침묵이 아니라 만지면 느낄 수
있는 체온이었다는 것을 우리는 모른 체하고 있었다고, 우리는 비겁함의
대가로 서로를 깊이 헤아리지 않아도 되는, 그래서 타인의 지옥을 경험하
지 않아도 되는 편리함을 얻었던 거라고.(「천사들의 도시」, 22쪽)

조해진의 소설은 이 '배려를 가장한 침묵'의 '비겁함'을 넘어 '타인'과
'지옥'의 고통을 공유하는 '체온'의 언어를 꿈꾼다. 아니, 이 '두터운 침묵'
을 넘어선 공감의 문장 새기기가 쉽지 않다는 사실을 웅변하고 있다. 하

지만 그 침묵의 해소불가능성에 절망하고 있는 것은 아니다. 오히려 '타인의 지옥'을 감내하며 '체온'의 언어를 향해 조금씩 나아가고 있다.

예전처럼 우리 사이엔 견고한 침묵이 흐르고, 한참 후에야 너는 다시 천천히 쓴다. 사랑하는 정, 그리고 나는 너를 기억한다. 엽서의 마지막에 희미하게 남아 있는 그 문장에서 나는 숨을 고르며 눈을 감는다.

여러 번 답장을 하려 했지만 나는 결국 단 하나의 단어도 쓰지 못한다. 여전히 똑같은 장면들이 연출되는 악몽을 꾸다가 메마른 울음소리를 토해 내며 꿈에서 깰 때면, 서랍 속에서 너의 엽서를 꺼내 다시 읽는다. (…)

딱 한 번, 마음을 다잡고 답장을 쓰려 한 적도 있었다. 전등을 켜고 책상에 앉아 나는 쓴다. 친애하는 댄, 엽서 고맙다. 하지만 그 문장뿐, 편지지엔 이내 두터운 침묵만이 쌓인다. 무수히 많은 단어와 문장이 손끝에서 미끄러져 나간 후에야 나는 조용히 전등을 끈다. 이불을 덮고 누우면 편지지에 쓰지 못한 문장들이 그제야 껌껌한 천장에 한 글자씩 새겨진다. 친애하는 댄, 아마도 나는 이렇게 쓰고 싶었을 것이다. 너를 만나는 동안 나는 다섯 살의 너를 여러 번 보았노라고, 종종 미국 시골의 전형적인 목재 테라스에 앉아 끝없이 이어진 옥수수밭을 건너다보며 천사들의 도시를 상상했노라고, 할 수만 있다면 너를 따라 어디로든 떠나고 싶었노라고, 그것만이, 그것만이 언제나 진심이었노라고.(「천사들의 도시」, 31~32쪽)

비록 편지지에는 적지 못한 내용이지만, 작가가 조심스럽게 내미는 공감의 언어가 음각된 장면이다. '다섯 살의 너' 발견하기, '천사들의 도시' 상상하기, '너를 따라 어디로든 떠나'기 등으로 표상된 이 소통의 무늬는 '두터운 침묵'의 순간을 넘어 발신되는 메시지의 다른 이름이다. 이에 응답하는 일이야말로 조해진 소설의 문제의식이다. 이는 서로의 밑바닥까지 내려가 소통하는 일이며, 침묵의 가면인 자기합리화의 허울을 벗어던지는 것이다.

이러한 순간은 '나'에게 '절실하게 누군가가 필요했던 것처럼' '너'에게도 '자신의 말을 들어줄 누군가가 있어야 한다'는 사실을 감지하는 것에서 비롯된다. 그 공감의 순간이 「기념사진」에 포착되어 있다. '죄, 죄송합니다'라는 여자의 말이, 남자에게 '너무나 익숙해져 귓바퀴를 매끄럽게 돌다 귓속으로 쏘옥 스며드는, 일부러 자신의 귀에 맞게 날카로운 모서리를 깎아 세팅을 해놓은 듯한' 목소리로 각인된다.

남자가 아는 것은 지금 여자에겐 누군가 필요하다는 사실, 그것뿐이었다. 3년 전, 살인 사건이 일어난 집 앞을 지나가다가 우연히 CCTV 카메라에 찍혔던 그날처럼, 그때 남자에게 절실하게 누군가가 필요했던 것처럼 지금 여자에게도 자신의 말을 들어 줄 누군가가 있어야 한다는 것, 남자는 그것만 알 뿐이다.(「기념사진」, 170쪽)

이러한 과정을 거쳐 '남자'와 '여자'는 '짙은 먹빛이거나 흐린 먹빛일 뿐인 세상'에서 '안정된 구조를 갖춘' 한 장의 '기념사진'을 힘겹게 완성한다.

3. 타자의 고통을 합리화하는 방식

「인터뷰」는 타자의 이야기를 듣는 방식으로 서사를 구성한 작품이다.

'너'를 끌어안으려는 화자(작가)의 목소리가 배면으로 가라앉고 타자의 목소리가 전경화된다. 타자에게 다가가려는 욕망이 「천사들의 도시」와는 반대 방향으로 투사되고 있는 셈이다.

인터뷰의 대상으로 설정된 '나탈리아'는 고려인의 후손이다. 그녀는 모스크바 대학에서 학위논문을 받은 후 타슈켄트의 유명 사립 고등학교에서 러시아 문학을 가르치다가, 한국의 결혼 중개업체를 통해 소개 받은 '조'와 결혼하여 서울에 왔다. 작가는 서울에 '오기 위하여 그녀가 잃어버려야 했던 시간'에 관심을 집중한다. 그녀의 '검은 눈동자' '깊은 곳'에서 '발아될 시간만을 꿈꾸고 있'는, '그 누구도 경험한 적 없고 들어본 적도 없는 무수한 이야기들의 작은 씨앗들.' 작가가 응시하는 지점은 바로 여기이다. 여기에는 1937년 연해주에서 중앙아시아로 강제 이주한 고려인의 한과 설움(할머니), 러시아어를 사용하고 그들의 음식물을 먹고 그들의 사고로 살기 위해 노력한 아버지의 삶, 나아가 한국 남자와 결혼하여 한국인으로 살고자 한 나탈리아의 꿈이 스며 있다.

나탈리아도 아버지도 할머니가 탔던 그 '화물열차'에서 내린 것이 아니다. 국가와 민족의 경계에 서 있는 중앙아시아 고려인의 이주사는 여전히 진행형이다.

나는 이 도시에 있으니 내 슬픔도 이곳에 있어야 하는데 이 도시엔 슬픔이 보이지 않지. 이곳에서 내 인생은 되돌려 도망갈 수도 없고 그렇다고 빨리 달아날 수도 없는, 오로지 원래의 속도에 맞게 플레이만 될 뿐인데 하루 종일 내 머릿속은 과거와 미래만을 횡단하지. 내 슬픔과 내 진짜 인생, 그리고 내 애인들, 대체 모두 어디에 있는 걸까.(「인터뷰」, 88쪽)

나탈리아에게 '서울'은 '손에 닿지 못하는, 닿고 싶어도 도망만 가는 곳이기에' 결코 '들어갈 수 없는 곳'이다. 이 '서울'과 소통할 수 있는 언어를 갖지 못했기에 생기는 치욕감이, 강요당한 침묵을 뚫고 나오는 다음과 같은 외침에 실려 진한 여운을 남긴다.

—나! 는!

외침은 이어지고,

—한, 국, 사, 람, 입, 니, 다, 아!

드디어 완성되는, 그녀가 알고 있는 몇 안 되는 완벽한 한국어 문장. 우즈베키스탄을 떠나오는 비행기 안에서 손톱을 물어뜯으며 주문처럼 외우고 또 외웠던 할머니와 할머니의 할머니들의 언어, 하지만 아무것도 보상해줄 수 없는 무력한 절규.(「인터뷰」, 79쪽)

나탈리아의 '무력한 절규'는 타자들의 고통을 짐짓 외면함으로써 국민국가의 영역에 안주하는 우리들의 '맨얼굴'을 적나라하게 환기하고 있다.

그렇다면 무엇이 나탈리아의 절규를 무력하게 만드는가? 작가는 타자의 고통을 왜곡하여 내면화하는 메커니즘, 즉 자기합리화로 인해 타자의 고통에 무감각해진 우리의 부끄러운 자의식을 적나라하게 들추어낸다.

「등 뒤에」에는 '과거를 호출하여 현재를 마모한 후, 그 고통으로 충분히 대가를 치른 것'이라 생각하는 인물이 나온다. S는 해병대 내 영창에서 헌병으로 근무하였다. 그는 철창 안의 미결수 병사들을 군홧발로 내리찍고, 그들을 끌어내 철창에 매달고 구타하도록 지시하기도 했다. 개처럼 짖으며 밥을 먹도록 한 미결수 한 명이 다음 날 자살을 한다. S는 죄책감에 시달린다. 하지만 어느 순간부터 그는 '악몽' 속에서만 과거의 고통과 조우한다. '어린 군인'의 '성실한 방문'이 지금의 S에겐 그저 '통증 없는 고통'에 지나지 않는다. 이 '통증 없는 고통'은 침묵을 가장한 배려와 한몸인데, S의 일상을 완성하는 작은 습관이 된다. 하여, '등 뒤편'에 '가엾은 동생들'이 사는 화자에게 S는 더 이상 위로의 대상이 아니다. '진짜 고통'과 등을 맞대고 있는 화자에게 S는 비웃음의 대상일 뿐이다.

『한없이 멋진 꿈에』(문학동네, 2009) 또한 고통을 내면화하는 방식에 관한 이야기를 들려준다. 관습과 제도를 일탈한 사랑(동성애, 스승/제자 간의 파국적인 사랑 등)에 온몸을 던지는 주인공의 모습보다는, '세상이 그어놓은 테두리'의 경계에서 끊임없이 회의하고 방황하는 불안한 내면이 서사의 중심을 이룬다. 화자가 상정해놓은 '반칙과 일탈'은 단조롭고 권태로운 일상에서 벗어나고 싶다는 욕망 그 이상도 이하도 아니다. 타인을 위한 배려 혹은 세상으로부터 스스로를 지켜야 한다는 변명 등으로 포장된 현대인의 속물근성을 발본적으로 성찰하는 시선이 올곧다 못해 부담스럽기까지 하다.

유경과의 사랑이 가져다준 상처는 '실체도 없이 다만 의무감으로 남은 통증'이 되었다. 화자는 유경과의 관계가 파국으로 흐르자 이제 정말 끝났다는 달콤한 안도감에 젖어든다. 유경의 칼부림에 상처를 입자 '상처를 입은 사람이 상처를 준 사람에게 취할 수 있는 정당함'의 태도를 취한다. 심지어 유경의 상처를 '공유하지 않기 위해' 고통은 '공유되지 못하는 거라 믿'기까지 한다.

한편, 준과의 동성애는 '마음의 사치'일 뿐이다. 이들은 각자의 경계선에 선 채 목소리가 끊긴 뒤 들려오는 적막한 신호음을 들려주지 않기 위해 최소한의 노력을 하는 사이다. 작가는 이 침묵을 지키는 대가로 잃어버리게 된 그들의 언어를 집요하게 탐색한다. 이때 부끄러움을 강요하는 침묵 혹은 진짜 얼굴을 또 다른 사람이 알아버렸을지도 모른다는 우려와 두려움이 선명하게 부각된다. 조해진의 작품이 침묵 너머의 침묵, 부끄러움 너머의 부끄러움을 심문하는 지점은 바로 여기이다. 작가는 '상처 없는 거울, 헐거운 옷' 같기만 한 화자의 '죄의식'을 적나라하게 들추어낸다.

> 내가 마음껏 기댔던 사람들한텐 지독하게 냉정했으면서도 나 자신에겐 너그러웠고, 그래서 마음을 무겁게 할 만한 기억들은 죄다 차단해버렸던 연약함은 그 단어엔 없다. 스스로 남들과는 다르다고 여기면서도 언제나 정상적인 레일을 밟고 있는 사람처럼 행동하며, 적당히 풍요롭고 적당히 안락한 이 일상을 훼손할지도 모를 타인의 시선은 철저하게 제거해왔던 이중성도 없다.(『한없이 멋진 꿈에』, 157~158쪽)

'적당히 풍요롭고 적당히 안락한' 일상에 젖어 이를 '훼손할지도 모를 타인의 시선을 철저하게 제거해왔던 이중성' 혹은 '마음껏 기댔던 사람들한텐 지독하게 냉정했으면서도' '자신에겐 너그러웠고, 그래서 마음을 무겁게 할 만한 기억들은 죄다 차단해버렸던 연약함.' 타자의 삶에 공감하지 못하는 불구적 삶의 한 뿌리가 아닐까?

4. '나'와 '타자'를 이어주는 '작은 틈새'

조해진의 『로기완을 만났다』(창비, 2011)는 로기완, 윤주, 박 등의 삶이 공명하면서 화자의 내면에 음각하는 소통의 무늬가 눈부실 정도로 투명한 작품이다. '이니셜 L'이라는 암호이자 마법의 주문이 '로기완'이라는 '살아 있는 사람의 이름'으로 거듭나는 과정이 눈물겹도록 치밀하게 그려져 있다. 탈북자의 삶이라는 소재적 차원이 작품의 중심에 있지 않다. 거대하고 무정한 정치 게임에 희생된 개인들의 환멸과 눈물, 그들의 눈에 보이지 않는 고통까지 애틋함의 시선으로 완성하는 것. 이 소설이 쓰인 이유이다.

조해진은 이를 위해 '로기완'의 일기(자술서)를 다시 쓰는 형식을 취한다. 이는 로기완의 내면에 화자의 마음을 포개는 작업이다. 이미 등단작 「여인에게 길을 묻다」에서 선보인 바 있는 타자의 지나간 흔적을 그대로 좇는 형식이다. 타자와 만나는 과정 그 자체가 소설의 진짜 주인공인 셈이다.

이는 또한 로기완에 대한 관심에서 촉발되었던 소설 쓰기가 자기 자신의 일기 쓰기로 거듭나는 과정이기도 하다. 로기완의 삶의 흔적을 통해 살아 있는 자신을 긍정하고 그에게 들려주고 싶은 나의 이야기를 쓰는 과정이기 때문이다. 로기완이 화자의 삶으로 들어온 거리만큼 화자역시 그에게 다가가야 한다. 하여, 이 작품은 로기완이 개입된 화자 자신의 일기이다.

타인의 삶에 다가가기 위해서는 그의 삶을 절실하게 이해하는 만큼자신의 삶도 엄정하게 바라보아야 한다. 이는 섣부른 연민을 넘어 가혹한 고통과 뒤섞인 진짜 연민을 느끼기 위한 전제이다.

그렇다면 연민이 진심이 되려면 무엇이 필요하고 무엇이 포기되어야하는가? 화자는 불우한 사연의 사람들을 소개하고 ARS로 실시간 후원을받는 방송 프로그램의 작가이다.

타인을 관조하는 차원에서 아파하는 차원으로, 아파하는 차원에서 공감하는 차원으로 넘어갈 때 연민은 필요하다. 그리고 그 과정에서 어떤 사람들은 자신을, 자신의 감정이나 신념 혹은 인생 전체를 부정하는 고통을 겪기도 한다. 화면 속 당신이 나와 다르지 않다는 걸 느끼는 순간은 내 삶이 그만큼 처절하게 비극적일 때만은 아닐 것이다. 내가 믿어왔던 모든 것을 의심하고 부정하는 순간, 나 역시 불우한 땅을 딛고 있는 가없은 존재가 되는 거라고 나는 생각하게 되었다.(『로기완을 만났다』, 53쪽)

이를 실천하기 위해 노력하던 중 윤주를 만난다. 윤주는 '오른쪽 뺨과 턱을 감싸는 얼굴만큼 커다란 혹'을 지닌 열일곱 살 여고생이다. 그녀의 어머니는 집을 나갔고 아버지는 3년쯤 전에 죽었으며 여동생은 행방불명 상태다. 화자는 윤주의 방송 날짜를 추석 연휴가 끼어 있는 주로 옮긴다. 자연스럽게 수술 날짜는 석 달 뒤로 연기된다. 그 와중에 윤주의 종양이 악성으로 바뀌어 암 덩어리가 된다. 윤주에 대한 죄의식이 화자를 뒤덮는다. 죄의식은 이내 '가학적인 의심'으로 몸을 바꾼다.

다음은 '가학적인 의심'의 여러 양상을 재구성한 것이다.

(1) 윤주가 입원해 있는 병원에서 '재이'는 화자에게 청혼을 한다. 화자는 '재이'의 사랑을 거부한다. 이 거부는 자신 역시 인생에서 중요한 행복 하나를 포기했다는 생각과 자신이 할 수 있는 범위 안에서 충분히 괴로워했다는 것을 보여주기 위한 포즈이다.

(2) 윤주의 '성급한 종양'으로부터 도망가고 싶었던 마음을 인정한다. 이를 통해 그 애를 대했던 마음이 다분히 자족적이고, 가학적인 연민에 지나지 않았다는 사실을 깨닫는다. 한숨과 눈물로 감정을 소모하는 불우한 역할을 맡고 싶지 않았고 그 역할 속에 숨어 아무렇지도 않게

스스로를 정당화하는 사람이 되고 싶지 않았다.

(3) 위로의 순간에 묵묵히 소비되는 자신의 값싼 동정을 참을 수 없었다. 눈물을 흘리는 순간 자신이 취하게 될 자세와 그 자세에 맞게 조율될 마음을 견딜 수 없다. 자신의 슬픔에까지 진실이라는 잣대를 들이밀어 어리석은 검열을 한 셈이다.

(4) 용서받음으로써 가벼워지고 싶은 마음과 그렇게 쉽게 용서 받아서는 안 된다는 엄정한 마음 사이에서 갈등한다. 특히, 윤주의 용서할 수 없는 마음이 희망으로 작용해서 나 역시 그 애의 미워하는 마음만큼 서운해하며 동시에 죄책감에서 벗어나고 싶었다는 그 진실을 인정한다.

타인의 고통에 공감하고자 노력한 화자의 행위가 전면적으로 의심되고 부정되기 시작된다. 이러한 자기 성찰과 더불어 새롭게 타자의 삶에 다가가기 위한 노력이 펼쳐진다. 윤주의 삶과 로기완의 삶이 화자의 내면에서 포개지는 순간이다. 이로써 너무나 외로웠던 한 사람(로기완)의 흔적을 찾아다니는 서사가, 윤주의 숨겨진 눈물을 애틋함의 시선으로 완성해주는 이야기와 한몸으로 어우러져 화자 자신의 내적 여정을 담은 글로 수렴된다.

'어머니는 저 때문에 돌아가셨습니다. 그래서 저는, 살아야 했습니다.' 화자를 로기완에게로 이끈 문장이다. 화자는 스스로에게 심문한다. '누군가 나 때문에 죽거나 죽을 만큼 불행해졌을 때 내가 할 수 있는 일이란 게 고작 사는 것, 그것뿐인 상황을 어떻게 받아들여야 할지 모르겠다고.' '자신을 합리화하기 위해 끊임없이 변명을 찾아내는 것 말고 죽거나 죽을 만큼 불행해진 사람들에게 어떤 마음을 가져야 하는 건지, 그걸 묻고 싶은 거라고요!' 이러한 자문은 결국 '로의 인생을 알기 위해 여기까지 온 것은 나 또한 살아야 한다는 그 절대적인 명제를 수긍하고 받아들이고 싶어서였다는 것'임을 깨닫게 해준다. '타자를 향한 글쓰기'가 '나를 위한 글쓰기'로 몸을 바꾸는 장면이며, '나'와 '타자'을 이어주는 '작은 틈새'가 열리는 순간이기도 하다.

배고픔의 끝을 모르는 화자가 배고픔의 실질적 감각을 학습한 로기완의 삶을 체험하는 장면은 오래도록 기억에 남을 것이다. 변기 위에 앉아 빵을 꺼내 든 화자는 끝내 울음을 터뜨린다. 누군가의 참담하고도 구체적인 경험까지 끝내 공유하지 못하는 '가엾은 자아.' 이 자아를 응시하는 작가의 시선이 마음을 아리게 한다. 이와 같은 과정을 거쳐 비로소 '로'의 고독과 불안은 화자의 내면에 깃들고, 나아가 가능성으로만 존재하던 가상의 슬픔이 구체적 슬픔의 형상을 부여받는다.

조해진 소설의 공감과 소통은 이러한 혹독한 과정을 거쳐 힘겹게 이루어진다. 이는 '나→타자(로기완)→우리(로기완/나)' 혹은 '로의 일기→소설(로기완/나)→나의 일기'로 이어지는 여정이다. 이러한 과정을 거쳐 '이니셜 L'은 '살아 있고, 살아야 하며, 결국은 살아남게 될 하나의 고유한 인생, 절대적인 존재, 숨 쉬는 사람' '로기완'으로 거듭난다.

'체온이 있는, 진짜 두 손을' 맞잡고 '환하게 웃는' 이들의 모습을 어찌 아름답다고 하지 않겠는가.

농촌/농민의 속살 보듬기

—이시백, 『누가 말을 죽였을까』

1. 걸쭉한 웃음

우리의 농민/농촌소설은 부조리한 농촌의 현실을 풍자하는 데 주력해왔다. 이에 농촌/도시, 농민/정부, 부농/소작인 사이의 대립각이 선명하게 부각되곤 하였다. 이시백의 소설은 이러한 이분법 너머에 시선을 던지며 황폐한 농민들의 속살을 보듬어 안는다. 여기에서 기존의 농민/농촌소설을 계승하면서 넘어서는, 웃음과 울음이 뒤엉킨 이시백 소설의 진경이 펼쳐진다.

먼저, 이번 소설집 『누가 말을 죽였을까』(삶창, 2008)을 열어젖히고 있는 「땅두더지」에 나타난 재규 씨(아버지)와 종필(아들)의 갈등을 살펴보자.

(1) "농사꾼은 지 눈으로 보구, 지 귀루 들은 것만 믿어야 농사꾼여. 워디

서 그딴 소릴 들었는 줄은 몰러두, 즤 땅 갖구 즤가 먹구 살 곡석 길러 먹는다는디, 대통령이 뭐구 에프티에이가 무슨 소용여."(「땅두더지」, 16쪽)

(2) "시상이 바꼈어유. 안 쓴다구 돈 버는 시상이 아녀유. 쓸 거 다 쓰믄서, 더 많이 벌어 사는 시상이 되었슈. 즉어두 아부지나 즤는 땅 파묵구 애끼구 제우제우 살아왔지만 즤 애들 헌티는 그 짓 못 시키겄시유. 그기 어디 그지지, 요즘 사람이 헐 일이래유?"(「땅두더지」, 16쪽)

우리 농촌의 현실을 구체적으로 보여주는 대목이다. (1)은 평생 등골이 빠지게 농사지어 '한 뼘, 한 뼘 농토를 사들여 그게 불어나는 재미'로 살아온 재규 씨의 항변이다. 이제 이러한 농민으로서의 삶 전체가 '쓰잘머리 없고', 심지어 그런 땅을 '서둘러 팔아넘겨야' 하는 시대가 도래한 것이다. 죽으나 사나 '땅두더지'처럼 흙만 파먹고, 제 땅을 지킨 이들이 '행정수도다 뭐다 하여 덩달아 오른 땅값' 때문에 삶의 터전을 잃어야 하는 아이러니한 상황에 처한 것이다.

(2)는 변화하는 농촌의 현실을 제시하면서 재규 씨의 논리와 맞서고 있는 아들의 목소리이다. 이러한 갈등을 제시하는 작가의 시선에 주목할 필요가 있다. 작가의 시선이 갈등을 통해 현실을 풍자하는 데 머물러 있는 것이 아니라, 대립 너머 삶의 속살을 쓰다듬고 있기 때문이다. 이들의 대립은 겉으로 보이는 것과 같이 그리 단순하지 않다. 아들의 논리는 우리의 농촌 현실과 팽팽한 긴장감을 형성하고 있는데, 이는 '엊저녁에 재규 씨와 한바탕 말씨름을 벌인 종필은 아침이 되어도 가벼이 몸을 일으킬 기분이 나질 않았다'로 이어지는 작품 「조우(遭遇)」에서 생생하게 제시된다. 종필은 '남이 걷어치운 농사까지 떼차고, 곁눈 한번 안 돌리고 농사

를 지어' 온 '영농후계자'였다. 그는 아버지의 삶을 이어받아 '땅만큼 정직한 게 없는 줄 알'고 열심히 농사를 지었다. 유기농, 비육우, 생태마을, 산촌마을, 정보화마을 등 나라에서 권장하는 일은 다 해봤다. 하지만, 매번 용두사미가 되어, 앞서서 설쳐댄 자신만 멀쑥해지고 꼴만 우습게 되기 일쑤였다.

주위의 농민들은 '금이 좋아 푼돈이나 만질 때는 고맙다는 말 한마디 없다가 일이 틀어지면 엄한 사람에게 덤터기'를 씌우고, 자신의 뒤를 이어 농고에 진학한 아들은 '실습이라는 명목으로 학교에서 기르는 소 먹이 주고, 돼지 똥 치우는 상머슴 노릇'이나 하고 있고, 아내는 돈도 벌어다 주지 못하는 주제에 자상하지도 않다고 종필 씨를 몰아세운다. 그야말로 사면초가의 상황이다. 그러니 '다리에 힘 빠지기 전에 서둘러 서울로 올라가고 싶은 심정이 굴뚝'같다. 종필은 '자신부터도 땅 팔아서 서울로 떠나려 하고, 막상 서울 가서 살다 보면 쌀금 올라가야 좋은 낯색할 리가 없는 일인데, 언제까지 알량한 고향 팔아가면서 농촌 살리라고 악을 쓸 수 있을까' 하고 되뇌인다. 하지만 종필의 고민은 여기에서 그치지 않는다.

막상 서울로 떠나는 것도 만만한 일은 아니었다. 그 안에 살면서 남의 돈 빼앗아 먹는 일에 난다 긴다 하는 사람들만 모여 사는 서울에 여태껏 농사 말고는 군대 가서 공병대 삽질밖에 한 것이 없는 그로선 그 안에 뿌리를 박는 데에도 선뜻 자신이 서질 않았다. 그나마 처자식 배 곯리지 않던 살림까지 들어먹고, 머리 숙이고 부모 앞에 기어 들어오는 장면은 만약에라도 상상하고 싶지 않은 모습이었다.

"이만만 해도 팔자로 여기고 눌러 살 텐데"(「조우(遭遇)」, 48~49쪽)

자신의 논리대로 땅을 팔고 농촌을 떠난다 해도 문제는 그리 간단하지 않다. 주위에는 '부모가 물려준 땅 다 털어 먹구두 안즉두 정신 못 차리'는 사람이 수두룩하다. 이 대목에서는 아버지의 삶이 그래도 낫다. '농사는 팽개쳐두고, 읍내 나들이나 일삼고, 다방에 모여 뜬구름 잡는 이야기나 주고받다가 귀만 얇아져서, 누가 참게가 좋다면 논 뒤엎고 참게 기른다고 뭉칫돈 날려 먹고, 사슴 농장 한다고 엄한 소 팔아서 이제는 그냥 줘도 안 가져가는 사슴 키우느라 사료 값만 잔뜩 빚으로 짊어진 큰아버지에 비한다면 오로지 땅만 보고 죽은 듯이 엎드려 곡식만 길러온 제 아버지가 여간 든든'한 것이 아니다.

그렇다고 '에프티에이 저지 대책 방향이니, 투쟁 대오 조직'이니 하는 '집회'도 마뜩지 않다. '정작 들어야 할 것들은 산을 몇 개나 넘어 서울에 들어앉아 있고, 촌구석에서 속사정 뻔히 유리처럼 들여다보는 인간들끼리 정색을 하고 고함을 치기도 우스운 일'이며, 모내기에 모 뜯어 심는 것도 서툰 얼굴 하얀 운동가들이 그런 말을 할 때면 처음에는 동생 같은 이들이 힘을 보태는 것만으로도 고맙게 여겼지만, 이제는 정치꾼들 입에 발린 말 들을 때처럼 뜬구름 잡는 이야기로만 들린다.

농촌에 남을 수도, 그렇다고 서울로 떠날 수도 없는 이러한 종필의 고민이야말로 우리 농촌의 현주소를 보여주는 바로미터이다. 많이 양보해서 지금 같기만 해도 '팔자'로 여기고 눌러살 수 있다. 하지만 상황은 점점 더 나빠질 뿐이다. 그렇다고 아버지 재규 씨의 논리를 반복함으로써 농촌 현실의 문제점을 타개할 수도 없다.

이러한 농촌/농민의 딜레마에 응전하는 작가의 미적 방식을 따라가보자. 집회를 마친 종필은 경운기를 몰고 집을 향한다. 기역자로 꺾어진 좁은 농로로 경운기 머리를 들이미는 순간 다급한 자동차 소리가 앞을 가로막는다. 경적 소리에 기분이 언짢았지만 경운기를 길가로 비켜주었다. 주춤거리며 옆으로 지나가던 자동차가 비척거리는가 싶더니 옆의 논두렁 밑으로 뒷바퀴를 담그고 말았다. 차가 빠졌는데 운전자는 나와보거나 창문으로 목을 내밀지도 않고 헛바퀴만 요란하게 굴려댄다. 보다 못한 종필이 경운기에서 내려 창을 두드리자 차 주인이 창문을 연다. 아이가 다니는 농고의 교감이다. 모른 체하고 지나칠 수 없게 된 종필은 신발을 벗고 논에 들어가 차 뒤꽁무니를 밀었다. 자동차 헛바퀴에 진흙이 튀어 얼굴이고 옷이고 흙범벅이 되고 말았다. 말로는 고맙다고 하면서 양복에 넥타이까지 맨 교감은 논두렁에 선 채로 빈 입만 놀리고 있다. 제 차가 빠졌는데도 양복 입은 걸 핑계로 삼아, 팔짱만 끼고 남이 흙 뒤범벅이 되는 걸 보고만 있는 교감이 여간 얌통머리 없는 게 아니었다. 교감이 지껄이는 말은 더더욱 가관이다.

　"떠날 양반덜은 다 떠나려구 혀야 혀요. 농사 못 짓겠다구 허는 이덜 논을 다 사들여서 외국츠름 비항기루 씨 뿌리구, 기계루다 다 거둬 들이는 선진녕업……."
　논흙에 깊게 잠겨 빠지지 않는 다리를 뽑느라 몸을 기울었던 종필은 아까 먹은 막걸리 탓인지 다리가 미끄러지며 논두렁 아래로 기우뚱 몸이 쓰러졌다. 논바닥으로 넘어지면서 종필은 엉겁결에 하는 짓처럼 손을 허우적거리며 교감의 목에 감긴 넥타이를 낚아챘다. 두 사람은 악 소리도 못 지른 채 질편한 논바닥에 곤두박질치고 말았다. 검정 색안경을 쓴 채 흙 뒤발이 된 교감 얼굴을 들여다보며, 종필은 모처럼 걸쭉하게 웃음을 터뜨렸다.(「조우(遭遇)」, 51쪽)

작가의 시선은 풍자의 대상을 공격하는 데 머무르지 않고, 붕괴되는 농촌의 현실을 부둥켜안고 어떻게든 살아내야 하는 안간힘의 포착으로 나아간다. 작가는 유쾌한 그 방식 하나를 제시하고 있는데, 농촌의 현실을 질곡으로 몰아넣는 타자를 '질편한 논바닥'으로 끌어내려 함께 '흙 뒤발'이 되는 것이다. 이시백의 소설이 선사하는 걸쭉한 웃음은 여기에서 나온다.

이 웃음은 대상을 감싸 안는 따스한 마음에서 발원한다. 상대를 배격하거나 공격하는 의미보다는 자신의 삶의 터전으로 대상을 끌어들이는 행위에서 나오는 유쾌한 웃음이기 때문이다.

2. 쓰디쓴 웃음

한편, 등장인물이 스스로의 과욕을 질책하는 행위에서 발산되는 쓰디쓴 웃음 또한 농촌 현실의 요지경을 투시하는 작가의 독특한 미적 응전 방식의 하나이다. 「복(伏)」의 결말에서 반공용사 최건출은 논바닥에 거꾸로 굴러떨어져 진흙 뒤발이 된다. 월남 참전용사회 회장인 최건출은 정부 보상을 기대하고 맹호 고엽제 전우회 회장을 겸하여 맡기로 한다. 그러던 중 자율방범대가 쓰던 컨테이너를 두고 해병 전우회와 충돌한다. 이 과정에서 젊은이들에게 망신을 당한 최건출은 자신의 과욕을 곱씹어본다.

> 빨리 집에 들어와 열무 뽑아온 거나 다듬으라는 악다구니에 온종일 땀에 절어 파장아찌가 된 몸을 부지런히 움직여 걸음을 독촉했다. 한잔 걸친 낮술에 오랜만에 짚은 목발이 여간 거북한 게 아니었다. 늘 오토바이를

다리 삼아 다니다가 이렇게 무슨 집회 행사나 있는 날이나 짚는 목발질이 가뜩이나 좁은 논두렁을 더욱 위태롭게 했다. 그 와중에서도 밀린 외상 술값을 어떻게든 사무국장에게 쪼개 내도록 할 궁리에 정신을 빼앗긴 최건출의 몸이 기우뚱하는가 싶더니 이내 거꾸로 논바닥으로 굴러떨어졌다. 목발은 멀찌감치 날아가고, 질펀하니 온몸에 진흙 뒤발을 한 채 논두렁에 배를 깔고 기어오르던 최건출은 용두산을 이제 막 넘는 저녁 개가 벌건 혀를 내미는 걸 하염없이 바라보았다.

"복날 먹 한번 션허게 잘 감었네."

농약 냄새가 분명한 논물에 축축하니 몸을 적신 최건출이 여전히 납작하니 몸을 엎드린 채 뉘 들으랄 것도 없는 말을 중얼거렸다.(「복(伏)」, 75~76쪽)

'머리 허여지면 욕심부텀 쏠어버려야' 한다는 자각과 함께 오는 이 '쓴 웃음'은, 최건출을 맹호 고엽제 전우회 회장으로 부추기고 '밀린 외상 술값' 걱정하게 한 장본인인 사무국장 전충국의 '헛웃음'으로 이어진다.

「개 값」은 '개 값 한번 오지게 문' 전충국의 에피소드를 다루고 있는 작품이다. 개에 얽힌 사연과 농촌의 현실이 포개지며 진한 여운을 남기는 작품이다. 자신이 기르던 '흰둥이'가 아랫집 강아지를 물어 다치게 하는 사건이 발생한다. 이 개의 치료 비용 때문에 충국은 전전긍긍한다(이러한 에피소드와 베트남 전쟁 시 겪었던 개에 얽힌 이야기를 겹쳐놓은 작가의 솜씨는 전충국의 처지를 효과적으로 형상화하는 데 기여한다). 이에 전충국은 베트남에서 데려온 예비신부 수안의 오빠 쿠엔에게 아랫집 강아지를 훔쳐오라고 시킨다. 쥐도 새도 모르게 없애버릴 생각이었다. 하지만 문제가 발생한다. 쿠엔이 경찰에 붙잡힌 것이다. 이를 계기로 수안과 쿠엔의 관계가 드러난다. 수안과 쿠엔은 부부 사이였던 것이다. 수안은 남편인 쿠엔과 같이 한국에 오기 위해 쿠엔을 오빠라고 속인 것이다. 어처구니없는 상황 앞에서 전충국은 망연자실한다.

경찰서 밖으로 나선 충국은 온통 땀으로 후줄근히 늘어진 바지 속에서 자꾸 휘청거리는 다리를 길가에 선 플라타너스에 잠시 기대었다. 아까까지만 해도 밖으로 나오기만 하면 사람 시늉 못하게 패주려 했지만, 이제와 생각하니 그저 못사는 나라 것이라고 함부로 깔본 제 불찰이니 누구를 원망하랴 싶어 애꿎은 담배만 뻑뻑 빨아댔다.

참 오늘 하루가 개로 시작하여 개판으로 맺어가고 있었다. 개 값 한번 오지게 문 셈 치자고 통 크게 마음먹어보지만, 생각할수록 맥이 풀려 헛웃음만 매가리 없이 새어 나왔다. 제 남편 팔아 한몫 잡으려던 수안의 살집 좋은 얼굴 위로, 충국은 자꾸 다리 한 짝 내어주고 호강한다는 소리 듣는 최건출 회장 얼굴이 겹쳐졌다.(「개 값」, 96~97쪽)

이러한 웃지도 울지도 못할 상황에서 '그저 못사는 나라 것이라고 함부로 깔 본 제 불찰이니 누구를 원망하랴 싶어 애꿎은 담배만 뻑뻑 빨아' 대는 충국의 입에서 '매가리 없이' 새어 나오는 '헛웃음'이야말로 우리 농민의 현주소를 보여주는 한 척도이다.

「너의 희망이 무엇이냐」의 구본중 이장은 행정수도 이전으로 땅값이 오르자 텃논, 뒷산 비탈의 고구마밭까지 팔고 농사를 접는다. 생각지도 않던 목돈을 손에 쥐자 도통 농사지을 맛이 나지 않는다. 사람 일생에 돈 버는 것만큼 쉬운 일도 없다고 생각한다. 땅이란 것이 전처럼 배곯던 시절에는 오로지 논에서 쌀을 내고, 밭에서 푸성귀를 길러 식구들 배를 채우는 데 쓰였지만, 이제 쌀이나 푸성귀보다 더 많은 돈을 버는 집터며, 공장터, 골프장, 상가, 아파트 부지로 쓰이는 시대가 된 것이다. 그는 면내 다방에서는 '떳다방'들이 찔러주는 사례비를 챙기고, 마을에 들어와서는 땅주인에게 소개비를 받는다. 도랑 치고 가재 잡기인 셈이다. 그러다가 올봄부터는 아예 면사무소 앞에 있는 희망부동산에 의자 하나를 마련한다. 구 이장이 읍내에 아파트 한 채를 사두고도 여전히 마을에 눌러앉아 있는 이유가 여기에 있다.

한편, 구 이장의 아들 충식은 선산을 팔아 장사를 해야겠다고 아버지를 조른다. 기막힌 사업 아이템이 있다는 것이다. 구 이장은 '끝까지 농사 짓겠다고 거기 엎드려 지내는 것도 한심한 일이지만, 제 조상이 대대로 누워 있고, 언제고 자신도 그 틈에 누우러 갈 땅마저 배추밭처럼 팔아넘기는 것'도 마뜩지 않다. 먹고살 만하니 뿌리(출신)에 대한 집착이 생긴 것이다. 이번 가을에 이장협의회 회장 자리에 오르면 서울에 있다는 대동종친회를 찾아갈 생각이다.

그러던 어느 날 제 며느리가 노래방 도우미로 나간다는 말을 듣고, 한 걸음에 달려가 그녀를 만난다.

"아버님, 저도 이러구 싶어서 허는 게 아녀유. 아범이 말끝마다 누구네 엄마는 재테크를 잘혀서, 아파트를 넓혀 갔다느니 한몫 단단히 잡았다느니, 이런 소리를 허니 어디 가만히 집 안에 앉아 있을 수가 있어야쥬. 그렇다고 아버님두 아시다시피 즤가 학벌이 있어유, 기술이 있어유, 있다믄 그저 마을 부녀회 잔치 때, 노래 잘 헌다는 소리는 들어서, 어디 돈 벌 재간이 이것밲에 더 있어야쥬. 이것두 더 나이 들면 허구 싶어두 못 혀유. 그래두 지나 실제 나이보담 어려 보인다니께, 그나마 요 몇 년 도우미 노릇헐

수 있는 거래유."

"그려, 어려운 살림 애쓴다."

구 이장은 오히려 제 시아버지를 설득하려고 드는 며느리가 기가 막혀 긴 말을 할 수가 없었다.(「너의 희망이 무엇이냐」, 255~256쪽)

부동산 사무실을 드나들며, 허구한 날 다니던 노래방이건만 구 이장은 앞으로는 거길 다시는 드나들 수가 없을 듯했다. 집으로 돌아온 구 이장을 기다리는 또 다른 부메랑이 있었으니, 분위기 파악 못하는 아들 충식의 물색없는 사업 아이템이다.

"워딜 늦게 댕겨 오신대유?"

"내 걱정꺼정 혀 주냐?"

네 걱정이나 하라는 소리가 목구멍까지 넘어드는 걸 구 이장은 어금니에 힘을 주어 깨물고 간신히 참았다. 차마 제 색시가 노래방 도우미 노릇한다는 말은 하지 못하고 끙끙 속으로만 앓는데, 물색없기로는 심 봉사 뺨치는 충식이 무릎을 당겨 앉는다.

"아부지, 아까 말한 사업 아이템인디유."

"뭔 아이템?"

"노래방인디유. 그냥 맥없이 노래만 하는 것이 아니규, 손님덜이 원하는 대로 꾸민 도우미가 교복도 입고, 하녀 복장도 하고 나와서 왼갖 시중을 들면서……."(「너의 희망이 무엇이냐」, 259쪽)

3. 웃지도 울지도 못할……

이시백의 소설은 근대 단편소설의 묘미를 만끽하게 해준다. 탄탄한 구성, 주도면밀하게 설정된 복선, 인물의 섬세한 내면 포착, 극적인 결말 등어느 하나 흠 잡을 데가 없다. 이시백은 이러한 근대 서사 양식에 농촌공동체적 삶의 양식을 포개어놓았다. 이번에 내놓는 작품 어느 곳을 열어보아도 농촌공동체의 기반이 되는 구수한 입담(문체)을 쉽게 만날 수 있다. 작가는 근대 이전의 농촌공동체적 삶으로 되돌아갈 수도, 그렇다고자본의 논리가 지배하는 근대의 메커니즘에 투항할 수도 없는 현실을, 근대 서사 양식과 구어체의 긴장을 통해 정직하게 응시하고 있다.

「누가 말을 죽였을까」는 이야기(말/구술문화)와 소설(글/문자문화) 사이에 놓인 문제적 인물 '우칠'을 통해 우리 농촌의 현실과 농민소설의 현주소를 되새김질하고 있는 작품이다. 작가는 여러 겹의 서사를 중첩시키며농촌의 현실을 다층적으로 해부하고 있다.

(1) 그러니께, 우칠이가 누구여. 장도리로 머리를 탁 까보믄 새마을 정신이 호두알매니, 그것두 헐렁헐렁한 중국산이 아니라 신토불이 국산 것으루다 영근 알맹이가 꽉 들어찬 지도자 아녀? (…)

아, 그려. 저이가 바로 우칠이 그이여. 저그, 삽 들구 구덩이 묻는 이 말여.(「누가 말을 죽였을까」, 98~101쪽)

(2) "소설가라믄…… 오동추야 진진 밤에 전전반측헐 때, 베개 대신 끌어안구 밤 패서 읽는, 그 야그책 지어 파는 이 말이유? 참 내가 살기두 오래살았나 보네. 그간 나랏님이 팔자에 읎는 절간서 독경 읽는 거며, 옥에 간

혀 콩밥 먹는 것두 봤지만, 야그꾼을 눈앞에 보기는 첨이니 말유."(「누가 말을 죽였을까」, 104쪽)

(3) 그렇게 시작하여 말밑에 수북이 담배꽁초가 쌓일 동안 우칠이 들려준 이야기는 다음과 같았다.(「누가 말을 죽였을까」, 104쪽)

(1)은 전지적 화자(이야기꾼)가 등장하여 우칠을 소개하는 대목이다. (2)는 소설가(재명)가 'F.T.A 체결'을 앞두고 농촌의 분위기를 취재하기 위해 우칠을 만나 이야기를 듣는 장면이다. (3)은 그리하여 우칠이 들려주는 이야기를 소개하는 대목이다.

이야기는 간단하다. 우칠은 동네 부역 일 나갔다가 우연히 주위 사람들의 이야기에 끼게 된다. 소, 경운기 등 운송수단에 대한 잡담을 하다가 말에 대한 이야기가 나온다. 옛날 민씨댁 큰어른이 노상 말 등에 얹혀 다닌 적이 있었다는 이야기로 옥신각신하, 그 어른의 말이 고개를 넘다 죽어 묻힌 자리가 있다는 말이 나온다. 결국 거기를 파보기로 한다. 장비를 빌리는 과정에서 새마을 지도자 우칠은 보기 좋게 이용당한다. 우칠은 공연히 그늘 밑에 앉았다가 쉰내 나는 막걸리 한 잔 얻어 마시고는 꼼짝없이 50만 원 포클레인 삯을 바가지 쓰게 되었음은 물론 파놓은 구덩이까지 혼자 메우게 된 것이다.

"참 용하십니다. 그렇게 남들에게 이용만 당하고 살면서도 웃으시니?"
"사람 겉지 않은 것덜 허구 마는 거쥬, 뭐. 그랴두 알 사람은 다 알아줘유. 글구, 이런 일을 어제, 오늘 겪는 것두 아니니, 이젠 숫제 굳은살이 백였슈. 첨버텀 생색내려 한 일두 아니구, 이를 보겠다고 헌 일도 아니니께,

그저 돌밭 가는 황소처럼 조국을 위혀 일허는 거쥬, 뭐. 그것이 지도자로 서 당연히 혀야 헐 역사적 새명이구, 돌아가신 으르신께두 면목이 서는 일 이니께유." (…)

농약 내가 코를 찌르는 논두렁길을 위태로이 걸으며, 재명은 아까부터 목구멍에 걸쭉한 가래침처럼 들러붙어 근질거리던 말을 중얼거렸다.

그럼 너는 뭐냐?

양반이 배 내밀고 타고 다니다, 늙어 허리가 꺾어져 죽은 말과 다들 바가 무엇이더냐. 그것도 정이랍시고, 새에게 쪼이고 개에게 뜯기지 않도 록 길가에 묻어준 것만으로도 평생토록 주인 태우고 다닌 덕이라고 감지 덕지하는, 너는 도대체 말이 아니고 또 뭐란 말이냐?(「누가 말을 죽였을까」, 129~131쪽)

이렇듯, 어리숙해 보이는 '우칠'을 작가는 외면할 수 없다. 그는 계몽의 대상도 아니고, 그렇다고 풍자의 대상도 아니다. 그러니 작가(소설가/화 자)가 '그럼 너는 뭐냐?'라는 말을 속으로 삼킬밖에…….

근대 구어체 소설은 화자와 독자가 분리되는 동시에 희미한 집단적 유대에 근거해 연결되는 방식을 보여준다. 공동체적 에토스가 사라진 시 대 속에서 근대 담론 밖의 경험인 공동체적 삶을 끌어들임으로써, 고립 된 자아의 이념에 기초한 근대 동일성 담론의 서사를 대화적 맥락으로 유도하는 것이다. 문제는 근대의 속물적 가치가 지배하는 시대에 공동체 의 기억이 너무나 희미해서 있었는지조차 의심되기도 하고, 아니면 이 작품의 우칠처럼 박정희 시절에 대한 향수와 같이 왜곡된 형태로 드러나 기도 한다는 점이다.

이시백의 작품 속에 드러나는 구어체(입담)는 근대의 논리와 팽팽한 긴장감을 유지하고 있다. 그는 과거에 대한 향수를 형상화하거나 농촌공동체의 복원을 지향하지 않는다. 다만 '지금 여기'의 현실을 냉정하게 응시하고 있을 따름이다. 그의 시선이 아버지 세대에서 아들 세대로 옮겨가는 현상도 이와 무관하지 않다.

이시백은 우칠의 맞은편에 어리숙한 농민을 이용하여 이권을 챙기는 속물적 인간형을 마주 세우고 있다. 작가는 「방골 골프장 저지 투쟁위원회 — 임을 위한 행진곡」이나 「소적리 데모쟁이 — 솔아 솔아 푸르른 솔아」 「천렵(川獵)」 등의 작품을 통해 속수무책의 농촌 현실을 꼬집고 있다. 특히, 자본의 논리와 결탁하여 변질된 시위문화, 즉 보상비를 올려 받으려는 짜고 치는 고스톱 격인 데모를 날카롭게 풍자하고 있다.

하지만 이러한 메마른 현실 뒤에 음각해놓은, 다음과 같은 웃지도 울지도 못할 장면이야말로 이시백 소설의 정수(精髓)이다.

영배 할배는 지금도 읍내 철중이네 오시리 단란주점이 오픈하던 날의 소동을 잊지 못한다. 개업식이라고 방골에서도 남녀노소 할 것 없이 하루 일을 폐하고 죄다 몰려갔는데, 지금은 이장 자리를 내놓은 방골 골프연습장 이봉수 사장이 남들 다 모인 자리에 뒤늦게 나타났다. 영 생색만 내는 소주 한 박스에 치렁치렁 서낭당 금줄 매달듯 '축 개업'이라 댕기까지 매달고 나타나서는, 그러잖아도 마음이 개운찮던 마을 사람들 틈에 물색없이 끼어들어 한바탕 흔들고 논 것은 그렇다 치자.

대가리를 방개처럼 돌리며 기세 좋게 잘 놀더니, 갑자기 돌아간 제 어미 생각이라도 난 건지, 고개를 푹 꺾고 마이크를 입에 처넣을 듯 들이박고는 착 내리깔린 목소리로 왜 하필이면 그딴 노래를 불렀단 말인가. 아무리 여름내 땡볕에서 머리에 띠 두르고 열심히 불렀던 노래라지만 그게 어디 남의 집 잔치자리에서 어울리기나 할 노래인가. 그 인간은 워낙 제 기분, 제 욕심만 채우는 인간이라고 치고, 제 맘에 안 드는 노래를 불렀다 하여 마이크 든 놈 볼따구니를 쳐서 앞니 두 대를 부러뜨린 큰아들 철구 짓은 또 무슨 난데없는 봉변이란 말인가.

　사랑도 명예도 이름도 남김없이
　한평생 나가자던 뜨거운 맹세
　동지는 간 데 없고 깃발만 나부껴
　새 날이 올 때까지 흔들리지 말자

　영배 할배는 이제는 텔레비전에서 이 비슷한 노래만 나와도, 골프라는 소리와 마찬가지로 탁 소리가 나도록 채널을 돌려버렸다.(「방골 골프장 저지 투쟁위원회―임을 위한 행진곡」, 226~227쪽)

4. 스며드는 눈물

「없을 무, 암 것두 암」은 두꺼비 말석 씨의 삶의 속살을 벗기고 있는 작품이다. 되돌릴 수 없는 일을 말할 때마다 '말석이 주먹에 든 돈'이라는 소리를 할 정도로 두꺼비 말석 씨는 자린고비다. 그러한 말석 씨가 두꺼비 펜션으로 돈을 번다. 도회지 사람들이 두꺼비 펜션을 찾는 이유를 마을 사람들은 도통 이해할 수가 없다. 말석 씨는 '암 것두 읎는 게 볼만헌 게지'라고 말한다.

"겨울이믄 장작불 때서 뜨뜻헌 구들방에 왼몸이 노곤노곤허게 지짐질허지, 생전 해보지 못헌 아궁이에 불을 때보구, 쇠죽 퍼다가 오이양간에 여물도 줘보구, 여름이믄 마른 쑥 베어다가 저녁이면 멍석 깔구 모깃불 피워 놓구, 눈두덩이 진무르두룩 켜댄 즌깃불 끄구서, 최롱최롱헌 별덜이 무지극히 똥덜얼 싸대는 것두 바래보구, 새벽이믄 우물물에 쌀 일어다가 가마솥에 감자 얹은 햅쌀밥두 지어 먹구…… 좀 좋아?"(「없을 무, 암 것두 암」, 144쪽)

주위 사람들이 보기에 '내 돈 내구 죽두룩 밥 짓구, 불 때구 머슴 노릇허다 가는' 격이다. 농촌의 삶이 '여가/휴식'의 이름으로 상품화된 경우다. 도시 사람들의 허위적 생태의식을 잘 보여주는 예다. 주지하듯, 소비사회의 이데올로기는 자연을 새로운 상품 이미지와 기호로 포장한다. 자연에 대한 소비자의 향수를 자극함으로써 자연과의 가상적 유대를 만들어내는 것이다. 작가는 이러한 농촌의 상품화, 즉 객관적으로 존재하지만 더 이상 삶의 의미를 부여하지 못하는 자연에도 문제를 제기하고 있는 셈이다. 물질적으로 풍요로운 사회는 공기, 물, 음식 등 자연적 요소가 상대적으로 결핍된 사회이다. 이 결핍을 채우기 위해 문명인들은 생태공원, 박물관, 주말농장 등으로 떠난다. 그들은 노동과 매개된 삶의 일부인 자연을 거부하면서, 이상화, 관념화된 자연의 이미지에 매료된다.

농촌은 근대화의 논리에 의해 파괴된 이후, 휴식과 안식을 주는 목가적 공간으로 재구성된다. 이미지로서의 농촌은 근대문명의 물질적 풍요에 공허감을 느끼는 사람들이 증가할수록 매혹적인 대상으로 자리 잡는다. 농촌은 일상적 삶과 이질적이고 심지어 분리되어야 하는 존재로 인식되기에 이른다.

이시백의 소설에는 이러한 날카로운 현실인식과 농촌 현실을 껴안는 따스한 시선이 공존한다. 말석 씨가 살아온 삶의 속살을 보듬는 작가의 시선은 훈훈한 감동을 불러일으킨다. 3년 전 말석 씨의 아내가 병으로 세상을 뜬 일로 말이 많았다. 조금 살 만하니 덜컥 몹쓸 병으로 눕고 만 것이다. 일찌감치 큰 병원에 데려가 손을 썼으면 고칠 병을 그저 진통제만 먹으며 몇 해를 견디다가 병을 키우고 말았다는 것이다. 이웃들이 큰딸네로 기별을 해서 서울 병원으로 데려갔다. 병원서 보호자가 올라와야 한다는 연락을 받고도 이튿날 한낮은 되어서야 말석 씨는 겨우 병원에 얼굴을 내밀었다고 한다. 때를 놓쳐 수술도 못한다는 소리에 거기 모인 딸 넷이서 울음바다가 되었어도 말석 씨와 장본인은 멀뚱멀뚱 창만 쳐다보며, 여태껏 나온 병원비 걱정만 하더라는 소리가 이웃에 낭자하게 퍼졌다. 항암 주사라도 맞추며 방사선 치료라도 해 보자는 말을 받아냈지만, 말석 씨가 일주일 만에 안주인을 데리고 서둘러 집으로 내려왔다고 한다.

하지만 말석 씨의 속사정은 다르다.

"다 가난이 죄여."

"그려, 가난이 죄이구말구. 마누래두 그리 생각혔어. 자식 잡은 것이 다 돈이 읎어서라구 생각허는 거여. 남덜은 내보구 돈에 미쳤다 허지만, 그러지 않음 배겨내질 못혔어. 잠시만 방에 들어앉아두 죽은 자석을 생각해보라믄서, 비 오는 날에두 밭으루 끌려나갔어. 막걸리 한 됫박이라두 내 돈으로 사 먹은 날은 밤새두룩 볶아대는 바람에 증말이지, 워디 가서 은어나 먹으믄 모를까, 여즈껏 큰맘 먹구 고기 한 칼, 술 한 잔 맘 편히 사 먹은 즉이 읎어." (…)

"벵원서도 그예 집에 내려가자구 링게루 뽑아버리구 뛰쳐나간 거여. 살 만큼 살았는디, 애털헌티 못헐 짓 시키구 짐되기 싫더구 그냥 집으로 내뺐

거여. 이젠 그러지 않아두 살만큼은 되었다구 혀두 소용이 옰어. 멀쩡한
자석 잡아묵구 이날꺼정 살아온 것만두 면목옰는 짓이라믄서……."

　한꺼번에 들이켠 막걸리에 찌꺼기라도 잠겨 있어 목에 걸렸는지 뒷말
을 잇지 못하고 컥컥거리는 바람에 모두 고개를 들어 말석 씨를 돌아보았
다. 그리고 그 자리에 모인 이들은 육십 평생을 밤낮으로 붙어 지내면서도
본 적이 없던, 심지어 그 집 안주인이 세상을 뜨던 날도 보지 못했던 말석
씨의 눈물이 두꺼비 같이 껌벅이는 통방울눈에서 그렁그렁 고여 나와 소
리도 없이 볼을 타고 줄줄 흘러내리는 걸 처음으로 보았다.

　"맞어. 다 옰는 게 죄여. 없을 무, 암 것두 암, 암 것두 옰는 무암리 새램
들 다 겪은 일이여."(「없을 무, 암 것두 암」, 160~161쪽)

　작가는 아무것도 없는 무암리 농민들의 비애와 그것을 팔아서 살 수
밖에 없는 아이러니한 상황을 두꺼비 말석 씨의 삶의 속살과 포개어놓는
다. 말석 씨의 '두꺼비 같이 껌벅이는 통방울눈에서 그렁그렁 고여 나와
소리도 없이 볼을 타고 줄줄 흘러내리는' 눈물이 무암리 사람들은 물론,
텍스트 너머 독자들의 마음에까지 스며드는 감동적인 장면이다.

새로운 가족의 탄생
혹은 아버지의 '경이로운' 귀환

—박범신, 『소금』

등단 만 40년 되는 해에 내놓은 마흔번째 장편소설, 박범신의 『소금』(한겨레출판, 2013)은 낯설지 않은 주제를 동시대적 감수성으로 새롭게 조명하는 박범신 특유의 서사감각이 돋보이는 장편이다. 문학 본연의 가치를 시의적절한 문제의식으로 벼리는 날카로운 현실인식 또한 돌올하게 빛난다. 최근 몇 년 동안 의욕적으로 발표한 작품들과 더불어 우리 소설사의 한 정점(頂點)에 이른 문제작이라 할 만하다.

　『소금』은 '가출하는 아버지'와 그 아비의 삶을 추적하는 자식들의 이야기다. 삼대에 걸친 아비들의 삶이 촘촘한 서사의 그물망에 종과 횡으로 스미고 짜인다. '아비 찾기' 혹은 아버지와 아들의 '인정투쟁.' 우리 소설사에서 그리 낯설지 않은 테마이다. 우리 소설은 아버지의 권위에 도전하여 좌절하는 아들의 비극적 운명, 아버지의 권위를 거부한 아들이 결국 아버지와 유사한 세계를 창조하고 마는 역설적 상황 혹은 어머니의 품속으로 투항하는 아들의 모습 등을 즐겨 다루어왔다.

박범신은 '지금 여기'에서 다시 아버지의 운명을 문제 삼는다. 아버지는 상징과 권위를 잃어버린 지 오래다. '자본주의적 폭력성'에 상처받고 고통받는 평범한 소시민의 하나일 따름이다. 아비는 '염부 1'이자 '노동자 1'이다. 『소금』에서 아비는 혈연의 굴레를 벗어던지고 길을 떠난다. 작가의 말대로 아버지는 집으로 돌아오지 않는다. 하지만 더 '큰 집'을 짓고 흩어진 자식들을 불러들인다. 새로운 아비의 탄생이자 "경이로운" 귀환이다.

선명우(아비)에게 가정은 안식처가 되지 못한다. 그는 아내와 세 딸의 '통장'으로서의 삶을 살았다. 세상의 수많은 아버지가 그러하듯 선명우는 "젊은 날, 주체적으로 살지 못"했다. 그는 가족을 살려야 하는 막중한 책임감으로 학창시절을 버텼으며, 애틋한 첫사랑의 사연을 가슴에 묻고 청춘을 견뎠다. 시(詩)와 노래에 대한 꿈을 뒤로한 채 애정 없는 결혼을 했다. "개인의 고유한 꿈은 철저히 유폐시킨 채 오로지 복종하고, 일하고, 부조리한 사회구조에 철저히 빌붙어 지내지 않으면 안" 되었던 것이다. 그에게 가정은 "사랑하는 사람을 평생 곁에 두고 살지 못한" 자신과 "사랑하는 사람을 평생 곁에 두고도 다 갖지 못한" 아내 그리고 "받는 관계에만 길들여져 있어" "어떻게 서로 사랑하고 의지"해야 하는지를 모르는 세 딸로 구성된 황폐한 사막일 뿐이다.

『소금』은 이러한 아버지와 연관된 애틋한 풍경 몇 가지를 음각하며 우리 소설사의 새로운 페이지를 열어젖히고 있다. 먼저, '아비의 아비' 세대와 관련된 풍경이다. 선명우의 가출 동기에 주목해보자. 선명우의 아버지는 근대적 의미의 노동자라 할 수 있다. 평생 '염전'을 떠나지 못한 그는 "세계가 주입해준 대로 소금이 오직 '밥'이라 생각"하며 살았다. '가난' 탈출을 위해 교육에 몰입한 이른바 산업 역군 세대이자, 아들의 성공을 위해 온갖 굴욕을 견딘 희생적인 부모의 전형이다. 하지만 이러한 아비의 욕망은 자식을 자본의 시스템에 안착시켜 그 시스템의 유지에 복무시키는 결과를 초래했다. 그의 아이러니한 죽음, 즉 소금을 생산하는 염부가 몸속 염분이 부족해 사망한 예는 자신이 만든 상품으로부터 소외되는 노동자의 비극적 삶을 극명하게 보여준다. 이 아비의 아이러니는 근대 노동자의 비극이다. 선명우는 이러한 아버지의 죽음을 외면한 채 하루하루를 살았다. "기억의 혀가 마비"되어 의식에서 삭제된 것이다. 아들은 아버지의 삶(죽음)을 외면함으로써만 가까스로 아버지의 소망에 다가갈 수 있었다. 비루하고 역설적인 삶이다. 이는 아들(선명우) 또한 아버지와 동일한 삶의 궤적을 걸어가고 있음을 암시한다. 아버지를 부정하는 패륜의 길을 걸었지만 아들은 아비가 살았던 삶의 방식에서 한 발짝도 벗어나지 못한다. 아이러니한 점은 이러한 아들의 모습이 아버지가 그토록 원하던 성공한 삶과 그리 멀리 떨어져 있지 않다는 것이다.

선명우의 가출은 아비에 대한 "기억의 봉인"을 뜯는 순간 이루어진다. 기억을 마비시킨 트라우마에 응전하는 순간, 새로운 삶의 길이 열린다. 이는 아버지의 삶을 이해하는 행위(끌어안음)임과 동시에 아버지와 같은 삶을 살지 않겠다는 다짐(넘어서기)에 다름 아니다.

자식에 의해 부정된 아비는 고스란히 아들의 삶에 스며들어 다시 부정되어야 할 운명에 놓인다. 부정의 부정이다. 작가는 이러한 과정을 통해 아버지와 아들을 동시에 끌어안는다. 박범신은 아비 세대를 외면하지도 그렇다고 무조건 긍정하지도 않는다. 이른바 타고 넘는다. 이는 자식에게도 동일하게 적용된다. 아비를 부정한 자식은 스스로를 부정하며 다시 아버지의 삶에 다가간다. 하여, 『소금』은 아버지와 아들 사이의 공감과 소통의 이야기이자, "생명을 살리는 소금" 같은 소설이다.

다음으로, 가족과 얽힌 아비의 슬픈 자화상을 따라가보자. 『소금』은 가족의 신화를 가로지르는 자본의 논리를 전경화하고 있다. 우리 소설은 가족의 문제를 꾸준히 다루어왔다. 은폐된 가족 이데올로기의 허상을 폭로하면서 불륜, 이혼 등의 이야기를 서사의 전면에 내세워 가족의 신화를 의도적으로 전복해왔으며, 황폐화된 현실을 직시하고 이를 극복하기 위해 가족공동체적 유대에 바탕한 향수를 환기하는 작업도 지속적으로 제기되었다. 이들의 성과에도 불구하고 가족에 대한 담론만 무성하고 진지한 접근이 부족하다는 인상을 지울 수 없다. 가족 이데올로기가 상대적이고 우연적인 역사적 산물이고, 자본주의 체제의 상상적 근거라는 사실을 폭로하는 것만으로는 부족하다. 그렇다고 일그러진 가족의 모습을 적나라하게 응시하며 가족에 대한 불온한 희망을 질타하는 시선이나 가족에 대한 희망을 포기하지 않으려는 노력의 소중함을 과소평가하려는 것은 아니다. '안식처이자 구속'인 가족의 양면성과 가족의 현재적 의미 (전면적으로 거부하지도 그렇다고 인정하지도 못하는 아포리아)를 정직하게 수용하며 가족 시스템의 내부와 외부를 동시에 사고하는 자세가 필요하다.

박범신은 이 작품에서 자본의 논리에 의해 해체되는 가족의 실체를 응시하며 이를 창조적으로 재구성하려는 의지를 보여주고 있다. 선명우의 가정에서 "어머니는 일종의 자본가였고, 아버지는 어머니와 세 자매의 몸종이나 청지기 같은 존재"였다. 작가는 "정치적 독재의 어두운 터널"을 지나 "그보다 훨씬 더 정교하고 혹독"하게 구조화된 "자본의 독재 프로그램"을 냉철한 시선으로 해부한다.

가출 전의 그는 빨대 하나 들고 세상의 구조에 충직하게 복무했다. 만족은 오지 않았다. 불가사리 같은 자본 중심의 체제에 기생해 그 역시 빨대를 꽂고 죽어라 빨았으나, 넷이나 되는 처자식이 그의 몸뚱이에 빨대를 또한 꽂고 있었으므로 그가 빨아올리는 꿀은 늘 턱없이 모자랐다. 모자라면 더욱 몸이 달았다. 그 체제는 그에게 약간의 꿀을 제공하는 대신, 그를 계속 노예 상태로 두고 부려먹기 위해 그의 후방에 있는 처자식을 끊임없이 부추겨 그가 빨아오는 꿀을 더 빨리 소모시키도록 획책했다. 회사의 매출이 10으로 늘어나면 '단맛'에 길들여진 가족들의 소비 욕구는 어느새 100이 되었다. 회사와 회사를 거느린 체제가, 그에게 10을 주고 뒷구멍에서는 그의 가족들이 100의 욕구를 갖도록 끊임없이 획책했다는 것을, 그는 가출하기 전엔 몰랐다. 그가 죽어라 빨대를 꽂아 빤 10의 꿀은 빚까지 보태 가족들에게 100으로 빨렸고, 그 100은 다시 고스란히 회사와 회사를 거느린 체제 안으로 되돌아가는 방식이었다.

체제의 입장에서는 아주 효율적인 구조였다.(『소금』, 330쪽)

특히, "'핏줄'이라는 이름으로 된 빨대는 늘 면죄부"를 얻는다. "빨대로 둔갑"한 사랑은 "핏줄"의 이름으로 정당화된다. 작가에 따르면 이러한 "체제가 만든 덫"의 "일차적인 표적"은 바로 "아버지"이다. 따라서 "가족들이 거대한 소비 체제에 들어 있는 한 아버지에겐 그 체제를 방어할 항거 능력이 전무"하다. 나아가 "더 큰 나라가 더 작은 나라를 빨고, 더 힘센 우두머리가 힘없는 졸개들을 빠는" "자본주의적 세계 구조"라면 더더욱 그렇다.

익히 알려진 사실이 아니냐고, 알지만 어쩔 수 없지 않느냐고 항변할 수도 있겠다. 그렇다고 절망의 비가(悲歌)에 만족할 수만은 없다. 또한 저

화려하고 난해한 '말'들의 유희적 담론이 '자본의 폭력적인 구조'에 효율적으로 응전하고 있다고 보기는 어렵다. 머리로는 이해되지만 가슴으로는 공감하기 어려운 것 또한 사실이다. 이 머리와 가슴 사이의 간극이야말로 서구의 날씬한 이론을 무비판적으로 수용하는 문단 일각의 성급함에 대한 우려와 불편함의 기원이리라.

마지막으로 새로운 모습으로 귀환하는 아비의 모습을 일별해보자. "실천보다는 관념과 말이 앞서 보이는"(김경원) '지금 여기'의 경박한 현실에서, 『소금』은 꺼져가는 "혁명의 불씨"를 되살리고자 한다. 선명우는 '가출'하여 새로운 길을 모색한다. 선명우를 가출로 이끈 '소금더미'는 기존의 가족과 새로운 가족, 자본의 논리가 관철되는 삶과 자본의 시스템 너머의 삶을 매개하는 이미지이다. "처자식"의 곁으로 돌아가려는 선명우의 소매를 잡은 "조그마한 계집아이"의 손(혹은 그의 어깨를 잡은 "악귀의 그것 같은 손")은 그를 "자본주의적 체제의 정교하고 잔인한 프로그램에서 놓여난 삶"으로 이끈다. 선명우는 "핏줄"의 신화를 넘어선 새로운 가족을 꿈꾼다. "핏줄이라는 이름의 맹목적이고 소모적인 관계망"을 벗어던진 것이다. 박범신은 이미 이러한 유형의 가족을 여러 차례 선보인 바 있다. 국경과 인종을 초월한 연대의 공동체(『나마스테』), 혈연을 넘어선 공감의 가족(『비스니스』), 문학을 매개로 한 애증의 사제 관계(『은교』) 등이 그것이다.

『소금』의 그것은 전작에 비해 전면적이다. 작가가 그리고 있는 "멋진 중창단"의 구성원들을 일별해보자. 폭력적이고 가부장적인 아버지를 떠나 가출한 함열댁(절름발이), 열네 살이지만 유치원생 정도의 키밖에 안 되는 구루병 환자 신애(공중변소에서 주워 기른 아이), 실명(失明)으로 진행되는 선천성 병을 지닌 일곱 살 지애(채운산 기슭에 버려진 아이), 그리고 사고로 전신마비가 되어 누워 지내는 김승민(사고가 나기 전까지는 폭력적인 가장이었다). 선명우는 이 가족의 구성원이 되면서 "생산력과 소비라는 이름의 거대한 터빈 안에서 불안과 어지럼증에 시달리"던 과거의 삶을 탈피한다. 그는 "핏줄을 나눈 형제나 부모 자식이라도" 그렇게 하기 힘들 정도의 한결같은 사랑으로 가족을 돌본다. 그는 기꺼이 "돈키호테"(꿈꾸는 사람)가 되고자 한다. 선명우는 "생산성의 폭압적인 가치"를 버리고 "자연주의적 정성의 집결체로서 사람을 살리는 소금", 즉 "토판염"을 생산한다. "죽염 공장"도 세울 "예정"이다. "생산성이라는 사슬"을 끊고 "한국산 토종 소금을 가지고 남은 생애에 한번 결판지게 놀아보고 싶은 꿈"을 꾼다. 거대한 자본주의 체제에 한 개인이 "맞장 뜨는" "경이로운" 장면이다.

박범신은 이러한 선명우(아버지)의 삶을 중심축으로, 그의 삶을 추적하는 딸(시우)과 화자(작가)의 서사를 교직시키고 있다. "결혼할 마음이 없는 남자 친구"를 원하는 시우와, "결혼보다 아버지 되는 게 더 싫"은 화자는 기어코 관계를 맺고 아이를 갖는다(물론 선명우의 삶이 이들의 만남을 매개한다). 시우와 화자가 꾸려갈 공감의 보금자리는 그들의 '아비' 세대, 나아가 '아비의 아비' 세대를 넘어서는 희망의 씨앗을 품고 있다. 선명우는 이 '새로운 아비(어미)들'의 아버지, 즉 "그 애들을 키웠고" "지금은 따로 살 뿐"인 아비로 돌아오는 것이다.

새로운 가족의 탄생이자 아비의 "감동적인" 귀환이다.

삶의 무게를 견디는 추억의 서사

—이동하,『매운 눈꽃』

이동하의『매운 눈꽃』(현대문학, 2012)은, 시적 분위기의 제목이 암시하듯, 서정과 서사가 공명하는 작가의 내면 풍경을 아름다운 무늬로 직조하고 있다. 서사의 세계(삶의 무게)를 뚫고 분출되는 내면의 목소리에는 시(서정)의 세계에 경의를 표하는 소설가의 모습이 음각되어 있다.

　서사는 결핍을 채워가는 궤적이다. 상실한 어떤 순간을 향해 미끄러져들어가 그 결핍을 메우려는 욕망의 발현이다. 그 풍경 속에 영원히 머물고 싶지만 그럴 수 없다. 순정한 추억(서정)의 세계는 서사의 그물망에 포획되어 어깨를 짓누르고 있는 삶의 무게를 가볍게 해줄 수 있을 따름이다. 소설은 늘 시의 꽁무니에 간신히 매달리기 마련이다. 상실된 가치를 부여잡고 '지금 여기'의 삶을 심문하는 양식이 소설이다. 상실한 순간의 이미지가 전경화되고 서사성이 작품의 배면으로 가라앉을 때 소설은 시를 닮아간다.

이동하는 섬광처럼 왔다가 사라지는 추억의 파편들을 빼어난 감각과 장인정신으로 서사화하는 데 성공하고 있다. 파편적이고 단편적인 이미지나 에피소드를 디테일한 묘사나 감각적 비유를 통해 효과적으로 구조화함으로써 과거의 기억에 함몰되는 위험에서 벗어난다. 그의 소설에는 서정과 서사가 한몸으로 결합되어 있는 듯하다. 마치 언어와 언어 너머의 세계가 동시에 현시하는 느낌이다.

기억은 과거 속에 매몰된 유토피아의 흔적을 수용하고 조직할 수 있는 거리를 제공하는 장치이며, 또한 그것이 가진 불충분함을 보충해줄 수 있는 생성적인 요소이다. 이동하의 소설은, 특히 이번 작품집의 경우, 유년시절에 파괴된 충족의 공간을 기억에 의존해 되찾으려는 욕망의 발현이다. 결핍 체험은 세계(전쟁)에 의한 자아의 훼손이 압도적이었다. 자아의 눈뜸은 외부 세계에 대한 극단적 대치감정을 유발하였다.(어둡고 비정한 그의 작품세계를 떠올려보라!) 그에게 소설(글쓰기)은 자아의 훼손을 충족시켜줄 대상을 찾아나서는 여정이자 집을 떠나 방황하는 '길 위의 삶'의 기록이다.

어느덧 길 위의 여정이 순환의 궤적을 그리고 있는 듯하다. 출발점에는 원초적 결핍 체험을 지닌 유년의 자아가 있고, 도착점에는 결핍의 체험을 내면화하여 현실과 균형을 이루려는 성숙한 자아가 서 있다. 그 사이에 '길 위의 삶'(소설)이 놓여 있다. 글쓰기는 세계에 대한 근원적 불화를 서사 구조를 통해 되씹어보고 반추해보는 과정이었다.

『매운 눈꽃』은 아련한 서정의 향취를 물씬 풍긴다. 서정성은 근원적 결핍과 화해하려는 욕망과 긴밀한 연관을 가진다. 이번 소설집이 성취한 서정적 아름다움은 그의 글쓰기가 거쳐온 철저한 서사성으로 인해 더욱 더 빛을 발한다.

현재에서 과거를 회상하는 정서가 이번 작품집을 지배하고 있다. 과거에 강조점이 주어졌을 때 아련한 추억의 세계(서정의 세계)가 전경화되면서 서사성이 배면으로 가라앉는다. 한편 현재의 삶이 고개를 들면 들수록 그만큼 서정성은 뒤로 물러난다.

　「천수 아재를 추억함」은 화자의 유년시절(1950년대)에 대한 추억을 다루고 있다. 추억의 실마리가 노래, 즉 '영혼 깊이 새겨진 가락'의 파편이라는 점은 의미심장하다. 서정적 풍경이 화자를 그 시절의 추억으로 이끌고 있는 셈이다. 하지만 작가는 추억의 세계에 함몰되지 않는다. 이는 회상하는 화자의 균형 잡힌 시각에서 비롯된다. 그리움과 절망감이 뒤엉킨 화자의 양가적 내면은 '천수 아재'의 삶을 효과적으로 길어올리고 있다. 파편적인 기억의 조각으로 제시된 '천수 아재'의 삶은 '전쟁→총소리→얼이 빠짐→마을 공동의 머슴→순진무구함→성적 욕망→죽음'으로 재구성되면서 과거와 현재의 삶을 동시에 심문하는 데기여하고 있다. 전쟁의 상흔이 작품의 배면으로 잔잔하게 가라앉아 있지만 그 울림의 파장이 의외로 큰 이유도 이와 무관하지 않다. 서정적 풍경을 서사화하는 역량, 즉 과거의 추억을 현재적 삶을 심문하는 방향으로 조준하는 솜씨가 돌올하다.

　「매운 눈꽃」은 대학시절(1960년대 중반)을 회상하고 있는 작품이다. 작품의 배경이 1950년대를 그리고 있는 「천수 아재를 추억함」보다 더 구체적이다. 현재를 살아가는 화자의 삶 또한 보다 구체적으로 제시되어 있다는 점에서 서사성이 강화된 모양새다. 하지만 '가슴은 뜨겁고 발끝은 시린' 화자의 대학시절은 여전히 서정의 영역이 지배하고 있다. 작가는 순정한 사랑의 추억을 전경화하고 있다. 화자는 박선희를 〈나의 구두〉라는 그림(이미지)으로 기억한다. 이들의 교감은 말(서사)을 넘어선 지점, 즉 '이제 막 길을 나서려는 주인의 순정한 마음'을 매개로 이루어진다. 이러한 소통의 영역은 서사적 세계의 언어(말의 폭력)에 의해 붕괴된다. 순정한 서정(꿈)의 세계가 붕괴된 이후, 취업 – 결혼 – 이혼으로 이어지는 삶의 무게(서사의 세계)가 화자의 삶을 짓누른다. 이러한 객지 생활의 곤고함을 견디게 해준 것은 시 쓰기였다. 화자가 출간한 시집을 통해 선희가 찾아온다. 잊고 있었던 시적 세계의 방문이다. 선희(시의 세계)는 고단한 삶의 무게를 위무하는 역할을 한다. 그녀는 서사의 세계에 짓눌린 화자의 순정한 열정, 즉 '내면 깊숙한 동토에 얼어붙어 있는 눈꽃'을 상징한다. 이 '매운 눈꽃'을 환기하며 삶의 무게를 견디는 일이야말로 소설의 슬픈 운명이 아닐까? 작품이 딱 거기에서 멈춘다는 점에서 이동하는 천성적인 소설가다.

「내 안의 슬픔」은 과거보다는 현재에 비중을 둔 작품이다. 순정을 짓누르는 삶의 무게(서사의 세계) 때문에 '눈물'을 잊고 살아온 화자의 삶이 생생하게 그려져 있다. 서정을 압도하는 서사적 삶의 비애가 잔잔한 파문을 일으킨다.

「아름다운 환멸—시인의 연보」는 한 시인의 삶을 기리고 있는 소설이다. 시의 꽁무니를 좇는 서사의 실루엣을 투영하고 있는 작품이다. 시적 열정 곁에 머무르려는 소설의 욕망이 진솔한 어조로 드러나 있다.

> 그렇게 끝나리라는 것을 모르고 떠난 길이 아니었다. 그럼에도 불구하고 기다려주는 누군가가 꼭 있으리라는 희망과 믿음을 껴안고 오직 그리움 하나로 밀고 나가는 여정이었던 것이다.(「아름다운 환멸—시인의 연보」, 101쪽)

여정의 끝은 환멸일지라도, 시인은 멈추지 않고 '그대'를 찾아 길을 나선다. 작가는 소설로 시인의 '길 떠남'에 응답한다. 이는 가난으로 대변되는 성장기의 상처를 잊고 살아온 자신의 삶을 성찰하는 행위에 다름 아니다.

「자망이 이야기」 또한 서정 장르의 속성을 투영하고 있는 작품이다. 화자는 자망이(개)의 세계에 자신의 삶을 되비추어 본다. 이는 순정한 대상을 통해 삶의 무게(서사의 세계)를 정화시키려는 서정 욕망을 반영하고 있다. 나아가 화자는 인간 세계의 순치되지 못한 야성, 즉 끊이지 않고 되풀이되는 잔인하고 무자비한 폭력의 세계 또한 순치시키고자 한다.

「감나무가 있는 풍경—자전적 소설」에는 그의 글쓰기를 추동해온 유년시절의 기억이 감나무의 상징으로 드러나 있다. 그 시절은 빛깔, 냄새 등 한 폭의 선명한 그림으로 기억된다. 이는 '노래'(「천수 아재를 추억함」), 〈나의 구두〉(「매운 눈꽃」)와 유사한 풍경이다. 감나무와 얽힌 추억을 '봄→여름→가을→겨울', 즉 계절의 순환으로 포착하는 아름다운 장면을 떠올려보라. 이렇듯, 과거는 눈부시게 아름다운 서정적 풍경으로 되살아난다. 이러한 안온한 시적 세계는 외부의 충격(전쟁)으로 인해 붕괴된다. 전쟁의 소용돌이 속에서 화자는 시적 세계를 떠나 '길 위의 삶'(서사적 세계)을 시작한다. 이 '길 위의 삶'은 돌아갈 수 없는 고향의 세계를 꿈꾸며 현실을 견디는 고단한 여정이었다.

이제 화자는 '길 위의 삶'을 마무리하고 안온한 고향(서정)의 품에 안기고 싶어 한다. 그는 '문막읍 어느 산골'에 집을 짓고 '감나무 두 그루'를 사다 심는다.

새집으로 이사를 온 첫날, 밤하늘 아래 서 있던 마음이 그랬다. 섬뜩하리만치 별빛이 맑은 하늘이었다. 바로 머리 위에 북두칠성이 있었다. 은하가 쏴아 쏴아 소리를 내며 금세 가슴을 흠뻑 적셨다. 저 어린 시절의 하늘이 거기에 있었던 것이다! 그랬다. 생각하면, 이향 이후 긴 세월 동안 고향 마을과 그곳 집을 늘 마음에 품고 살았다. 그러므로 지난 삶이란 낯선 곳에서 한사코, 고향 집을 찾으려는, 그러므로 결코 이룰 수 없는 여정이었던 셈이다.(「감나무가 있는 풍경—자전적 소설」, 126~127쪽)

그 시절의 고향으로 돌아갈 수는 없다. 하지만 자연(별빛)의 품속에서 고향을 새롭게 창조할 수는 있다. 그런 의미에서 이 또한 귀향이라 할 수 있다. 인용 대목은 '감나무가 있는 풍경'의 파괴가 절망이 아니라 오히려 희망의 지렛대였음을, 그 결핍을 벌충하려는 욕망이 오히려 소설의 추동력이 되었음을 보여준다. 근원적 결핍을 글쓰기를 통해 치유하려는 욕망의 발현이었던 셈이다. 하여 그에게 소설은 고향(꿈)을 파괴한 세계와의 대결을 통하여 개인의 실존을 확인하는 과정이었으며, 서사 욕망과 서정 욕망이 길항하는 전장(戰場)이었다.

'생의 끝자락에서 맞닥뜨린 저 도저한 허무 앞'에서 작가는 이제 '농부'의 모습으로 서 있다.

생의 끝자락에서 맞닥뜨린 저 도저한 허무 앞에 우리는 어떻게 맞설 것인가? 시인은 인간의 근원적 비극을 노래함으로써, 농부는 잡초 무성한 땅에 씨를 뿌리고 가꿈으로써 그것을 극복한다. 농부에게 파종은 미래의 기약이면서 강력한 자기 존재 증명인 것이다.(「시인과 농부」, 196쪽)

'잡초 무성한 땅에 씨를 뿌리고 가꿈으로써 그것을 극복'하는 건강한 '농부'의 언어를 기대해보기로 하자.

'끝없이' '그리운' 그 '뜨거운 가슴'
— 방현석, 『그들이 내 이름을 부를 때』

정직? 진정성? 그런 윤리적인 말보다는 좀 더 깊은 정신적인 차원에서
의 어떤 순수함이랄까, 순정…? 투명함 같은 것이 근태에게는 있었어요.
근태는 그런 눈으로 세상을 보고 사람을 대했어요.(『그들이 내 이름을 부를
때』, 109쪽)

1. 뜨거운 가슴

요즘 평전을 즐겨 읽는다. 시대의 격랑을 헤쳐간 문제적 인물의 삶과 이
를 추적하는 기록자의 시선에 공명하며 '지금 여기'의 삶의 의미를 소환
하는 팽팽한 긴장감이 책에서 쉽게 손을 떼지 못하게 한다. 기록자의 섬
세한 손길에 의해 대상 인물이 평범한 인간의 자리로 내려앉는 모습 또
한 뿌리칠 수 없는 평전의 매력이다.

방현석의 『그들이 내 이름을 부를 때』(이야기공작소, 2012)는 이러한 평전의 느낌을 주는 소설이다. 방현석은 민주주의자 고(故)김근태를 우리들의 옆자리로 불러온다. 작가의 손길에 의해 김근태는 "숨을 쉬고, 느끼고, 괴로워하고, 사랑하며 살아 있는 인간"(뭉크)으로 다시 태어난다.

　　그렇다면, 그 어떤 "윤리적인 말보다"도 "좀 더 깊은 정신적인 차원"의 "순수함"을 지녔던 한 인간의 삶을 그리려는 소설가의 마음은 어떨까? 특히, "1985년 겨울" "스물네 살"의 청춘을 뿌리째 뒤흔들었던 바로 그 인물이, "이십육 년"이 지난 후 소설의 주인공으로 누워 있다면 말이다. 이 "이십육 년"의 간극을 어떻게 메울 것인가? 이는 온전히 기록자(소설가)의 몫일 터이다. 방현석은 자신에게 주어진 이 글쟁이의 가혹한 운명을 『그들이 내 이름을 부를 때』를 통해 묵묵히 실행하고 있다.

　　그가 조용히 어루만지고 있는 인물은, 고뇌하고 방황하는 주인공, 마음먹은 바를 실천하기 위해 노력하는 인물, 누구나 알고 있지만 행동으로 옮기지 못했던 일을 묵묵하게 실천하는 인간, 인간으로서의 자존심을 지키기 위해 몸부림쳤던 "뜨거운 가슴"의 휴머니스트이다.

2. 박정희

민주주의자 김근태에게 박정희는 민주주의의 적(敵)이자 넘어야 할, 기어코 넘어선 거대한 산이다. 방현석은 박정희에 맞서는 김근태를 살아 숨 쉬는 인간으로 부활시키고 있다. 우리는 여기에서 한 양심적 청년이 어떠한 과정을 거쳐 민주주의의 수호자로 거듭나는지 생생하게 목도하게 된다. 고등학교 시절 김근태는 시위에 나가지 않는 소수의 학생 중 하나였다. 그는 한일협정 반대 투쟁을 외면했는데, 이는 윤보선에 대한 반감 때문이었다. 어린 김근태는 윤보선보다 박정희가 더 마음에 들었다. 심지어 "자신이 인정해준 박정희를 빨갱이로 모는 데 급급"했던 무능한 인물을 따라 시위에 참여하는 동료들을 마음속으로 경멸하기까지 했다.

이러한 학생으로서의 자의식은 역사에 대한 재인식을 통해 흔들리기 시작한다. 그는 경제학을 전공했는데, 외국에 가서 더 배우고 돌아와 우매한 민중을 깨우쳐 잘살게 해주어야겠다고 생각했다. 우리 민족의 역사에 무지한 "내 안의 식민지"에서 살고 있었던 것이다. 이 "내 안의 식민지" 극복하기는 박정희 넘어서기와 동궤에 놓인다. 박정희는 "일본 군복을 벗어던지고 광복 군복으로 갈아입었"지만 거기에 대해 단 한마디의 "해명"도 없었다. 이후 반공을 국시로 내세우면서도 자신의 공산주의적 활동에 대해서 한마디의 "해명"도 하지 않았다. 김근태가 민주화투쟁에 참여하게 된 계기는 이러한 박정희가 무섭고, 그가 만들어갈 세상이 두려웠기 때문이다. 박정희의 과거는 박정희가 이끌어갈 우리나라의 미래였다. 이러한 자에게 우리의 미래, 민족의 역사를 맡길 수는 없었다.

수업과 시험은 이 투쟁과 공존할 수 없었다. 그는 6·8부정선거 규탄 투쟁으로 학교에서 제적된다. 이윽고 징집영장이 발부되어 입대, 전역 후 복학한다. 학교로 돌아온 김근태는 학생운동에서 발을 빼겠다는 생각도 하지 않았지만, 앞장서겠다는 생각도 하지 않은 평범한 복학생이었다.

그러던 중 한 노동자가 자신의 몸을 불살라 시대의 어둠을 밝힌다. 전태일이다. "나한테 대학생 친구가 한 명만 있었으면 좋겠다."는 전태일의 고백에 충격을 받은 김근태는 그날로 수업을 작파한다. "세상의 어떤 무관심과 횡포도 훼손시키지 못한 한 인간의 완벽한 선의는 놀라운 희망의 발견이 아닐 수 없"었다. 김근태는 전태일 열사로 인해 스스로의 나태와 안일과 위선을 떨쳐버린다.

이후 김근태는 서울대 생 내란음모조작사건에 연루되어 수배자가 된다. 박정희 정권은 7·4남북공동성명을 발표한다. 김근태는 원점에서부터 박정희를 다시 생각한다. '친일파, 공산주의자, 혁명가, 독재자, 군인, 출세주의자, 기회주의자, 민족주의자, 애국주의자.' 그는 우리 민족을 보편적 민주주의가 부적합한 난쟁이로 폄하하는 박정희의 민족의식의 본질을 깨닫는다. 일본 관동군 장교 다카키 마사오, 남로당 군대조직책, 대한민국 대통령 박정희를 이어주는 변하지 않는 본질은 그의 내면에 스며 있는 식민주의와 군국주의인 것이었다.

이렇듯 김근태가 박정희와 맞서게 되는 과정에는 그 어떤 비약이나 단절이 없다. 한 가난한 대학생이 도저히 공부를 할 수 없게 만드는 군부정권의 불의에 맞서 일어서는 과정이 그의 소박한 소시민적 욕망과 포개지며 섬세하게 펼쳐지고 있을 따름이다.

3. 아버지

김근태에게 아버지는 따뜻했지만 존경스럽지 않았다. 아버지의 잦은 전근으로 인해 다니는 이사로 인해 어린 근태의 마음은 늘 불안했다. 특히 면도날 사건은 어린 근태의 내면에 지울 수 없는 상처를 남긴다. 그는 아버지의 폭력에 못 이겨 거짓 자백을 하고 만다. 그런데 면도날이 우연히 발견된다. 어머니와 아버지는 어색해하기만 할 뿐 사실을 자세히 설명해주지도, 그렇다고 아들에게 용서를 구하지도 않았다. 김근태는 결코 이 일의 치욕과 분노를 잊을 수 없었다. 이후 김근태는 아버지와 대립하고 갈등하며 성장했다. 그는 아버지를 닮지 않으려고 필사적으로 노력했다. 심지어 아버지의 주검 앞에서도 울지 않았다. 그는 아버지를 용서하지 않았다.

한편, 박정희의 죽음으로 인해 길고 길었던 수배생활도 끝이 난다. 긴 병에 시달리던 어머니는 수배에서 막 벗어난 막내를 보자 안간힘을 다해 잡고 있던 생명줄을 놓아버린다. 그리고 아버지에 대한 참회가 뒤늦게 이루어진다. 10년을 떠돌이로 살면서 그는 비로소 산다는 것이 무엇인지 절실하게 깨닫게 된다. 올바르게 산다는 것이 얼마나 어려운 일인가를, 당당하게 살아가기 위해서는 얼마나 많은 대가를 지불해야 하는지를 피부로 느끼게 된 다음에야 아버지를 이해할 수 있게 된 것이다. 일제강점기, 한국전쟁, 연이은 독재, 그 격동 속에서 잃어버린 세 아들. 그 상실이 상실로 끝나지 않고 남은 자식들이 빨갱이의 낙인 속에서 고통받게 될까 봐 잔뜩 주눅 든 채 노심초사하며 살았을 아버지에게 자신은 어떤 아들이었는가 자문해본다. 아버지 또한 역사의 희생양이었던 셈이다. 그는 비로소 역사의 중압감 속에서도 불의에 협력하거나 부정한 방법을 써서 이익을 얻지 않으려 발버둥 친 아버지의 마지막 안간힘을 포용하게 된다. 그렇게 해서 김근태는 자신이 함부로 그려놓았던 허상의 아버지를 떠나보내고, 있는 그대로의 '작은 우리 아버지'를 다시 만날 수 있게 되었다. 이 아버지 다시 만나기는 박정희 넘어서기와 더불어 김근태의 내면의식을 구성하고 있는 또 하나의 축이다.

4. 끝없이 그리운……

김근태는 "뜨거운 가슴"을 지키기 위해 "냉철한 머리"를 갖고자 노력한 인물이었다. 그는 무너지지 않기 위한 몸부림으로 공부를 했다. 방현석이 포착하고자 한 "흔들리며 빛나던" 그의 "눈빛"은 "사람에 대한 깊은 연민과 진실함"에서 발원한다. 김근태는 사람들의 따뜻함을 자신의 따뜻함으로 만들 줄 아는 사람이자, 그 따뜻함을 주변 사람들과 함께 나눌 줄 아는 훈훈한 인간이었다.

그는 노동자들을 지도하고 계몽하는 활동가가 되기 이전에 상대가 만나고 싶어 하는 사람이 되고자 노력했다. 김근태는 모든 분열에 행동으로 항의했다. 삶으로서의 운동을 실천한 셈이다.

남영동을 떠나던 날, 김근태는 자신을 모욕하고 유린했던 사람들을 "뜨거운 가슴"으로 기억한다.

한편으로 고문에 가담하면서, 또 한편으로 나를 향해 연민의 눈물을 보여주었던 두 사람의 눈물을 기억했다. 나는 내가 당했던 이 처참한 모욕과 패배, 절망과 함께 그 눈물을 기억하고 싶었다. (…) 그것은 남영동에서 나를 살아나도록 만든 아주 작은 구원의 빛이었다.(『그들이 내 이름을 부를 때』, 364쪽)

인간에 대해 완전히 절망하지 않는 이 "뜨거운 가슴"이 그를 다시 우리의 품으로 돌아올 수 있게 하였다. 이제 우리가 그의 마음을 품을 때이다. "끝없이 그리운" 그 "뜨거운" "이름"을 조용히 불러본다. '김근태.'

'프렌칭' 도시 인간 생태학

— 김종성, 『마을』

　　"담배식물에 흔한 프렌칭이라는 기형은 말단 싹과 줄기의 성장을 멈추게 해. 이렇게 되면 잎겨드랑이에 있는 싹이 자라 3백 개 정도의 잎이 나." (…) "일종의 식물 괴물이지."(『마을』, 214쪽)

1. 진화하는 연작소설

첫 창작집 『탄(炭)』(미래사, 1988) 이래 『금지된 문』(풀빛, 1993) 『말 없는 놀이꾼들』(풀빛, 1996) 『연리지가 있는 풍경』(문이당, 2005) 등을 거쳐 『마을』(실천문학사, 2009)에 이르는 김종성의 소설에는 화려한 수사나 과장된 포즈가 스며들 여지가 없다. 체험적 글쓰기에 기대어 인간 삶의 다양한 풍경을 길어 올리고 있는 그는 요즘 세상에서 보기 드문 리얼리스트이다.

　　김종성의 작품들을 곱씹으며 새삼 소설이란 무엇인가 질문해본다. '부르주아지의 서사시' 혹은 '타락한 시대 타락한 방식으로 진정성을 추구하는 양식'이라는 소설 사회학의 명제를 떠올리지 않더라도, 소설은 근대 사회를 살아가는 일상인의 삶을 진솔하게 다루는 장르임에 분명하다. 이야기의 역사를 '신화→서사시→로망스→소설'의 여정으로 요약할 수 있다면, '신(神)→영웅(英雄)→선남선녀(善男善女)→장삼이사(張三李四)'로 이어지는 '주인공의 하강 과정'은 소설을 규정하는 중요한 척도가 될 수 있을 것이다.

소설의 주인공들은 자본의 논리가 지배하는 근대 사회의 규율과, 이 규율 너머에 존재하는 인간다운 삶의 가치 사이에서 길을 잃고 방황한다. 이 방황의 궤적을 통해 소설은 우리가 향유하는 삶이 건강한지 그렇지 않은지를 심문한다.

김종성의 『마을』은 이러한 소설의 본원적 기능을 충실하게 체현하면서 '지금 여기'의 현실에 새롭게 개입하고 있는 연작소설이다. 우리 소설사는 빼어난 연작소설의 모범을 소유하고 있다. 이문구의 '관촌수필' '우리동네' 연작은 붕괴되는 농촌의 현실을 중심으로 급속도로 진행된 산업화의 세태를 포착하였으며, 조세희의 『난장이가 쏘아올린 작은 공』은 도시 변두리에 삶의 터전을 마련한 소외된 노동자의 삶을 미학적 구조로 길어 올렸다. 이후 박영한의 『왕룽일가』나 김소진의 『장석조네 사람들』 등은 도시 주변의 소외된 갑남을녀(甲男乙女)들의 삶을 해학과 비애가 뒤엉킨 풍속도로 그려낸 바 있다. 주지하듯, 장편과 단편의 경계를 가로지르는 연작소설은 당대의 시대적 현실과 긴밀한 연관을 지닌다. 급변하는 시대적 현실을 장편 양식(총체적 관점)으로 구조화하기에는 부담감이 존재하고, 그렇다고 일상의 단면을 통해 삶의 의미를 포착하는 단편 양식은 모순된 현실을 담아내기에 역부족이다. 이러한 현실에서 단편과 장편의 중간 형식인 연작이 고안된 것이다. 연작은 변화하는 세태를 다양한 관점으로 포착하는 기동성 있는 양식인 셈이다. 연작에서 '공간'과 '인물'이 중요한 요소로 기능하는 이유도 이와 무관하지 않다. 급격하게 변화하는 현실은 농촌이나 도시 변두리 등 공간을 중심으로 형상화하는 것이 효과적이며, 이를 다양한 관점에서 드러내기 위해서는 다채로운 인물 군상들이 요구되기 때문이다.

김종성은 이러한 연작소설들의 바통을 이어받아 '지금 여기'의 현실을 새로운 방식으로 해부하고 있다. '초림'이라는 공간과, 이 공간을 중심으로 펼쳐지는 다양한 인물 군상들의 삶은 진화하는 연작소설의 의미를 보여주기에 부족함이 없다.

2. 산업화 이후의 도시와 경계인의 생태학

연작소설 『마을』의 무대는 '서울 강남역에서 좌석버스를 타면 한 시간이면 닿는 초림이라는 도농복합도시의 용담면 사곡마을'이다. 산업화 이후 지속적으로 과밀화된 수도권 집중 현상을 완화하기 위해 서울 인근의 농촌 지역을 새로운 도농복합도시로 개발하면서 등장한 지역의 하나이다.

기존의 연작소설이 산업화로 인해 발생한 제반 문제를 형상화하기 위해 농촌, 도시 변두리 지역 등을 주로 다루었다면, 김종성의 『마을』은 산업화 이후의 현실을 다루기 위한 공간을 무대로 설정하고 있는 셈이다. 이러한 공간적 특성은 「작가의 말」에 잘 드러나 있다.

풍광이 좋은 사곡마을에 골프장과 아파트 단지가 들어서고, 초고압 송전철탑 공사가 시작되고, 급기야는 화장장이 들어서려고 한다. 사곡마을 사람들은 자녀가 대학에 입학할 때 농어촌특별전형에 응시할 수 있는 기회를 잡을 수 있고, 조합원 혹은 준조합원으로 단위농협 사곡지소에 비과세 예탁금을 쉽게 맡길 수 있고, 저수지 방죽에서 산책을 할 수 있는 것으로 봐서는 농촌 마을임에 틀림이 없다. 그러나 사곡마을은 농가에 사는 농민들보다 아파트와 빌라에 사는 주민들이 훨씬 더 많다.(「작가의 말」, 『마을』, 318쪽)

김종성은 농촌이면서 도시이고, 도시이면서 농촌인 이러한 '사곡마을'을 통해 우리 사회의 건강성을 심문한다. 서울의 중심부에서 밀려난 주변인들의 정착지이자, 도심의 문화권으로 진출하려는 사람들의 중간 기착지 그리고 이러한 이주민들에 의해 정체성을 상실해가는 '원주민'의 삶의 터전인 사곡마을은 우리 사회의 다양한 욕망들이 교차하는 용광로이다.

김종성은 전통적 삶의 양식이 소멸되고 도시적 삶의 양식이 생성되는 경계 지역에 관심을 집중시키고 있다. 작품의 무대인 '사곡마을'은 '전근대/근대/근대 이후'의 삶의 양식이 뒤엉킨 '지금 여기'의 현실을 보여주는 바로미터라 할 수 있다. 작가는 연작소설 『마을』에서 '도시도 아니고 농촌도 아닌 경계지대에서 살아가는 경계인들의 인간 생태학'을 선보이고 있는 것이다.

한편, 작가는 이러한 '경계인들의 인간 생태학'을 환경문제와 연결시키고 있다. 이 작품에서 환경문제는 표면적으로 드러나지 않고 일상적 삶의 현장으로 스며들고 있다. 작가는 환경문제를 '인간 사회의 구조적 문제'에서 찾는 머레이 북친(Murray Bookchin)의 논리에 기대어, 사곡마을을 중심으로 살아가는 다양한 인물들의 삶을 생동감 있게 그리고 있다.

이러한 인물들이 빚어내는 삶의 양태가 자연스럽게 환경문제에 대한 새로운 인식을 환기하고 있는 것이다. 작가는 '자연/생명으로의 회귀'를 통해 새로운 세계관을 모색하고 있는 근원적 생태주의의 당위적 목소리에 의문을 제기하며, 계급·인종·성차·빈부 등 다양한 차이들의 목소리가 들끓는 일상적 생태학의 풍경을 연출하고 있다.

『마을』에 등장하는 인물은 크게 다섯 부류로 나눌 수 있다. 첫째, 성준기, 도형민, 윤안수, 금순, 영식(채순), 허영환, 외국인 노동자 등으로 대변되는 이주민들이다. '풍광이 좋은' 사곡마을에 아파트 단지나 공장이 들어서면서 자연스럽게 유입된 인물들이다. 둘째, 사우디 영감, 임한덕, 정선집 등으로 지칭되는 원주민들이다. 셋째, 이장, 면장, 파출소장, 산업계장 등 농촌 권력의 상층부를 형성하는 인물들이다. 넷째, 이정훈(유성주책 사장), 전일선(샹그릴라 골프장 회장), 정회장(대양화장품 회장), 홍사장(인터내셔널 마케팅 회장) 등 자본의 소유자들이다. 다섯째, 진수와 나영으로 대변되는 젊은이들, 즉 정착 2~3세대들이다. 이들이 연출하는 인생의 드라마는 전근대/근대/탈근대적 삶의 양식을 가로지르며 '지금 여기'의 현실을 심문하고 있는데, 작가는 이러한 인물 군상들의 삶의 양태를 종과 횡으로 기우며 치밀한 서사의 그물망을 구축하고 있다.

3. 차이들의 목소리

'마을' 연작을 열어젖히고 있는 「전망 좋은 아파트」는 '성준기'가 '온생명이 더불어 사는 환경생태도시 초림'의 '드림랜드 아파트'에 입주하기까지의 과정을 담고 있다. 택지개발 공사가 부도로 중단된 사연 그리고 다시

공사가 재개되어 분양되기까지의 과정이 도시화되는 초림의 풍경과 더불어 상세하게 그려져 있다.

무엇보다 앞으로 전개될 연작의 인물들과 이들이 빚어내는 갈등이 소개되고 있다는 점은 주목을 요한다. 이 작품의 화자 성준기는 드림랜드 아파트 단지 입주자 대표로 다시 등장하며, 공사가 중단된 상태에서 대책위원회를 꾸려 함께 활동한 민한구, 윤안수 등도 다음 이야기의 주요 화자로 등장한다. 성준기의 입주를 지켜보던 임한덕과 방 이장, 사우디 영감 등의 원주민들도 이어지는 작품의 주된 등장인물들이다. 물론 1차, 2차 부도를 낸 이후에도 버젓이 공사를 재개하고 입주자들을 모집한 유성주택 사장 이정훈의 비리도 고발된다. 이렇듯 작가는 「전망 좋은 아파트」를 통해 앞으로 등장할 인물들과 전개될 사건을 입주민 '성준기'의 시선으로 일별하고 있다. 보다 나은 삶의 터전을 찾아 조건에 맞는 동네로 이사하는 과정이 그려져 있는 특별할 것 없는 소품으로 보이지만, 이후의 연작들에서 이 작품에 등장하는 인물들이 개성적인 캐릭터로 되살아나며 사건을 연출하고 있다는 점에서 『마을』의 얼굴에 해당하는 작품이다.

「종소리」에서는 드림랜드 아파트 입주민들과 원주민 사이의 갈등이 전경화되어 있다. 아파트 주민들은 '식육견 사육에 따른 소음 악취 공해 대책'을 촉구하는 민원을 제기한다. 문제는 간단하지 않다. 사우디 영감의 개사육장은 '절대농지'에 위치해 있어 개를 키울 수 없는 장소이기 때문이다. 법(도시/문명의 이기)과 윤리(농촌/인정)가 충돌하는 장면이다. 드림랜드 입주민들이 '대책을 세워달라고 면사무소 산업계장에게 전화했더니', 산업계장은 '양계장 하신 분은 사곡에서 20년째 살고 있다면서, 농촌에 닭똥 냄새나는 것은 당연한 건 아니냐'며 응대한다. 파출소장 또한 '농촌에서 개도 키우고, 닭도 키울 수 있는 거지, 그런 걸 따지고 하려면 사곡에서 살지 말고 이사 가라고 언성을 높'인다.

하지만 아파트 주민들의 요구와 원주민(사우디 영감)의 이해 사이에 낀 이 순경과 파출소장 또한 마을의 변화에 무감각할 수만은 없다.

"그런데 문제는 용담면도 옛날의 용담면이 아니란 겁니다. 드림랜드 아파트의 젊은 여자들 육, 칠십 프로가 대학물을 먹었다잖아요. 초립농고 나온 동창들이 형님, 아우 하면서 시청에서 나오는 팥고물이나 주어먹고, 용담면을 떡주므르듯 하던 시대는 끝났어요."(「종소리」, 108쪽)

한편, 「동제」의 임한덕 또한 원주민과 타성바지들 사이에 낀 인물이다. 임한덕의 아버지인 임 노인은 그에게 동제의 제관을 맡긴다. 평택 임씨 세거지인 당골에서는 해마다 정월 14일에 동제를 행해왔다. 임한덕은 경향부동산투자개발 기획실장으로 일하는 만큼 원주민이면서 마을의 도시화에 적극적인 인물이다.

"아버지 당골도 이젠 옛날의 당골이 아닙니다. 당집 코앞까지 공장이 들어서는 판에 풍수 타령 종산 타령만 하고 있을 순 없지요."(「동제」, 275쪽)

임한덕은 장례용품 독점판매권과 수억대 보상금을 챙겨준다는 말에 화장장 건설에 적극적으로 나선다. 그는 원주민들은 물론 드림랜드 아파트 입주민에게도 외면당한다.

어느 때쯤일까. 목 언저리가 선뜻했다. '처단하자'가 날아가 벽에 탁, 탁, 탁, 탁, 탁 붙었다. '마을 발전'이 쇳소리를 내지르며 지나갔다. 조상 대대로 살아온 땅을 화장터로 팔아먹으려 하다니 당신은 조상도 없나. 성준기의 말이 시퍼런 면도날로 변하여 임한덕의 목덜미를 향하여 날아왔다. 비명을 지르려 해도 혀가 구르지 않았다. 면도날의 숫자는 점점 늘어나고 있었다. 임한덕이 마을 주민들에게 쏟아놓았던 말보다 더 많은 숫자였다. 뜨거운 영금을 보건 눈썹 한 가닥 까닥 안 할 것 같던 임한덕은 소스라쳐 눈을 떴다.(「동제」, 291쪽)

그렇다고 '도도새'의 운명과 다를 바 없는 사곡 원주민들에게 뾰족한 대책이 있는 것도 아니다. 산불이 나 뿌연 흙먼지를 토해내며 폭삭 무너져 내린 당집은 이를 보여주는 대표적인 예이다.

『마을』 연작이 지닌 갈등의 양상과 관련하여 성준기는 중요한 의미를 지니는 인물이다. 그는 역사평론가이자 환경운동가로 그려진다. 드림랜드 아파트 입주민 대표로 활동하면서 초림에 들어서는 골프장, 초고압 송전 철탑공사, 화장장 등에 부정적인 입장을 취한다. 동시에 사우디 영감과 같은 원주민의 삶도 공해(소음/악취)라는 이유로 거부한다.

이렇듯 성준기가 처해 있는 위치는 이중적이다. 초림에 들어선 아파트 주민들의 요구 또한 농촌공동체의 입장(윤리)에서 보면 이기적 욕망의 발현, 즉 '굴러들어온 돌이 박힌 돌 뽑는다'는 의미에서 자유롭지 못하기 때문이다. 이러한 성준기의 딜레마는 아파트 주민들의 극단적 이기주의를 제어하는 데 일정한 한계로 기능하고 있다. 이를테면, 아파트 가격이 떨어지니 개 사육장을 없애야 한다는 민한구의 논리나, 미풍양속을 해치는 캐디들을 추방해야 한다는 금순의 말에 성준기는 적극적으로 대응하지 못한다. 자신 또한 거기에 한 발을 걸치고 있기 때문이다.

이러한 성준기의 태도는 「엘리베이터의 여자들」에서 잘 드러난다. 그는 아파트의 부녀회장 금순, 학창시절 군장처럼 굴었던 학자의 전형 거탁 교수 그리고 대양화장품 정 회장 등을, '죽어서도 살아생전의 권력을 놓기가 싫어 백성들의 사는 모습이 훤히 내려다보이는' '주산 등성이에다 자신들의 무덤'을 만든 '대가야왕들'의 권력욕(욕망)을 포개어놓는다. 하지만 자신 또한 그 권력의 주변을 맴돌고 있다는 사실을 뼈아프게 각성한다.

> 지점장이 웃음소리가 계속 귓가에서 맴돌았다. 이 짓거리까지 해야 밥을 먹을 수 있나 생각하고 사표를 던지고 도망치듯 대양화장품을 뛰쳐나왔는데……. 정 회장의 그늘에서 한발짝도 벗어나지 못하고 있잖아. 나라는 인간은 뭐야. 뭐란 말이야. 뭐긴 뭐야. 역사평론가지. 도형민의 얼굴이 흔들렸다. 어느새 도형민의 얼굴이 정 회장의 얼굴로 바뀌었다. 정 회장이 군장이야? 맞아? 끄윽. 그럼 난 뭐야. 내가 청동기 시대에 살고 있단 말야. 끄윽. 나는 매시근하니 잠이 왔다.(「엘리베이터의 여자들」, 173쪽)

인용문에서 보듯 성준기는 현실을 비판하는 주체이면서 동시에 풍자의 대상이다. 이러한 성준기의 위치는 사곡마을의 복잡한 이해관계를 표상하는 하나의 지표로 기능한다.

이렇듯, 사곡마을을 둘러싼 인간 생태학은, 원주민과 주민 사이의 표면적 갈등은 물론, 이들 사이에 낀 인물 군상들과 각 계층 내부에서도 이해관계에 따라 미세한 갈등의 양상을 보인다. 생성과 소멸, 도시와 농촌, 법과 윤리 사이에서 다양한 차이들의 목소리가 들끓는 사곡마을의 갈등은 쉽사리 해결될 기미가 보이지 않는다. 앞으로 나아가지도, 그렇다고 뒤로 물러설 수도 없는 딜레마적 상황에서 작가는 풍자의 칼날을 빼어든다.

4. 풍자의 깊이와 진폭

「색맹에 대하여」는 '회성 탄광에서 채탄부로 일하며 농학을 공부'한 영식이, '회성중등성경구락부' '구로고등성경구락부'를 거쳐 '초림'의 사립학원 국어강사로 흘러들어온 여정과, 그와 질긴 인연을 이어온 채순의 삶을 되짚으며, 학벌 중심 교육의 허울을 꼬집고 있는 작품이다. 문학에 대한 열정을 지니고 있던 영식은 '서울대학교 부설 한국방송통신대학'의 '농학과'에 편입학 원서를 넣는다. 하지만 그의 직업은 입시학원의 국어 강사이다. 전공을 살리지 못했을 뿐 아니라 안정적이지도 못하다. 영식은 마음을 다잡고 '환경대학원 조경학과' 입학시험을 준비한다.

이러한 영식의 삶에 채순이 끼어든다. 채순은 영식이 '회성중등성경구락부'에서 국어를 가르쳤을 때 학생이었다. 이 과정을 마치고 아동복 가게에서 점원 노릇을 하던 채순은 서울에서 공부를 계속한다. '봉제공장 보조원' '동양전자 조립공' 생활을 하면서 가까스로 고등학교 입학자격 검정고시를 합격한 채순은, 병원에 다니며 영식이 다니는 학원에서 영어를 배운다.

'환경대학원 조경학과'에 지원하려면 색맹 검사를 해보아야 한다는 친구의 권유에 병원을 찾은 영식은 채순을 만난다. 왜 색맹 검사를 받으려 하느냐는 채순의 말에 영식은 자신의 처지를 사실대로 이야기한다. 채순은 '한국대학에서 국문학을 전공하지 않으셨나요?'라고 되묻는다. 채순은 영식이라는 인간을 존경하고 따른 것이 아니라 다른 사람들이 필요에 따라 조작한 영식의 학력을 보고 그를 우러러본 것이다. '한국방송통신대학에서 농학을 전공'했다는 영식의 말에 채순의 표정이 어두워진 이유도 이 때문이다.

이 작품에서 작가는 '학교'(학벌)가 마치 '하느님과 인간 사이에 끼어 썩은 동아줄을 내려주는 교회'와 같은 존재가 되었다는 사실을 보여주고 있다. 그 '썩은 동아줄'을 사십대 중반이 되어서도 놓지 못하고 있는 영식과 그 동아줄에 목을 매고 달려드는 채순의 모습을 통해 우리의 교육 현실을 곱씹어보고 있는 것이다. 여기에서 유의할 점은 영식과 채순이 동시에 풍자의 대상이 되고 있다는 점이다.

이 작품에서 풍자의 시선은 두 갈래로 진행된다. 먼저, 학벌 위주의 사회와 학벌을 속이는 세태에 대한 풍자이다. 다음으로 인물에 대한 풍자이다. 여기에서 영식을 바라보는 작가의 시선을 유심히 관찰할 필요가 있다. 영식은 풍자하는 주체이면서 동시에 풍자의 대상이기도 하다. 그의 시선으로 부조리한 현실이 폭로되기 때문이다. 영식이 '허위 학력으로 눈썹 하나 까딱하지 않고 세상을 우롱하며 살아가는 사람들'을 비판할 때 그는 대상을 풍자하는 주체의 면모를 지닌다. 이 지점에서 작가와 영식의 거리는 가까워진다. 김종성은 여기에서 머무르지 않고 자신의 분신이라 할 수 있는 영식까지 풍자의 대상으로 삼는다.

영식은 기회를 봐서 채순에게 "네가 말한 먹물기가 얼굴에 있어 보이게 하려면 배운 사람 흉내를 낸다 해서 되는 게 아니야. 그것은 하루아침에 얼굴에 나타날 순 없는 것이거든. 이제부터 차근차근 한자도 배우고 시도 읽고, 영어도 계속 익히다 보면 자연히 네 얼굴에 먹물기가 촉촉이 배이게 시작해서 네가 바라던 얼굴로 변할 거야." 하고 말해주어야겠다고 생각했다.(「색맹에 대하여」, 85쪽)

영식은 힘겹게 하루하루를 버텨내는 채순에게 위와 같은 충고를 해주어야겠다고 생각한다. 하지만 채순을 만나면서 그의 윤리적 우월성은 붕괴되기 시작한다. 자신의 의도와 무관하게 그는 학벌을 속인 자가 되었기 때문이다. 이를 질타하는 채순의 비웃음에 당황하는 영식의 모습은, 자기 자신까지 풍자의 대상으로 삼는 작가의 치열한 자의식을 보여주는 사례이다.

> "다음에 커피 살게."
> 영식이 채순의 눈길을 피하며 말했다.
> "커피 사실 필요 없어요."
> 채순이 피식 웃으며 비우적거렸다.(「색맹에 대하여」, 90쪽)

풍자의 시선이 현실의 세태나 타인에게 집중되지 않고 자신에게로 되돌아온다는 점은 김종성의 풍자가 지닌 깊이를 보여주는 대목이다. 채순의 비웃음 섞인 냉소에, '온몸에 작은 벌레 같은 것이 꿈틀거리고 있는 것만 같'아 '걷잡을 수 없이 온몸에 땀이 흐르기 시작'하는 영식의 모습은, 채순의 냉소를 얕잡아볼 그 어떤 윤리적 정당성도 지니고 있지 못하다. 권력의 부정성을 비판적 시각으로 바라보면서도 그 주위에서 벗어나지 못하고 있는 성준기의 자조 또한 이와 동궤에 놓인다.

작가는, '방글라데시, 네팔, 베트남, 필리핀, 몽골……, 아프리카 깜둥이'까지 몰려와 시끄럽게 한다는 이유로 '아파트 단지 정문 앞' '공중전화 부스'를 철거하려는, 소위 배웠다는 사람들에게, '사우디영감'의 입을 빌려 가까스로 다음과 같이 항변할 따름이다.

> "노인네 망령은 고기로 달래고 아전 망령은 쇠로 달랜다는데……. 저녁

들 망령은 뭐로 달래나……. 왜 마을 사람들이 긴히 사용하는 공중전화부스를 없애고 지랄들이여……."(「색맹에 대하여」, 87쪽)

이러한 사우디 영감의 목소리는, 배운 자들의 위선과 이들이 활개 치는 세태는 물론, 이들의 삶 속으로 진입하기 위해 몸부림치는 채순, 그리고 이를 비판적으로 바라보는 영식의 내면(작가의 모습이 투영되어 있다)까지 풍자의 대상으로 삼고 있다는 점에서 강한 울림을 장착하고 있다.

5. 절망적 꿈꾸기의 아름다움

꿈꾸기가 불가능한 시대이기에 더더욱 꿈을 향해 나아가야 하는 것이 소설의 저주받은 운명이다. '식물 괴물'이 춤추는 '몬스터' 도시에서 작가는 보다 나은 삶을 지향하는 꿈꾸기를 멈추지 않는다. 떨어질 줄 알면서도 바위를 굴려 올리는 '시시포스'의 형벌처럼 무의미해 보이는 행위지만, 이를 기꺼이 감수하며, '지금 여기'의 삶을 비추고 불투명한 미래를 밝히는 등불의 역할을 포기하지 않는 소설이 있기에, 우리의 삶은 조금씩 풍요로워지는 것이리라. 쓸모없어 보이는 소설의 '사회적 쓸모'는 바로 여기에 있다.

작가가 음각한, '현실 너머'를 향한 소박한 꿈의 풍경을 엿보면서 글을 맺기로 하자.

"새알 볶아먹을 사람들과 섞여 사는 게 무서워. 드림랜드 아파트에서 사는 게 꼭 칼산지옥 속에서 사는 것만 같아."

나영이 가슴 깊이 서리서리 쌓인 것을 풀어놓기 시작했다.

"칼산지옥 같아도 이승이 낫지."

"낫긴 뭐가 나?"

"이승엔 내가 있으니까."

어느덧 그들은 왕벗나무 앞에 다다랐다.

"나영아, 나무를 껴안아."

진수가 오른손으로 나영의 머리카락과 얼굴을 어루만지며 조용한 목소리로 말했다.

나영은 고개를 갸웃거리다가, 나무를 껴안았다. 진수는 뒤에서 나영을 감싸안았다. 그는 나영의 가슴을 헤치고 손을 밀어넣었다. 봉긋한 젖가슴의 감촉이 손끝에 닿았다. 그녀가 신음을 발했다. 그녀의 가슴 속에 잉걸불이 피어 올랐다. 불길이 그녀의 가슴에서 빠져나와 진수를 휘감았다. 불길은 그의 가슴을 태우고 머리와 팔 다리로 옮겨갔다. 잉걸불을 한 부삽 더 쏟아부은 것처럼 활활 타올랐다. 불길은 왕벗나무를 휘감고 버덩을 가로질러 연화사를 향해 혀를 날름거리며 달려갔다. 불길이 혓바닥을 연방 굴리며 범종각을 핥아댔다. 이윽고 범종각이 시뻘건 불기둥에 휩싸였다. 그때 진수와 나영은 종소리를 들었다.

미륵보살의 웃음소리가 종소리 속으로 번지고 있었다.(「종소리」, 122~123쪽)

자본의 논리가 지배하는 냉혹한 사회에서 몸과 마음을 다친 고통스러운 영혼들이지만, 진수와 나영에겐 젊음이 있고, 사랑이 있고, 미래가 있다. 이 순정한 젊음의 열정이 피워 올리는 '잉걸불'이야말로 혼탁한 욕망으로 가득 찬 '프렌칭 도시'(사곡마을)를 정화하는 희망의 '종소리'가 될 수 있지 않겠는가.

「장난감을 위하여」 또한 '칼산지옥' 속에서 조그마한 희망의 실루엣을 드리운다. 이 작품에서 작가는 '뉴 월드 마트'의 비정규직 노동자와, 합리적 기업 운영이라는 미명하에 회사에서 쫓겨난 윤안수 그리고 '비정규직 없는 세상'을 위해 싸우고 있는 신철 등을 '열목어'의 상징으로 포개놓고 있다. 천연기념물로 전락한 열목어들은 기업들이 갖고 놀다 버리는 장난감으로 전락한다.

장난감으로 전락한 '열목어'(윤안수)의 아내 은숙은 소자본으로 시작할 수 있는 장난감 대여판매점을 연다.

> "아이들에게 장난감은 단지 물건에 지나지 않는 게 아니라, 아이들을 지배하는 우주요, 세계라고 볼 수 있어요."(「장난감을 위하여」, 265쪽)

손님에게 제품을 설명하는 아내의 말을 듣는 순간 윤안수는 심한 부끄러움을 느낀다. 아내는 우주를 가지고 살아가고 있는데 자신만은 우주에서 쫓겨나, 떠돌이별이 된 것만 같았기 때문이다.

작가는 상처받은 영혼의 마음을 다독이는 '미륵보살의 웃음소리'(종소리) 혹은, '아이들'의 꿈을 '지배하는 우주'(장난감) 같은 소설을 쓰고 싶었는지도 모른다. 이러한 작가의 꿈은 끝내 실현되지 않을지 모른다. 하지만, 구체적 일상을 디디고 선 이러한 절망적 꿈꾸기가 순수하고 아름다울수록 이를 훼손시키는 현실의 어두움은 더욱 선명하게 부각되지 않겠는가.

꿈꾸기를 멈추지 않는 소설의 존재 가치도 바로 여기에 있지 않을까?

희망과 절망의 이중주

— 이상섭, 『바닷가 그 집에서, 이틀』

이상섭의 소설이 젊어졌다. 그의 첫 작품집 『그곳에는 눈물들이 모인다』
(창비, 2006)에 모였던 '소설 언어의 풍요로움' 혹은 '삶의 풍부한 진실을
육체로 담은 소설' 등의 평가는, '바다, 섬, 어촌, 가두리 양식장, 어시장
난전 골목 등을 주 배경'으로 '고된 노동이 이어지는 생활공간'의 삶을 그
들의 언어로 포착(황국명)한 고집스러움에서 기인하는 바 크다.

　이에 비해 이번에 선보이는 작품들은 확실히 새롭다. 초점 화자들의
연령이 아래로 내려옴에 따라 질박한 사투리는 젊음의 방언으로 채워지
고 있으며, 작품의 주 배경이 되는 '바다'는 작중 인물들의 삶의 터전으로
기능하기보다는 '여행지'이거나 혹은 앞 세대들의 그리움이 반추되는 공
간으로 변모하고 있다.

　이상섭은 이번 작품집을 통해 '희망과 절망의 이중주'를 젊음의 감각
으로 연주하고 있는데, 집요하면서도 진지한 탐색정신과 경쾌한 문체가

교차하면서 삶의 속살을 헤집는 보기 드문 진경을 연출하고 있다. 고전적이면서도 새롭고, 익숙하면서도 낯선 풍경이다.

우리 시대 젊은이들의 삶의 이면을 상큼하면서도 진솔한 어투로 길어 올리고 있는 『바닷가 그 집에서, 이틀』(실천문학, 2009)은 그의 작품세계의 변모를 이해하는 시금석이 되는 단편이다.

친구(동만)에게 빌린 돈을 받아 멋진 휴가를 즐기려는 화자(상만)는, 몰래 몰고 온 선배의 차 옆 좌석에 여자친구(혜주)를 태우고 바닷가로 향한다. 이들의 내면 풍경을 조금 엿보기로 하자.

전화 오잖아! 갑자기 혜주가 소리친다. 시디 보관함 속에 놓아둔 휴대폰이 깜박이고 있다. 누군지 좀 봐줘. 내가 왜? 아, 씨발. 지금 초보께서 좆나 운전 중이시잖아. 혜주가 마지못해 인상을 구기며 휴대폰을 낚아챈다. 그러더니 화면의 발신자 번호를 확인하며 내게 디민다. 받아, 준수 선배! 그래? 그럼, 그냥 둬. 보랄 땐 언제고 이젠 또 놔두래? 아, 니기미. 뻔히 알면서 그러냐? 그제야 상황 파악이 끝난 듯 혜주가 쏘아본다. 초보에 이젠 도둑운전까지 하셔, 이 미친 잡놈께서? 할 말이 없다. 인정한다. 하지만 너랑 같이 있고 싶어서 그랬다는 말은 하기 싫다. 쪽팔리게 남자가 어찌 그런 말을 할 수 있는가. 휴가비 털린 것도 존심 파팍 구겨가면서 겨우 말했는데. 준수 형이야 똥줄이 타든 말든 우리의 여정은 계속되어야 한다.(「바닷가 그 집에서, 이틀」, 『바닷가 그 집에서, 이틀』, 157쪽, 강조는 인용자, 이하 책제목은 생략.)

거침없는 욕설, 비속어와 존칭이 뒤섞인 말투가 경박스럽지 않은데, 이는 작가의 섬세한 배려가 투영되어 있기 때문이다. '지금 초보께서 좆나 운전 중이시잖아'라는 상만의 말에서, '좆나'와 '초보'가 함축하고 있는 자기비하의 이미지는, '께서'와 '중이시잖아'에서 드러나는 존칭으로 인해 스스로에 대한 존중심을 부여받는다. '너랑 같이 있고 싶어서' '초보' '도둑운전'을 하게 되었다는 상만의 마음이 온전하게 전달되는 이유도 이와 무관하지 않다. 이러한 상만의 마음이 혜주에게 전달되어 '초보에 이젠 도둑운전까지 하셔, 이 미친 잡놈께서?'라는 표현이 나온 것은 아닐까? '씨발' '좆나' '니기미' '미친' '잡놈' 등의 비속어와 '께서' '시잖아' '하셔' 등의 존칭은 미묘한 긴장감을 유발하며, 경쾌함과 진지함이 공존하는 언어의 속살을 생생하게 드러낸다. 특히, 인용부호 없이 진행되는 서사의 전개는 드러냄(대화)과 숨김(내면)을 동시에 포착하는 존중과 이해의 소통 방식(스스로에 대한 존중과 타자에 대한 이해)을 시사하는 한 예라 할 수 있다.

'노랑나비'의 이미지로 혜주를 좇는 상만의 시선을 따라가보자.

(1) 혜주의 눈길이 머문 바다 위에 나비가 날고 있다. 혜주는 노랑나비만 쳐다본다. 마치 날개 달린 꽃이라도 본 꼴이다. 헌데 가만 보고 있자니 꽁하던 표정의 그녀가 아니다. 저게 바다 냄새에 살짝 맛이 가셨나. 분위기 파악도 할 겸 부러 흰소리를 쳐본다. 혹시 너 온다고 환영 나온 거 아냐? 혜주가 마빡을 구기며 되쏜다. 꿀값도 없어 여기까지 온 주제에 계속 꿀값이셔요.(「바닷가 그 집에서, 이틀」, 159쪽)

(2) 혜주가 욕실 앞에서 서둘러 바지를 벗는다. 엉덩이에 앙증맞게 걸려 있는 팬티가 보인다. 노란색이다. 마치 좀 전에 본 바다 위를 날던 나비, 그 나비가 날아든 것 같다.(「바닷가 그 집에서, 이틀」, 162쪽)

(3) 웅덩이에 빠진 나비가 빠져나오려 허우적거리는 것 같고, 어떻게 보면 몸에 묻은 이물질을 털어내려는 발악 같기도 하다.(「바닷가 그 집에서, 이틀」, 173쪽)

(4) 야, 상만아. 바다가 왜 이리 보기 좋니? 너도 그러니? 마치 더러운 웅덩이에서 이제 막 빠져나온 것 같다야. 어쭈, 이것 봐라. 하는 짓이 가관이다. 미친년처럼 양팔까지 쫙, 펼치더니 야호, 소리까지 지르고 저 난리다. 정말 대략 난감이다. 근데, 이상하다. 그런 모습을 자꾸 보자니 마음이 짠해진다. 혜주의 모습이 마치 하늘을 날아오르려는 한 마리 나비 같기만 하다. 은근히 마음 바뀐다, 니기미. 까짓거, 같이 날자. 날아서 일본을 지나 아프리카 대륙을 지나 저 우주까지 확, 가버리는 거다, 씨발! 힘껏 엑셀을 밟는다.(「바닷가 그 집에서, 이틀」, 182쪽)

(1)은 바다 위를 날고 있는 '노랑나비'를 쳐다보는 혜주의 모습을 포착한 장면이다. 아까까지의 '꽁하던 표정'이 아니라 '바다 냄새에 살짝 맛'이 간 듯한 모습이다. '너 온다고 환영 나온 거 아냐?'라는 상만의 '흰소리'에 혜주는 '꿀값도 없이 여기까지 온 주제에 계속 꼴값이셔요'라고 되쏜다. 가까워졌던 혜주와 나비 사이의 심리적 거리가 멀어지는 순간이다. 이러한 혜주를 매개로 한 상만과 나비 사이의 거리는 더욱 멀게 느껴진다.

(2)는 혜주의 노란색 팬티를 보며 '좀 전에 본 나비'를 연상하는 장면이다. 상만의 눈에 나비와 혜주가 한몸으로 비춰진다. '혜주=나비'와 상만의 거리 또한 가깝다. 하지만 '한 게임'(섹스) 뜨고 싶은 상만의 욕망을 거절하는 혜주의 태도에서 드러나듯 여전히 거리감이 존재한다.

(3)에서 상만의 눈에 비친 혜주와 나비는 한몸이다. 헤엄을 치는 혜주의 모습이 마치 '웅덩이에 빠진 나비'가 '몸에 묻은 이물질을 털어내려는 발악' 같아 보인다. 이러한 상만의 시선은 전날의 소통(진실게임과 섹스)을 거쳐 획득된 것이다. 하지만 여전히 혜주(나비)를 바라보는 상만의 의식에 갇혀 있는 시선이다.

(4)에서는 상만의 자의식이 스스로의 껍질을 벗고 '혜주'와 소통하는 장면이 연출된다. '미친년처럼 양팔까지 쫙, 펼치더니 야호, 소리'까지 지르는 혜주의 모습을 보며 상만은 '같이' '날아서 일본을 지나 아프리카대륙을 지나 저 우주까지 확, 가버리'고 싶은 한 마리의 나비가 된다. 나비를 매개로 상만과 혜주는 한몸이 된다.

이상과 같이 작가는 혜주에게로 다가가는 상만의 마음을 치밀한 구조로 배치해놓고 있다. 앞의 인용문에서 보이듯 혜주는 상만과의 여행(바다)을 통해 세속에 찌든 과거의 삶(무책임이 도를 넘친 아버지의 삶)과 정직하게 대면하고 새로운 삶을 꿈꾼다. 이러한 혜주의 변화를 좇는 상만의 시선 또한 자아의 울타리를 넘어 타자의 삶에 다가가는 따스한 모습으로 변모한다.

내친김에 전통적 정서와 젊음의 감각이 교차하는 소통의 장면을 조금 더 엿보기로 하자.

나는 딱히 해줄 말을 찾지 못해 그녀의 손만 끌어당긴다. 바다 위엔 별들이 수북하다. 우리는 나란히 손을 잡은 채 앉아 있다. 더없이 포근한 느낌이다. 그때 혜주가 갑자가 소리치며 나선다. 야, 우리 필 팍 꽂히는데 여기서 한 게임 뜰까? 갑작스런 말에 어리둥절해진다. 근데 여긴 좀 불편하지 않겠냐? 욕실보다야 훨 낫잖아. 혜주가 먼저 바지를 벗기 시작한다. 나도 서둘러 바지를 벗는다. 내 거시기가 벌써 빵빵해져 터질 지경이다.(「바닷가 그 집에서, 이틀」, 171쪽)

화자와 혜주는 '주인 없는 집에서 밤까지 새울 순 없어' '나란히 차 안에 앉아' '강소주'를 마신다. '진실게임'이라는 형식으로 이들의 상처가 알몸을 드러낸다. 아내와 사별하고 열심히 자식을 돌본 아버지의 고달픈 삶(상만)과 무책임이 도를 넘친 아버지의 삶(혜주)이 살짝 몸을 맞댄다. '별들이 수북'한 '바다'와 손을 맞잡은 '포근한 느낌'은 '야, 우리 필 팍 꽂히는데 여기서 한 게임 뜰까'라는 혜주의 '갑작스런 말'에 의해 생동감 넘치는 이미지를 부여받는다. 서로를 향해 횡적으로 퍼져나가던 서정적 동화의 정서가 역동적 이미지로 솟구치는 장면이다.

'간밤의 축제'가 끝난 다음 날 풍경은 이렇다.

개수대에 나란히 서 있으니 어째 신혼부부 같다. 아, 이렇게 살고 싶어 아버지는 집을 갖고 싶었던 것일까. 아버진 먼저 보낸 어머니 때문에 얼마나 많은 요리를 대신 했을까. 갑자기 코끝이 시큰거린다. 아, 씨발 내가 왜 이러나. 정신을 차리니 구수한 냄새가 실내를 장악하고 있다. 나중에 집주인 양반도 먹게 왕창 해버렸다, 씨발. 설마 욕먹진 않겠지? 혜주가 착한표 공주처럼 히죽거린다.(「바닷가 그 집에서, 이틀」, 175쪽)

전날 밤 혜주와 한몸이 되었던 상만은 마치 신혼부부가 된 듯한 느낌에 사로잡힌다. 이 감정의 충만함은 자연스레 아버지의 삶을 불러온다. 스스로에 대한 감정이 흘러넘쳐 아버지(가족)에게로, 나아가 타자(집주인 양반)에게로 퍼져나가는 '코끝이 시큰'한 장면이다.

이러한 정감 어린 풍경은 젊음의 이미지를 거느리며 두터운 관습의 껍질을 벗는다.

가까이 가도 혜주는 바다만 바라보고 있다. 무슨 생각을 그리 하고 있냐? 짐짓 시치미를 떼고 묻는다. 혜주가 나직이 입을 연다. 그냥 바라보는 중이야. 바다를 바라보고 있으니까 생각이 좆나 넓어지고 깊어지는 것 같아서. 어쭈, 외계어 같은 소리 하네. 혜주가 돌멩이를 주워 바다로 던지기 시작한다. 얄랑이는 물결에 닿자 퐁, 하는 가벼운 소리가 난다. 그 소리가 마치 휴대폰 문자 뜨는 소리 같다.(「바닷가 그 집에서, 이틀」, 172쪽)

'바다를 바라보고 있으니까 생각이 좆나 넓어지고 깊어지는 것' 같다는 혜주의 진지한 말은 '어쭈, 외계어 같은 소리 하네'라는 상만의 반응을 통해 경쾌한 이미지를 부여받는다. 무거움(진지함)과 가벼움(경쾌함)이 얼굴을 맞대는 장면이다. 특히, 혜주가 던지는 '돌멩이'가 '얄랑이는 물결'에 닿아 '퐁, 하는' 소리를, '휴대폰 문자 뜨는 소리'로 묘사하는 장면은 감칠맛 나는 언어의 묘미를 만끽하게 하는 대목이다.

이곳이 이상하게 점점 마음에 들어. 어? 나도 방금 그 생각을 했는데. 그럼 너도 뭔가 확 씻겨 내려가는 기분을 느낀 거야? 그럼, 우리 통하는 게 많잖아. 통하는 게 뭐 있냐? 혜주는 시큰둥한 표정이다. 하지만 그다지 싫은 기색은 아니다. 생각해 봐. 우선 둘 다 부모 중 한 사람이 없다는 점이 그렇고. 이혼과 사별은 다르지. 둘 다 나이도 같고. 생일은 달라. 둘 다 사랑을 간절히 원한다는 점. 난 그렇지 않은데? 둘 다 꿈꾸는 중이고. 난 꿈도 꾸지 않는 애늙은이야, 엄마가 될 뻔도 했고. 그래도 다시 시작하고 싶다는 점은 같을걸? 그만해, 씨발! 혜주가 버럭 소리를 지르더니 일어선다. 하지만 그런 모습조차 어째 귀여워 보인다.(「바닷가 그 집에서, 이틀」, 173쪽)

다름을 유지하면서 이루어내는 차이들의 네트워크. 어긋남과 소통이 공존하는 교감의 장면이다. '그만해, 씨발!'이라며 '버럭 소리'를 지르는 혜주의 모습이 '귀여워' 보이는 이유도 여기에 있다. 마치 서로의 상처를 맞대고 몸을 부비며 희망을 길어 올리는 비 맞은 나비의 날갯짓을 연상시킨다.

이렇듯 소통의 과정은 치밀하게 구조화되어 있는데, 진부하거나 딱딱하지 않고 경쾌하면서도 훈훈하다. 첫번째 작품집에서 보여주었던 풍부한 육체적 언어가 젊음의 감각이라는 날개를 펼쳐 비상하는 형국이다.

이들의 상처의 심연에 '어머니의 부재'가 놓여 있고, 이를 딛고 아버지와 화해하는 방향으로 소통이 진행되고 있다는 사실은 주목을 요한다. 이번 작품집의 밑그림에 해당하는 모티프이기 때문이다.

그렇다면 화해할 대상이 없거나, 소통이 불가능한 현실에 놓인 자들의 모습은 어떠할까? 이상섭은 「바닷가 그 집에서, 이틀」이 보여준 섬세한 소통의 과정이 무색할 정도로 섬뜩하고 냉정하게 화해의 불가능성을 그려나가기도 한다.

「아직 아직은」은 어머니/아버지(소통, 화해의 대상)가 부재한 상황에 놓인 누나와 남동생이, 스스로 어머니와 아버지가 되어 화해(소통)하는 과정을 눈물겨운 필치로 그리고 있는 작품이다. 근친상간이라는 민감한 주제를 '운명적 어긋남'에 기대기보다는 그럴 수밖에 없는, 혹은 그렇게 될 수밖에 없는 상황으로 몰아가고 있다는 점은 작가의 투철한 서사 정신을 시사하는 대목이다.

서서히 죽어가는 동생을 돌보는 누나가 있다. 보상비가 바닥나도 진료비 청구서는 어김없이 날아온다. 동생의 몸은 점점 굳어간다. 누나는 구조조정의 칼바람을 맞고 계약해지 통보를 받는다. 각종 고지서들과 독촉장이 날아오고 이들의 아파트는 단전·단수를 당한다. 설상가상으로, 장래를 약속한 남자마저 동생의 비명과 냄새를 견디지 못하고 떠나간다. 여기에 윤리적 파탄까지 겹친다. 생계를 유지하기 위해 유부남인 봉제공장 사장과 원조교제를 하기에 이른 것이다. 이쯤되면 누나의 삶 또한 동생의 처지와 다를 바 없다. 살아도 사는 것이 아니다. 세상을 향해 내민 이들의 손을 잡아줄 사람은 아무도 없다. 세상의 벼랑, 삶과 죽음의 경계에 몰린 셈이다.

'그래도 죽은 것'은 아니기에 '정성을 다하면 언젠가는 자리를 훌훌 털고 일어서리'라는 가느다란 희망의 끈을 놓치 않으려는 누나에게, 손길이 스칠 때마다 벌떡 일어서곤 하는 동생의 성기는 마지막 희망이다. 하지만 그녀의 희망은 서서히 무너지고 만다. 예전처럼 푹푹, 허공을 향해 쏟아지던 그 힘마저 사그라지고 있는 탓이다. 살고 싶다고, 살려달라고 발버둥 치던 동생이, 이젠 못 죽어서 안달이다. 누나는 그걸 알고도 악착같이 끼니를 먹여댄다. 어쩌면 이러한 누나의 행위는 그녀 자신을 향한 학대이자 부조리한 세상에 대한 한 맺힌 절규인지도 모른다.

이들에게 과연 어떤 화해(소통)가 가능할 수 있을까? 작가는 충격적인 결말을 예비한다. 먼저 이들의 과거를 살짝 들춘다. 아빠와 엄마의 이혼 이후 동생은 누나의 품만 파고든다. 누나의 가슴을 만지던 동생은 어느 순간 제 성기를 움켜쥐고 잠들기 시작한다. 이를 안타깝게 생각한 누나는 동생의 바지 속으로 손을 밀어 넣어준다. 동생에게 누나는 어머니이자 연인이 되는 셈이다.

누나가 지금까지 동생을 돌본 행위는 부재한 어머니의 역할이라 할
수 있다. 동생을 영원히 떠나보내기 전 마지막으로 할 일이 남아 있다. 동
생의 생일날, 삶과 죽음이 공존하는 제의가 펼쳐진다.

입 안에 들어간 성기는 방금 튀겨낸 핫도그처럼 따뜻하다. 여자는 입으
로 핥으면서 브래지어를 풀고 치마를 벗는다. 그리고 마지막 남은 팬티마
저 벗겨낸다. 나신이 된 그녀가 침대 위에 올라선다. 마야의 눈에 눈물이
그득하다. 울지 마. 어차피 죽을 거면 사랑은 한번 해보고 가야지. 그래야
덜 억울하잖아. 마야의 입에서 비명이 터진다. 제발 소리치지 말라고 그랬
지? 이게 누나가 네게 줄 수 있는 마지막 선물이야. 넌 내 진심을 왜 그렇
게 몰라줘. 다른 사람은 몰라도 넌 누나의 마음을 알아줘야 하잖아. 여자
의 눈에서 눈물이 떨어진다. 떨어진 눈물이 하필 마야의 눈 속을 파고든
다. 사랑해, 마야. 초인종이 울린다. 옆집 여자인 모양이다. 벨소리는 끝이
없다. 그녀가 엉덩이를 움직이기 시작한다. 창밖은 더욱 어두워졌다. 그래
도 그녀의 눈에는 마우스피스가 분명히 보인다. 이제 곧 마우스피스를 뽑
아야 할 것이다. 하지만, 아직, 아직은 아니다.(「아직 아직은」, 126쪽, 강조는
인용자)

이들의 눈물겨운 소통과 이별을 무어라 이름 붙여야 할까? 뒤틀리고
왜곡된 사랑? 절망적 사랑? 작가는 '사랑'이라는 말을 썼다. 금지된 사랑
이다. 하지만 화자와 마야 사이에서는 가능한 사랑이 아닐까? 인간의 힘
으로는 어찌할 수 없는 '삶과 죽음의 심연'이 그들 앞에 가로놓여 있기 때
문이다. '하지만, 아직, 아직은' 사랑이라 이름 붙일 수 없을지도 모른다.
'위엄을 지닌 죽음'을 선택하게 하는 누나의 애틋한 마음과, 사람다움을

넘어서는 비극적 행위 사이에 놓인 '사랑'이기 때문이다. 이 불가능한 사랑과 해서는 안 될 사랑의 간극을 어찌할 것인가!

이 책에 실린 나머지 작품들은, 「바닷가 그 집에서, 이틀」과 「아직 아직은」을 잇는 희망과 절망의 이중주 사이에 위치한다고 해도 과언이 아니다.

「생각하니 점점」과 「천국의 기원」은 엄마의 부재를 대리 충족할 대상을 찾아 나선다는 점에서 앞서 살펴본 두 작품과 이어진다. 전자가 소통의 가능성에 주목한다면, 후자는 소통의 불가능성을 냉소적으로 표출한다.

「생각하니 점점」은 입대 전 퀵서비스 '알바'를 뛰는 젊은이의 횟집 누나에 대한 애틋한 사랑(그리움)을 그리고 있다. 이번 작품집 대부분이 그렇듯, 화자 또한 엄마 없이 컸다. 아버지의 직장은 멀리 있고, 할머니는 시장통에서 노후를 보내는 중이다. 그런 화자에게 아이까지 둘 있는 연상의 여자가 나타난다. 그녀는 엄마이자 연인이다.

살면서 알아야 할 것이 있고, 느껴야 할 것도 있다. 내겐 이 둘 다를 깨닫게 해주는 것이 사랑이라고 생각한다. 그런데 사람들은 사랑에 대해 착각한다. 사랑은 그냥 우연히 꽝, 하고 가슴에 닿은 것이라고 하지만, 진정한 사랑은 느낌만으로 이루어지는 것이 아니다. 상대방의 마음까지 아는 것, 그게 참된 사랑이다. 그러니까 사랑이야말로 광맥을 찾듯이 찾는 자에게만 보이게 마련이다. 누나가 그랬다. 누나를 통해 사람이 사람을 사랑하는 일이란 얼마나 외로운 건지 알았다. 모텔에서 누나는 한동안 혼잣말을 해댔다. 그러다가 어느 순간 잠이 들었다. 사는 게 힘든지 코 하나는 끝내주게 힘차게 곯았다. 나는 침대 모서리에 앉아서 누나의 잠든 모습을 바라보았다. 그리고 누나를 세상에 팽개친 채 죽은 누나의 남자를 나무랐다.

다른 곳으로 달아나는 것과 다른 곳을 꿈꾸는 것은 다르다고. 처음 사랑을 알게 해준 사람. 아이 둘의 엄마일지라도 내게 누나는 처녀였다. 나를 위해 기꺼이 옷을 벗은 여자. 나를 구원해준 천사. 그래서 팬티를 다시 입으며 코 고는 소리처럼 힘차게 살기를 바랐다. 제발 이제는 외로워하지 말라면서. 누나의 곁에는 내가 항상 있을 거라고.(「생각하니 점점」, 241~242쪽)

「아직 아직은」이 누나의 시선으로 절망적 사랑을 그리고 있다면, 이 작품은 남동생의 관점에서 '기다림의 황홀'(희망)을 형상화하고 있다. 첫사랑 혹은 풋사랑이라는 말이 무색할 정도로 애틋하고 절박한 사랑이다.

반면, 엄마를 대신할 아내(가족) 찾기라는 동일한 주제를 다루면서도 「천국의 기원」은 사뭇 다른 방향으로 전개된다. 죽은 어머니를 영원히 소유하려는 욕망은 팔에 문신을 새기는 행위와 아내를 냉동시키는 끔찍한 작업으로 변주된다. 이는 사랑에 대한 집착에 다름 아니다.

전처는 팔뚝의 문신을 보고 물었다. 어? 이건 여자 얼굴이잖아. 누구야? 첫사랑이야? 말해주지 않을 수 없었다. 내 첫사랑인 우리 엄마지. 근데 엄마 얼굴을 왜 몸에 새겼어? 같이 있고 싶어서.(「천국의 기원」, 55쪽)

세상과 소통하지 못하는 주인공의 의식에는 어머니와 관련된 외상이 드리워져 있다. 어머니는 세상과의 소통을 원했으나, 철저하게 외면당했다. '같이 살자, 그렇지 못할 거면 같이 죽자'며 가스에 불을 붙이고 죽어간 어머니. 숨이 멎을 때까지 아이를 찾은 어머니의 모습은 세상에 대한 철저한 불신을 낳게 한다. 화자는 이러한 어머니를 자신의 몸에 새김으로써 영원히 간직하려 한다. 그리고 어머니를 대신할 대상을 찾아 나선다.

나는 아내를 사랑한다. 너무 사랑한다. 아니, 사랑해야 한다.(「천국의 기원」,

49쪽, 강조는 인용자)

첫사랑(엄마)을 영원히 간직하기 위해 화자는 아내를 '사랑해야 한다.' 하여, '죽었지만 영원히' 살아나는 사랑의 화수분, 냉동창고는 '천국의 기원'이다.

영원하려면 부패방지를 위해 차가움은 필수. 냉동창고는 우리들의 천국이다. 여기에는 이미 전처가 살고 있다. 엄마 또한 이곳에서 가족이 되어 살아갈 것이다. 어쩌면 지금의 아내도 곧 올지 모른다.(「천국의 기원」, 67쪽)

아내는 엄마에 대한 그리움을 대리 충족하는 대상이자, 붕괴된 가족을 상상적으로 재구성하는 도구이다. 이렇듯 「천국의 기원」은 뒤틀리고 왜곡된 사랑이 낳은 일그러진 가족의 자화상을 섬뜩하게 응시하고 있다.

「여긴 왜 왔지」와 「플라이 플라이」 그리고 「엄마가 수상해」 등은 희망과 절망을 오가는 가족 구성원 사이의 소통을 다루고 있다. 「여긴 왜 왔지」는 성에 대한 에피소드를 전경화한 성장소설의 구도와, 연희의 가족을 바라보는 관찰자적 시점을 도입함으로써 훈훈한 가족애를 포착하고 있다. 경쾌하고 리듬감 있는 어조로 앞이 보이지 않는 청년 실업자의 우울한 일상을 포착하고 있는 「플라이 플라이」 또한 꿈을 훼손한 아버지의 삶과 '자궁'을 들어낸(육체를 훼손한) 어머니의 모습을 포개면서 힘겹게 가족의 울타리를 지탱하고 있다. '엄마 2호, 3호, 4호'라는 신선하고 경쾌한 호칭이 눈길을 끄는 「엄마가 수상해」는 무능하고 의심 많은 아버지의 모습을 관찰하는 아들의 시선을 통해 흔들리는 가족 이데올로기를 심문하고 있다. 이상의 작품들은 희망과 절망, 교감과 단절 사이의 주름에 희미한 소통의 무늬를 음각하고 있다.

이렇듯, 작가가 펼쳐 보이는 서사의 스펙트럼은 다양하다. '바다'라는 공간에서 자유로워지려는 의지가 '가족'에 대한 탐색으로 이어지는 풍경과 더불어, 질박한 생활언어에 젖줄을 대던 문체가 젊음의 언어를 적극적으로 수용하고 있음을 엿볼 수 있었다. 이러한 변화는 소통의 기원, 즉 소통의 가능성과 불가능성을 탐문하는 치열한 작가의식으로 수렴되고 있는데, '소설 언어의 풍요로움'을 밑그림으로 하여 보다 촘촘한 서사의 짜임새를 구축하려는 의지로 표출되고 있다. 감칠맛 나는 언어와 치밀하게 구조화된 얼개는 삶의 속살을 파고들며 소설의 운명을 되새김질하고 있다. 기본에 충실해야 새로움을 불러올 수 있다는 사실을 곱씹으며, 모처럼만에 소설 읽는 재미를 만끽하게 해준 작가에게 고마운 마음을 전하며 글을 맺는다.

박제된 일상을 유영하는 '백야'의 언어

―김애현,『오후의 문장』

1

김애현의 첫 장편『과테말라의 염소들』(은행나무, 2010)은 탄탄한 이야기 구조와 섬세한 심리 표현, 경쾌하면서도 무게감 있는 문장, 날카로운 현실 인식, 세상을 보듬는 따스한 시선 등을 통해 '지금 여기'의 현실을 실감나게 포착하고 있다. 특히, 단편이나 중편의 양식으로도 충분할 만한 이야깃거리를 풍부하고 흥미로운 에피소드의 연쇄로 확장하면서 장편으로 밀어붙이는 힘은 기본기에 충실한 서사의 진가를 유감없이 보여준다.

이번에 내놓은 소설집『오후의 문장』(은행나무, 2011)은 젊음의 열정을 진중한 문제의식으로 곰삭인 서사의 향취가 물씬 풍긴다. 서사 양식의 본질에 충실하면서 거기에 새로운 감수성의 무늬를 음각하는 듬직한 작가의식은 '감동과 재미'라는 두 마리의 토끼를 잡는 데 기여하고 있다.

김애현의 소설은 익숙하면서도 낯선 풍경을 선사한다. '익숙하다' 함은, '현실 속에서 현실 너머를 꿈꾸는 서사의 모순된 운명'을 체현하고 있다는 점에서이다. 이를테면, 타자와 소통을 꿈꾸는 교감의 언어, 정체성 탐색의 이야기 구조, 상실과 부재의 흔적을 좇는 서사, 박제된 일상 너머를 꿈꾸는 작가의식 등은 이미 우리 소설이 탐사한 바 있는 익숙한 테마이다. 변한 듯이 보이나 변한 것이 거의 없는 근대적 일상을 탐색하는 데여전히 유효한 방식이다.

문제는 이를 어떻게 포착하느냐에 있다. 김애현은 근대적 일상을 '지금 여기'의 감수성으로 직조하고 있다. 그는 새로운 매체 환경을 외면하지 않고 그 안에서 소설 언어의 가능성을 탐색하고 있다. 소설의 주요한 배경인 인터넷 카페나 블로그, TV 드라마나 유아프로그램, 랩, 실버타운, 출판사(대필 작가, 기자), 백화점(피팅 모델) 등은 '지금 여기'의 현실을 가장 민감하게 보여주고 있는 무대들이다.

"지상으로부터 멀어진 인공 낙원"에서 박제된 일상을 유영하는 '백야'의 언어를 통해 새삼 소설의 본질을 심문하고 있는 문제적 텍스트 속으로 진입해보자.

2

「백야」는 몸에서 '빛'이 나는 인물의 이야기이다. 그는 아버지의 부재와 유난히 흰 피부 때문에 친구들의 조롱과 비웃음 속에서 불우한 유년기를 보냈다. 이름은 '광채'이다. 어둠이 짙고 깊으면 늘 가위에 눌리곤 하던 어머니가 아비 부재와 가난으로 얼룩진 집안을 밝히겠다고 지은 이름이다. 빛을 한 아름 끌어안는 태몽을 꾸었기 때문이기도 하다. 이렇듯 빛이 나는 현상은 화자의 의지와 무관하지만, 어머니가 아들에게 투영한 욕망을 통해 구체적 실감을 부여받고 있다.

빛은 존재의 "결핍과 과잉 사이"에 존재한다. 흰 피부로 인해 친구들에게 따돌림을 받았지만(결핍), 유난히 하얀 피부는 그만큼 광채를 내기(과잉)에 수월하기 때문이다.

빛은 '눈사람'을 통해 어머니와 이름이 같은 '친절한 금자 씨'와 접속한다. 금자 씨는 "목숨을 건 싸움에서처럼 서로를 향해 욕설을 퍼붓"는 세속의 빛에 상처받은 인물이다. 금자 씨는 '형광맨'의 사진을 보고 화자에게 연락한다. '친절한 금자 씨'의 호출을 통해 세간의 관심(방송국, 병원)에 움츠러들었던 '빛의 덩어리'가 은은하게 주위를 밝히기 시작한다. 금자 씨가 지어준 첫번째 별명인 '눈사람'은 현재의 소외를 넘어 유년의 기억(최초의 기억)으로 들어가는 관문의 역할을 한다. 눈사람을 통해 화자의 결핍과 금자 씨의 어둠이 만난다. 화자의 빛은 잔뜩 찌푸려진 금자씨의 미간을 얼마간 부드럽게 만들며 그녀의 어둠을 보듬는다. 이윽고 화자는 금자 씨의 몸으로 들어간다. 그녀의 방이 환해진다. 그녀에 의해 화자는 새롭게 태어난다. 결핍의 존재들 사이의 따스한 소통이 빛나는 장면이다. "사소하고 밋밋한, 그래서 누군가 토를 달아주지 않으면 결코 떠오르지 않는 지난날의 기억"이 소외된 현실의 어둠을 은은하게 밝히는 '백야(눈사람)'의 언어로 몸을 바꾼다. 이를 통해 "버리고 싶었던 것들"이 오히려 자신과 타인을 따스하게 감싸주는 아름다운 빛으로 거듭난다.

「빠삐루파, 빠삐루파」 또한 "키가 영영 크지 않을 것이란 절망감"을 부여안고 삶을 견디는 결핍의 존재가 주인공이다. 화자는 어머니를 여의고 두 다리가 잘려나간 반토막의 아버지와 함께 산다. 거추장스럽고 짐 같은 존재인 아버지와 뒹구는 구차한 일상은 눈물겹기까지 하다.

> 넌 언제 클래? 그렇게 말하던 아버지는 술을 마시는 여느 때처럼 뭉툭한 그곳을 쓰다듬고 있었다. 내 시선은 그곳을 매만지는 아버지의 손길에 붙박여 있었다. 그 모습은 영영 사라진 아버지의 두 다리처럼 나는 더 이상 자라지 않을 거라고 빈정대는 것 같았다. 뚜껑을 들썩이는 수증기처럼 난쟁이는 가쁜 숨을 뿜어내며 말했다. 아냐, 절대 아냐, 나는 난쟁이가 아냐, 나는 나야! 그때 내 열 손가락 끝으로 맹렬히 모여드는 살기에 목을 내맡긴 아버지의 눈빛은 섬뜩할 만큼 고요했다. 얘야, 걷고 싶다. 잘려나간 아버지의 두 다리가 큰 소리로 집 안을 걸어 다녔다. 그날 이후부터였는지도 모른다. 난쟁이를 잊기 위해 '뭐든 열심히 한다. 이때껏 그랬다', 나는
> (「빠삐루파, 빠삐루파」, 『오후의 문장』, 90쪽. 이하 책제목은 생략)

화자는 아버지의 '뭉툭한 그곳'을 응시하며 구질구질한 일상을 타고 넘는다. "영영 사라진 아버지의 두 다리"는 더 이상 자라지 않는 화자의 키와 다를 바 없다. 하여 "잘려나간 아버지의 두 다리"가 집 안을 걸어 다니는 소리는 "뚜껑을 들썩이는 수증기처럼" 가쁜 숨을 뿜어내는 난쟁이의 절규에 다름 아니다. 아버지와 화자는 한몸이다. 사정이 이러한데 어떻게 아버지의 삶을 외면할 수 있겠는가?

아버지는 쉰둘에 돌아가신 어머니를 생각하며 기저귀에 정액을 묻히고, 빠삐루파의 몸짓 하나하나에 빠져든다. 화자는 이러한 아버지의 판타지를 거부하지 않는다. 다만, 화려한 주문·마법의 세계를 창조하는 '빠삐루파'의 탈을 쓰고 그 안에서 판타지의 이면을 응시하고 있을 따름이다. 그는 행복한 빠삐루파의 세계에 짓눌린 '빠삐'의 삶을 살아내고 있

는 셈이다.

"말랑말랑한 그리움을 곱씹으며 기저귀에 정액"을 흩뿌리고 "단단했던 팔로 소주병을 움켜쥔 채 빠삐루파의 동화 속을 지치도록" 헤매는 아버지의 얼굴이 '소용돌이'치며 화자를 "어둡고 습한 빠삐루파의 속"에 내려놓지만, 화자는 이러한 구질구질한 삶의 무게에 좌절하지 않고 '러닝머신' 앞에 선다. 그리고 현실의 소용돌이 속으로 죽을힘을 다해 뛴다. 비록 자본의 속도에는 턱없이 모자라지만, 아버지의 뻔뻔한 응원이 있기에 그나마 위안이 된다.

뭐여!
아버지의 목소리를 듣는다. 인터폰의 수화기를 든 채 아버지는 벽에 등을 기대고 앉아 있다.
애비 기저귀값 벌려고 하루 종일 일하고 돌아온 내 자식이 운동 좀 하겠다는데!
아버지가 버럭, 화를 낸다.(「빠삐루파, 빠삐루파」, 108쪽)

화려한 자본의 논리에 적당히 순응하는 소설과, 그렇지 않고 이윤의 논리를 타고 넘는 지점에서 독자에게 손짓하는 소설은 차원이 다르다. 살아남기 위해 몸부림치는 이와 같은 난쟁이들의 행위가 독자들에게 공감을 불러일으키고 있다면, 김애현의 소설은 확실히 후자의 입장에 서 있다고 할 수 있다.

3

「래퍼K」는 '신동래퍼K'의 흔적을 좇는 여정과 자아의 정체성을 탐색하는 과정이 맞물려 있는 작품이다. 화자는 래퍼K를 취재하기 위해 만나는 사람들을 통해, 사표를 내고 자취를 감춘 선배가 그랬듯, 진정 자신의 원하는 삶이 무엇인지 곱씹어보게 된다.

화자가 취재하는 인물들은 그 면면이 다양하다. 래퍼, 취업 낙방생, 중학생 소녀, 아줌마, 아저씨 등 '래퍼K'를 증언하는 인물들은 세대와 취향, 관심이 제각각이다. '지금 여기'를 살아가는 다양한 삶의 모습이 폭넓게 스며들어 있다. 여기에 '래퍼K'와 접촉하는 인물 개개인의 정체성 탐색 과정이 교차되며 소설의 깊이가 확보되고 있다.

작가는 「래퍼K」를 통해 '느낌' '필'의 언어를 꿈꾼다.

느리다고 해서 모든 걸 다 알아들을 수 있는 건 아니에요. 사람들은 자기가 원하는 것만 들으려는 속성이 있다고 봐요. 빠르든 느리든 상관없이. 자신이 원하는 것과 다른 얘기는 그냥 흘려버리는 거죠. 쓰―윽(「래퍼K」, 49쪽)

양이 문제가 아니라 질이 문제였던 거죠. 말만 많이 하면 뭐해요. 느낌이 없는 걸(「래퍼K」, 58쪽)

난 랩할 줄 모든다, 그런데 알아듣겠더라, 그게 꼭 내 얘기더라, 등등(「래퍼K」, 61쪽)

그거야 필받아서 그런 거지. 내 나이쯤 돼 봐, 가슴이 두 귀야. 귀로 알아
들으면 뭘 해, 가슴이 못 느끼면 말짱 도루묵이지. 필은 그냥 여기에, 여기
에 꽉! 꽉! 꽂히면 되는 거라구.(「래퍼K」, 69쪽)

'랩'이 이야기와 노래의 중간 형식임을 감안한다면, 래퍼K의 흔적을
좇는 여정은 서정을 좇는 서사의 운명을 암시한다고 볼 수 있다. 래퍼K
와 접촉한 인물들은 하나같이 "이제 전처럼 살지 않을 거예요" "자신을
도로 믿게 되었어요" "이제 원하는 길로 가겠다" "나 하고 싶은 대로 하겠
다"라는 대답을 쏟아낸다. 스스로를 재발견하는 계기가 된 것이다. 이처
럼 래퍼K는 이성의 논리로는 좀처럼 이해되지 않는 불가사의한 힘을 지
녔다. 그의 '랩'은 도구적 이성을 넘어서는 '필'의 언어이다. 문학의 언어
는 이와 같은 '느낌'의 언어를 꿈꾼다. 하지만 화자가 래퍼K의 실체를 감
지할 수 없듯, 이러한 언어는 결코 현실화될 수 없다. 소설은 다만 그 흔
적을 좇을 수 있을 따름이다. 불가능함을 알고 있음에도 이에 가까이 가
기 위해 노력하는 것, 현실 속에서 현실 너머를 꿈꾸는 서사의 모순된 운
명이다.

「오후의 문장」에는 이러한 소설의 운명이 사랑과 불륜, 문명과 자연,
낙서와 문장 사이에 촘촘하게 음각되어 '모래그림'의 언어로 수렴되고
있다.

먼저, 불륜으로 표상되는 '미안해'라는 문장을 '사랑'의 이름으로 지우
기 위한 화자의 몸부림을 따라가보자. 화자와 K의 관계는 불륜이다. 화
자는 K를 처음 만났을 때 느꼈던 '좋다'의 이미지를 '사랑'의 문장으로 간
직하고 싶어 한다. 하지만 K는 '미안해'라는 말을 연발하며 그들의 관계
를 '불륜'으로 낙인찍기에 여념이 없다. '좋다'는 '싫다'에게 자리를 내준

다. 이제 K와의 관계를 끝내야 할 때이다. 화자가 그린 모래그림은 "이제 더 이상 당신을 사랑하지 않아요,라는 문장"이다. 상대가 '불륜'이라는데 그 그림에 내가 굳이 '사랑'이라고 박박 우겨 제목 달 일은 아니다. 이렇 듯 서로의 관점을 있는 그대로 받아들이는 것이 소통의 전제이다. 불륜 과 사랑은 더 이상 공존하지 못한다.

다음으로 사진작가가 찍은 '모래그림'에 적당한 문장을 찾아가는 과 정이 펼쳐진다. 화자는 대필작가이다. 사진작가는 육지와 섬을 오가는 가이드 역할로 생계를 유지하고 있는 와투아 족의 추장과 그의 딸이 그 린 그림을 찍어 왔다. "해가 지고 있다"는 의미를 담고 있는 그림은 그린 사람에 따라 분위기가 딴판이다. 추장의 딸이 그린 그림과 추장의 그림 은 전혀 다르다. 그들에게는 문자를 공유하는 규칙이 없다. 그래서 의미 에 집착하지 않고 자유로울 수 있다. 물이 차오르면 모래그림은 사라진 다. 그래서 언제든 다시 그릴 수 있다. 그들의 문장은 끊임없이 사라지고 또 나타났다가 사라진다. '의미'의 속박을 넘어선 자유로운 문장(언어) 인 셈이다.

마지막으로 아이의 문장에 갇힌 어미의 깨진 일상을 보듬는 여정을 살펴보자. 아이를 잃어버린 여자는 화자가 이사한 집에 남겨진 아이의 흔적을 좇아 수시로 벨을 누른다. "미르, 헤르 어덨어⋯⋯." 아이가 남긴 문장이다. 글을 쓸 줄 몰랐던 아이의 문장은 또 하나의 '모래그림'이다. 엄마는 아이가 남긴 문장에서 벗어나지 못한다. 하지만 누구도 아이의 모래그림에 닿을 수 없다. 거기에 가까이 다가갈 수 있을 따름이다. 화자 는 아이의 문장 위에 자신의 문장을 덧쓴다. 똑같을 수는 없다. 다만 아이 가 그것을 썼을 때나 혹은 그 위에 덧쓰고 나서도 여전히 그 문장이 낯서 라는 사실에는 변함이 없다. 아이의 모래그림에 닿을 수 없다는 사실을

인정하고 거기에 가깝게 다가가기 위해 똑같은 문장을 덧쓰는 행위야말
로 '오후의 문장' 같은 우리 시대 소설의 운명이 아닐까.

작가는 이러한 모래그림의 언어를 꿈꾸며 상처받은 영혼들의 깨진 일
상을 위무하고 있다.

4

「실러캔스」에는 "지상으로부터 멀어진 낙원"을 유영하는 '실러캔스들'의
화석화된 욕망이 투영되어 있다. 판매 실적이 '모성'의 가치를 대신하는
현실에서 인간은 누구나 "살아 있는 화석"이다.

「카리스마스탭」의 '바비' 또한 실러캔스의 다른 이름이다. 웃는 듯 우
는 듯 알 수 없는 바비의 무표정한 얼굴은 사람이라면 누구나 한번쯤 욕
망하는 그런 인형의 모습이다. 인간의 욕망을 자극하는 인형이 철저하게
사람처럼 보이지 않아야 한다는 역설. 인간다운 표정을 포기해야만 인간
의 욕망을 자극할 수 있는 셈이다. 인간은 자신의 존재론적 조건을 포기
해야만 욕망의 속도에 뒤처지지 않을 수 있다.

> ─벌레도 슬지 않을 거야. 그것을 먹기 위해서는 바삭하고 고소한 크런
> 치바의 단맛으로 내 안의 깊은 허기를 충동질해야 해. 무엇이든 먹기만 해
> 도 좋겠다는 생각을 한껏 부풀려. 그리고 다이어트바를 싼 비닐랩을 벗겨
> 내. 머릿속에 떠올린 단맛의 기운이 사그라들기 전까지 재빨리 먹어 치워
> 야만 해.(「카리스마스탭」, 292~293쪽)

가상의 욕망이 현실의 욕망을 장악하고 있는 위와 같은 풍경 앞에서 작가는 소설의 언어를 풀어놓는다.

「푸른 수조」와 「화이트아웃」에는 불가능을 꿈꾸는 소설의 언어가 아름다운 무늬로 새겨져 있다. 「푸른 수조」에는 이미 죽어버린 물고기를 '캉갈'로 보내는 화자의 행위가 드러난다. 소통 부재의 절망적 현실에 맞선 슬픔과 고통의 제의이다. 「화이트아웃」에는 "매끄러운 유리표면처럼 입체감이 느껴지지 않"는 거리에, '과거형'에 얽매인 부동자세의 일상에, "사전 속 단어의 풀이말처럼 건조하고 냉랭"한 삶에, "미처 눈치채지 못한 생의 틈에 빠져" 불안에 떨고 있는 박제된 삶에 생기를 불어 넣으려는 작가의 욕망이 오롯하게 부조돼 있다. 여기에는 "사진으로는, 사전으로는 도저히 못 믿을 그놈의 희망이나 행복"의 속살을 포착하려는 언어가 꿈틀대고 있다.

이렇듯 김애현의 소설은 화려한 문명의 이면, 즉 어둡고 빛이 닿지 않는 '먹빛 심연' 속을 천천히 헤엄치는 '실러캔스들'의 미세한 움직임을 통해 박제된 도시에 생명력을 불어넣고 있다.

저공비행 혹은 "품위 있는" "소멸"을 위하여

— 이진, 『알레그로 마에스토소』

정공법(正攻法)

'평범함 속에 깃든 비범함.' 이진 소설에 대한 첫인상이다. 사실 그의 소설은 그리 새롭지 않다. 안정된 문체, 탄탄한 서사 구조, 섬세한 내면 묘사, 살아 숨 쉬는 캐릭터, 경쾌하고 발랄한 언어감각 등, 단편소설이 갖추어야 할 요소들을 두루 겸비하고 있는 수작들이다. 한 편 한 편에 깃들어 있는 내공이 자연스럽게 흘러넘쳐 독자의 가슴에 잔잔한 파문을 일으키는 경우이다.

　서사 양식의 본질에 충실한 이진의 작품은, 우리 소설이 너무 새로움을 향해 비상한 것은 아닌지 곱씹어보게 한다. '포스트' 담론이 범람하는 '지금 여기'에서, 이야기성으로 충만한 그의 소설은 역설적으로 새로움을 부여받는다. 주저리주저리 엮이는 요설과 수다는 서사의 뼈대에 숨결을 불어넣고 있으며, 날카로운 풍자와 공명하는 경쾌한 익살은 '지금 여기'의 삶의 속살을 효과적으로 드러내는 데 기여하고 있다. 인물 고유의 독특한 삶의 이력을 안정된 서사 구조로 갈무리하는 솜씨는 가히 장인의 수준이라 할 만하다. 단편 양식의 한 모범을 연상케 할 정도로 기본에 충실한 소설들이다. 이른바 정공법(正攻法)을 고수한, 소설다운 소설들이다.

그래서 이진의 소설은 비범하다. 아니, 특별하다. 그의 작품은 살아 있는 인물의 내면을 포착한다. 이진의 소설이 선악의 이분법, 혹은 교훈적인 메시지 전달에 머무르지 않는 이유도 여기에 있다. 모순으로 가득찬 부조리한 현실을 거부하거나 비난하기는 쉽다. 하지만 그런다고 해서 현실이 변화하는 것은 아니다. 오히려 현실의 장벽을 더욱 공고하게 하는 경우가 많다. 구체적이지 않은 현실인식은 결코 삶을 변화시킬 수 없다. 다만 지속적이고 끈질긴 성찰을 통해 세계를 조금씩 변모시켜나갈 수 있을 따름이다. 이진의 소설은 낮은 목소리로 깊이 있는 메시지를 전달한다.

이 소설집 『알레그로 마에스토소』(새미, 2013)에서 선보이는 작품들은 "가시적 세계가 덮고 있는 외피들"을 "견고하고 정확한 어조"로 벗겨내며 "진정한 세계의 모습"을 드러낸(채희윤) 첫번째 소설집의 경향을 이어받으며 그 세계를 심화·확장하고 있다.

화려한 비상을 꿈꾸지만 저공비행에 만족할 수밖에 없는 청춘들의 고뇌와 방황, "품위 있는" "소멸"을 염원하는 노년의 애틋한 사연을 중심으로 그 풍경들을 일별해보기로 하자.

"키높이 깔창"만큼……

「164」에는 "키"에 얽힌 청춘의 방황과 고뇌가 경쾌한 어조로 음각되어 있다. "나"는 키가 "164"다. 대학 입학 후 첫 미팅 파트너로부터 "그 키로 누굴 넘보겠다고, 재수 없게시리!"라는 모욕적인 말을 듣는다. 화자는 전역 신고를 마치고 수술실로 직행한다. 이른바 멀쩡한 뼈를 잘라 늘어나도록 하는 키 높이기 수술이다.

> 인위적으로 부러뜨린 뼈가 예정된 길이만큼 늘어나도록, 뼛속에 삽입해 놓은 금속 핀에 자극을 주어 끊임없이 상처를 냄으로써, 뼈의 자기 치유력을 지연시키기 위함이었다. 무엇보다 힘든 건 끔찍하게 아프다는 거였다.(「164」, 『알레그로 마에스토소』, 27쪽. 이하 책제목은 생략)

문제는 "174" 혹은 "177"라는 충분히 큰 키를 가지고도 수술을 하는 사람이 있다는 것이다. "대한민국 20대 남성 평균 및 표준치"로 "꿀릴 일"이 없는 "174"가 "여자 친구의 비위"를 맞추기 위해 "멀쩡한 생 뼈"를 자른다. 이러한 "174"의 모습을 보는 "164"의 시선이 고울 리 없다. 뛰는 놈 위에 나는 놈이 있는 법. "174"의 여자친구는 "수술 따위 필요 없는 우수한 유전자를 가진" 다른 남자에게로 떠난다. "177이라는 충분히 큰 키를 가지고도 두 번의 수술"을 통해 여자의 요구를 충족시킨 "북극기린"이다. 웃을 수도 그렇다고 울 수도 없는 청춘의 만화경이다. 한 번의 수술로 6센티미터를 늘려 "보통 사람의 계열로 막 진입해 들어가는" 화자로서는 "어떤 노력"으로도 "극복할 수 없"는 한계다. 인간의 욕망은 끝이 없고 그 욕망의 충족은 한없이 연기된다. 하여, 원하는 것이면 무엇이든 얻을 수 있는 이 풍요로움의 시대에도 상대적 박탈감은 커져만 간다.

그렇다면 남자들에게 수술의 욕망을 자극하는 "21세기 대한민국 여성의 미의 표준"은 어떠한가? 그녀는 이른바 "성형수술 A급 소비자"다. 잊을 수 없는 모멸감을 안겨준 바로 그 첫 미팅의 여대생이건만 화자는 그녀를 알아보지 못한다. 그녀의 욕망은 "순풍의 돛"이 아니라 "덫"이다.

이렇듯, 작가는 우리 시대 젊음의 '속살'을 경쾌하면서도 발랄한 문체로 길어 올리고 있다. 날카로운 풍자 정신과 훈훈한 해학의 시선이 어울려 청춘의 초상을 돌올하게 되살려내고 있다. 작가는 그들의 사유와 감각을 그들의 언어와 표현방식으로 포착하고 있다.

수술 후 "키높이 깔창"을 뺄까 말까 잠깐 망설이다가 "그냥 그대로" 신고 나가는 화자의 태도, 혹은 미디어가 날조한 여성미의 표준(갸름한 달걀형 얼굴, V라인 턱선, 오똑한 콧날과 깊게 파인 쌍꺼풀 등)이라는 사실을 익히 알면서도 그것에 감동하지 않을 수 없는 딜레마적 상황이야말로 '지금 여기' 청춘의 현주소일 터이다. 작가는 외모지상주의가 초래한 경박한 젊음의 초상을 경계하는 동시에, 그들의 내면 깊숙이 침투해 있는 공허한 욕망의 실루엣을 놓치지 않는다.

이진의 소설은 윽박지르거나 고함치지 않는다. 그렇다고 공허한 메아리로 돌아올 세태 비판에 골몰하지도 않는다. 다만, 젊음의 풍경에 머물며 "키높이 깔창"만큼의 높이로 저공비행하고 있을 따름이다. 이 비행으로 인해 우리의 삶이 크게 달라지지는 않을 것이다. 그러나 이전의 삶과는 조금 다를 것이다. 이러한 차이로 인해 우리는 자신의 삶과 세계를 조금씩 바꾸어갈 수 있는 것이리라.

저공비행의 언어

여기 또 하나의 애틋한 청춘이 있다. 작가는 짐짓 "눈물이 있는, 가학적 풍경"이라고 명명해놓았다. 하지만 작품의 분위기는 전혀 그렇지 않다. 이진 소설의 매혹은 바로 여기에서 발원한다. 눈물과 비애를 경쾌한 언어로 드라이하는 연금술. 하지만 작가는 희화화로까지 나아가지 않는다. 너무 높게 비상하면 현실로 돌아오는 길을 잃게 마련이다. 주저앉지도 그렇다고 초월할 수도 없는 애틋한 청춘에게 마치 저공으로 비행하는 날개를 달아주는 듯하다. 그의 인물들이 발산하는 독특한 활력은 여기에서 나온다. 교통사고의 책임을 상대에게 전가시키는 "전화위복"의 언술을 보라.

앞차가 끼어드는 걸 보고 급히 브레이크를 밟았어요. 그 순간 미처 속도를 줄이지 못한 뒤차에게 받친 거 같아요. 그러니깐 뒤차에게 밀려서 앞차를 들이받게 된 거란 말이죠. 그리곤 아주 확신에 찬 표정을 지으며 승합차 운전자에게 동의를 구했다. 차체가 들이받히는 느낌이 쿵, 한 번이었을 거예요. 그렇죠? 제가 먼저 선생님 차를 들이받은 다음 2차 추돌로 이어졌으면 쿵―쿠쿵, 하는 식으로 두 번의 충격이 갔을 텐데요. 어때요, 한 번이 맞죠? 좁은 틈으로 끼어들려다 사고를 유발한 승합차 운전자는, 순식간이라 잘 모르겠지만 그랬던 거 같다며 어정쩡하게 수긍했다. 내겐 아무런 책임이 없음을 확정하는 순간이었다. 뒤차 운전자가 의구심을 떨치지 못한 표정으로 고개를 갸웃거렸다. 전화위복의 기술, 진실은 때로 이렇게 발명되는 것이다.(「눈물이 있는, 가학적 풍경」, 139~140쪽)

"진실"이 "발명"되는 저공비행의 순간이다. 여기에서 사실 관계의 확인은 그다지 중요하지 않다. 우리는 이 한 장면에서 주인공이 살아가는 방식이나 성격 그리고 세계관 등을 단숨에 파악하게 된다. 작가의 언어 감각이 돋보이는 부분이다.

화자는 "눈도 뜨기 전에" "친부"한테 "버림"받고, "바람기 많은" "어미 탓"에 여러 의붓아버지의 지붕 밑을 전전하다 결국 외할머니 집으로 쫓겨났다. 하지만 나름 꿋꿋하고 씩씩하게 자랐다. 그녀가 삶을 견디는 방식은 이렇다.

소녀 시절, 난 외할머니의 전승담을 나만의 판타지로 변경시키는 데 탁월한 능력을 발휘하곤 했다. (…) 분노에 찬 아버지의 실루엣은 제물로 바쳐진 공주를 위해 불 뿜는 용과 싸우는 용감한 왕자의 모습으로 변모했다. 그럴 때마다 나는 승리의 흰 깃발을 펄럭이며 저 먼 수평선에서 나타날 한 척의 배를 기다리느라, 극락강을 뒤덮은 금빛 햇살에 수없이 눈을 찡그리곤 했다. 엄마에게 상습적으로 폭력을 행사했다는 의처증 환자는, 진짜 아버지를 마법의 성에 가두고 아버지의 왕국을 강탈하려는 못된 용이었을 거란 상상도 나를 흥분시키곤 했다. 귀공자 아버지는 끝내 승리하여 엄청난 금은보화를 싣고 나를 찾아올 게 틀림없었다. 나이가 들 만큼 든 이후에도 난 그 환상을 버리지 않아왔다.(「눈물이 있는, 가학적 풍경」, 141~142쪽)

현실을 "판타지"로 "변경시키는" "탁월한 능력". "판타지"는 현실과 접속할 때 온전한 의미를 부여받는다. 갑작스럽게 돌출한 장애물과 충돌할 때 "환상"은 현실로 내려앉는다. "온갖 병들을 붙들어 안고" 사는 외할머니께 "수십 배의 이자"를 지불하며 살아가는 화자에게 아버지가 나타났다. 아니, 아버지의 부고 소식이 날아든다. 이복동생 "바보 민구"가 "누나"의 존재를 병원에 알린 것이다. 병원비를 결제하고 "장례절차"를 밟으라는 간호사의 질문에 화자는 "내가요? 왜요?"라고 응답한다. "새로운 하루를 불러내는 주문"이 "에이, 씨!"인 그녀답다. 하지만 "젖도 떼기 전에 어미한테 버림"받은 "바보 민구"를 어찌 외면하겠는가? 화자의 저공비행이 잠시 현실에 불시착하는 순간이다. 아버지는 "14평 아파트"와 "연봉의 반절을 웃도는 통장 잔고"를 남겼다. 화자는 자신의 "목을 수년간 옥죄었던 빚을 청산하고 홀가분하게 떠날 기회"를 잡았다. "앙코르와트 근처에서 식당을 운영하는 선배 언니가 사업 확장의 파트너로" 초대한 것이다. 이복동생 민구를 복지원에 맡긴 화자는 "뒤돌아보지 않고" 떠난다. 다시 저공비행을 시작한 화자는 악당도 아니고 순둥이도 아니다. 바보는 더더욱 아니다. 키높이 수술을 하여 "170"이 되었지만 여전히 "키높이 깔창"을 포기할 수 없는, 그래서 딱 "키높이 깔창" 높이의 날개가 필요한 「164」의 주인공처럼, 적당히 속물적이되 인간에 대한 "최소한의 예의"도 저버리지 않는 이 '미워할 수 없는' 캐릭터의 비상(飛上)에 누가 토를 달수 있겠는가? 그러니 그녀의 저공비행이 다시 중간 기착지에 내려앉기를 기대할 수밖에……. 이진의 다음 소설이 기다려지는 이유이다.

"품위 있는" "소멸"을 위하여

이번 작품집을 지배하는 정서의 한 축이 청춘의 저공비행이라면, 다른 한축은 죽음의 광장에 안착하려는 노년의 열망일 것이다. 「존엄사 클럽」에는 매력적인 할머니가 등장한다. 그녀는 "존엄사 클럽"의 마지막 회원으로 무려 "여섯 명"의 죽음을 방조했다. 그들 중 "누구도 목숨줄 질긴 노인네란 눈총 속에 살지 않았고, 맹목적인 삶의 의지만 남은 배설기구로 취급당하지 않았고, 자식의 시간과 돈을 갉아먹는 벌레로 남지 않았"다. "사는 동안 쌓아온 자신의 이미지며 어른으로서의 품위 또한 털끝 하나 다치지 않았"다. 하지만 자신의 "차례가 되니 도와줄 친구가 없"다.

> 나만의 이름을 잃고 싶지 않아. 풀린 눈동자로 그림자처럼 유영하면서 어르신이라는 보통명사로 통칭되는 게 싫어. 내 엉덩이와 사타구니를 남의 손에 맡기고 싶지 않아. 그런 날이 오면 내가 존엄한 한 인간으로, 노명화 선생이라는 자부심 속에서 죽을 수 있도록 당신이 도와줘.(「존엄사 클럽」, 82쪽)

치매 증세가 심해지는 "노명화 선생"을 "품위 있게 보내주"는 방조자로 "선애씨"가 선택되었다. 치밀하게 준비된 계획이 실패로 돌아가고, 그녀는 "쭈글쭈글한 얼굴 한 가득 오로지 하나의 욕망, 하나의 의지만이 끓어 넘"치는 "노명화 선생"의 '맨얼굴'을 목격한다. "선애씨"는 "좌절감과 딱 그 크기만큼의 안도감"을 동시에 느낀다. "노선생"에게는 "존재의 소멸에 대한 끈질기고도 강렬한 거부"만이 남아 있다. "선애씨"는 처음으로 그녀의 간절한 바람에 가 닿은 느낌이 든다. 이제야말로 "존엄사 클럽"의 진짜 회원이 된 듯한, "무겁고도 지극한 의무감"이 "선애씨"를 덮친다.

작가는 선악의 이분법으로 인간의 존엄성 문제를 재단하지 않는다. 작가의 관심은 안락사 혹은 존엄사에 대한 진부한 찬반 논쟁에 있지 않다. 존엄사 문제에 얽힌 인물들의 내면이 서사의 초점이다. 이 작품이 문제 삼는 것은 존엄사의 윤리성이 아니다. 오히려 "선애씨"와 "노선생"의 생각에 얼마나 공감할 수 있느냐가 관건이다. 그렇기에 독자들은 '선/악'의 테두리에 갇히지 않고 인간의 존엄성을 성찰할 수 있는 기회를 얻게 된다.

이처럼 이진의 소설은 초라한 현실을 견디며 살아가는 소시민들의 중층적인 내면, 즉 매개된 현실에 주목한다. 이들의 내면은 세속적인 삶과 그 너머를 길항하는 저공비행의 언어로 들끓고 있는데, 작가는 웅숭깊은 서사의 그물망으로 이를 포착함으로써 우리 시대 서사의 운명을 우직하게 감내하고 있다.

그가 주조한 서사의 운명은, 모던한 고전의 품격과 전근대적 삶의 방식을 결합하여 시공을 넘나드는 독특한 공감의 풍경을 연출한 장면(「알레그로 마에스토소」), 인간과 사이보그(웅녀)의 모순된 운명을 응시하며 인류의 '오래된 미래'를 가늠해보는 성찰적 시선(「웅녀를 위한 헌화가」) 그리고 미용실 간판 그림에 얽힌 일화를 통해 인생의 "반전 드라마"를 흥미진진하게 포착한 경우(「수다와 논평의 오류」) 등 다채롭고 풍요로운 언어로 직조되어 있다.

보너스 — 살아 숨 쉬는 말들

이진의 작품을 검토하면서 살아 숨 쉬는 말들의 꿈틀거림을 지나칠 수 없는 일이리라. "노선생"의 기묘한 웃음소리 "호옷!"은 그녀의 캐릭터 전체를 압도할 정도로 강렬한 이미지를 뿜어낸다.

다음의 대사를 소리 내어 읽어보라!

하여간 그렇게 시작됐어. 우리 '존엄사 클럽'은. 호옷!(「존엄사 클럽」, 70쪽)

치매에 걸린 노파 역할만 잘해내면 되겠다고 활짝 웃더라구. 그땐 정말로 몰랐어. 그 애가 남편과 함께 가버릴 줄은. 자식들이 지들 어미 역시 치매였다고 굳게 믿는 눈치더군, 어쩌면 그 애가 자식들에게 베푼 최고의 보시였을지 몰라. 호옷!(「존엄사 클럽」, 71쪽)

이만하면 인간 존엄성 수호에 한 몫을 한, 인류애 실현에 앞장 선 삶이 아닌가? 그런데 참 아이러니군. 정작 내 차례가 되니 날 도와줄 친구가 하나도 없다니. 호옷!(「존엄사 클럽」, 71쪽)

"호옷"은 차갑고 냉정해서 감히 접근할 수 없는 위엄을 지닌 듯하면서도, 경쾌하고 발랄한 "노선생"의 이미지를 환기한다. 자존심 강하고 깐깐한 동시에 쓸쓸하고 고독한 그녀의 캐릭터를 효과적으로 드러내는 표현이다. 그 자체로 읽는 재미를 쏠쏠하게 하는 "선애씨"의 언어감각도 이에 못지않다.

"어머나, 멋쟁이 할머니!! 산도적 같은 총각 놈이라도 뒤쫓아 오면 어쩌시려고……."(「존엄사 클럽」, 66쪽)

"노선생"의 옷차림에 속은 느낌, 즉 젊음을 흉내 내는 "늙은 여자에 대한 경멸감"을 "아침을 가장한 비아냥거림"으로 받아치는 톡톡 튀는 언어감각이 일품이다.

다음은 어떤가?

9시 15분. 두 개의 바늘이 일직선을 이루어 하나의 원을 위 아래로 반분하고 있다. 사적인 시간이 희미한 자취를 끌고 사라지는 동안 공적인 시간이 그 자리를 메우기 시작하는, 모든 공공기간의 직원들이 본격적인 일과로 돌입하는 딱 그때이다.(「존엄사 클럽」, 67쪽)

"노선생"의 "존엄사"를 방조하고 있는 자신의 행위에 대한 팽팽한 긴장이 잘 드러난 대목이다. "사적인 시간"과 "공적인 시간"이 교차하는 "9시 15분"은 "선애씨"가 자신의 내면을 곱씹어보는 시간이다. 욕망과 양심이 교차하는 이 순간은 "존엄사"의 문제를 개인적 의지와 공적인 윤리 사이에서 성찰하는 시간이기도 하다.

살아 숨 쉬는 생생한 언어의 숨결. 이진 소설이 선사하는 놓칠 수 없는 보너스다.

'착한 소설'의 역습

— 백지영, 『피아노가 있는 방』

전통적 서사 구조에 충실한 백지영의 소설이 낯설게 느껴지는 이유는 무엇일까? 1990년대 이후 이른바 '새로움'을 추구하기에 급급한 '젊은 소설들'의 실험이 식상해졌기 때문일까? 근대의 논리를 탈주하려는 소설의 모험이 자본의 논리에 갇혀 출구를 잃고 방황하고 있는 탓일까?

아무튼, 새롭게 부상하는 몇몇 징후들을 통해 사회를 재규정하려는 여러 시도에도 불구하고, '지금 여기'의 현실이 진부하다는 사실은 부인하기 어렵다. 우리는 여전히 타자와의 진실한 소통에 목말라하고 있으며, 해체되는 공동체(가정, 사회)의 '맨얼굴' 앞에서 어쩔 줄 몰라 바르르 떨고 있다. 나아가 꿈꿀 권리조차 허용하지 않는 냉혹한 사회 구조를 응시하며 분노를 삭인다.

상식이 통하지 않는 사회다. 윤리나 도덕은 교과서나 쓰레기통 속에서 곰팡내를 풍기며 썩어가고 있다. 백지영의 작품은 이 부패해가는 윤리와

도덕의 꼬리표를 부여잡고 기꺼이 근대 소설의 모험에 뛰어든다. 이른바 '착한 소설'의 역습이다.

이 소설집 『피아노가 있는 방』(휴먼앤북스, 2012)의 표제작 「피아노가 있는 방」에는 백지영의 작품세계를 구성하는 주요한 모티프들이 음각되어 있다. 우선 아내를 바라보는 화자(남편)의 시선이 눈길을 끈다. 그는 한 여자의 남편이면서 다른 여자(은하)를 사랑하고 있는 부도덕한 남자이다. 아내는 '지난 오 년 동안' '다섯 번의 사업 실패'를 한 남편을 대신해 억척스럽게 가정을 지탱해온 실질적인 가장이다. 작품 속 화자는 아내에 비해 우월한 위치에 놓인 듯하나 실상은 그렇지 못하다. 풍자의 대상인 셈이다. 그는 '피아노'를 통해 꿈을 찾아가는 아내의 모습을 애써 외면하고 있다.

> 바보 같은 아내는 공장을 그만둔 사실을 차마 알리지 못한 것이다. 그리고 밤거리를 헤매며 새로운 일자리를 찾기 위해 전전긍긍하는 것이 분명했다.(「피아노가 있는 방」, 『피아노가 있는 방』, 26쪽. 이하 책제목은 생략)

동시에 화자의 목소리는 가정(어머니)과 사회(잇따른 사업 실패) 그리고 연인(은하)에게 버림받은 자의 애처로운 자기변명이기도 하다. 화자의 결혼은 불행한 가족사(어머니에 대한 그리움)와 좌절된 사랑(은하와 꿈꾼 낭만적 사랑)에 대한 보상심리가 낳은 실패작이다.

여기에서 백지영의 소설을 지배하는 '아비 부재의 모티프'가 등장한다. 그의 인물들은 가장(아버지)이 부재한 가정에서 자랐기 때문에 정상적인 가족의 구성원으로 자리매김하지 못하고 있다. 어머니에 대한 지나친 집착은 정상적인 사랑을 불가능하게 한다. 이에 등장인물들은 가정의 울타리를 넘나들며 끊임없이 새로운 사랑의 대상을 찾는다. 이렇듯, 아비 부재의 가정을 다음 세대에게 물려주는 악순환의 고리는 견고하다. 작가는 이 견고한 악순환의 고리를 응시하며 우리 사회의 모순된 구조를 해부하고 있는 셈이다.

'가구'가 되어 '피아노'의 '검은 웃음'에 '몸서리치'고 있는 초라한 '가장'. '지금 여기'의 현실을 견디고 있는 무기력한 가장의 자화상이라 할 만하다. 화자가 생각하기에 '피아노'는 '아름다운 거실에서 예쁜 소녀가 가족들의 박수를 받으며 치는 것'이다. 피아노는 '옹색하기 짝이 없는 사글셋방'과 '남들 앞에선 말 한마디 제대로 할 줄 모르던 아내'에게는 어울리지 않는 장식품이다. 피아노에 대한 화자의 증오는 좌절된 꿈(가족이루기/낭만적 사랑)에 대한 그리움의 역설적 상징이다.

반면, 아내에게 피아노는 새로운 삶을 꿈꾸게 하는 매개체이다. '피아노를 칠 때' 그녀는 '다른 사람'으로 변신한다. '그녀의 두 손은 마치 사랑하는 사람을 애무하듯' '건반 위'를 옮겨 다닌다. 마치 피아노와 정사를 벌이는 듯하다.

물론 이러한 작중 상황은 화자 스스로가 초래한 결과이다. 하지만 화자는 끝내 자신의 내면(정신적 상처)을 들여다보려 하지 않는다. 백지영 소설의 묘한 매력은 여기에서 발생한다. 타자(여자)에게 상처를 주는 인물(남자)이 더 깊은 정신적 외상을 지니고 있는 형국이다. 미워하고 싶지만 결코 미워할 수 없는 캐릭터이다.

「아버지의 흡연실」은 가부장의 몰락을 추적하고 있는 작품이다. 이는 한 시대를 풍미했던 기성세대의 몰락과 맞물려 있다. 명동성당에서 시위대와 마주한 아버지의 모습은 가정에서의 권위 상실과 동일한 궤적을 그리고 있다. 거리에 나선 아버지는 주위의 사람들과 어울리지 못하고 '부유물처럼 겉'돈다.

'담배'는 권위가 몰락해가는 아버지의 마지막 자존심을 상징하는 장치이다. '아버지의 흡연실'에는 '옛날의 위용'을 표상하는 물건들, 즉 '은수저, 중절모, 파이프, 권총, 사진' 등이 쌓여간다. '담배마저 떨어진 아버지가 흡연실에서 나오기 위한 명분은 무엇일까?' 작품은 이 질문에서 정확하게 멈춘다. 한때 우리 사회를 지탱했던 가부장을 떠나보내는 작가의 복잡한 마음이 투영된 대목이다. 쉽게 외면할 수도 그렇다고 그들의 '명분'에 동의할 수도 없지 않은가. 뒷맛이 개운하지 못한 백지영 소설이 발산하는 진실성은 바로 여기에 있다. 작가는 앞으로 나아갈 수도 그렇다고 뒤로 물러설 수도 없는 근대 서사의 모순된 운명을 정직하게 응시하고 있는 것이다.

「곰탕」은 '곰탕집 딸' '배국자'가 자신의 '운명'에 도전하는 진솔하고 경쾌한 성장 서사이다. 엄마는 유부남을 사랑하여 아비 없는 가정을 딸에게 물려준다. '남의 가정을 파탄 내버린 파렴치한'이 되었어도 엄마는 '아버지와 헤어지지 않았다.' '아버지는 결국 본부인의 곁으로 돌아'간다. 본부인이 중풍을 맞았기 때문이다. 아버지는 병수발을 자청한다. 엄마 또한 죄책감으로 인해 아버지를 붙잡지 못했다.

아버지는 연민의 대상이자 무기력한 가부장의 전형이다. 이른바 화자에게 아비 부재의 가정을 물려준 '유령'이다. 나아가 이 유령은 화자에게 유부남을 사랑하게 되는 반쪽짜리 인생을 선사한다.

> 평생을 죄책감에 산 엄마의 눈물로 끓인 곰탕을 나는 더 이상 끓이고 싶지 않았다. 내 턱을 좋아한다고 말하는 그. 그 부질없는 사랑에게서도 벗어나고 싶었다.(「곰탕」, 45쪽)

따라서 '곰탕집 국자 모양'의 '삐죽이 나온 아래턱'을 고치려는 화자의 의도는 '어머니 넘어서기' 혹은 '자신의 운명 개척하기'에 다름 아니다. '아버지 호적에도 못 올라본 엄마처럼 살기 싫어서'이다. 무능한 아버지와 체념적인 어머니가 '배국자'의 운명을 합작했다.

> 이 꿈에서 깨면 나는 내 운명을 바꿀 수 있을까. 갑자기 그가 보고 싶었다. 마지막으로 꼭 한 번만.(「곰탕」, 53쪽)

운명 앞에서 머뭇거리는 열린 결말이 진한 여운을 남긴다. 스스로의 운명을 바꿀 수 있는 사람은 없다. 다만 그 운명에 맞서 변화시키기 위해 노력할 수 있을 따름이다.

「시네마천국으로 가는 길」은 꿈을 찾아가는 가난한 청춘들의 눈물겨운 여정을 훈훈하게 좇고 있는 중편이다. 아비 부재의 가정은 화자에게서 꿈을 앗아간다. 화자는 경제적 이유로 인해 떨어져 살았던 쌍둥이 동생의 뒷바라지를 자청한다. 그녀는 음악에 재능이 있는 동생을 공부시키는 것이 자신의 의무라 생각한다. 동생을 통해 '무대 위에 선' 자신의 모습을 상상한다. 이제 그녀를 보아주는 사람도 없다. 그러던 중 동생이 무대에 서겠다는 꿈을 접고 봉사활동에 전념하겠다는 소식을 전해온다. 곧 결혼한다는 말과 함께.

동생에게로 투사된 꿈이 붕괴되는 순간이다.

> 자신들의 꿈은 소중하다면서 사람들은 어쩌면 이렇게 아무 가책도 없이 내 꿈을 한순간에 무너뜨리는 걸까.(「시네마천국으로 가는 길」, 168쪽)

그런데 여태 내가 쫓았던 내 꿈은 뭘까? (…) 그동안 남의 꿈에 취해 있었다는 걸 깨달았다. 이제 그것에서 깨어 나오리라. 그런데 그런 나를 기다리는 건 신산한 현실뿐이었다.(「시네마천국으로 가는 길」, 180~181쪽)

엄마와는 달리 자식에게 좋은 가정을 만들어주고 싶다는 동생의 꿈이 '남의 꿈에 취해 있었'던 화자를 각성케 한다. 이제 '신산한 현실'에서 새롭게 출발하는 일만 남았다.

미연과 화자는 '공항'으로 여행을 떠난다. 그들은 '이태리'로 표상되는 꿈에 조금씩 다가간다. 마침 〈시네마 천국〉의 음악을 작곡한 세계적인 영화 음악의 거장 '엔니오 모리코네'가 방한한다. 누구도 그녀들처럼 호들갑을 떨지 않는다. '사랑해요! 모리코네!'라는 환호에 '주름 가득한' 모리코네의 얼굴에 잠시 미소가 번진다. 그들이 꿈꾸었던 이태리(영화)가 선사한 소박한 보너스다.

드디어 화자와 미연은 자신만의 꿈을 다시 꾸기 시작한다. 미연은 친척이 하는 슈퍼에서 일을 하면서 시나리오 창작 수업을 받으며 다시 이태리에 대한 꿈을 키운다. 화자는 요리학원에 다니며 음식점 경영에 본격적으로 뛰어든다. 아마추어 요리경연대회 개최지가 나폴리다. 누구 때문이 아닌 자기 자신 때문에 '이태리'에 가야 하는 이유가 생겼다. '다시 이태리를 꿈꿀 수 있다는 사실만으로도 행복감이 밀려'든다.

'우린 왜 이렇게 이태리 가는 길이 멀기만 할까'라는 미연의 마지막 독백이 진한 여운을 남긴다. 작가는 이 땅 젊은이들의 꿈을 앗아가는 황폐한 현실을 심문하며, 그럼에도 불구하고 꿈꾸기를 포기하지 않는 '순박한 청춘들'의 애틋한 몸부림을 정공법으로 길어 올리고 있다.

「자국 남기기」는 무정히 떠난 아비의 빈자리를 메우며 꿋꿋하게 생활하는 소녀의 성장담을 담고 있는 작품이다. 화자는 아빠를 적으로 삼아 엄마에게 전교 1등의 성적표를 안겨주려고 한다. 아빠는 그녀에게 그리움과 미움의 양가적 대상이다. 아빠는 늘 멋진 사람이었다. 그런 아빠가 엄마와 결혼하다니 이해할 수가 없다. 아빠를 동경하는 마음은 엄마에 대한 죄책감을 유발한다. 하여, 아빠를 미워하고 엄마를 동정하게 된다. 아빠는 엄마를 사랑하지 않았다. 사랑하지도 않는 여자와 결혼해 가정을 꾸리고 아이까지 낳은 아빠를 이해할 수도 용서할 수도 없다. 아빠는 글을 쓰겠다는 꿈이 좌절되자 가족을 버리고 한국을 떠났다. 심지어 엄마가 아닌 다른 여자를 사랑하고 있다. 하지만 엄마는 일편단심 아빠만 바라본다. 아빠를 잊기는커녕 아빠에게 잘 보이기 위해 살아가는 것 같다.

따라서 이 작품의 주제는 '미워할 거라 다짐했는데' '그러면 그럴수록 그리움'만 쌓여가는 아빠의 흔적 지우기이다.

> 이제 누군가를 적으로 만들고 살고 싶지 않았다. 아빠도 아빠를 빼앗아 간 세상도. 그 세상에 자국 하나 남기기를 소원하는 누군가를 위해서라도 그래야 할 것 같았다. 그렇다면 그리움을 먼저 지워야 했다. 너무 그리워 원망으로 바뀌던 그것을. 그 원망까지도 새집으로 가져가고 싶진 않았다. 새집에서는 뭐든지 새롭게 시작해야 한다. 미움도 그리움도 철저히 잊어야 한다.(「자국 남기기」, 307~308쪽)

이는 아빠에게 남기는 마지막 그리움의 흔적인 '안녕? 아빠?'를 '머리가 아닌 가슴속'에 새기는 일이기도 하다.

백지영의 소설은 가장 가까운 이들에게 버림받은 사람들의 고통스러운 내면을 집요하게 탐색하고 있다. 절망을 딛고 일어서는 자들이 연출

하는 삶의 풍경은 고통스럽기 그지없지만, 그래도 아직까지 세상은 살
만하다는 가느다란 희망의 빛을 던져주고 있다.

　'착한 소설'의 역습이 '나쁜 현실'에 균열을 내는 지점은 바로 여기이다.

제3부
'속울음'의 시학

'분노'를 넘어 '공감'으로

—최근 시에 나타난 분노의 양상

1

그야말로 '분노'의 시대이다. '분노'는 '지금 여기' 우리 사회의 표정을 엿볼 수 있는 가장 효과적인 키워드의 하나이다. 일제강점기와 해방, 전쟁과 분단으로 이어지는 격변의 근·현대사에서 '가난'과 '이념 갈등' '권위주의적 독재' 등은 보다 나은 삶에 대한 염원을 분출하는 분노의 주요한 동기가 되었다. 국가 사회주의의 붕괴와 전지구적 자본주의의 확산은 새로운 형태의 분노를 광범위하게 유포시켰다. 특히, 글로벌 경제위기 이후 극소수의 탐욕에 대한 다수의 분노는 세계인의 공통감각으로 자리잡았다. 인류가 쌓아올린 문명의 '바벨탑'은 하늘을 찌를 기세인데 여전히 수많은 사람들은 분노를 삭이며 고통스러운 현실의 하루하루를 견디고 있다.

문학작품에서 '분노에 젖어 있는 우리 사회의 서글픈 이면'을 만나는 일은 그리 낯설지 않은 풍경이 되었다. 대다수의 사람들이 고통스러운 삶을 이어가며 절실한 분노의 메시지를 발신하고 있는데, 서로의 분노에 접속하는 일은 점점 어려워지고 있다. 인종, 계급, 성차 등을 가로지르며 강력한 기세로 분노를 확산시키고 있는 자본의 메커니즘에 압도되어 고립된 각자의 공간에서 제각기의 목소리로 울분을 토하고 있는 형국이다. 이제 사회의 부조리를 직설적으로 고발하는 목소리만으로는 분노를 확대재생산하는 자본주의 시스템에 맞서기 어려워졌다. '어떻게 분노할 것인가' 혹은 '공감·소통의 장으로서의 분노', 즉 분노를 연결하는 공감의 네트워크에 대한 성찰이 필요한 때이다.

주지하듯, 현실에 대한 불만은 시의 주요한 창작 동기가 되어왔다. 보다 나은 삶에 대한 열망은 그것을 가로막는 현실의 부조리를 참을 수 없게 만든다. 시(문학)는 '언어'를 통해 이러한 '분노'를 다스린다. 나아가 분노를 새로운 삶을 추동하는 생산적인 에너지로 승화시키곤 한다.

하여, 시 쓰기는 언어를 매개로 모순된 현실에 분노(저항)하고, 이를 통해 역사의 흐름에 참여하는 과정이라 할 수 있다. 시적 언어는 끓어오르는 감정적 외침에 공감의 에너지를 불어넣음으로써 창조성을 부여한다. 분노를 창조적 에너지로 승화시키는 연금술은 여기에서 비롯된다.

우리가 영혼을 가졌다는 증거는 셀 수 없이 많다.
오늘은 그중 하나만 보여주마.
그리고 내일 또 하나.
그렇게 하루에 하나씩

— 심보선, 「말들」 전문

시인은 인간의 "영혼"을 말살하는 세계의 불의에 맞서 "언어(말들)"를 통해 자신의 "영혼"을 증명하는 자들이다. 그들의 언어는 분노의 감정을 넘어서는 '공감의 말들'을 지향한다.

2

광주민중항쟁의 절규를 가슴에 품고 역사와 시대 현실의 중심으로 길을 떠났던 1980년대 문학의 분노가 막 스러진 자리에서 피어난 '절망의 꽃'에서 논의의 실마리를 풀어보자.

여기 "제 어둠의 무게로 스스로 금이 간" 도시의 "굳어버린 자궁" 속에서 "어둠의 피들을 빨아" "피고름의 꽃(매독균)"을 피우는(「잡풀의 詩 1」) 처절한 노래가 있다.

> 옴꽃이 피어
> 고름 뚝뚝 떨구는 두 손을 내밀었지
> 텔레비전 카메라 앞으로, 마치 구걸을 하듯
> 골목은 깊고 어두웠지만, 저 기계의 눈에
> 비참의 사타구니까지 보여주고 싶었어
> 눈부신 조명 불빛 아래
> 轉落의 고향까지 밝혀
> 더 이상 나락일 수 없는 세상, 저 앵글의
> 허어연 백태가 낀 눈에 인각시키고 싶었어
> 이 도시의 신경, 보이지 않는 무선을 타고

꺼진 브라운관의 가슴들 속에 눈물을 켜고 싶었어

콘크리트의 살갗에 옴꽃으로 피어 있는 이들

아무리 고름 흘려도

피고름을 흘려도, 간지럽다고

얼굴 한번 찡그리지 않는 서울, 이 시멘트빛

겨울밤을 지새우기 위해, 남대문 초등학교 돌담 밑

쓰레기 하치장에는 모닥불이 타오르고

진눈깨비가 가슴 짓무르뜨리고 있는 이 밤

우리 추락의 내력을 캐내어, 저 모닥불 같은

내일을 마련해주기 위해 찾아왔다고, 드르륵

카메라가 뜨겁게 심장 뛰는 소리를 들려줄 때

저 앵글의 눈물 그렁한 눈빛이 시키는 대로 나는

고름 젖은 손을 더욱 뜨겁게 피워 올렸지

　　　　　　　　　—김신용, 「저 기계의 눈에 골목은 깊고 어두워」 부분

　"선연한" "노을로 뚝뚝 흐르는" 이 "옴꽃"의 언어는 "아무리 고름 흘
려도/피고름을 흘려도, 간지럽다고/얼굴 한번 찡그리지 않는" "도시"의
"시멘트빛"에 맞서는 저항의 몸짓이다. "비참의 사타구니"까지 까발리며
"추락의 내력을 캐내어, 저 모닥불 같은/내일을 마련해주기 위해 찾아왔
다고" "뜨겁게 심장 뛰는 소리"로 "노크"해도 "허어연 백태가 낀" "기계의
눈"은 응답이 없다.

　"콘크리트의 살갗"에 "옴꽃"으로 피어나는 "잡풀"의 언어가 눈물겹
도록 처연하다. 이 "피고름"의 노래는 분노 이후 혹은 분노를 넘어선 '절
망/희망의 비가(悲歌)'이다. 철저히 짓밟힌 처지에 대한 분노를 딛고 일어

선 부활의 언어이다. 여기에는 세상과 소통하고자 하는 욕망("두 손을 내밀었지" "고름 젖은 손을 더욱 뜨겁게 피워 올렸지" "내 노크 소리"), 자신의 진실을 보여주고 싶은 마음("비참의 사타구니까지 보여주고 싶었어" "우리 추락의 내력을 캐내어"), 보다 나은 삶에 대한 염원("저 모닥불 같은/내일을 마련해주기 위해 찾아왔다고") 등이 스며 있다. 하여, 인간 영혼을 말살하는 "기계의 눈"에 맞선 이 '분노를 넘어선 분노'의 언어는 단순한 증오의 언어가 아니다. 오히려 "서울, 이 시멘트빛"의 "어둠"을 "짓무르뜨리"는 공감의 언어에 가깝다고 할 수 있다.

그렇다면 다음의 경우는 어떠한가?

> 더 일하게 해달라는 절규 자체가 비극이다
> 우리는 강둑을 달리던 웃음도 잃고
> 흰구름을 보면 맑아지던 영혼도 빼앗기고
> 그렇지, 가난했던 외등 아래의 설렘도
> 어쩔 수 없이 그 자리에 놔두고 떠나왔다
> 돌아갈 길은 아득히 지워졌는데
> 더 일하면 모든 게 되돌려질 것처럼 내내 믿어왔는데
> 이제는 밥만 먹게 해달라고 울어야 한다
> 초침처럼 빠르게 계산을 하겠다고
> 화장실 변기를 반짝반짝 닦겠다고
> 외주 용역은 안 된다,
> 찬 바닥에 드러누워야 한다
> 내 몸을 구석구석 착취해달라는 절규 자체가
> 너무 지독한 치욕인데

치욕에 대한 예의도 모르는 자들에게
무엇보다,
우리가 먹는 밥이 뜨거운 까닭이
자신들의 착취 때문임을 죽어도 알 수 없는 자들에게
더 일하게 해달라며 검게 타버린 영혼을
남김없이 보여줘야 하다니!

가지기 싫은 원한을
한 아름씩 나눠 가져야 하는 것 자체가
너무나 무거운 비극이다

— 황규관,「비창(悲愴)」전문

위의 시에는 세 겹의 분노가 길항하고 있다. 첫째, 착취하는 자(자본가)들에 대한 분노. 그들은 "치욕에 대한 예의도 모르는 자들"이다. 둘째, '노동'의 가치가 훼손되는 현실에 대한 분노. 이는 "더 일하게 해달라는 절규" 나아가 "내 몸을 구석구석 착취해달라는 절규"와 공명하고 있다. 셋째, 자신의 "검게 타버린 영혼을/남김없이 보여줘야" 하는 노동 주체의 치욕적 자의식에 투영된 분노이다.

분노가 향하는 과녁이 여러 겹으로 포개져 있는 셈이다. 분노의 화살이 소수의 특권 계층에서, 복잡하게 얽힌 현실을 거쳐 "검게 타버린" 노동자의 내면으로 되돌아오고 있지 않은가. 분노에 가득 찬 "절규"가 참담하도록 슬프고 서러운 노래["비창(悲愴)"]로 몸을 바꾸는 순간이다.

이러한 상황에서 노동자는 무엇으로 살아가는가? 다음의 시에는 용접공으로 일한 한 노동자의 삶과 꿈이 차분한 어조로 펼쳐지고 있다. 이 어조 속에 노동과 꿈을 앗아가는 문명 혹은 현실에 대한 분노가 잔잔하게 흐르고 있다.

철과 장미의 문명 속에서 그는 용접공으로 일했다 철가면을 쓰면 산소용접기 밖으로 장미처럼 피어오르는 불꽃이 보였다 그는 철과 장미를 사랑했다 불이 붙는 독한 술을 즐겨 마셨고 쇠못을 씹어 먹는 철인이었다 중금속에 중독된 그의 눈은 세상이 온통 붉은색 셀로판지처럼 보이게 만들었다 용접 불꽃이 그의 눈을 멀게 만들수록 세상에 없는 단 하나의 붉은색을 지닌 철의 장미를 그는 볼 수 있었다 그의 피는 붉은 철로 철철 넘쳐흘렀고 그는 조금씩 녹슬어갔다

그의 철근콘크리트 지하방은 습하고 어두운 철가면 같았다 철가면은 심해 속으로 가라앉는 자물쇠처럼 무거웠다 강철 수면(水面) 위로 드러난 그의 얼굴은 점점 철가면을 닮아갔다 그는 눈을 뜰 때마다 철가면을 쓴 채 욕조 안에 몸을 담근 자신을 발견하곤 했다 파이프들이 붉은 녹을 떨어뜨리며 삐걱거렸다 욕조 속의 물이 용광로처럼 부글부글 끓었다 그의 알몸은 장미 잎 같은 붉은 화상 자국투성이였다

그는 일생 동안 불꽃만을 바라본 몽상가에 가까웠다 그는 용접 불꽃 속에서 살아 있는 구멍들을 보았다 오, 입 벌린 구멍들 모음들 비명들이 불타오르는 지옥을 보았다 그 구멍 저편에선 아름다운 붉은 장미의 정원이 펼쳐져 있었다 그의 두 눈엔 콘센트 구멍 같은 어둠이 고여갔다

그는 철가면을 쓴 채 홍등이 켜진 도살장 골목을 붉은 쇳물처럼 흘러다

넜다 도살장 골목 어둠 저편 번쩍거리는 칼날들이 뱀의 혀 같은 용접 불꽃처럼 쉭쉭거렸다 붉은 장화를 신은 인부들이 소머리가 가득 쌓인 수레를 끌고 다녔다 도살장 담벼락엔 덩굴장미가 대퇴부 핏물처럼 번지고 있었다 담벼락 너머 높다란 송전탑에서 철근들이 금속성의 동물 울음소리를 내며 뒤틀렸다 도살장 시멘트 바닥 물웅덩이 위로 뜨거운 김이 피어올랐고 고압전류 같은 쩌릿쩌릿한 비가 내렸다

그는 송전탑 꼭대기 위로 덩굴장미처럼 기어오르기 시작했다 번쩍, 가시철조망 같은 번개가 송전탑에 내리꽂혔다 고압전류 속에서 그는 자신의 철가면과 함께 흐물거리며 녹아들었다 철가면이 송전탑의 철근 속으로 들러붙고 있었다 송전탑 밑 지상의 사람들이 붉은 뼈를 드러낸 채 해골처럼 웃고 있었다 번개가 번쩍거릴 때마다

송전탑은 거대한 한 송이 붉은 장미로 피어났다

—조인호, 「철가면」 전문

"철과 장미의 문명 속에서" "용접공으로 일"한 노동자(몽상가)의 삶과 꿈을, 애틋하면서도 아름다운 무늬로 주조하고 있는 작품이다. 시인은 "철과 장미"를 사랑했던 한 노동자의 소망과 꿈이 "철가면"과 함께 "송전탑의 철근 속으로 들러붙"는 과정을 핍진하게 직조함으로써, 소외된 노동의 현실을 미학적으로 구조화하는 데 성공하고 있다. 분노의 "불꽃"이 시의 형식에 "용접"된 형국이다.

"철가면"을 쓰면, "산소용접기 밖으로 장미처럼 피어오르는 불꽃"이 보인다. 이 "용접 불꽃이 그의 눈을 멀게 만들수록 세상에 없는 단 하나의

붉은색을 지닌 철의 장미"가 그만큼 또렷해진다. 하지만 "아름다운 붉은 장미의 정원"은 늘 현실의 "저편"에 펼쳐져 있다. 이 "장미의 정원"에 닿지 못하는 "그의 두 눈엔 콘센트 구멍 같은 어둠이 고여"간다. 하여, 그가 본 "용접 불꽃 속의 살아 있는 구멍들"은 "비명들이 불타오르는 지옥"의 다른 이름일 뿐이다. "불꽃"에 집착할수록, "몽상가"의 "피는 붉은 철로 철철 넘쳐"흐르고, "그는 조금씩 녹슬어"간다. "그의 얼굴"은 점점 "철가면"을 닮아가고, "그의 알몸은 장미 잎 같은 붉은 화상 자국투성이"가 된다. 급기야 "철의 장미"는 녹슬어가는 "붉은 철"로 몸을 바꾸기에 이른다.

"장미처럼 피어오르는 불꽃"을 보여주었던 "철가면"은 "홍등이 켜진 도살장 골목"을 흘러다니는 "붉은 쇳물"을 비추어줄 따름이다. "철가면"은 "심해 속으로 가라앉는 자물쇠"처럼 그를 가둔다. 하지만 "도살장 담벼락"에 "핏물처럼 번지"는 "덩굴장미"의 걸음은 여기에서 멈추지 않는다. "담벼락 너머 높다란 송전탑"에 갇힌 "철근들이 금속성의 동물 울음소리를 내며" 손짓하고 있기 때문이다.

마침내, "그는 송전탑 꼭대기 위로 덩굴장미처럼 기어"올라, 고여 있는 "고압전류 속에서" "철가면과 함께 흐물거리며 녹아"든다. 그리고 "거대한 한 송이 붉은 장미로 피어"난다. 이 "붉은 장미"야말로 "송전탑" 아래에서 "붉은 뼈를 드러낸 채 해골처럼 웃고 있"는 "지상의 사람들"에게 보내는 시학적 분노의 하나라 할 수 있지 않을까.

3

지구촌의 비참한 풍경과 무력한 내면을 포개며 분노를 다스리는 목소리

도 있다. 다음의 시는 '분노'할 수 없는 무기력한 자신에 대한 '분노'를 형
상화하고 있다.

아이티에서 진흙 쿠키를 먹는 아이를 보면서 밥을 굶지 말자, 진흙 같은
마음을 구웠다. 내전이 빈번한 나라처럼 부글부글 끓는다. 라면 같은 그것
을 날마다 먹어야 한다. 스스로를 아끼자, 스프 같은 마음을 삼켰다. 한 장
의 휴지를 아끼기 위하여 코를 마셨다. 자위를 삼갔다. 물로 닦았다. 성병
걸린 르완다 여자애를 떠올리며 성호를 그었다. 이마에서 배로 손가락을
옮길 때 손을 잘 씻어야지, 불현듯 다짐했다. 지진을 대비한 건물처럼 잘
휘어지는 마음. 변덕을 견디며 체위는 다양해져 갔다. 깨끗한 사람이 되기
위해 거품을 일으켰다. 부글부글 빨리 익었다. 모스크바에서 황산을 뒤집
어쓴 베트남 유학생 얘기를 들으며 편식하지 말아야지, 생각했다. 뭐든 차
별은 나쁜 일. 풀과 나뭇잎의 색을 사랑하기로 마음먹었다. 쌀국수를 먹을
때는 꼭꼭 씹는 게 중요합니다, 의사는 말했다. 할례 의식 중인 꼬마를 보
며 의사는 말을 되씹었다. 꼭꼭 씹어 삼킨 다음엔 양치질을 오래 하리라,
삐친 사람의 입처럼 벌어지지 않던 꼬마의 그곳이 벌어지자 치약이 목구
멍으로 넘어간다. 마그마처럼 헛구역질을 하며 괴상한 소리를 내 본다. 뜨
거운 다짐들이 피부를 뚫고 폭발한다. 바로 이곳에 서 있다. 들끓는 마음
을 가진, 괴물.

— 서효인, 「마그마」 전문

기아에 허덕이는 "아이티"의 아이를 보면서, "성병 걸린 르완다 여자
애를 떠올리며" 시인이 할 수 있는 일은 거의 없다. 기껏해야 "밥을 굶지
말자"고 다짐하거나, "이마에서 배로" "성호를 그"며 "손을 잘 씻어야

지""다짐"할 따름이다. "마음"은 "내전이 빈번한 나라처럼 부글부글 끓지만" 그 "스프 같은 마음을 삼"킬 수밖에 없다. "지진을 대비한 건물처럼" "마음"은 "잘 휘어지"고, 그 "변덕을 견디며" "다짐"의 "체위"는 다양해져간다. 마침내 "뜨거운 다짐들"이 "마그마처럼 헛구역질을 하며" "피부를 뚫고 폭발한다." 시인은 "들끓는 마음을 가진, 괴물"로 "바로 이곳에 서 있다." 그는 지구촌의 풍경과 자신의 내면을 '분노'와 '무관심' 사이에 포개놓고, 이를 통해 '저곳의 무자비한 폭력'에 무기력한 "이곳"의 "다짐"을 진술하게 포착하고 있다.

한편, '이곳'과 '저곳'의 거리는 "자원외교의 성공"과 "죽음/혁명" 사이에 가로놓인 "침묵"만큼이나 아득하다. 시인은 "대한민국"과 "우즈베키스탄" "광주"와 "안디잔"의 "불꽃"을 포갬으로써 시공을 초월한 '공감'의 언어를 염원하고 있다.

1980〔2005〕년 5월, 마침내 불꽃이 타올랐다. 대한민국〔우즈베키스탄〕남쪽〔동쪽〕, 광주〔안디잔〕의 봄은 참혹했다. 총성이 울리자 금남로로〔바부르 광장〕에 모여 있던 시민들은 공수 부대〔특수 부대〕를 피해 흩어졌다. 무기를 든 시민군들이 주먹밥〔호밀 빵〕을 먹으며 버텨 보려 애썼다. 하지만 군부〔독재 정권〕는 민주화 요구가 확대될 것을 두려워해 무자비한 진압을 결정했다. 결국 피비린내가 휩쓸고 지나갔다. 상황은 끝났다. 전두환 계엄 사령관〔카리모프 대통령〕은 일부 극렬 용공 폭도〔이슬람 근본주의자〕들이 국가 전복을 기도했으나 진압되었고, 이 과정에서 약간의 사상자가 발생했다고 발표했다. 민간인 피해는 전혀 없다고 덧붙였다.

보유(補遺):

안디잔 학살 당시 노무현은 카리모프를 만나고 있었다.

샴페인을 마시며 자원 외교의 성공을 기념하는 사진을 찍었다.

안디잔 학살 4주년이 되던 날 이명박은 카리모프를 만나고 있었다.

샴페인을 마시며 자원 외교의 성공과 개인적 친분을 과시하는 사진을 찍었다.

죽음과 혁명에 대해서는 약속처럼

침묵했다

—정한용, 「광주—안디잔」 전문

"죽음과 혁명"의 이름으로 "침묵"에 '분노(저항)'하기. 나아가 "대한민국"과 "우즈베키스탄"을 잇는 연대의 언어를 창조하는 것이 오늘날 시의 역할이 아니겠는가.

4

팔레스타인의 한 시인은 다음과 같이 노래했다.

모든 이의 날개 밑에는 숨겨진 불꽃이 있다네

그 불꽃은 잘 간수해야 하지

불꽃이 번져 자신을 태워버리지 않도록

또는 그 불꽃이 꺼져 자신이 어두워지지 않도록

그것은 은밀한 불꽃

남이 그 불꽃을 알아챌 때는

오직 당신이 날려고 날개를 퍼덕일 때뿐

— 자카리아 무함마드, 「승리의 커피: 나는 그대의 아픔을 알지 못하지만」 부분

'분노'란 "날개 밑에 숨겨진 불꽃"과도 같다. "불꽃이 번져 자신을 태워 버리지 않도록" 동시에 "그 불꽃이 꺼져 자신이 어두워지지 않도록" "잘 간수해야" 한다. 그리고 "날개를 퍼덕"여 날아올라 그 "은밀한 불꽃"으로 "남"에게 신호를 보내야 한다. '공감'의 날개를 달고 비상할 때 '분노'는 '사랑'이 되고 '희망'이 된다.

한 시인은 "순결한 분노"로 "분노"를 정화시키며 일상 속으로 스며드는 언어를 꿈꾼다. 그에게 "분노"는 "소유 욕망의 성냄"이 아니고, "탐욕에 치미는 화"도 아니다. 그렇다고 대단한 그 무엇도 아니다. 그저 "염치"를 잊지 않는 "감수성"(「감수성」)으로 살아가는 것이다.

꿈을 꾸는 일은 분노하는 일이다
책을 읽는 일은 분노하는 일이다
고요에 드는 일은 분노하는 일이다
노동을 하는 일은 분노하는 일이다
글을 쓰는 일은 분노하는 일이다

소유 욕망의 성냄이 아니다
탐욕에 치미는 화가 아니다

순결한 분노는 사회적 명상이다

이제,

그들이 온다

기사(騎士)들이 온다

— 백무산, 「순결한 분노」 전문

이 "순결한 분노"의 "기사(騎士)들"이 '분노'로 들끓는 우리 사회를 '공감'의 광장으로 이끄는 오솔길 하나를 시사하고 있다. 그 길의 흔적을 따라가다 보면, "부스러기 땅에서 간신히 건져 올린 노동들/변두리 불구를 추슬러온 퇴출된 노동들"이 "가까스로 열거된""세상에서 가장 선한 예배당""시골 장거리"에 이르게 된다. "순결한 분노"를 가슴에 품고 시인과 함께 그 "예배당"에 "예배를 드리러"(「예배를 드리러」) 가는 일에서부터 '공감의 말들'이 싹트지 않을까.

생태주의 시와 사회학적 상상력

가라타니 고진의 '근대문학의 종언'을 전후해 일어난 문학 논쟁은, 우리에게 문학의 사회학적 상상력을 곱씹어보는 소중한 계기를 제공해주었다. 한 평론가가 지적했듯이 '지금 여기' '참다운 문학'은 '우리가 문학이라고 간주하는 것의 너머'에 존재하고 있는지 모른다.[1] 구체적 현실과 소통의 길을 내지 못하고 있는 작금의 한국문학이 이 '닫힘'을 대가로 '미끈한 자율성'을 획득했다는 진단은, '현실에 등 돌린 문학'에 독자들이 '싸늘한 무관심의 복수'를 가하고 있는 오늘의 문학 현실에 대한 통렬한 풍자일 수 있다.

이러한 진단은 생태주의 문학 논의와 관련해서도 시사하는 바가 크다.

---

1 이명원, 「문학 너머의 문학—김종철과 가라타니 고진 비평의 특이점」, 『실천문학』 2008년 겨울호, 262~263쪽 참조.

생태 지향의 문학은 문학 언어의 본질에 대한 탐구이면서 동시에 정치적·사회적 실천의 가능성을 함축할 수밖에 없기 때문이다. 주지하듯, 생태주의 문학 논의의 한편에서는 '자연/생명'으로의 회귀를 통해 새로운 세계관을 모색하고 있고, 다른 한편에서는 끊임없이 야기되는 환경, 생태 문제에 대한 일상적 저항의 움직임이 발생하고 있다.

생태주의 시와 사회학적 상상력을 주제로 한 이 글의 관심은 후자에 있다. '사회생태론'에 기댄 생태주의 논의의 한 흐름은 자연에 대한 경험이 계층, 성차, 인종 등에 따라 단일하지 않다는 점에 주목한다. 지나치게 자연에 집착하는 태도를 취하곤 하는 '근본생태론'은 인종과 계급, 성차에 따른 불평등한 환경 정의를 소홀히 취급할 우려가 있다는 것이다. 인간에 대한 전면적인 부정도, 자연에 대한 일방적인 집착도 생태 담론의 대안이 될 수 없다. 무엇보다도 주체가 서 있는 현실적 조건을 바탕으로 생태문제를 바라보는 시각이 절실하게 요청된다. 생태주의 문학 담론에 사회학적 상상력이 동원되어야 하는 이유도 여기에 있다.[2] 생태학적 상상력은 근대의 논리에 의해 '소외/배제'된 자연의 의미와 가치를 복원하려는 의도를 함축하고 있기 때문이다.

본고에서는 사회학적 상상력이 투영된 몇몇 시편을 중심으로 생태주의 문학 논의의 가능성을 모색하고자 한다.[3] 아래에서 살펴볼 작품들은 생태주의적 상상력을 전경화하고 있지는 않지만, 구체적 현실을 매개로 인간 삶의 조건을 탐색하고 있다는 점에서 생태주의를 표방하는 그 어떤 시보다 생태 지향적이다.

---

2   졸고, 「생태주의 문학 논의의 심화와 확장을 위하여」, 『말의 매혹: 일상의 빛을 찾다』, 문학과경계, 2005, 83~86쪽 참조.

먼저, 기존의 '닫힌' 생태주의적 상상력과 분명하게 선을 긋고 현실과 밀착된 구체적 목소리를 표출하는 경우를 살펴보자. 송경동은 '현실(역사)'에 대한 '윤리의식(책임)'이 전제되지 않은 자연 찬가는 '시적 허구'에 불과할 수 있다고 선언한다.

오래 산 나무에 대한 은유로
가득 찬 시들을 보면
벌목해버리고 싶은 충동

그 그늘에 기생하는
역사에 대한 미결정과
안온한 무지와 무책임의 농담이
늘 그 자리인 환원의 뿌리가
지겨워

내게서 더이상
묶인 나무를 빗댄 은유를 바라지 마라

---

3 이 글에서는 '생태시' '환경시' '생명시' '생태환경시' 등의 용어보다는 보다 포괄적인 의미의 '생태주의 시'라는 명칭을 사용한다. '미래파'를 둘러싼 논쟁에서 값비싼 대가를 지불한 바 있듯, 다양한 시적 경향을 하나의 개념으로 범주화했을 때 개별 시인들의 독특한 시세계가 소홀히 취급되는 경향이 있기 때문이다. 특정한 경향의 시세계를 총칭하여 하나의 개념으로 명명하기보다는 개별 작품들의 다양한 개성을 있는 그대로 포착하는 작업이 우선적으로 요청된다. 생태주의 문학 논의에서도 다양한 시인들의 시세계를 특정한 개념으로 한정하여 그 용어 속에 가두기보다는 개별 작품 속에 드러나는 생태학적 상상력을 효과적으로 읽어내는 작업이 선행되어야 한다. 이를테면, 생태주의 담론을 전제하고 이를 통해 개별 작품들을 생태주의의 울타리에 가두는 방식보다는, 개별 작품들에 드러나는 생태주의적 요소들을 추출하여 이를 바탕으로 생태주의 문학의 성격을 정초하는 귀납적 방식이 요구된다.

그 자리에서 눈물로 뚝뚝 떨어져버리는

참혹한 꽃의 비유를 바라지 마라

　　　　　　　　　—송경동, 「오래 산 나무에 대한 은유를 베어버리라」 전문

　'묶인 나무를 빗댄 은유'를 '벌목해버리고 싶은 충동'에는 자연의 '그
늘에 기생하는/역사에 대한 미결정과/안온한 무지와 무책임의 농담'을
거부하는 시인의 확고한 신념이 내재되어 있다. 여기에는 '늘 그 자리'가
'그 자리'인 '환원'의 시학에 기초한 생태주의 시에 대한 환멸과 사회학적
상상력에 바탕한 구체적 서정에 대한 요구가 동시에 투영되어 있다. 시
인은 '역사'에 대한 확고한 신념으로 자연을 가로지르는 서정, 즉 일상적
삶에 스며든 자연의 의미를 성찰의 대상으로 삼고 있는 셈이다.

　그렇다면 송경동 시인의 작품 속에 생태주의적 상상력은 어떤 모습으
로 스며들어 있을까?

　　십수년, 주말농장 하나 없이
　　아이에게 모진 생태교육만 시켰다

　　광화문에서 시청 앞에서
　　전경들이 파도처럼 쫓아오면
　　바다게들마냥 아무 구멍으로나
　　얼른 들어가야 한다는 학습

　　비정규노동자들이 올라간 고공농성장에서
　　가난한 노동자들은 언제든지, 새들처럼

하늘로 올라가 둥지도 틀 줄 알아야 한다는,
원숭이처럼 어디에라도 매달릴 줄 알아야 한다는 학습

대추리에서 용산에서
못난이들의 집은 언제나
개미집처럼 쉽게 헐릴 수 있다는 학습
쫓겨나지 않고 버티면 죽을 수도 있다는 학습

그래도 잡은 손만은 꼭 놓지 말고
가야 한다는 학습 그렇게 밟히고도
엉겅퀴처럼 다시 일어나 싸우는
질긴 목숨들도 있다는

—송경동, 「생태학습」 전문

　　송경동은 자신의 체험에서 우러나오는 구체적 서정을 선보이고 있다.
그에게 자연은 자신이 선 자리에서, 스스로의 입장을 효과적으로 표출하
는 대상으로 존재한다. '주말농장'이라는 '제2의 자연'으로부터도 소외된
'가난한 노동자'에게 자연은, 그들의 절박한 삶을 돌올하게 부각시키는
도구로 기능한다. 안온하고 포근한 전원적 자연의 이미지는 그 어디에서
도 발견되지 않는다. 다만, 마지막 연의 '엉겅퀴'만이 생존권을 지키기 위
해 몸부림치는 민초들의 '질긴' 생명력을 암시하고 있을 따름이다. 이러
한 송경동의 시편들은 1970~80년대 민중시의 특성을 계승하고 있는 듯
하다. 물론 이를 진부한 서정으로 치부할 수도 있겠다. 하지만 그때나 지
금이나 변하고 있지 않은 우리의 노동 현실을 떠올려본다면, 조금 다르

게 이해할 수도 있다. '변한 듯 보이나 변하지 않은' 자본의 논리에 대항해 온몸의 언어로 맞서는 송경동의 서정은 오늘날 '역설적 낯섦'의 풍경을 선사한다. 오늘날의 '닫힌' 문학장 너머의 현실에 닿기 위해 시인이 기꺼이 포기하고 있는 것은 '미끈한 자율성'과 '가상의 독자들'이다. 그는 자신이 발 디디고 있는 계급적 현실로 서정의 범위를 한정하고 그 안에서 시를 쓰고 있다. 이러한 송경동의 시편들은 특정한 계층의 목소리를 대변하는 것 같아 다소 배타적으로 보이기도 한다. 하지만 불특정 다수라는 가상의 독자를 상대로 겨우 연명하고 있는 듯이 보이기까지 하는 우리 시단의 현실을 감안한다면, 자본의 논리에 소외된 존재들이라는 구체적 독자를 대상으로 투명한 목소리를 내고 있는 송경동의 시가 오히려 더 대중적(?)이지 않을까 싶다.

김신용의 「이슬」은 노동의 사회학을 통해 전원적 풍경을 전복시킴으로써 독창적인 상상력을 선보이고 있다.

지난날, 누구의 시인지는 몰라도 〈달이여, 그대의 정원에 이슬을 따도 좋은가?〉라는 싯귀를 읽은 적이 있다.

이 도장골에 처음 발을 디뎠을 때, 나를 압도한 것은 풀이었다. 집 뒤, 버려진 산밭에서부터 풀들은 무적의 군대처럼 진군해 와, 울타리를 덮고 마당까지 점령하고 있었다.

그러나 잠 안 오는 밤, 달빛에 끌려 마당에 내려서면 이슬들은 우거진 풀숲에 맺혀, 그야말로 진주알처럼 빛나며 있곤 했다.

그때, 나는 문득 풀의 짐은 이슬!이라는 생각을 했었다. 지게도 없이, 짓누르는 무게를 버틸 지게 작대기도 없이

맨몸으로 등에 짊어지고 있는 짐,

그 짐이 무거울수록 무게가 아프게 등짝을 파고들수록, 그 아픔을 덜기 위해 한 걸음이라도 더 빨리 걸어야 하는

그렇게 한 걸음이라도 더 빨리 걸어 짐을 내려놓은 순간, 다시 짐을 얹어야 하는

그 풀잎들을 보며, 나는 문득 이런 생각도 떠올렸었다

풀이여, 그대의 정원에 이슬을 따도 좋은가?

등의 짐
무거울수록, 두 다리 힘줄 버팅겨
일어서는 풀잎,

그 달빛 아래
빛나는 풀의
푸른 잔등

—김신용, 「이슬」 전문

'달빛 아래' '진주알처럼 빛나'는 '풀의/푸른 잔등'이 빚어내는 '정원'의 고즈넉한 풍경. 시인은 이 풍경에 마냥 젖어 있을 수만은 없다. '버려진 산밭에서부터' '무적의 군대처럼 진군해 와, 울타리를 덮고 마당까지 점령한' '풀(잡초)'의 기세가 이 풍경을 지배하고 있기 때문이다. 이 순간, '문득', 이슬은 '풀잎'이 '맨몸으로 등에 짊어지고 있는 짐'으로 몸을 바꾼다. '그 짐이 무거울수록 무게가 아프게 등짝을 파고들수록, 그 아픔을 덜기 위해 한걸음이라도 더 빨리 걸어야 하는/그렇게 한 걸음이라도 더 빨리 걸어 짐을 내려놓는 순간, 다시 짐을 얹어야 하는' '풀잎'의 노동. 시인의 시선을 붙잡고 있는 대상은 분명 이 '풀잎'이다.

〈달이여, 그대의 정원에 이슬을 따도 좋은가?〉라고 물으면 시적 상황을 지배하는 주체가 '달'이 된다. 달빛을 머금은 이슬의 아름다움을 노래하고 있는 셈이다. 하지만, 김신용 시인은 '풀이여, 그대의 정원에 이슬을 따도 좋은가?'라고 고쳐 묻는다. 이 물음을 통해 '풀잎'은 노동의 주체로 승격된다. 시인이 노래하는 '이슬'이, '무거울수록, 두 다리 힘줄 버팅겨/일어서는 풀잎'의 '짐(눈물)'이라는 점에 주목하자. 상황이 이러한데 어찌 달빛에 젖은 '이슬'의 아름다움에 안주할 수 있겠는가. 이슬이 매혹적이면서도 불편한 이유가 여기에 있다.

송경동의 시편들이 사회학적 상상력을 통해 생태주의 시의 '닫힌' 서정을 '벌목'하고자 한다면, 김신용의 작품은 생태주의 서정의 내부에서 전복적 상상력을 통해 외부로 길을 내고 있다. 전자가 생태주의 담론의 외부에서 내부로 비판의 시선을 벼리고 있다면, 후자는 생태주의적 상상력의 내부에서 '노동의 시학'을 통해 이를 전복하고 있는 셈이다.

이러한 사회학적 상상력과 생태적 감수성 사이의 긴장은 일찍이 '저 꽃이 불편하다'고 절규한 한 시인의 '흐느낌' 속에 각인되어 있다.

모를 일이다 내 눈앞에 환하게 피어나는

저 꽃덩어리

바로 보지 못하고 고개 돌리는 거

불붙듯 피어나

속속잎까지 벌어지는 저것 앞에서 헐떡이다

몸뚱어리가 시체처럼 굳어지는 거

그거

밤새 술 마시며 너를 부르다

네가 오면 쌍소리에 발길질하는 거

비바람에 한꺼번에 떨어져 뒹구는 꽃떨기

그 빛바랜 입술에 침을 내뱉다

아무도 모르는 곳에서 내가 흐느끼는 거

내 끝내 혼자 살려는 이유

네 곁을 떠나지 못하는 이유

— 박영근, 「저 꽃이 불편하다」 전문

　'눈앞에 환하게 피어나는' '저 꽃덩어리'를 '바로 보지 못하고 고개 돌리는' 시인의 '불편'한 자의식과, 그럼에도 불구하고 그 '곁을 떠나지 못'하는 안타까움 사이에서, 사회학적 상상력과 생태지향의 서정이 불안한 동거를 하고 있는지 모른다.

　김사인의 「노숙」은 이러한 자연과 인간의 '불안한 동거'를, 주체가 서 있는 현실적 조건을 바탕으로 탐색하고 있다. 시인은 노숙자의 '몸'을 응시하는 따스한 연민의 시선을 통해 자연과 괴리된 우리 삶의 존재 조건

을 환기하는 데 성공하고 있다. '몸'은 생존의 수단이자 욕망의 분출구라
는 점에서 인간에게 '자연'과 같은 존재이다. 근대의 동일성 담론은 계몽
이성의 이름으로 '몸(자연)'을 의식(인간)에 종속시킴으로써 소외된 '타
자'의 자리로 내몰고 있다.

> 헌 신문지 같은 옷가지들 벗기고
> 눅눅한 요 위에 너를 날것으로 뉘고 내려다본다
> 생기 잃고 옹이진 손과 발이며
> 가는 팔다리 갈비뼈 자리들이 지쳐 보이는구나
> 미안하다
> 너를 부려 먹이를 얻고
> 여자를 안아 집을 이루었으나
> 남은 것은 진땀과 악몽의 길뿐이다
> 또다시 낯선 땅 후미진 구석에
> 순한 너를 뉘었으니
> 어찌하랴
> 좋은 날도 아주 없지는 않았다만
> 네 노고의 헐한 삯마저 치를 길 아득하다
> 차라리 이대로 너를 재워둔 채
> 가만히 떠날까도 싶어 네게 묻는다
> 어떤가 몸이여
>
> ― 김사인, 「노숙」 전문

「노숙」에 그려진 노숙자의 '몸'은 사회에 의해 거세된 몸이다. 한때

'몸'을 '부려 먹이를 얻고/여자를 안아 집을 이루었으나' 지금 '남은 것은 진땀과 악몽의 길뿐이다.' 하여, '먹이'와 '집'을 잃고 '낯선 땅 후미진 구석'에 누워 있는 '몸'은, 우리 앞에 무방비 상태로 노출된 자연의 다른 이름이다.

우리의 생태주의 시는 자연을 '부려' '먹이'를 얻고 '집'을 이루었는지도 모른다. 그러한 과정에서 '좋은 날도 아주 없지는 않았다.' 하지만 이제 그 '노고의 헐한 삯마저 치를 길 아득'해진 궁색한 처지에 몰리지는 않았는지 곱씹어볼 일이다. '너를 재워둔 채/가만히 떠날까도 싶어' '어떤가 몸이여'라고 되묻는 시인의 모습에서, 끌어안기도 그렇다고 내치지도 여의치 않게 된 자연(몸)을 앞에 두고 어찌할 바 몰라 당황하고 있는 생태주의 시의 '현주소'를 떠올린다면 지나친 비약일까.

'아름다운 노동'을 위하여

—맹문재,『사과를 내밀다』·정세훈,『부평 4공단 여공』·이한걸,『족보』

1

여기 세 권의 시집이 놓여 있다. 정도의 차이는 있지만 우리의 노동 현실을 문제 삼고 있는 시편들이다. 노동의 가치를 환기하면서 현재의 삶을 성찰하고 있는 작품, 노동을 매개로 과거와 현재를 연결하고 있는 시, 온전한 노동의 속살을 음각하고 있는 언어의 풍경 등 그 면면이 다양하다. 이들은 암울한 현실의 치부를 응시하며 꺼져가는 작은 희망의 불씨를 되살리고자 노력한다. 그 불씨가 다시 살아날지의 여부는 중요하지 않다. 다만, 박제가 된 노동의 가치를 되살리려는 서정적 모색의 지난함이 소중할 따름이다. 체험적 진실에서 발원한 순정한 서정을 통해 추락한 노동의 어둠을 핍진하게 주조하는 시편들이 우직하면서도 믿음직스럽다. 그 풍경들을 일별해보자.

맹문재 시인은 노동자 출신의 현직 교수이다. 이번에 발표한『사과를 내밀다』(실천문학, 2012)에는 '노동자' '시인' '교수'를 가로지르는 그의 실존적 삶의 무늬가 음각되어 있다. 그는 바래가는 과거(노동자로서의 삶)를 끈질기게 부여잡고 일상적 삶(교수)의 속물성을 적나라하게 성찰하고 있다. 그에게 시는 과거와 현재를 잇는 매개체이자, 세속적 삶을 견디는 도구이다.

> 나는 책을 읽어서는 세상을 볼 수 없다고 믿어왔는데
> 책의 경계선 안에
> 산도 강도 들도 짐승도
> 사람도 시장도 지천인 것을 오늘에서야 알았다
> (⋯)
> 나는 책을 읽었다고 말하면 안 되겠다
> 책을 읽는다고 말하지 않겠다
> 다만 책이 넓다는 것을 깨달았으니
> 보이는 데까지만 걸어가야겠다
>
> ─ 맹문재,「책을 읽는다고 말하지 않겠다」부분

그(노동자)는 "책을 읽어서는 세상을 볼 수 없다고 믿어왔"다. "책" 밖의 삶이 절실했기 때문이다. 하지만 "책의 경계선 안에/산도 강도 들도 짐승도/사람도 시장도 지천인 것"을 깨닫는다.(교수) 이 노동자와 교수 사이에서 시인으로서의 정체성이 움을 튼다. 하여 시인은 "책을 읽었다고" "책을 읽는다고" "말하지" 않는다. "다만 책이 넓다는 것을 깨달았으니/보이는 데까지만 걸어가야겠"다고 다짐한다. 이 다짐에는 과거/현재,

노동자/교수, 실천/이론 등이 공명하고 있다. 이렇게 "책"은 머리가 아닌 가슴으로 시인에게 스며든다. 노동자로서의 뿌리(책의 경계선 너머)가 "책의 경계선 안"에 대한 인식을 거쳐 마침내 안과 밖(이론과 실천)의 경계를 무화시키고 있는("보이는 데까지만 걸어가야겠다") 장면이다.

"노동자의 길을 철저히 걷지 못했"다는 자책이 자신의 삶을 끊임없이 채찍질하지만, 그래도 "잊을 수 없는 순간"의 "불꽃"을 "품고" "시 쓰기"를 이어온 과정이 있었기에 그는 스스로의 삶을 견딜 수 있었다(「분서」). 그의 말을 빌리자면, "나의 서시는" "세상을 속인 만큼 나를 속이지는 않았다." 그렇기에 그의 "서시는 일어설 수 있는 것"이리라(「서시 앞에서」).

그는 세상과 자신을 속이며 시를 써왔다. 세상을 속인 정도와 자신을 속인 정도 사이의 그 어디쯤에서 시가 솟아난다. 그러기에 시가 운신할 수 있는 폭은 좁다. 하지만 그 폭이 좁을수록 그의 시는 그만큼 깊은 울림을 내장한다. "최소한"의 고백이 "최대한"의 울림으로 비상하는 지점도 바로 여기이다.

시인은 시가 탄생하는 그 지점에서 정확하게 멈춘다. 시 쓰기의 어려움을 고백했을 뿐인데 우리 시대의 어둠을 길어 올리는 "눈물"의 서정이 완성된다.

그 과정을 음미해보기로 하자.

1

식사를 하다가 식당으로 들어오는 이자를 발견했다 이자는 나를 보지 못했는지 배식구 쪽으로 걸어가고 있었다 나는 얼른 달려가 아는 체를 하려다가 그만두었다

식사를 하다가 떠오른 것이 있었기 때문에 얼른 수첩에 적어놓고 다가가서 인사를 할 생각이었다 생각날 때 곧바로 챙기지 않아 잊어버린 적이 여러 번 있었기에 놓치고 싶지 않았던 것이다

그런데 노동과 노동자와 노동운동과 노동단체와 노동법과 노동시 들이 갑자기 떠오르는 게 아닌가? 어머니의 눈물이 무겁다는 것을 생각하고 있었는데, 노동자의 눈물이 들어오는 바람에 머릿속이 혼란스러워졌다 대상을 누구로 해야 될지 눈물이 왜 무거운지 눈물을 왜 흘려야 하는지 무겁다는 것이 무엇인지 쓰기가 어려워졌다

게다가 새의 눈물이며 소의 눈물이며 웅달의 눈물이며 뒤란의 눈물이며 가랑비의 눈물이며 샛길의 눈물 들이 연달아 떠오르는 게 아닌가? 나는 눈을 감을 수밖에 없었다 나란 존재가 이렇게도 많은 인연의 눈물을 짊어지고 있다고 생각하니 나의 눈물도 떠올랐다 나는 어떻게 해야 될지 몰라 눈을 떴다

2

이자가 보이지 않는 게 아닌가? 식사를 끝낼 시간이 아닌데? 나는 급히 식당 밖으로 뛰어나갔지만 이자는 보이지 않았다 어디로 갔단 말인가? 나는 식당으로 되돌아와 자리에 앉았다

무슨 시를 쓰려고 했지? 우두커니 앉아 시를 놓치고 이자도 놓친 나를 지켜보았다 시를 쓰려다가 이자를 놓친 내가 쓸쓸히 앉아 있었다

나는 창밖으로 지나가는 늦가을 바람을 바라보았다 나의 시도 이자도
저 바람에 실려 간 것은 아닐까? 고개를 젓는데, 갑자기 수첩 위로 눈물이
떨어졌다

— 맹문재, 「시인과 이자」 전문

　"이자"(자본의 논리)에 대한 시인의 자의식이 진솔하게 드러난 시이
다. "얼른 달려가 아는 체"를 하고 싶지만, 시인은 "떠오른" 시상을 놓치
지 않고 "수첩에 적어놓"기 위해 잠시 인사를 미룬다. 시와 이자가 팽팽
하게 맞서 있다. 그런데 "이자"의 존재는 "노동과 노동자와 노동운동과
노동단체와 노동법과 노동시 들"을 떠오르게 한다. "어머니의 눈물이 무
겁다는 것을 생각하고 있었"던 시인은 갑자기 "노동자의 눈물"이 끼어
드는 바람에 "머릿속이 혼란스러워"진다. 나아가 "새" "소" "웅덩" "뒤란"
"가랑비" "샛길" 등 시인이 "짊어지고 있는" "인연의 눈물" 들이 연달아
떠오른다. 어찌해야 할지 몰라 눈을 뜨니 "이자"가 사라져버렸다. 시인은
"시를 놓치고 이자도 놓친" "시를 쓰려다가 이자를 놓친" 자신을 응시한
다. 이러한 자신을 들여다보며 "수첩 위로 눈물"을 떨구는 모습이야말로
이번 시집을 지배하고 있는 정서이자 맹문재 시인이 서 있는 자리가 아
닐까 싶다.

　이자에게 달려가 반갑게 아는 체를 할 수도 그렇다고 짐짓 무시할 수
도 없는 상황은, 실컷 울지도 그렇다고 실컷 웃지도 못하는 시인의 일상
적 삶과 다르지 않다. "업신여기는 사람 앞에서도/증오하는 상대 앞에
서도/손해를 당하면서도/어느덧 습관이 된" "슬픈 웃음" 때문에 시인은
"노숙자를 보면서도/해고 노동자의 부고를 읽으면서도" "실컷 울지 못한
다." 그의 시는 이 슬픈 "웃음"과 슬픈 "울음" 사이에서 아슬아슬하게 줄

타기를 한다. "텔레비전의 코미디" "화사한 벚꽃" "놀아달라는 아이의 투정 앞에서" "실컷 웃"는 삶(이는 불가능한 삶이다!)을 꿈꾸며 그의 슬픈 "울음"의 시는 계속될 것이다(「슬픈 웃음」). 이 불가능을 향한 가혹한 꿈꾸기야말로 시인이 짊어지고 가야 할 모순된 운명이다. 이 운명을 포기하지 않는 한 그의 시는 오뚝이처럼 다시 일어설 것이다.

2

정세훈 시인은 『부평 4공단 여공』(푸른사상, 2012)에서 자신의 시를 두고, "이건 시가 아니다" "텅 빈 공장 이야기다"(「이건 시가 아니다」)라고 선언한다. 그의 시는 이 땅의 노동 현실에 대한 현장 보고서이자, "자본 앞에서 아름다운/노동"을 꿈꾸는 신생의 기도이다(「내 노동의 시여」). 암울한 현실의 비애와 신성한 노동에 대한 염원이 얼굴을 맞대고 역설적 낯섦의 풍경을 연출하고 있는 셈이다.

> 투병생활을 하며 지켜본
> 노동판은 점점 더 열악해져 갔다
> 노동법은 언제나 존재했지만
> 노동판과는 언제나 멀리 떨어져 있었다
> 최저임금제가 생겨났지만
> 노동판을 죽이고 자본만을 살찌우고 있었다
> 비정규직을 만들어
> 노동판을 더욱 가난하게 만들었다

노동의 피와 땀을 착취하여 부를 누린 자본

정리해고라는 칼을 들이대었다

일방적으로 공장 문을 닫아버렸다

후진국으로 더 싼 피땀 값을 착취하러 갔다

어찌 이럴 수가 있느냐 항의하는 노동자들을

든든한 비호세력 정권과 함께

종북세력 빨갱이로 매도하며 갔다

— 정세훈, 「2012년 노동판」 부분

시인이 스케치한 "2012년"의 "노동판"이 과거와 별반 다르지 않다. 아니 더 열악해졌다. 이러한 시인의 직설적 어조는 노동 현실을 문제 삼은 작품들을 철 지난 유행가마냥 배격했던 우리 시단에 적지 않은 시사점을 던져준다. "노동판"은 여전한데 노동 현실에 대한 목소리는 거의 들리지 않는다. 정세훈의 시편들은 이러한 현실을 환기하며 다음과 같은 질문을 아프게 던지는 듯하다.

과연 시대가 변했는가? 그렇다면 변화된 시대에 부응하는 새로운 시의 실체는 무엇인가? 근대의 메커니즘을 소리 높여 비판하지만, 그 자장에서 한 발자국도 벗어나고 있지 못한 것이, 아니 오히려 자본의 논리를 확대재생산하기에 급급했던 것이 우리 시단의 현실이 아니었던가? 우리는 여전히 노동의 소외는 물론이거니와 심지어 무의식까지 상품으로 포장되는 근대를 살아가고 있으며, 앞으로도 그럴 것이 아닌가? 새로운 목소리를 창조하는 것도 중요하지만, 쉽게 해결되지 않는 현실의 모순을 부여잡고 꺼져가는 불씨를 되살리려는 노력 또한 소중하지 않겠는가? 변화된 현실은 거기에 걸맞은 언어적 감각을 요구한다. 하지만 이러한 요구를 변하지 않은 현실에 대해서까지 강요할 수는 없지 않은가?

정세훈의 시에는 자신이 경험했던 노동 현실, "투병생활을 하며 지켜본/노동판", 죽음의 문턱에서 돌아온 자의 숨결 등이 음각되어 있다. 그에게 시는 삶과 죽음, 노동과 병마 사이를 잇는 오솔길이다.

> 공장에 있을 때 이십여 년
> 공장을 떠나 이십여 년
> 병든 사십여 년을 버텨 살아났으니
> 육십 나이를 바라보는 뒤처진 삶이지만
> 제대로 된 시 한 편 쓰듯 살아야겠다
>
> ─정세훈, 「제대로 한번 살아야겠다」 부분

그는 공장 생활 "이십여 년", 투병 생활 "이십여 년"을 버티며 살아남았다. 이제 병든 육체와 시가 남았다. 시인은 노동(시)과 "죽어질 때까지 한 몸 되어" "한마당 질펀하게"(「내 노동의 시여」), "제대로 된 시 한 편 쓰듯 살아야겠"다고 다짐한다. 하여, 시 쓰기는 그가 꿈꾸는 "완전한 노동"이다.

> 타인의 몸으로 하는 것이 아니고
> 온전히 자신의 몸으로 하는 것
>
> 기계의 힘을 빌리는 것이 아니고
> 온전히 자신의 힘으로 하는 것
>
> 피와 땀을 흘려야 하고

외롭기 한이 없는 짓이나

사랑하지 않으면 안 될 사람과
밤을 밝혀가며 하는 것

—정세훈, 「완전한 노동」 전문

"사랑하지 않으면 안 될 사람과/밤을 밝혀가며""온전히 자신의 몸으로 하는" 노동. 이 "완전한 노동"의 "피와 땀"이 잉태하는 "맑은 하늘"(「맑은 하늘 하나 낳아보리」) 한 조각이야말로 우리 시대의 "자본"과 "노동"을 동시에 "살찌게" 하는 "공생"의 젖줄이 아니겠는가.

3

이한걸 시인의 『족보』(푸른사상, 2012)는 노동자로 살아온 삶과 이 땅 노동자들의 한 맺힌 응어리를 날줄과 씨줄로 하여 노동자들의 "족보"를 촘촘하게 수놓고 있는 시집이다.

할아버지는
농사지으며 목수일 했고
아버지는
농사지으며 미장일 했고
나는 공장 노동자

아내도 공장 나가고
딸도 공장 나가고
아들도 공장 나가고

어쩌다 다 같이 쉬는 일요일
길고 긴 옥상 빨랫줄엔
빛깔 다른 작업복
너울너울 춤을 춥니다

— 이한걸, 「족보」 전문

시인에게 시는 "꽁치"와 "오징어"를 "목이 잠기도록 외치다/피를 토했던 어머니"의 삶을 그리는 일이요(「생선장수」), "어릴 때 소에게 밟"혀 "절반쯤 잘려나간" 아버지의 "중지발가락"을 기억하는 작업이다(「아버지」). 이는 자신의 뿌리를 돌아보는 일이며, 나아가 '지금 여기'의 노동현실을 곱씹어보는 작업이다.

그의 눈에 포착된 노동자의 현실은 비참하다. "칠십 년대"와 "팔십 년대"를 견디고 이겨내면서 "대한민국 중공업"을 이끈 이 땅의 "중년 노동자"들이 "찢기고 부러"져 "마모 한도까지 온 소모품 신세"로 전락했다.

임금 착취의 칠십 년대를 견디었습니다
인권 탄압의 팔십 년대를 이겨냈습니다
대한민국 중공업을 이끌었습니다 (…)

찢기고 부러지고 성한 곳 없는 중년 노동자

설비자동화 구조조정 원가절감

소름 돋는 신자유 시장경제의 무한 경쟁

마모 한도까지 온 소모품 신세가 되었습니다

─이한걸, 「오십대」 부분

"목숨 건" 우리들의 "노동이 어쩌면/누군가를 위한 소품일지도"(「장마」) 모른다는 뼈아픈 자각이 지금까지 살아온 시인의 삶을 송두리째 뒤흔든다. 그렇다면 "공장을 인수하며 400명 자른"이 "점령군"(「담금질」)들 앞에서 어찌할 것인가? 시인은 딜레마에 빠진다.

꼿꼿이 맞서다 쓰러지는 것이

강한 것이냐

악착같이 버티다 살아남는 것이

강한 것이냐

─이한걸, 「태풍」 부분

노동자는 참을성이 없어도 불행이고

참을성이 지나쳐도 위험하다

─이한걸, 「천장크레인 운전공」 부분

시인이 택한 길은 "독학"이다. "꼿꼿이 맞서"는 길과 "악착같이 버티"는 삶 사이에 난 오솔길이다. 지나치게 참는 삶도 아니고 그렇다고 참지 못하고 뛰쳐나가는 길도 아니다.

국졸 학력으로 세상은 너무 높아

38세에 독학을 시작했다 (…)

중고등학교 졸업자격 검정고시

차례로 합격하고 대학생 되는 날

두둥실 구름 타는 기분이었다 (…)

스물둘에 아빠 되어 세간에 조롱받던

내 인생은 독학으로 일군 삶이었다

— 이한결, 「독학 인생」 부분

이 "독학"의 길을 통해 노동자는 시인이 되었다. 그리고 우리는 제대로 영근 노동의 시를 얻었다. "독학으로 일군" 언어의 "땀방울"이 일구어 낸 아름다운 풍경 하나를 곱씹으며 글을 맺는다. "영양분"을 "가득 채운" "알밤"처럼 "고소"한 맛이 나는 작품이다.

무학산에도 가을이 무르익었다

저마다 가득 채운 영양분을

물들여가며 맛을 들이는 계절

여름 내내 비바람 맞으며 키워낸

밤송이가 아가리 벌렸다

구절초가 환하다

내 땀방울은 무엇을 영글게 했을까

알밤을 와작 씹으니 고소하다

— 이한결, 「가을」 전문

서정의 길을 여는 부활의 '백비(白碑)'

─이성부 시인을 떠나보내며

1. '봄'

시인이 마지막으로 꾸민 육필시집 『우리 앞이 모두 길이다』(지만지, 2012)
펼쳐본다.

> 오래 전에 발표했던 시들을 백지 위에 새로 베껴 써보는 느낌이 새롭다.
> 십대 이십대 시절 좋아하는 시를 깨알 같은 글씨로 써서, 누구에겐가 편지
> 를 부치던 일이 떠오른다.
> 무겁고 긴 숨결의 작품들보다는 되도록 가볍고 짧은 시들로 이 시선
> 집을 꾸민다. 요즘에는 이것들이 마음에 든다. 천구백육십년대 초에서
> 구십년대 말까지 대략 사십 년 가까운 발표작 가운데서 뽑아, 발표 연대
> 순으로 실었다. 이제부터 다시 소년으로 돌아가 시를 써야겠다고 마음

먹는다.

— 이성부, 「머릿글」, 『우리 앞이 모두 길이다』

시와 연애하는 데 온 생을 바친 시인의 숨결이 그대로 전해지는 듯하다. 시인이 몸소 선정하여 백지 위에 한 자 한 자 써내려간 육필 시집을 대하는 마음이 가볍지만은 않다. "요즘에는" "가볍고 짧은 시"들이 "마음에 든다"는 대목이나 "다시 소년으로 돌아가 시를 써야겠다"는 다짐 등이 시선을 붙잡고 좀처럼 앞으로 나아가지 못하게 한다. '사후'에야 '가까스로' 고인의 삶과 문학을 반추하게 하는 애도의 무력함이, 자신의 작품들을 곱씹으며 지난 삶을 되돌아보는 시인의 모습과 겹쳐지며 씁쓸함의 여운을 증폭시킨다.

시인이 가려 뽑은 첫 작품이 「봄」이다. "견고하면서도" "부드러운" 시인의 필체가 정겨우면서도 애틋하다. 발표했을 시기의 암울한 상황과 '지금 여기'의 현실이 시인이 직접 써내려간 글자 하나하나에서 포개지는 느낌이다. 이 시를 옮겨 적으며 시인은 어떤 상념에 젖어들었을까?

기다리지 않아도 오고
기다림마저 잃었을 때에도 너는 온다
어디 뻘밭 구석이거나
썩은 물웅덩이 같은 데를 기웃거리다가
한눈 좀 팔고, 싸움도 한판 하고,
지쳐 나자빠져 있다가
다급한 사연 들고 달려간 바람이
흔들어 깨우면

눈 부비며 너는 더디게 온다

더디게 더디게 마침내 올 것이 온다

너를 보면 눈부셔

일어나 맞이할 수가 없다

입을 열어 외치지만 소리는 굳어

나는 아무것도 미리 알릴 수가 없다

가까스로 두 팔을 벌려 껴안아 보는

너, 먼 데서 이기고 돌아온 사람아

—「봄」 전문

육필원고를 이렇게 타이핑하고 보니 분위기가 썩 다르다. 시인과 시 사이에 흐르는 육체적 교감의 끈이 헐거워졌다고나 할까.

절망적 현실의 고통을 계절의 순환에 의지하여 껴안으려는 시인의 의지가 돌올하게 빛나는 작품이다. 이 시의 묘미는 "절박함"과 "여유" 사이의 팽팽한 긴장에서 발생한다. "봄"은 "기다리지 않아도" "기다림마저 잃었을 때에도" "마침내" "온다." "봄"에 대한 절박한 심정이 드러난 대목이다. 하지만 이 "봄"은 "썩은 물웅덩이 같은 데를 기웃거리다가/한눈 좀 팔고, 싸움도 한판 하고,/지쳐 나자빠져 있다가" "다급한 사연 들고 달려간 바람이/흔들어 깨우면" 그제야 "눈 부비며" 일어나 "더디게 더디게 온다." 기다림의 대상에 대한 시인의 절박한 심정이 "봄"의 여유로운 행동으로 인해 부드럽게 이완되고 있다.

이러한 이완은 "나"의 위치에서 기인하는 바가 크다. "너를 보면 눈부셔/일어나 맞이할 수가 없"고, "입을 열어 외치지만" "소리" "굳어" "미리 알릴 수가 없다." 다만 "가까스로 두 팔을 벌려 껴안아" 볼 수 있을 따름이다. 기다림의 대상(봄)에 대한 열망은 강렬하지만, 그 대상과 자신을 동일시할 수는 없는 애틋한 상황이야말로 이성부 초기 시의 주된 정서를 이룬다. 여기에는 어설픈 초월의식도, 허무주의적 패배의식도 들어설 틈이 없다. '현실에 굳건히 발 디딘 절망과 희망의 변증법'이라 이름 붙일 수 있을까? 기다림의 대상(봄 혹은 먼 데서 이기고 돌아온 사람)과 동일시될 수 없음을 알기에 시인은 스스로를 낮춰 아래로부터 그 대상에 스며들기를 열망한다. 이성부 시의 주조를 이루는, 자신을 한없이 낮추는 겸손과 희생의 이미지, 혹은 아래로부터 스며드는 연대의 정서 등은 여기에서 비롯된다. 이러한 정서는 그의 시를 현실과 현실 너머 사이의 팽팽한 긴장으로 유도한다. 나아가 "기다림마저 잃"어버린 절망적 현실 속에서도 현실 너머에 대한 희망을 포기하지 않는 시적 긴장의 원동력이 되고 있다. 그의 시는 "작은 산"들의 봉우리에 가려져 잘 보이지 않았던 우리 민중시의 "큰 산"의 하나이다.

2. '누룩'과 '벼'

시인은 "착한 몸 하나로" "너"의 "더운 허파"에 닿아 "오래오래 썩"는 "술", 즉 "너의 넉넉한 잠 속에 뛰어들어" "파묻힐 수 있"는 "한 덩이" "누룩"(「익는 술」)이 되고자 한다. 여기에는 대상의 속성에 스며들고자 하는 동화의 열망이 드러나 있다. 이렇게 시인의 마음은 우리 "곁에서" "고요" 하게 "익어"간다.

주지하듯 "누룩" "벼" 등으로 표출되는 시적 대상에는 '서민(민중)적 정서'가 함축되어 있다.

누룩 한 덩이가

뜨는 까닭을 알겠느냐

지 혼자 무력(無力)함에 부대끼고 부대끼다가

어디 한 군데로 나자빠져 있다가

알맞은 바람 만나

살며시 더운 가슴

그 사랑을 알겠느냐

오가는 발길들 여기 멈추어

밤새도록 우는 울음을 들었느냐

지 혼자서 찾는 길이

여럿이서도 찾는 길임을

엄동설한 칼별은 알고 있나니

무르팍 으깨져도 꽃피는 가슴

그 가슴 울림 들었느냐

속 깊이 쌓이는 기다림

삭고 삭아 부서지는 일 보았느냐

지가 죽어 썩어 문드러져

우리 고향 좋은 물 만나면

덩달아서 함께 끓는 마음을 알겠느냐

춤도 되고 기쁨도 되고

해 솟는 얼굴도 되는 죽음을 알겠느냐

아 지금 감춰둔 누룩 뜨나니

냄새 퍼지나니

—「누룩」전문

　"알맞은 바람 만나" "살며시" "가슴" 데운 "누룩 한 덩이"의 "사랑"은 "지 혼자서 찾는 길이/여럿이서도 찾는 길임"을 일깨우는, "무르팍 으깨져" "꽃피" 우는 "울음"의 "냄새"로 퍼진다. "지가 죽어 썩어 문드러져" "삭고 삭아 부서"지는 인고의 생이지만, "고향 좋은 물 만나면" "덩달아서 함께 끓"어 "춤도 되고 기쁨도 되고/해 솟는 얼굴도 되는 죽음"의 길이기도 하다.

　「벼」는 이러한 시인의 지향이 "피 묻은 그리움"의 서정으로 갈무리된 우리 시의 절창이다.

벼는 서로 어우러져

기대고 산다

햇살 따가와질수록

깊이 익어 스스로를 아끼고

이웃들에게 저를 맡긴다

서로가 서로의 몸을 묶어

더 튼튼해진 백성들을 보아라

죄도 없이 죄지어서 더욱 불타는

마음들을 보아라 벼가 춤출 때

벼는 소리 없이 떠나간다

벼는 가을 하늘에도

서러운 눈 씻어 맑게 다스릴 줄 알고

바람 한 점에도

제 몸의 노여움을 덮는다

저의 가슴도 더운 줄을 안다

벼가 떠나가며 바치는 이 넓디 넓은 사랑

쓰러지고 쓰러지고 다시 일어서서 드리는

이 피 묻는 그리움

이 넉넉한 힘…

—「벼」전문

"누룩"과 "벼"의 상징에는 공동체적 유대, 겸손과 희생의 미덕, 인고의 정서, 넉넉한 사랑, 흥겨운 춤의 정서 등 다채로운 이미지들이 음각되어 있다. 시인은 이러한 심상들을 '소멸→생성→희망'의 구조로 갈무리하고 있다.

이러한 구조는 시적 대상과의 동일시를 통해 부정적 현실을 넘어서려는 의지를 함축하고 있다. 하지만 "누룩/벼(서민/민중)"와 "시인(지식인)" 사이에는 넘을 수 없는 벽이 존재한다. 시인은 이를 기꺼이 인정한다. 동화의 열망은 강렬하지만 닿을 수 없기에 시인은 관찰자의 자리에 머문다. 이 동화의 열정과 하나 될 수 없음 사이의 팽팽한 긴장이야말로 이성부의 시가 성취한 민중성의 '속살'이 아닐까? 그의 시를 지배하는 '모순과 역설의 시학' 또한 이와 무관하지 않다.

3. '시(詩)'

시인은 "누룩/벼"의 세계와 하나가 되고자 한다. 하지만 그럴 수 없다. 하여, 그 간극을 좁히고자 한다. 그러자면 "누룩/벼"의 세계와 대비되는 "우리들"의 삶에 대한 성찰이 요구된다.

> 좋은 계절에도
> 변함없는 사랑에도
> 안으로 문 닫는
> 가슴이 되고 말았는가
>
> 왜 우리는 만날 때마다
> 서로들 외로움만 쥐어뜯는가
> 감싸 주어도 좋을 상처
> 더 피흘리게 만드는가
>
> 쌓인 노여움들
> 요란한 소리들
> 거듭 뭉치어
> 밖으로 밖으로 넘치지도 못한 채…

—「만날 때마다」부분

서로의 "상처"를 "쥐어뜯는" 외로움과 안으로 "안으로 문 닫는/가슴". "밖으로 밖으로 넘치지" 못하는 이 "쌓인 노여움들/요란한 소리들"을 어찌할 것인가. "노여움에서 태어난 사람들"이 "칼로" "저마다의 가슴만을" 찌르며 피 흘리는 현실에 대한 안타까움(「밤샘을 하며」)이 표현된 대목이다.

이러한 안타까운 현실을 넘어 "누룩"과 "벼"의 세계에 다가가기 위해서는 "몸의 말"이 필요하다. 시인은 "몸의 말"을 통해 "누룩/벼"의 세계와 "우리들"의 삶 사이의 간극을 좁히고자 한다. 이는 시 쓰기에 대한 자의식으로 표출된다. 하여, 시(詩)는 "안으로 문 닫는/가슴" "밖으로" 흘러넘치는 "몸"의 언어가 되어야 한다.

몸은 제 눈으로 울고
제 입으로 웃는다
몸은 나뒹굴어져서도
제 몸으로 저를 할딱거리게 한다

몸이 쓰러지며 던지는 한마디 말
아스팔트 위에 피투성이가 된 말
거짓으로 살아 있을 줄을 모르는 말
불타는 말

몸은 언제나 밖에 있다
총칼과 문자(文字)와 화려함의 문 밖에
서울의 금줄 밖에
우리들 사랑 밖에

정신보다도 더 믿을 수 있는 것은 몸이다

살아 있는 것은 오직 몸뿐이다

—「몸」 전문

　　"살아 있"는 "몸의 말"은 "총알과 문자(文字)와 화려함의 문 밖에/서울의 금줄 밖에/우리들 사랑 밖"에 있다. "매끄러움과 달콤함" "우리들 아스팔트의 밖에 누워" "하늘을 향"해 "불타는 말"이다. "거칠고 꿈틀거리며, 마음대로 알통이 배겨 버린" "사나운" "육체"가, "피투성이가 된" 이 "불덩어리"가, 시인의 "그리움"을 살찌우는 "피"의 언어가 된다.(「누드」)

　　생각을 깊게 하고

　　언어를 섬세하게 어루만져야

　　모두 시가 되는 것은 아니다

　　함부로 말을 주무르거나 천하게 다루거나

　　강간을 해도 시는 태어난다

　　그것이 우리의 시가 살아갈 험한 세상이다

　　우리가 무엇을 옳게 따져서

　　무엇 하나 옳게 만들어지는 것이 있더냐

　　시는 실패해도 완성이다

　　시는 갈보로 누워도 칼을 집는다

　　천하고 헤픈 웃음 벌여도

　　한번은 너를 찍고 나를 찍는다

　　마포(麻布)처럼

　　밟아야 살아나는 보리 이랑처럼

—「시(詩)」 전문

시 쓰기에 대한 자의식과 시인이 지향하는 시적 대상의 속성이 포개지는 장면이다. "마포(麻布)" "보리 이랑" 등은 "누룩" "벼"의 다른 이름이다. 대상의 속성은 작품의 배경으로 물러나고 "시(詩)"의 운명이 전경화되고 있다. "마포(麻布)"와 "보리 이랑"은 이러한 "시(詩)"의 운명에 대한 비유로 기능한다. 그러자 시적 대상을 응시하는 시인의 삶이 문제시되기 시작한다. 이로써 시적 대상과 시인이 대등한 주체로 마주 설 수 있는 조건이 형성된다.

이렇듯, 이성부 시인은 "시대의 어둠"을 "몸의 언어"로 관통해왔다. 부정한 현실에 대한 일반론적인 저항이 진부한 포즈로 전락한 과정을 우리는 잘 알고 있다. 문제는 현실의 복합성에 대응하는 시적 저항의 방식이다. 이성부의 시에는 억압적 현실과 서민적 정서, 절망적 자의식과 희망에 대한 굳건한 믿음 등이 "몸의 언어"로 직조되어 있다. "시의 품위는 주제보다 언어에서 비롯된다."(김광규) 이성부 서정의 민중성이 빛을 발하는 지점이다.

4. '산'

이제 이성부의 시에서 "나"가 온전한 시적 주체로 등장하기 시작한다. "벼"와 "누룩"의 세계에서는 시인과 시적 대상 사이에 일정한 거리감이 존재했다. 이는 민중과 시인 사이의 거리이기도 했다. 하지만 "산"의 길을 통해 시인은 자신의 삶을 노래하기 시작한다. 광주의 비극 이후 절망한 시인에게 "산"이 "시"를 되찾게 해주었다는 사실은 이런 의미에서이다. "산"의 길은 "새롭게 사랑 만나러 가는" 길이며, "우리가 우리를 무너뜨려/거듭 태어나게 하는" 길이다. "먼 발치로 바라보는 산이 아니라/가까이서 몸 비비러 가"는 길이다.(「산」, 강조는 인용자) 여기에서 산과 시인은 비로소 한몸이 된다. 시 세계의 심화이자 확장이다.

"이제 비로소 시작이다." "이제부터가 큰 사랑 만나러 가는 길이다."

이제 비로소 시작이다
가야 할 곳이 어디쯤인지
벅찬 가슴들 열어 당도해야 할 먼 그곳이
어디쯤인지 잘 보이는 길이다
이제 비로소 시작이다
가로막는 벼랑과 비바람에도
물러설 수 없었던 우리
가도 가도 끝없는 가시덤불 헤치며
찢겨지고 피 흘렸던 우리
이제 비로소 길이다
가는 길 힘겨워 우리 허파 헉헉거려도
가쁜 숨 몰아쉬며 잠시 쳐다보는 우리 하늘
서럽도록 푸른 자유
마음이 먼저 날아가서 산 넘어 축지법!
이제 비로소 시작이다
이제부터가 큰 사랑 만나러 가는 길이다
더 어려운 바위 벼랑과 비바람 맞을지라도
더 안 보이는 안개에 묻힐지라도
우리가 어찌 우리를 그만둘 수 있겠는가

우리 앞이 모두 길인 것을…

—「우리 앞이 모두 길이다」 전문

새로운 길은 "키를 낮추고 옷자락 숨겨/스스로 외로움을 만"드는 길
(「숨은 벽 1」)이다. "스스로 몸을 던져 자유를 움켜쥐고/스스로 몸을 던져
자유의 그물에 갇힌"(「좋은 일이야」), 자유이자 구속인 모순의 길이다. "갇
혀서 외"롭지만, 스스로 몸을 던진 길이기에 이 "외로운 발버둥"이 처절
하면 처절할수록 그만큼 "아름답게 빛"난다.

시인은 "바위"에서 "낯선 정신의 냄새"를 맡는다. "떠도는 넋들이" "잠
시 머물다 간" "견고하면서도" "부드러운 외로움의 냄새다." "바람은 더
큰 바람 불러들여" "나를 망설이게 하거나/벼랑 아래로 밀어뜨리려 한
다." 그러나 "나"에게는 이런 "거부의 어깨를 껴안는 버릇이 있다." 이 "버
릇"을 통해 "나"는 "비로소" "그대에게 이르는 길"을 발견한다. 바위에 매
달려 자신을 "비벼" "부서뜨리고" 새로운 눈을 뜨는 순간(「화강암 1」)이다.

"내 길 가로막는 것들"이 이제 "적(敵)"이 아니라 "나와 한몸으로 어우
르는" '벗'이다.

예전에는 내 길 가로막는 것들을
모두 적(敵)으로 여겼으나
산에 오르면서부터 가로막는 것들이
나와 한몸으로 어우르는 것을 알았다
가로막는 것들은 그러므로 이미
나를 떨리게 하는 두려움이 아니다
여기에서는 이상하게도

무거운 고요함이 맑은 소리로 빛을 낸다

혼자서 기어오르는데 누가 함께 있다

말을 걸고 숨소리를 듣고 뒤돌아보면 사라져 버린다

바위 바람 세차게 불어

낯익은 살결에 내 몸을 맡기고

나는 나에게서 빠져나와 나를 내려다본다

바위와 내가 한몸이 되는 것을 본다

—「화강암 3」 전문

　"산" "바위"와 "한몸이 되는" 일은 "벼" "누룩"과 동화되고자 한 초기시의 욕망과 그 성격이 다르다. "내 길 가로막는 것들"과 "한몸으로 어우르는" 과정 그리고 "나에게서 빠져나와 나를 내려다" 보는 순간을 동시에 거친 동화이기 때문이다.

　시인은 이러한 과정을 통해 "산"과 "시"의 주인공이 되었다. 그가 "바라본 산은 현실 초월의 상징으로서의 산도 아니며, 현실 도피처로서의 산도 아니며 도의 이념을 구현하고 있는 산도 아니다."(이미순) 이성부가 펼쳐 보이는 산의 세계는 리얼리즘의 경직성과 생태시의 관념성 너머를 향해 새로운 길을 내고 있다. 이 "산행시"의 세계는 민족의 역사와 민중적 삶의 애환을 존재론적 서정을 통해 껴안은 우리 시사의 한 장관이라 할 수 있다.

5. '백비(白碑)'

이성부 시인의 시 세계를 정리한 책 『산이 시를 품었네』(이은봉·유성호 엮음, 책만드는집, 2004)을 펼치고 여러 평자들이 쓴 글 제목을 더듬어본다.

"'역사'를 넘어 '산'에 이르는 길" "부드러운 단단함" "시에서 산으로, 산에서 시로" "원숙한 열정 혹은 따뜻한 성찰" "부드러운 성찰의 힘" "당당한 남성성의 시" "새벽에 다 부르지 못한 노래" "현실주의와 초월의 역설" "성스러운 산과 시의 우화" "죽음과 태어남" "견고한 역설의 시학" "말과 몸의 들판" "침묵과 절망을 통과한 언어" "정일한 내면의 풍경이 열릴 때"…….

위의 글 속에서 이성부의 시는 "아무것도 말하지 않았지만/너무 크고 많은 생 담고 있는" "백비(白碑)", 즉 "덤덤"하고 "태연"한 우리 서정의 한 '이정표'로 서 있다.

감악산 정수리에 서 있는 글자가 없는 비석 하나
아무것도 말하지 않았지만
너무 크고 많은 생 담고 있는 나머지
점 하나 획 한 줄도 새길 수 없었던 것은 아닌지
차마 할 수 없었던 말씀을 지녀
입 다물고 있는 것은 아닌지
그것도 아니라면 세상일 다 부질없으므로
무량무위를 말하는 것은 아닌지
저리 덤덤하게 태연할 수 있다는 것을
저렇게 밋밋하게 그냥 설 수밖에 없다는 것을
나도 뒤늦게 알아차렸습니다

—「백비(白碑)」전문

"새로운 길은 다음 사람들이 그 길로/더 많이 다녀야 비로소 길이다/닳고 닳아도 사그라지는 법이 없다."(「비로소 길」) 이성부의 시는 늘 "새로운 길"을 만들었다. 그 길로 많은 시인들이 다녔고 지금도 다니고 있다. 앞으로도 다닐 것이다. 그의 시는 "닳고 닳아도" 결코 "사그라지는 법이 없"는 '부활'의 "백비(白碑)"다.

'목숨을 걸고'

— 이광웅론

이광웅의 시를 되새기는 이 순간, 마음이 무겁다. 그가 남긴 시를 이제야 눈여겨보게 되었다는 때늦은 후회와 더불어, '목숨을 걸고' '진짜'로 살아가려 한 시인의 순정한 마음이 '지금 여기'의 경박한 현실을 되짚어보게 하기 때문이다.

먼저, '산 같은 침묵을 깨뜨리고'(「햇빛의 말씀」) '슬픔의 바다'에 뛰노는 '빛'(새)의 언어(「사회 참관」)를 길어 올린 이광웅 시의 저수지를 엿보기로 하자. 「대밭」은 이광웅 시의 원형질이 투영되어 있는 작품이다. 경쾌하고 감칠맛 나는 언어의 질감이 손에 잡힐 듯 눈앞에서 꿈틀거린다.

대밭에 살가지 쪽제비 시글시글 댓가지를 분질러놓으며 댓잎사귀 짓이겨놓으며 바스락 소리 밤새 끊어지지 않는 밤이 깊었다. 새암 두덕에 두룸박 소리 긁히고 부딪히고 쌀 씻는 소리랑 큰동세 작은동세 주고받는 목소리 뒤세뒤세할 때까지 한쪽 귀퉁이 이불귀를 끌어 잡아당겨가며 대밭을 떠내밀며 잠을 설쳤다.

사랑채에서 울려오는 할아버지의 기침 소리가 무섭고 선보러 오는 사람네의 수다스런 언변 뒤에 감추어둔 비밀스런 혐상들이 무서워서 얼굴에 껌정을 칠하고 대밭을 빠져나가 북산으로 달아나간 큰고모의 안부가 걱정돼서 할머니는 새벽부터 물레질이 잦았다. 새떼가 지나며는 실자새의 윙윙 소리는 퍼지고 퍼져서는 장지문을 다 흔든 후에 벽장문을 다 흔든 후에 부엌에까지 들어가서 새로 회삼물한 부뚜막을 흔들었다.

용수를 바고 막 떠온 전내기를 좋아하는 민주 아저씨가 오는 날은 우리 동네에는 있지도 않은 유대인 무서운 이야기는 끓는 라디오의 군부대신 연설처럼 열기가 올라오고 멀고 먼 옛날 절의사진(絶意仕進)에 잠적불출(潛跡不出)하셨다는 할아버지네 할아버지네 지하수처럼 흘러간 애사에 가슴 아파하는 날은 밀밥을 먹으면서 타국 가서 왼 식구가 세한에도 이불 없이 옹숭거리고 뼈 마디마디 곱았다는 사랑방에 들어 어느새이 괭이처럼 코를 고는 오직 아저씨를 위하여서 어머니는 나를 불러 대밭에 가서 술국 끓일 명아주 잎을 따게 했다. 지는 햇빛 속에 바람 소리 속에 섞여 인생의 의미를 생각하는 대밭은 나의 상아탑이었다.

해방 직후 팔봉 지서장을 살은 육촌 재종형이 인공 때 대밭을 빠져나가 남쪽 어딘가로 도망치던 구름 낀 밤이 있었고 해방되기 전부터 공산당을 해온 오상리 아저씨가 수복 때 대밭을 빠져나가 북쪽 어딘가로 도망치던 추적추적 비 내리던 밤. 다음날이면 언제 그랬냐고 말짱허니 갠 하늘이 되어 눈부시게 해가 빛났다. 땅거미 진 저녁이 내리면 어느새이 대밭에 자러 들온 참새떼가 쩍재그르쩍재그르 떨어지는 햇빛 받고 시냇물 흐르듯이 끝없이 울어대고 까막까치가 또 끝없이 짖어대고 볼먹은 부엉이의 울음소리도 보태어 자동차의 이 소란은 극한 대낮의 홍수만큼 시끄러운 것이었다. 지금은 없는 그 새 나라의 대밭이 그립다.

—「대밭」전문

'대밭'에 얽힌 유년 시절의 추억이 '시냇물 흐르듯이' '뒤세뒤세'한 어조로 되살아나고 있는 작품이다. '할아버지/할머니'로 대변되는 공동체적 삶의 애환에서부터 일제강점기 – 해방 – 분단으로 이어지는 우리 근·현대사의 현장이 '대밭'을 매개로 한 소리들의 웅성거림으로 구조화되어 있다. 시인이 길어 올린 토속적이고 순박한 언어의 향연이 훈훈하면서도 애틋하다. 민족사의 아픔을 승화시키는 향토적 언어의 정수라 할 만하다.

'대밭'에서 시작된 자연의 소리가 '새암' '장지문' '벽장문' '부뚜막'을 거쳐 '잠을 설'치며 뒤척이는 어린 시인의 귀에 전해지는 풍경이 눈에 선하다. '살가지 쪽제비'가 내는 '바스락소리'가 '두룸박' '긁히고 부딪'치는 '쌀 씻는 소리' '큰동세 작은동세 주고받는 목소리'와 '뒤세뒤세'하게 얽히며 다가온다. 여기에 시인은 '선보러' 온 '사람네'의 '비밀스런 험상들이 무서워' '얼굴에 껌정을 칠하고 대밭'으로 달아난 '큰고모'의 이야기를 겹쳐놓는다. '대밭'을 지나가는 '실자새의 윙윙 소리'가 '큰고모의 안부'를 걱정하며 '새벽부터 물레질'이 잦은 '할머니'의 마음에 스며드는 순간이다. '자연'과 '삶'이 '대밭'의 소리를 매개로 애틋하게 소통하는 장면이다.

'타국'을 떠돌다가 '사랑방에 들어 괭이처럼 코를 고는' '만주 아저씨'

의 고단한 삶과 '지하수처럼 흘러간 애사에 가슴 아파하는' 할아버지의 애틋한 마음을 '지는 햇빛' '바람 소리'로 쓰다듬는 '대밭'의 언어는 또 어떠한가. 나아가 '대밭'은 '해방 직후'의 이념 대립을 증언하는 역사의 현장으로 몸을 바꾼다. '팔봉 지서장'을 지낸 육촌 재종형은 '인공 때 대밭을 빠져나가 남쪽 어딘가로 도망'쳤고, '공산당을 해온 오상리 아저씨'는 '수복 때 대밭을 빠져나가 북쪽 어딘가로' 달아났다. 하지만 '다음날이면' 언제 그랬냐는 듯 '눈부시게' 해가 빛나고, '참새떼' '까막까치' '부엉이' 등의 울음소리가 끝없이 이어지며 '대밭'을 장악한다.

이렇듯, '대밭'의 언어는 민족사의 아픔을 승화시키는 서정의 결을 풍성하게 보여주고 있다. 시인은 민족적 삶의 애환이 묻어 있는 구체적 언어를 통해 역사의 현장을 생생하게 되살려내고 있다.

어느 순간 시인의 시에서 '대밭'의 언어가 사라졌다. 시인은 '대밭'의 언어를 잃어버렸다. 아니, 버렸다.

요새
나는
밤에
간음의 꿈을 만난다. (…)

무엇 때문일까.
생업이 떨어져나가서 그럴까.
집이 없어 그럴까.
대낮에도 악몽같이
압박해오는 것이 있고

천식을 앓는 것같이

숨이 차는 나의 생활

천식 같은 밤의 휴식시간에 손가락 사이 부서지는 꿈의 분말을

입김 불어 날리어도

이부자리 무거운 밤,

요새

나는

밤에

흥건히 땀에 적시이고

지저분한

간음의

꿈을 만난다

—「꿈」부분

　'대밭을 떠내밀며 잠을 설'치던 풍요로운 유년의 풍경이 '지저분한/간음의 꿈'을 견디는 앙상한 중년의 모습으로 몸을 바꾼다. 그 사이 이른바 '오송회 사건'이 가로놓여 있다. 치욕스런 역사의 해프닝(아이러니)이 한 시인의 삶을 절망의 나락으로 떨어뜨렸다. 1982년 월북 시인의 작품을 읽었다는 이유로 전·현직 교사 9명이 구속되었다. 이들은 20여 일의 모진 고문 끝에 '교사간첩단'으로 둔갑되었다. 주동인물로 지목된 이광웅 시인은 7년 형을 선고받고 수감생활을 하다가 1987년 특별사면으로 풀려난다. 시인은 4년 8개월의 감옥 생활을 통해 삶에 대해 새로운 눈을

뜨기 시작한다. 이후 1988년 복직되었으나 이듬해 전교조에 가입하면서 다시 교단에서 밀려난다. 그는 고문과 투옥 후유증으로 1992년 한 많은 세상을 떠난다. 시인은 2008년이 되어서야 비로소 명예를 되찾는다. 하지만 그는 이미 세상을 떠난 뒤였다. 이렇듯 진실은 늘 한 발자국 더디게 온다.

'인생의 의미'를 곱씹어보게 하는 '새 나라'의 '상아탑'이자 그리운 시의 텃밭이었던 '대밭'의 소리는 '퇴락한 고가나/천연색의 아름다운/강과 들에 펼쳐지는/지저분한 간음의 꿈'으로 변주된다. 이른바 유년의 상실이자 꿈의 훼손이다. '악몽같이/압박해오는' '천식을 앓는 것같이/숨이 차는' 생활의 현장에서 '손가락 사이'로 '부서지는 꿈의 분말'을 앞에 두고 시인은 어찌할 바 몰라 바르르 떨고 있다.

하지만 시인은 이러한 '간음의 꿈'마저 쓰다듬으며 다시 일어선다.

시대 속에서 어제의 편력은
떨어져나간 별일 뿐
밤 가운데 사라진 별똥별일 뿐.

해질녘의 내가 쉼터를 구하지 못하여
낯선 광야, 낯선 밤을 무겁고 고단한 잠 벗지 못하고
아무 데나 쓰러진 후
잇대어 만나게 되는 것
항행하는 유령의 배와
피냄새 나는 우리 역사
노다가 현장에

함바집 식탁

맛있는 국밥

─「함바집 식탁」 부분

고통스런 과거를 딛고 일어서려는 의지가 눈물겹도록 아름답게 투영되어 있는 작품이다. 시인은 '무겁고 고단한 잠' 벗어버릴 '쉼터를 구하지 못하'고 '낯선 광야, 낯선 밤' '아무 데나' 쓰러진다. 이 '이슬 젖은' '잠자리'에서 시인은 '항행하는 유령의 배와/피냄새 나는' 우리의 '역사'를 대면한다. 이 '빈터'에는 '그리운' 유년의 '물결'이 '너울'거리기도 하고, 고통스런 '어제의 편력'이 출렁이기도 한다. 하지만 시인은 이 과거의 기억에 안주하거나 몰입하지 않는다. 과거의 기억 그 자체는 '밤 가운데' 사라지는 '별똥별'일 뿐이다. '살찐 송아지'의 '닳아지는 목숨'을 통해 '회생의 기름방울'을 채워주신 선조들처럼, 시인은 자신의 삶(언어, 기억)을 통해 우리 역사의 현장을 정화시키고자 한다.

고통스러운 현실을 '맛있는 국밥'으로 승화시키는 시적 연금술이 애틋하다. '노가다 현장/함바집 식탁'에는 '항행하는 유령의 배와/피냄새 나는 우리 역사'가 드리워져 있다. 하지만 바로 여기에 '따뜻한 봄날'(「햇빛의 말씀」)에 대한 희망이 투영되어 있다는 사실 또한 부인하기 어렵다. 따라서 '맛있는 국밥'은 과거의 기억 혹은 역사를 고통스러운 현재적 삶의 자양분으로 끌어안으려는 의지를 담고 있는 표현이다.

하여, 그는 '노가다 현장' '함바집 식탁'에 올라온 '맛있는 국밥'과 같이 소박하고 투명한 언어를 꿈꾼다.

뼈빠지게 일하면서도

생기는 것은 없고

그저 남 좋은 일만 하다가

병들고 죽어가는—

인정 넘치고

아름다운 사람들이

살 부비며 모여 사는 동네이라서

그 이름도 어여쁜

우리의

달동네 꽃동네

—「달동네 꽃동네」 전문

시인의 언어가 소외된 서민들의 삶과 만나 아름답게 피어나는 장면이
다. 모순된 현실에 대한 분노와 '살 부비며 모여 사는' 삶에 대한 동경이
공명하며 '달동네 꽃동네'의 너울로 출렁인다.

이 출렁임은 '얼어붙은 오늘 이 죽음의 땅'에서 '새봄을 구가할 꽃들의
합창'으로 변주되기도 한다. '봄맞이 서두르는 새들의 궁리'를 이처럼 소
박하게, 이처럼 절박하게 표현할 수 있을까.

철창을 통해서 흘러든 햇빛

얼어 곱은 두 손에 받아 든 햇빛

그 햇빛 내게 건네는 말씀

—따뜻한 봄날이 머지 않으리.

얼어붙은 오늘 이 죽음의 땅에

봄맞이 서두르는 새들의 궁리……
산 같은 침묵을 깨뜨리고
새봄을 구가할 꽃들의 합창……

—「햇빛의 말씀」 전문

'철창을 통해서 흘러든 햇빛'을 '얼어 곱은 두 손에 받아 든' '맛있는 국밥'의 언어. 시인은 이 '진짜' 언어를 위해 '목숨을 걸고' 나아갔다. 이윽고 삶이 시가 되고, 시가 삶이 되는 '진짜 시/삶'의 한 풍경이 솟아난다.

이 땅에서
진짜 술꾼이 되려거든
목숨을 걸고 술을 마셔야 한다.

이 땅에서
참된 연애를 하려거든
목숨을 걸고 연애를 해야 한다.

이 땅에서
좋은 선생이 되려거든
목숨을 걸고 교단에 서야 한다.

뭐든지
진짜가 되려거든
목숨을 걸고

목숨을 걸고……

—「목숨을 걸고」 전문

하여, 이광웅 시인에게 시는 '결코/말도/말의 예술도/아니다.' 그에게 시는 '역사의 토양에 깊이 뿌리 내리고/미래의 하늘에 주렁주렁 열매 맺는' '숨결/맥박/따순 손길/말없는 바라봄/뜨건 뺨부빔'(「시」) 그 자체이다.

'설운 눈빛이 눈에 걸리는 아이들을' 뒤로하고 '슬픔의 바다'(「사회 참관」)를 건너느라 마음껏 누리지 못한 '수선화 피인 갠', 그 '영원'의 날을 오랫동안 기억하겠다는 다짐으로 글을 맺는다.

내 생애에서의 영원이란

그해 봄

내게 머나먼 압록의 강물같이나 바라뵈던 복직이

명절같이나 찾아와

떠나야 했던 교직에 또 몸담아 살면서

귀여운 소년 소녀들에게 평화로이 우리 국어를 가르치던

그 학교

그 교정

그 화단 가운데

수선화 피인

갠 날이다.

수선화같이

혀끝으로 봄을 핥으려는

꼭이나 수선화의 생리를 지니인 사람을 흠모하기 비롯한

그해 봄

그 갠 날이다.

내 생애에서의 영원이란

달리 마련이나 있을 것이 아니어서…….

빈 운동장 끝

그해 봄

바람 많아 섧게도 꽃대 흔들려쌓는

한결 감옥에서 그리울, 한결 지옥에서 새로울…….

수선화 피인 갠 날이다

—「수선화」 전문

'저녁 6시', 시 이전 혹은 시 이후의 시간

—이재무,『저녁 6시』

이재무 시인의『저녁 6시』(창비, 2007)에는, 지나온 삶에 대한 성찰과 회한의 시선이 새로운 삶에 대한 기대와 다짐을 똬리 틀고 있는, 눈물겨운 고투의 흔적이 음각되어 있다. 이는 낮과 밤의 경계, 시작과 끝의 결절점(結節點)인 '저녁 6시'의 '냄새'와 썩 어울리는 카오스적 풍경이며, 문명의 우울과 야생의 꿈이 절묘하게 교직된 도시의 음화이기도 하다. 여기에서 '저녁 6시'는 시 이전 혹은 시 이후의 시간이라 할 수 있다. 이 과거가 미래를 똬리 튼 풍경은 '지금 여기'의 현실을 교묘하게 비틀고 있는데, 오히려 여기에서 더 큰 현실 대응력을 부여받는다.

주지하듯, 국가 사회주의의 붕괴에 따른 자본주의의 전 지구적 승리는 절망과 향락이 혼종된 기묘한 서정을 불러왔다. 여기에는 이념의 꼬리표를 떼어내려는 성급한 단절 의지와 경쾌하고 발랄한 언어 기구를 타고 욕망의 나라로 비상하려는 욕구가 뒤엉켜 있다.

지금까지 이재무 시인은 80년대의 폭력적인 정치현실과 불운한 가정 현실 그리고 90년대 이후의 반생태적 현실과 각박한 도시적 일상에 온몸으로 응전하려는 도발적 현실주의자로서의 면모(이형권)를 보여주었다. 내면으로 스며드는 성찰적 시선과 외부로 투사되는 실존적 시선이 공명하며 '지금 여기'의 풍경을 직조해온 것이다.

하지만 이번 시집에서는 '지금 여기'의 풍경을 찾아보기 어렵다. 이를 테면, 다음의 작품은 시를 쓸 수 없는 현실 혹은 현재가 사라진 풍경의 무늬를 수놓고 있다.

몸속에 꿈틀대던 늑대의 유전인자,
세상과 불화하며 광목 찢듯 부우욱
하늘 찢으며 서슬 푸른 울음 울고 싶었다
곧게 꼬리 세우고 송곳니 번뜩이며
울타리 침범하는 무리 기함하게 하고 싶었다
하늘이 내린 본성대로 통 크게 울며
생의 벌판 거침없이 내달리고 싶었다
배고파 달이나 뜯는 밤이 올지라도
출처 불분명한 밥은 먹지 않으려 했다
그러나 불온하고 궁핍한 시간을
나는 끝내 이기지 못하였다
목에는 제도의 줄이 채워져 있고
줄이 허락하는 생활의 마당 안에서
정해진 일과의 트랙 돌고 있었다
체제의 수술대에 눕혀져 수술당한 성대로

저 홀로 고아를 살며 자주 꼬리

흔들고 있었다 머리 조아리는 날 늘어갈수록

컥, 컥, 컥 나오지 않는 억지울음

스스로를 향해 짖고 있었다

—「울음이 없는 개」 전문(강조는 필자)

'싶었다'로 표상되는 비장한 진술은 '그러나'를 지나며 전기를 맞는다. 전반부의 '싶었다'는 시에 대한 염원을 담고 있는 과거형 진술인 데 반해, 후반부의 '못하였다'나 '있었다'는 이러한 꿈의 좌절을 내포하고 있기 때문이다. 인용시는 '무엇을 하고 싶었으나 그렇게 하지 못한' 시인의 절망을 담고 있다. 그렇다면 시인이 갈망한 그 무엇과 그것을 좌절시키는 상황 사이의 긴장이 문제일 터이다.

'세상과 불화'하며 '하늘 찢으며' 포효하는 '서슬 푸른 울음'이나, '울타리 침범하는 무리 기함하게' 하는 '송곳니 번뜩'이는 울음, 혹은 '하늘이 내린 본성대로 통 크게 울며' '생의 벌판'을 '거침없이' 내달리는 행위 등은 '출처 불분명한 밥'을 거스르는 '늑대/시인'의 실존적 고독 혹은 자유에의 의지를 상징한다. 이러한 '늑대의 유전인자'를 '불온하고 궁핍한 시간'이 거세하고 있는 형세다. 여기에 따른다면 시인은 '제도의 줄' '정해진 일과의 트랙'에 포획되어 거세당한 '성대'로 '나오지 않는 억지 울음'을 '컥, 컥, 컥' 토해내는 '개'일 따름이다.

흥미로운 점은 시인이 이 '울음이 없는 개' 또한 과거에 위치지우고 있다는 사실이다. 이재무 시인에게 근대적 자본의 일상성에 갇혀 '억지 울음'을 토해내는 개의 비애 또한 완료형 서정의 한 형태일 뿐이다. 그렇다면 「울음이 없는 개」는 '과거'의 줄에 묶여 있는 '거세당한 늑대(개)'의 울음이라 할 수 있다.

이 '과거'의 줄을 어떻게 풀 것인가? 이재무 시인은 현재를 괄호에 묶고 곧장 미래로 질주한다. 여기에서 과거는 '오래된 미래'로 몸을 바꾼다.

내 생전 언젠가는 찾아갈 거야, 푸른 고독

광도 높은 별들 따로 떨어져 으스스 춥고

쩡쩡 우는 한겨울 백지의 광야

방랑과 유목의 부족 찾아갈 거야

처음 그들은 낯선 이방인 적의로 맞겠지만

청동빛 근육에서 동족의 피냄새를 맡고는

마음의 시장기 무청처럼 퍼런 얼굴 앞에

네발 달린 짐승 하나 불쑥 적선하겠지

난 날짐승을 더 선호하는 편이지만 그들의 배려

예 갖추어 달게 삼키고 언 강 깨서 입 축이고

그새 허물없어진 그들과 나란히 식구로 서서

컹, 컹, 컹, 산과 하늘 크게 들었다 놓고

깊고도 서늘한 눈빛, 길 세워 다투듯

무인지경 내달릴 거야 가도 가도 끝없는 광대무변

더이상 달릴 수 없을 때까지

초원에서는 더러 행위와 동기가 한몸이라서

더운 피가 시키는 대로 달리는 것뿐

딴뜻 있어 달리는 것은 아니지

달리고 또 달리다 보면 맨발에 달라붙는 진흙 같은

잡념 따위 바람 앞에 검불로 흩어지고

걸핏하면 찾아와 몸과 마음 물어뜯던

까닭 없고 대상 없던 우울과 초조,

울분이며 분노 따위 햇살 만난 눈처럼 사라지겠지

초원의 파수꾼, 떠돌이 협객, 외로운 사냥꾼

내 생전 언젠가는 찾아갈 거야

한 마리 변방의 야생을 살며 폭설 내린 어느날

비축해둔 식량마저 떨어지면 파오 우리 덮치다가

불 품은 총구 앞에서

한 점 비명, 회한도 없이 장렬하게 전사할 거야

—「푸른 늑대를 찾아서」 전문(강조는 필자)

우선, 거세당하기 이전 자유롭게 광야를 달리던 시절을 꿈꿔볼 수 있겠다. '싫었다' '못하였다'의 과거형 진술이 '할 거야'라는 의지적·남성적 진술(미래형)로 바뀌는 까닭도 이와 무관하지 않다. 이렇게 과거는 미래로 비상한다. 하지만 미래형 진술 또한 문명 이전의 '야생'을 껴안고 있다는 점에서 과거를 안고 있는 형국이라 할 수 있다. 이렇듯 시인에게 과거와 미래는 한몸이다.

'날선 입과 손톱으로/행인의 얼굴 할퀴고 공복을 차고/목덜미 물었다 뱉는' '성정' 사나운 '냄새의 폭주족'으로 표상되는 도시의 일상('냄새의 감옥')은 과거와 미래가 뒤섞인 현재의 시간이다. 하지만 과거와 미래를 오가며 직조된 이 '푸른 늑대'의 고독한 내면이 '집단'의 그것으로 전이되면 '치명적인 독'이 될 수 있다. 하여, 시인은 '초원의 파수꾼' '떠돌이 협객' '외로운 사냥꾼'이 되길 원했으며, '푸른 늑대'의 '푸른 고독'(「푸른 늑대를 찾아서」)을 갈망했던 것이다. '푸른 고독'은 오직 '과거/미래'에만 존재할 수 있다. 이 야생의 고독이 풍기는 '냄새'는 '홀로 있을 때 은근하여/향기도 맛도 그윽해지는 것'이다. 현재를 살아가고 있는 시인이 '마비된 감각'으로 집단의 '냄새의 숲' 사이를 비틀비틀 걸어갈 수밖에 없는 이유도 여기에 있다.

이렇듯, 「저녁 6시」에는 과거/미래에서 호출된 '푸른 늑대'가 '지금 여기'의 시간과 마주 선 풍경이 그려져 있다. 늑대는 감각이 마비되었기에 더 이상 노래할 수 없다. '저녁 6시'는 이렇게 포효할 수 없는, 아니 포효하기 직전, 늑대의 시간으로 다가온다.

하여, 이재무의 시는 너무 느리거나(과거), 빠르다(미래). 현재는 과거와 미래에 의해 타자화되고, '푸른 늑대'가 노래를 부르려는 순간 시는 멈춘다.

시인 박아무개가
지독한 가난에 두들겨 맞고
알코올성 치매에 영양실조에 폐암으로
중환자실 들어가 생사 넘나들던 밤
면회에서 돌아와 아내 몰래 수음을 했다
더러운 쾌락에 치를 떨며 결코 울지 않았다
여러 해의 봄 한꺼번에 흘러간 그 밤,

청승 신파 뒤 술상 뒤엎던 울분과
소리높여 부르던 단심가,
전화선을 타고 건너오던 물 젖은 소리
이제 너와 함께 과거에 묻는다

70년대 상경파의 불운한 생

끈질기게 따라다니던 꼬리 긴 주소를 지운다

세상에는 어제처럼

눈비 오고 바람 불고 구름 흐르고

해와 달은 떴다가 지며 묵은 달력 넘기겠지만

가던 걸음 문득 세워놓고

들리지 않는 목소리에 귀기울이는

그런 날 더러 있을 것이다

—「봄밤」전문(강조는 필자)

　시인은 죽어가는 벗의 '물 젖은 소리'와 함께 '지독한 가난' '청승 신파 뒤 술상 뒤엎던 울분' '소리높여 부르던 단심가' '70년대 상경파의 불운한 생' 등을 '과거에 묻는다(현재)'. 이렇게 현재는 과거를 지우며 잠시 모습을 드러내기도 한다. 하지만 이내 자취를 감춘다. 과거는 시인을 '끈질기게 따라다니던 꼬리 긴 주소', 즉 지금까지의 시세계를 지탱해주던 자양분이다. 하여 '생사를 넘나들던' 벗을 '면회'하고 돌아와 '아내 몰래 수음'을 하고, 그 '더러운 쾌락'에 치를 떠는 오욕의 시간을 거친 이후에야 비로소 떨쳐버릴 수 있는 것이다(이 '더러운 쾌락'이야말로 시를 쓸 수 없게 하는 현실에서, 시인조차도 어찌할 수 없는, 몸 속에 꿈틀대는 늑대의 유전인자이다). 이재무의 시는 이러한 고통의 시간을 거친 이후, 자신이 묻었던 과거가 '눈비 오고 바람 불고 구름 흐르'듯 무심하게 되돌아왔을 때, 세월의 '가던 걸음 문득 세워놓고/들리지 않는 목소리에 귀기울이는/그런 날' 울려 퍼질 것이다(미래). 하여 「봄밤」은 아직 불려지지 않은 노래이다. 아직 이재무 시인의 노래는 시작되지 않았다.

어쩌면 이재무 시인은 시적 죽음('마비된 감각')을 선택한 것인지도 모른다. 시를 쓸 수 없는 현실(현재)에 대한 이보다 더한 복수가 어디에 있을까? '시간의 지우개로 거듭 지워온, 서슬 푸른 사연들'을 '되감기'로 살려낸 '추억의 즙'으로 연명하는 시는 '칙칙한 신파'(「청승」)의 노래가 될 것이 자명하기 때문이다.

시를 죽임으로써, 나아가 시를 쓰지 못하게 하는 현실을 온몸으로 거부함으로써 오롯이 되살아나는 '푸른 늑대'의 '푸른 고독', 이재무 시인의 '저녁 6시' 풍경이다.

'저항'과 '서정', 혹은 체제와 이념의 장벽을 넘어

— 하종오, 『남북상징어사전』

1. '저항시'와 '서정시' 사이

『남북상징어사전』(실천문학, 2011)에는 하종오 시인이 2000년대 이후 끈질기게 탐색해온 주변부 인민들의 삶이 다채로운 무늬로 음각되어 있다. "들은 그대로 본 그대로/수식어나 수사를 떼어내고" "시를 쓰는" 특유의 "사실주의적 상상력"이 "분단 현실"과 "직간접적으로 관련된 남북 주민과 세계 시민"들의 목소리를 생생하게 되살려내고 있다. 시인은 "남북 주민과 세계 시민"들에게 자신의 이름을 빌려주고 있다. 수많은 "하종오 씨"들이 한 편의 시 속에 자신들의 삶을 녹여낸다. 나와 그들 혹은 우리와 타자 사이의 경계를 "하종오 씨"들의 시선으로 심문하고 있는 형국이다. "하종오 씨"들의 목소리는 주체와 객체, 자아와 타자의 영역을 넘나들며 '지금 여기'의 삶을 응시하고 있다. 그들이면서 그들이 아니고, 시인이자

시인이 아닌 이 '우리/그들'의 시선, 즉 "하종오 씨"들의 목소리는 분단
현실을 낯설게 일깨우는 모닝콜이다. '온전한 나'일 수도, 그렇다고 완전
한 '타자'일 수도 없는, 그들의 삶에 공감하면서도 일정한 거리를 유지하
고 있는 이 "하종오 씨"들의 시선에서 우리의 분단 시는 새롭게 거듭나고
있다.

　우리 시사의 한 페이지를 넘기고 있는 하종오 판 서정의 한 풍경을 음
미해보자.

　　대다수 남한 시인들은 저항시의 시효가 끝나고
　　자신을 들여다보고 싶은 시대라서
　　쓰는 족족 서정시가 된다고 한다
　　하, 나에게는 그런 내면이 없다

　　가까운 남한 국민들과 같은 말소리를 하는
　　먼 북한 인민들에게서 들려오는 말소리에
　　웃음기보다는 울음기가 더 많이 들어 있어
　　이명인지 환청인지 의문하는 동안
　　나는 대다수 남한 시인들이 쓰는 서정시를 쓸 수가 없다
　　하, 나에게는 그런 감정이 없다

　　들은 그대로 본 그대로
　　수식어와 수사를 떼어내고
　　나는 시를 쓰는데
　　저항시도 되지 않고

서정시도 되지 않는다

저항도 없고 서정도 없는 시를 쓰는
북한 시인들을 이해하기도 하면서 이해 못하기도 하면서
나는 쓰고 있지만
하, 나의 시를 무슨 시라고 해야 할까

―「저항시의 시효가 끝나고, 서정시의 시효가 끝나고,」 전문

    많은 "남한 시인들"이 "저항시의 시효가 끝나고" "서정시"의 시대가
왔다고 선언했다. 하종오 시인은 "나에게는" "자신을 들여다보고 싶은"
"그런 내면"이 없다고 고백한다. 여기에는 "저항시" 혹은 "서정시"를 어
떻게 해체·재구성할 것인가에 대한 문제의식이 함축되어 있다. 하종오
시인은 동시대 우리 시단의 주도적 흐름, 즉 내면 지향적 성향 혹은 미학
주의적 편향과는 다른 방식으로 "자신을 들여다보고" 있는 것이다.

    분단 체제로 인한 고통은 여전하다. "북한 인민들"의 "울음기" 섞인 목
소리가 여전한데 어찌 "대다수 남한 시인들이 쓰는 서정시"를 쓸 수가 있
겠는가. 폐쇄된 내면의 영역에 갇혀 좀처럼 '타자/세계'와의 소통의 길을
내지 않으려는 작금의 "서정시"를 보며 시인은 자신에게는 "그런 감정"
이 없다고 탄식한다. 하여, "저항시의 시효가 끝나고, 서정시의 시효가
끝"났다는 시인의 진술을 문맥 그대로 받아들여서는 안 된다. 오히려 주
체와 대상 사이의 새로운 관계 모색에 바탕한 우리 시의 갱신을 역설하
고 있다고 보아야 한다. 이는 시적 자아와 대상(민중, 세계)을 동일시하
는 데 안주한 기존의 '저항시/서정시'를 갱신하고자 하는 의지의 표현이
다. 하여, 그의 시는 "저항시도 되지 않고/서정시도 되지 않는다." 이 '저

항시'와 '서정시' 사이에서 새로운 시를 모색하는 것이야말로 하종오 시인이 던지는 화두이다.

그렇다면 어떻게 '저항시/서정시'를 해체·재구성할지가 관건일 터이다. '타자들'의 울음기 섞인 목소리에 공명하는 수많은 "하종오 씨"들의 '속울음'이 그 시도의 하나이다. 시인이 불러온 "하종오 씨"들의 목소리는, 타자들의 모습을 있는 그대로 재현하는 데 그치지 않고 그들의 삶을 새로운 방식으로 내면화하려는 방향으로 나아간다.

이렇듯 하종오 시인은 『남북상징어사전』을 통해 분단 현실과 관련된 타자들의 삶에 무관심한 우리 사회의 냉혹함은 물론, 그들에 대한 지나친 감정 몰입으로 객관적 거리감을 유지하지 못하는 일방적인 태도 또한 경계하고 있다. 이 둘의 태도를 창조적으로 지양(止揚)하는 과정에서 온전한 "저항시" 혹은 "서정시"가 탄생할 수 있을 것이다. 『남북상징어사전』은 타자들의 삶을 내면화하는 그 지난한 여정을 향해 첫 발을 내디딘 의미 있는 시도의 하나이다.

2. 분단의 장벽에 스며드는 소박한 일상의 꿈

분단체제는 강고하고 이로 인한 고통 또한 여전하다. 이에 맞서 시인이 할 수 있는 일은 그리 많지 않다. 하종오 시인은 정공법을 택한다. 순박하고 진솔한 서정이 그것이다. 문단의 일부에서는 진부한 주제를 산문적 어조로 진술함으로써 시적 긴장감이 떨어진다고 외면하기도 한다. 하지만 그의 시편들이 우리의 내면을 불편하게 들쑤시고 있다는 사실 또한 부인하기 어렵다. 그의 시가 불편하다는 사실은 대다수의 남한 시민들이 분단의 고통을 짐짓 외면하며 살아왔다는 점을 시사하는 대목이다. 예컨대, 남한의 시인들은 "저항도 없고 서정도 없는" 북한의 시편들에 한번이라도 애정 어린 시선을 보낸 적이 있는가? 하종오 시인은 이러한 북한 시인들을 "이해하기도 하면서 이해 못하기도 하면서" 시를 쓴다고 말한다. 그리고 "저항시"도 "서정시"도 되지 못하는 자신의 시를 이들의 시들과 포개놓으며 심문한다. "이해하기도 하면서 이해 못하기도 하면서" 시를 쓴다는 이 진솔한 감정 속에 이번 시집을 관통하는 주제의식이 함축되어 있다.

남과 북은 서로를 적대시하는 한편 그만큼 그리워하며 살아왔다. 애증의 감정은 서로에 대한 깊을 이해를 바탕으로 형성된다. 하지만 우리는 어떠했는가?

> 다 같이 사내아이로 남자아이로 태어났던
> 동갑내기 하종오 씨들은 남한과 북한에서
> 각각 다른 꿈을 꾸며 살아낸 줄 모른 채
> 한 번 만나 통성명도 하지 못하고 죽었다
>
> —「동갑내기 하종오 씨들」부분

"각각 다른 꿈을 꾸며 살아낸" 줄도 모르고 죽어가는 삶이 아닌가. 남과 북의 "하종오 씨"들이 각기 "다른 꿈을 꾸"고 있다는 점을 이해하기란 그리 어렵지 않다. 체제와 이념이 다르기 때문이다. 하지만 수많은 남북의 인민들이 "다른 꿈"을 꾸었다는 사실조차 모른 채 죽어간다는 진술은 차원이 다르다. 하종오 시인은 개개인들의 꿈이 각 체제의 이념에 묻혀 표출될 수 없었다는 사실, 그래서 그 소중한 꿈들을 확인할 수 있는 방법이 없다는 점을 강조하고 있는 것이다.

하여, 지금까지 우리가 품었던 '그들'에 대한 애증은 진솔한 감정이 아니었다. 체제의 이념을 기준으로 서로를 바라보았기에 분단 현실의 장벽은 그만큼 두터웠다.

> 광고기획자 하종오 씨는 북한에 가볼 수 없어
> 언제나 남한의 기준으로 구상해볼 뿐이다
> 산기슭이나 벌판에서 산야초 뜯어 먹는 북한 인민들에게
> 야외 광고판이 먹히겠다고 판단하는 것이
> 난센스일지도 모른다고 그는 염려하면서도
> 남한에서 가능했으니 북한에서도 가능하다고 믿는다
>
> ─「광고기획자 하종오 씨의 구상」 부분

"광고기획자 하종오 씨"가 생각하는 "남한의 기준"에는 분단체제를 살아가는 개별 존재의 꿈이 투영되어 있지 않다. "난센스일지도 모른다"는 개인적 "염려"는 "남한의 기준"이라는 체제의 이데올로기에 압도당하고 만다. 때문에 북한의 실상은 늘 "상상하기가 불가능"한 "최악의 상태"이다.

> 남한에서 북한으로 가본 적 전혀 없는 하종오 씨는
> 증언을 들을 때마다
> 최악의 상태를 상상하기가 불가능하다
>
> ─「상상력 없는 하종오 씨의 상상」 부분

남한 사람들은 북한에 대해 이것저것 알고 있다. 하지만 제대로 알고 있는 것은 별로 없다. '보고 싶은 것'만 보고 '보기 싫은 것'은 보지 않았기 때문이다. 남한 사람들은 북한 사람들을 우리와 똑같은 인간으로 보지 않았다. 북한 사람들 또한 마찬가지이다.

시인은 "남한 국민과 북한 인민이 통일을 위해 교류하고 소통할 수 있는 고유한 인간적 권리를 남북의 권력(자들)으로부터 확보하는 정서"에 그의 시가 "스며들기를 희망한다." 지금까지 "남북의 권력(자들)"은 '보고 싶은 것'(체제의 이념)만 보아왔다. 이제 "보기 싫었던 것들"(개별 존재로서의 꿈)의 만남, 즉 구체적이고 일상적인 소통의 장을 마련해야 한다.

> 꽃봉오리와 사람이란 각 낱말의 상징을
> 우리가 각각 다르게 해석해서 쓰던 그날부터
> 둘 중 하나는 자신이 알고 있는 낱말을 버려야
> 한곳에서 같이 살 수 있다는 사실에 어리둥절했다
>
> ―「남북상징어사전」 부분

"한곳에서 같이" 살기 위해서는 남북의 언중(言衆)들이 대화와 소통을 통해 "각각 다르게 해석해서 쓰던" "각 낱말의 상징"들을 하나로 수렴하는 과정이 전제되어야 한다. 물론 "남한 국민들과 북한 인민들"이 만나면 그 사이에서 덕 보는 사람들도 있고 피 보는 사람들도 있다. 하지만 만나지 않아도 마찬가지이다.

> 하종오 씨가 아무리 좋아하거나 싫어해도
> 남한 국민들과 북한 인민들이 실컷 만나도록 놔두면

서로 간에 덕 보고 싶은 사람들은 만날 수도 있고

서로 간에 피 보고 싶지 않은 사람들은 안 만날 수도 있다

—「하종오 씨도 덕 보거나 피 본다」 부분

그렇다면 만나는 쪽과 그러지 않는 쪽 중에서 어느 쪽을 선택하는 것이 더 가치 있는 일일까?

전쟁의 시작과 끝은

순전히 남한 정권과 북한 정권에 달려 있고

그 어느 것도 남한 주민과 북한 주민이 택할 수 없다는 걸

탈북자와 한국인은 너무나 잘 알아서

피차 상대에게 화풀이한 게 아니었을까

—「정전(停戰)」 부분

분단체제로 인한 남북한 인민들의 구체적인 '삶'의 문제를 형상화하고, "남북의 권력(자들)"으로 포섭되지 않는 이들의 낮은 목소리를 복원하는 하종오의 서정이 문제적인 이유는 바로 여기에 있다.

이렇듯 시인은 '보고 싶은 것'에 짓눌려 잘 드러나지 않았던 개인들의 소중한 꿈(보기 싫은 것들)을 생생하게 되살려내고 있다. 그리고 이 장삼이사(張三李四)들의 꿈은 남과 북, 나아가 세계 어디서도 별반 다르지 않다는 점을 나직한 목소리로 속삭이고 있다.

남편 고 씨는 잠 깨고 나서도 이불 속에서 뭉그적거리며

아내 박 씨가 부엌에서 토드락거리는 도마 소리 듣는다

무채 써는가 마늘 다지는가

시장기 느껴진다

군침 돈다

남한이 이런 곳인가

북한에서 탈출하기 수년 전부터

아내 박 씨는 부엌에서 토드락거리는 도마 소리 내지 못했다

국 끓일 나물이 없었다

나물 무칠 양념이 없었다

아내는 남한에 정착하면 반찬 많이 해 밥 실컷 먹고 싶다더니

북한에선 맛도 보지 못한 요리 날마다 끼니마다 해댄다

남편 고 씨는 마른침 삼키며 토드락거리는 도마 소리 듣는다

할아버지는 할머니 위해 아버지는 어머니 위해

숫돌에 식칼 갈았고

할머니는 할아버지 위해 어머니는 아버지 위해

무채 썰고 마늘 다졌지만

북한에선 아침 일찍 협동농장에 밭 매러 갈 준비하느라

할아버지도 아버지도 이불 속에서 도마 소리 듣진 못했을 것이다

남편 고 씨가 아내 박 씨를 위해

숫돌에 식칼 갈려고 이불 속에서 나오자

아내 박 씨가 부엌에서 토드락거리는 도마 소리 멈춘다

—「도마 소리」 전문

인용시에 드러난 한 탈북 부부의 소박한 일상의 꿈(행복)을 그 어떤
체제와 이념의 규범이 재단할 수 있겠는가?

'속울음'의 시학

―이승하의 신작시 작품세계

'폭력과 광기의 나날'에 맞선 이승하 시인의 '공포와 전율의 언어'를 기억한다. 상처받은 영혼이 토해내는, 더듬거리는 절규의 언어가 여전히 가슴 시리다.

우리 시문학사에서 그만큼 격렬하게 시대 현실과 맞서 언어를 불태운 시인도 찾아보기 어려울 것이다. 뒤틀린 개인의 가족사에서부터, 정신병동으로 전락한 일상의 공포, 그리고 폭력과 광기의 역사로 점철된 지구촌의 현실에 이르기까지 시인의 언어에 포착된 세계는 '고통 그 자체'라 해도 과언이 아니다.

이 고통의 뿌리에는 다음과 같은 장면이 음각되어 있다.

사회로부터 가족으로부터 친구들로부터
나 자신으로부터도 격리되어 있는데

우리 무엇을 더 부끄러워할 수 있을까

―「정신병동 시화전 1」 부분

시인은 '사회'와 '가족' '친구' 심지어 자기 자신으로부터도 격리되어
있다고 느낀다. 고통은 이 '격리'로부터 싹튼다. 이렇듯 외부세계와 내부
세계로부터 철저하게 고립된 시인은 정신병동에 자신의 보금자리를 마
련한다. 세상 자체가 거대한 정신병원이기에 그곳으로부터 격리된 장소
가 오히려 시인이 숨 쉴 수 있는 최소한의 공간이 된다. 이곳에서의 '시
화전'에는 더 이상 부끄러워할 것이 없다. 따라서 그의 시는 세계와 자아
로부터 '격리'된 존재의 고통과 상처를 적나라하게 들추어내는 지점에서
점화된다.

시인이 머무는 장소가 '정신병동'인 점에 주목할 필요가 있다. 그는 '혈
연이 준 상처' 혹은 '쓰잘데없는 번민의 심연'을 '동여매고' 현실 너머로의
'가출'을 꿈꾼다. 정신병동에서는 시인을 노예로 전락시킨 '습관과 관습
의 세계'(「狂」)로부터 자유로울 수 있다. 부끄러움 없이 '애비와 에미' 그리
고 '아내와 자식'을 버릴 수 있다. 가정과 사회라는 '그 무거운 짐'에 '늘 묶
인 채 끌려다니던' '혼'(「축제를 찾아서」)을 해방시킬 수 있기 때문이다.

가진 것은 병 깊은 몸이 전부
환멸이 체내에 축적되어왔어
전 세계가 나와 화해하지 않을 것을 알지만
나는 세계를 향해 미소짓는 법을 익혔지
스스로 회복하기보다는
감싸안음으로써 따뜻해지는 나와 너

다가가자고, 침묵하지 말자고

다짐하지만 끝끝내 말문은 막히고

―「나와 너」 부분

   끝끝내 '화해하지 않을' 세계에 맞서 '미소짓는 법'을 익히고자 정신병동에서 시화전을 열지만, 아니 서로에게 '다가가자고, 침묵하지 말자고/다짐하지만' '끝끝내 말문'이 막혀 '벙어리' 혹은 '말더듬이'가 된 시인은 '말' 이전의 '몸짓언어'(팬터마임)를 연기한다. 시인은 '흰자위를 드러낸 채 거품을 물고/쓰러져도' 다시 일어나 '혼신으로, 죽는 순간까지' 너의 삶에 닿기 위해 온몸으로 절규한다. 이렇듯 이승하 시인의 시는 언어 이전 몸의 언어로 직조된다.

   이승하 시인은 자신의 치부를 적나라하게 드러낼 수 있는 정신병동에서 '시를 쓰면서, 시를 웩웩 토하면서' '내가 너한테 관심갖는 것이 얼마나 아름다운 일인가를/네가 나의 사랑을 받는 것이 얼마나 아름다운 일인가를'(「정신병동 시화전 5」) 역설적으로 환기한다. 이러한 시인의 자의식은 이성적인 목소리보다 말더듬이 증세를 동반하는 불완전한 언어를 불러온다. 그의 시에서 화려한 수사나 심오한 상징이 발견되지 않는 이유도 이와 무관하지 않다. 다만 '고통의 근원에 육박하고자 하는 시인의 몸'이 '피맺힌 언어'를 더듬더듬 뱉어낼 따름이다. 이러한 시인의 느릿느릿한 언어가 빚어내는 '눈빛 설움에 젖어 세상의 어두운 곳이'(「그대, 얼음 위를 맨발로」) 조금씩 밝아진다.

   '몸의 언어'는 '정신병동 시화전'으로부터 시인의 언어를 끌어내어 구체적 현실과 접속하게 만든다. 이승하 시인의 언어가 사진과 어울리는 것도 이와 무관하지 않다.『폭력과 광기의 나날』(세계사, 1993)의 시편들에는 사진에 사로잡힌 시인의 마음이 오롯하게 음각되어 있다. 사진은 광기의 역사 혹은 폭력적 이데올로기가 은폐하고 있는 찰나적 순간을 생생하게 포착한다. 몸짓언어나 사진(영상언어)은 아수라장인 현실을 시보다 더 직접적으로 재현할 수 있다. 시인이 자세를 낮추고 사진을 응시하는 이유도 여기에 있다. 순간을 포착하는 사진의 강렬함에 시적 언어가 개입하여 독특한 형식의 서정이 창조되었다. 영상과 문자가, 각기의 언어로 포착한 상처와 상처가 혼종되며 '사진 – 시'라 불리는 새로운 형식이 선을 보인다. 시인은 사진과 몸을 섞으며 우리 시대의 폭력/광기에 맞서 언어의 날을 벼린다.

이번에 내놓은 신작 시편들은 시인이 격렬하게 토해내었던 '공포와 전율의 언어'가, 생명, 죽음, 우주, 예술 등의 언어와 어우러져 한층 부드럽고 웅숭깊은 서정으로 거듭나고 있음을 보여준다. 사진, 광대의 몸짓, 노래, 구도자의 삶, 평론, 에세이, 소설 등등을 종횡으로 가로지르며 시의 영역을 확장해온 그가 어느덧 다시 서정 본연의 자리에 선 듯한 인상이다. 날카로운 비수의 언어가 부드러운 곡선의 언어와 만나 '파괴와 생성의 이중주'를 연주하는 모습으로 보이기도 한다.

이를테면, 시인은 '고통이 끝난' '혈연의 죽음' 앞에 다음과 같은 '축복의 시'를 바쳤었다.

> 이제는 달과 뭇 별을 슬하에 두시어
> 더 이상 고통받지 않을 것입니다.
> 더 이상 울음 감추지 않아도 될 것입니다.
>
> —「혈연의 죽음」 부분

어찌할 수 없는 현실의 고통으로 인해 '숨 비로소 멎어야 한 생애의 문'이 '우주 공간'을 향해 열릴 수 있었다. 죽음만이 폭력과 광기에 결박된 존재의 혼을 해방시킬 수 있는 것이다. '생명 있는 것들에 대한 연민의 정도/생명 있는 것들에 대한 적개심도 없이' '자연인'으로 돌아가는 것이야말로 '고통'으로부터 벗어나는 유일한 길이다. 차마 죽지 못해 시인은 '살아서 천천히, 천천히' 썩어가며 '닫혀진 세계의 문'을 찾아 헤맬 뿐이다. 하여 시인에게 죽음은 하나의 축복이었다.

하지만 아래의 시편에는 이별을 앞에 둔 혈육들의 '온몸으로' 우는 '울음'이 그려져 있다. 삶의 짐을 훌훌 털어버리는 죽음 그 자체가 관심의 대상이 아니라, 죽음을 앞에 둔 존재의 고통과 눈물이 전경화되고 있는 셈이다. 죽음과 삶이 얼굴을 맞대고 공명하고, 존재들의 고통이 스미고 짜이며 '울음의 시학'으로 거듭나는 장면이다.

손자가 방학 마치고 서울 간다고
마당에 퍼질러 앉아 울던 할머니의 울음
"하야! 니가 가면 내 외로워 우예 살꼬……"
쭈글쭈글 주름살 더 일그러져
흐느낌이 그예 통곡이 되고
온몸으로 울던 그 울음이
지금도 내 심장 파르르 떨리게 하네

김천화장터 화구 속으로 어머니 시신이 들어갈 때
비로소 주르르 흐르던 아버지의 눈물
"여보, 아, 여보, 정말……"

쭈글쭈글 주름살 더 일그러져

말을 못 잇고 고개 떨군 채

애써 울음 참다가 흘리던 그 눈물이

지금도 내 오금 찌르르 저리게 하네

울음이라면

물 건너지 마오 외치며 울었던 백수광부의 처가

눈물이라면

이별의 눈물로 대동강 물이 마르지 않는다고 한 정지상이 생각나겠지만

속울음이란 것이 있다

차마 소리 내어 울 수 없는 울음이

차마 눈물 흘릴 수도 없는 울음이

병 깊은 자식 까무룩 숨 거둘 때

—「속울음 울다」 전문

주지하듯, 이승하 시의 원형질은 뒤틀린 가족사에 대한 트라우마이다. 인간사의 가장 큰 사건이자 상처는 가족과의 이별 혹은 가족의 죽음이다. 이 고통에 대한 1차적 대응 방식은 울음이다. 이러한 울음에도 여러 모습이 존재하고 각각의 정황이 다를 수밖에 없다. 인용시에서는 '1연→2연→3연'으로 점진적으로 강화되고 극대화되는 이별 혹은 죽음과의 대면이 잘 드러나 있다.

1연과 2연이 외부로 확산되는 울음의 양상을 포착하고 있다면, 3연은 내면에서 들끓는 울음을 형상화하고 있다. 시인은 몸으로 울음에 반응한

다. 혈육의 고통에 '심장'이 떨리고 '오금'이 저리다. 나아가 그들의 울음을 몸(내면)으로 흡수하여 '속울음'을 울기에 이른다. 여기에는 죽음보다 강한 생명의 꿈틀거림이 내장되어 있다.

> 나이 서른을 넘고 아버지가 되자
> 황악산을 보는 눈이 달라진다 山이
> 그냥 山이어서, 그냥 등 굽은 우리나라 山이어서
> 직지사 석탑을 내려다보는 것이 아니라
> 희뿌연 안개 쓰고 무거운 구름 이고, 힘겹게
> 계절마다 무수한 생명을 키우고 떠나보내고
> 죽어 돌아온 생명 손수 염하기도 하고, 지쳐
> 그러면서 늙어가는 山임을 알게 된다
>
> —「直指寺 뒤 黃岳山」 부분

시인이 그토록 부정하고 싶었던 아버지의 나이가 되자, 그 자리[山]가 아래를 '내려다보는' 위치가 아니라 '희뿌연 안개 쓰고 무거운 구름 이고, 힘겹게/계절마다 무수한 생명을 키우고 떠나 보내고/죽어 돌아온 생명 손수 염하기도 하고, 지쳐/그러면서 늙어가는 山임'을 깨닫게 된 것이다.

죽음이 삶 속에, 시인의 내면 속에 들어와 '속울음'으로 공명하는 장면이다. 이 '속울음'에는 '할머니→아버지/어머니→화자→자식'으로 이어지는 죽음(이별)을 매개로 한 혈육의 역사가 녹아 있다.

「속울음 울다」가 개인의 삶 속에 녹아 있는 인류의 역사를 바탕으로 울음의 의미를 탐색하고 있다면, 「다 함께 울다」는 사회·문명사적 인식을 바탕으로 그것의 의미를 확장하고 있다.

이 바람 앞에서는 모든 건물이 운다
빌딩의 창 크게 울고 주택의 지붕 떨며 운다
바람이 가로막는 길
자유롭게 걸을 수 있는 사람이 있다면
그는 이미 사자가 아니면 저승사자인 것을

세상의 나무들 모두 무릎 꿇는 밤에
해도 달도 겁이 나 숨어버렸다
길거리 가로등도 죄 꺼졌는데
별들도 자취를 감춘 밤이
자동차 불빛에 의지해 파르르 떨고 있다
이 밤의 천둥은 누군가의 불호령인가
하늘 쪼개는 번개는 분노한 자연의 안광인가

바람의 신도 이젠 어떻게 할 수 없어
울부짖고 있다 산발한 저 가로수들
뿌리 뽑히면서 내지르는 비명
여기 인간이 모여 살고 있는데
동굴에서 나온 인간들이
시멘트로 벽을 세워 바람을 막아왔는데

인간이 지배하게 된 지구
동물과 식물이 지상에 살아남아
너나없이 울며 지새우는 이 한밤

곤파스는 무엇을 재겠다는 것인지

—「다 함께 울다」 전문

　바람은 세상을 울리는 존재이다. 일반적으로 바람은 자연의 영역(태풍)에 속하지만 인용시에서는 그 너머에 있는 존재이다. 이 바람 앞에, 바람이 가로막는 길 앞에 자유로운 인간은 없다. 하여 인간은 '바람의 울부짖'음에서 벗어날 수 없다. 자연 또한 마찬가지이다. '나무' '해' '달' '별' 등도 바람의 '불호령'에 자취를 감춘다. '천둥'과 '번개'로 변주된 '바람의 신' 앞에 나약한 인간과 자연은 '무릎'을 꿇는다. 인류는 원시에서 문명으로 진화·발전했지만 인간의 의지로, 힘으로 어찌할 수 없는 불가항력적인 그 무엇이 여전히 존재한다. 바람이다. 그 '바람의 신도 이젠 어떻게 할 수 없어/울부짖고 있다.' 바람은 인간사의 생명(탄생)과 죽음의 또다른 모습일지도 모른다. 시인은 이러한 바람 앞에 울음 우는 인간과 세상의 모든 존재들의 슬픔을 수놓으며 묻는다. 이제 '곤파스', 즉 이성적인 의지와 인간의 신념 혹은 문명으로 해결할 수 없는 거대한 힘의 존재 앞에 '너나없이 울며 지새우는 이 한밤'을 어찌할 것인가?

　이 작품에서 인간에게 위안을 주는 존재로서의 자연은 관심 밖이다. 자연이면서 그 너머의 존재인 바람 앞에 '나무' '해' '달' '별'들도 '파르르 떨고' 있지 않은가. 이를 인간과 자연(동물/식물)을 아우르는 서정이라 할 수 있겠다. 시인은 자연이면서 자연의 영역을 넘어서는 존재(바람)를 매개로 인간중심적 세계관(곤파스)은 물론, 자연중심주의적 서정에 안주할 수 없는 우리 시대 서정의 현주소를 응시하고 있다. 시인이 불러온 자연(바람)은 삶과 죽음의 경계에 존재하면서 이 둘을 매개하는 그 무엇이기 때문이다.

'은하계'의 '별' 또한 '바람'의 다른 이름이다.

　　내가 눈 맞춘 별이 있기에 밤이
　　내 것이 된다
　　밤의 숨결을 느끼고서 부르르 떤다
　　잠을 뿌리치고 심야에 길 걸으면
　　눈에 들어오는 것은 24시간 편의점 혹은
　　병원 응급실 혹은 영안실 간판
　　구매하라 치료하라 안식하라

　　새로 태어난 별들이 밝게 빛나고
　　오래된 별들이 어둡게 빛난다
　　저 병원에서 태어난 생명 하나가
　　엄청나게 많은 생명을 아프게 하리
　　신생의 별이 첫울음 터뜨릴 때
　　막 숨 거두는 생명 지켜보는 별도 있겠지
　　갓 태어난 별과 늙디늙은 별
　　병든 별과 죽은 별
　　상처의 색깔은 저마다 다르겠지

　　은하계에서는 모든 생명이
　　더 이상 고통 참을 수 없을 때
　　새 생명을 출산한다 아픔을
　　더 이상 참을 수 없기에

태어난다 분리된다

소용돌이 은하의 나선형 곡선

곡선을 수놓고 있는 이름 없는 별들이여

나 또한 태어났으니 너희들처럼

때가 되면 죽게 될 것이다

그 어떤 벅찬 갈망이 태초에 있었기에 은하

저토록 많은 빛을 내뿜고 있는 것이냐

희미하게 반짝이는 몇 개의 별들 너머

1등성, 2등성, 3등성…… 아아

머리 위에서 태양보다 밝은 빛을 내뿜으며

숨겨가는 별의 군단이 있음을 나는 안다

—「은하계에서 울다」 전문

'눈 맞춘 별'이 있기에 '밤'이 온전히 시인의 소유가 된 듯하다. 하지만 실제는 그렇지 않다. 시인은 '밤의 숨결을 느끼고서 부르르 떤다.' '심야의 길'을 장악하고 있는 것은 '24시간 편의점 혹은/병원 응급실 혹은 영안실 간판'이기 때문이다. 지상의 고통은 이렇게 시인과 '눈 맞춘 별'에 스며든다. '광기와 폭력의 나날' 속에서도 새로운 생명들이 저마다의 상처를 안고 '첫울음'을 터뜨린다. 이 '신생의 별'은 '아픔을/더 이상 참을 수 없'어 '막 숨 거두는 생명'의 빛이다. 우주적 생명의 신비는 '더 이상 참을 수 없'는 지상의 고통을 품고 있는 셈이다.

이렇듯 생명의 탄생 뒤에 숨은 고통은 죽음과 맞닿아 있다. 하여 시인에게 고통(울음)은 내부(몸)와 외부(세계)를 연결하고 삶과 죽음을 이어주는 매개체이다. 고통스러운 삶에 대한 비명이나 절규는 광활한 우주의 품으로 스며들고, 삶과 죽음의 의미를 탐색하는 시인의 웅숭깊은 시선은 자연의 순환 원리를 끌어안는다.

하지만 시인은 결코 '별'의 세계로 비상할 수 없다. 현실적 고통이 똬리를 틀고 시인의 발목을 잡고 있기 때문이다. 지상의 고통 그 자체를 삶의 본질적 요소로 끌어안았을 때 비로소 광활한 우주로 난 길 입구에 다다를 수 있는 것이다.

'별'은 먼 과거로부터 온 것이지만 엄연히 현재에 존재한다는 점에서 인류(가족/조상)의 역사와 포개진다. 별은 혈연, 시간, 생명의 포개짐이요, 삶과 죽음은 이 혈연과 시간, 그리고 생명이 맺는 관계에 다름 아니다. 죽음의 순간 더 환한 빛을 발하는 별들의 존재론은 죽음이 있기에 더 빛날 수 있는 삶의 모습을 역설적으로 드러낸다. 이렇게 볼 때 울음은 죽음 앞에 처한 인간의 나약한 모습이자 동시에 죽음을 끌어안고 넘어서고자 하는 삶의 대처방식의 하나라 할 수 있다.

한 걸음 더 나아가 울음조차 허용하지 않는 비정한 순간도 있다. 시인은 물기 없는 울음을 통해 이러한 순간을 따스하게 감싼다.

텅 빈 거리에 주저앉아서 노려보고 있구나
네 눈초리가 아프다

누가 준 돈이니
그 돈으로 뭘 살 거니

아무도 감겨주지 않아 뻣뻣한 머리카락

어디서 생겼니 커다란 운동화
남루한 옷 누가 입던 것인지
붉은 스카프를 멋지게 둘렀네

아이야
네 얼굴에서 웃음을 빼앗아 간 건 어른들이겠지
네가 어른이 되었을 때 너는
네 사는 마을의 아이들이 웃게 하렴

아, 물기 없는 거리
바람 한 점 없다

티베트의 난민 꼬마애가 오늘
노려보고 있다 사진기를 향해
눈물 흘리지 않고 웃지 않고
원망 깊은 눈으로 나를

—「노려보다」 전문

시인은 사진 속 '난민 꼬마애'와 낮은 목소리로 대화/소통하며 황폐하고 메마른 현실을 환기하고 있다. '바람 한 점 없'는 '물기 없는 거리'에 버티고 앉은, 울음조차 울지 않고 웃음도 잃어버린 꼬마의 눈초리가 시인의 가슴을 후벼 판다. 하지만 시인의 목소리는 다정다감하다. 아이의 동심을 자극하는 정감의 언어들은 황폐한 현실을 따스하게 적신다.

반면, 사진기를 향한 아이의 '원망 깊은 눈'을, 자신을 노려보는 시선으로 전환시키는 시인의 모습은 엄정하기만 하다. 소외된 존재에겐 한없이 다정하고 이를 바라보는 자신에겐 더없이 엄격하다. 아이의 원망의 눈초리는 핍박받는 삶의 현실이 앗아간 감정의 굴곡일지도 모른다. 웃음, 아니 울음을 돌려달라는 절규인지도 모른다. 이 시선 앞에 우리들은, 아니 시인은 결코 자유로울 수 없다.

이처럼 '지폐로 살 수 없는' '맑은 우윳빛' '샘물 빛' '어린아이들의 살'이 '포화와 탄화/방화와 실화'로 인해 '지구 소각장'에서 '활활 타고 있'(「불」)다. 시인의 언어는 이러한 현장을 '원망 깊은 눈'으로 '노려보'는 아이의 시선에 화답하기 위해 '물기' 없고 '바람 한 점' 없는 '거리'를 '눈물 없는 울음'으로 적시고 있다. 이 무심한 듯 뜨겁게 흐르는 '불'의 이미지야말로 이승하의 시가 분출하는 '속울음'의 언어가 아닐까.

제4부
'시쿰한' '생'의 언어

"11월" 혹은 "나뭇잎 아래, 물고기 뼈"

―김신용의 신작시 작품세계

'벗어날 수 없는 현실과 벗어나고 싶은 열망'이 첨예하게 충돌하는 지점에서 불쑥 솟아난 벌거벗은 '몸'의 시학. "옴꽃이 피어, 고름 뚝뚝 떨구는 두 손을 내밀"며 "아무리 고름 흘려도/피고름을 흘려도, 간지럽다고/얼굴 한번 찡그리지 않는 서울, 이 시멘트 빛." 그 비정함 앞에서 "비참의 사타구니까지 보여주"며 "추락의 내력을 캐내어, 저 모닥불 같은/내일을 마련해주기 위해 찾아왔다고" "뜨겁게 심장 뛰는 소리"로 "노크"해도 세상은 도무지 응답이 없다.(「저 기계의 눈에 골목을 깊고 어두워」) "시장"과 "거리"에는 "저렇게 物神들이 흘러넘치는데" 시인은 도무지 "허기의 끈에 목줄을 맨, 품삯의 뼈다귀에 침 질질 흘리는/오뉴월, 비루먹은 개"(「개 같은 날」2)의 신세를 벗어날 수 없다.

　앞으로 나아갈 수도, 뒤로 물러설 수도 없는 이러한 절망적 상황에서도 기어코 시인은 "피고름의 꽃"을 피워낸다.

차라리 매독균이고 싶었어요

언제나 플라스틱 꽃잎만 터뜨리는 그대

시멘트로 만든 성기에 박힌 내

나선형의 뿌리

피고름의 꽃이라도 피워보고 싶었어요

그대 철사로 만든 혈관 속을 파고들어

가득 고인 어둠의 피들을 빨아

잎잎이 노을로 뚝뚝 흐르는

꽃이고 싶었어요

—「잡풀의 詩 1」 부분

　"제 어둠의 무게로 스스로 금이 간" 도시의 "굳어버린 자궁 속에서" "가득 고인 어둠의 피들을 빨아" "피고름의 꽃"을 피우는 "매독균"의 비가(悲歌). "콘크리트에 옴꽃으로 피어" "고름 젖은 손"으로 불구의 현실에 맞서는 "잡풀"의 노래가 애틋하다 못해 처연하다.

　처절한 몸부림에 응답하지 않는 세상에 대한 절망과 혐오의 시선은 어느덧 "떠도는 물방울"처럼 살아온 "여관의 삶"(「구름莊 여관」)을 성찰하는 언어로 몸을 바꾼다. 시인은 "땅 끝을 지나, 빈집에 들어서야" 자신의 "몸"이 "빈집 속의 빈집"이었음을 깨닫는다. "말의 뼈를 뽑아/삭아버린 서까래 하나 얹지 못한" "말의 무수한 발자국만 남긴/몸."(「빈집 속의 빈집」)

　이제 만신창이가 된 "몸"과 "상상임신의 헛구역질"만 일삼는 "말"만 남았다. 이 "몸"과 "말"이 "안개"와 "나뭇잎"으로 변주되어 서로의 "무게"를 견디며 "얼굴을 맑게 씻어"주는 장면이 펼쳐진다.

안개가

나뭇잎에 몸을 부빈다

몸을 부빌 때마다 나뭇잎에는 물방울들이 맺힌다

맺힌 물방울들은 후두둑 후둑 제 무게에 겨운 비 듣는 소리를 낸다

안개는, 자신이 지운 모든 것들에게 그렇게 스며들어

물방울을 맺히게 하고, 맺힌 물방울들은

이슬처럼, 나뭇잎들의 얼굴을 맑게 씻어준다 (…)

부빈다는 것

이렇게 무게가 무게에게 짐 지우지 않는 것

나무의 그늘이 나무에게 등 기대지 않듯이

그 그늘이 그림자들을 쉬게 하듯이

—「부빈다는 것」 부분

이렇듯 "부빈다는 것"은 "제 몸 풀어 자신을 지우"고 "자신이 지운 모든 것들에게" "스며들어" "몸 포개는" 행위이다. 어느덧 김신용 시인의 시가 전통 서정의 풍경과 얼굴을 맞대고 있는 형국이다.

이번에 내놓은 신작시에서는 서정의 본질을 환기하는 관조와 성찰의 시선이 두드러진다. 「새의 공무도하」를 통해 김신용 시인이 구축하고 있는 새로운 서정의 세계로 진입해보자. "하늘에 한 줄기 비행운이 떠 있다." 이승과 저승을 가로지르는 "하늘의 길"인 양 "흰 구름의 궤적"을 그

리고 있다. "행보다 불행을 먼저 딛는" "새"들이 이 "하늘의 길"을 좇다 "엔진 속으로 빨려들거나/기체에 부딪쳐, 날갯죽지가 부서진다." "흰 구름의 궤적"(飛行雲)을 따라 비상하는 일이 "길 잘못 든 새의, 非幸運"이 되는 세상. 이는 "구름"이 "뾰족한 돌부리"가 되는 세상이며 불행의 악순환으로 표상되는 우리 시대의 자화상이다.

일찍이 시인은 "비행기의 동체에서 뽑혀져 나온" 그 "하늘의 길"을 향해 온몸으로 돌진하지 않았던가. 그리고 그 "길 위"의 "뾰족한 돌부리"에 부딪쳐 "앞으로 꼬꾸라지거나" "생의, 낭떠러지에서 굴러 떨어지"지 않았는가.

시인은 "飛行雲"(구름)과 "非幸運"(새)을 "飛行運"(나뭇잎)의 궤적으로 전용함으로써 "제 생의, 낭떠러지에서 굴러 떨어지는/새"의 "불행"을 보듬고 있다. 이제 시인은 그 "물(길)"을 건너지 말라고 당부하며, "떨어지는 나뭇잎"을 조용히 응시하고 있다. "뼈를 덮을 살 한 점 없이 누운, 아픈 것들을/가만히 덮어주며" "떨어져 내리는/나뭇잎"의 궤적(飛行運)은, 마치 "飛行雲"을 향해 날아가던 "길 잘못 든 새의, 非幸運"을 "가만히 덮어주는" 듯하다.

　　나뭇잎이 떨어져 내리는 것은, 나무가 제 손을 떨어뜨려 무엇인가를 덮어주고 싶어
　　하는 것 같다 (…)
　　그 잎들을 하나씩 떨어뜨려, 제 발치에 깃든 것
　　뼈를 덮을 살 한 점 없이 누운, 아픈 것들을
　　가만히 덮어주며, 이마를 짚어주듯 떨어져 내리는
　　나뭇잎,

나뭇잎들의 손

그러나 그 나뭇잎 하나도 덮지 못하고 추운 것들이 있는 것 같은 겨울 밤

누군가 곁에 와서 내 손을 나뭇잎처럼 끌어당긴 손이 있었을 것 같아

문득 내가 나무가 되어 서 있으면, 떨어져 내리지 못하고 팔목에 완강하
게 붙어 있는
손이
잎맥도 말라버린 나뭇잎처럼, 시릴 때가 있다
그때, 그 나뭇잎을 가만히 끌어당겨 덮고 있는 것
제 몸의 마지막 남은 온기로, 말라버린
나뭇잎을 덮어주는 것

살 한 점 없어도, 따뜻한

저 나뭇잎 아래, 물고기 뼈

—「저 나뭇잎 아래, 물고기 뼈」부분

"나뭇잎 하나도 덮지 못하고 추운 것들이 있는 것 같은 겨울 밤" "누군
가 곁에 와서" 시인의 "손을 나뭇잎처럼" 끌어당긴다. "문득" "나무"가 된
시인의 "손"이, "떨어져 내리지 못하고 팔목에 완강하게 붙어 있는" "잎맥
도 말라버린 나뭇잎처럼, 시릴 때가 있다." "그때, 그 나뭇잎을 가만히 끌
어당겨" "제 몸의 마지막 남은 온기" "덮어주는 것"이 있다. "살 한 점 없

어도, 따뜻한/저 나뭇잎 아래, 물고기 뼈."

세상에 대한 분노가 소외된 존재에 대한 연민으로 스며들어, 마침내 존재의 외로움을 쓰다듬는 "따뜻한" 시선으로 심화되는 장면이다. 이렇듯 "물고기 뼈"는 "아픈 것"들의 "이마를 짚어주"는 "나뭇잎"(시인의 손)의 시린 고독과 슬픔을 따뜻하게 덮어준다.

접시 위에 두 마리의 생선뼈가 나란히 누워 있다

살도 없이 두 개의 뼈가 만나는, 번짐 혹은 파문

접시호수의 물이 잠시 담채(淡彩)로 물드는 것 같다

뼈의 휠체어에 앉아 노후(老後)의 노을에 젖어보는 것

살 한 점 없이 접시 위에 누워 있는, 두 개의 생선뼈가

저렇듯 가을빛으로 투명하게 빛나는 것은, 저 뼈가 벼랑이 아니라

제 육신을 지탱해준 기둥이었다는 것을 안, 눈빛 같기도 해

벼랑을 척추 삼은 생애가 저녁의 무늬이듯 환하다

접시호수가 떨어져 내린 나뭇잎 하나로 불타오른다

저 노을빛에 물들면 벼랑도 돌이 된 심장을 꺼내어

저 저수(貯水)된 물의 손에 가만히 쥐여줄 것 같다

어망을 거둬들이는 노부부의 그림자가 저녁의 음영에 더 짙어진다

번지지 않는 파문의 일렁임이, 접시호수를 끌어당겨 나뭇잎 하나로 덮
는다

—「황금 연못」 전문

"살도 없이" "접시 위에" "나란히 누워 있"는 "두 마리의 생선뼈"가 "파
문"을 일으키며 일렁인다. 그 "번짐 혹은 파문"이 "황금" 물결로 "불타오
른다." 이 "두 개의 생선뼈"가 "가을빛으로 투명하게 빛나는 것은" "나뭇
잎 아래, 물고기 뼈"가 "벼랑이 아니라/제 육신을 지탱해준 기둥이었다
는 것을 안, 눈빛" 때문이기도 하다. 이는 "뼈"(죽음)가 "살"(삶)의 "벼랑"
을 위무하며 "접시호수의 물"을 "황금 연못"으로 물들이는 장면이며, 나
아가 "벼랑을 척추 삼은 생애가" "접시호수를 끌어당겨 나뭇잎 하나로 덮
는" 순간이다. 또한 황혼(저녁의 무늬)이 "돌이 된 심장을 꺼내" 살아온
생을 축복하는 장면이며, 삶을 환기하는 죽음의 "그림자"(생선뼈)가 "나
뭇잎 하나로" 재생되는 순간이기도 하다.
　확실히 이번 신작시의 배경은 "저녁(노을)" "가을" "노후(老後)"다. 이
를 '11월의 언어'라 지칭하기로 하자.

　11월은,

그런 다리를 가졌다
사람이 건너가고
또 건너오는 다리
사람 다 건네주고 혼자 쓸쓸히 서 있는, 다리

11월은,
그런 다리를 마주하고 두 그루의 나무가 선 것 같다

―「11월」 부분

시인은 "11월"의 모습에서 "마주보고 서 있"는 "두 그루의 나무" "상자 속"의 "상자" "집 속에 또 하나의 집이 지어져 있는" 모양, "고집 센 두 개의 뿔" "밑이 툭 터진 텅 빈 자루" "사람이 건너가고" "건너오는 다리" 등으로 연상을 확장한다. 그중에서도 "사람 다 건네주고 혼자 쓸쓸히 서 있는, 다리" "그런 다리를 마주하고 두 그루의 나무가 선 것 같"은 이미지는 이번에 내놓은 신작시의 작품세계와 가장 잘 어울린다.

황혼의 들녘에 쓸쓸히 마주 선 두 그루의 나무. 이 나무는 존재와 존재를 이어주는 "다리"임과 동시에 서로의 외로움을 쓰다듬는 "물의 만년필"이기도 하다.

그래, 잉어가 되어보기 전에는 결코 읽을 수 없겠지만
내가 너가 되어보기 전에는 결코 편지를 받을 수 없겠지만

그러나 잉어는, 깊은 잠의 핏줄 속을 고요히 헤엄쳐 온다

잉어가 되어보기 전에는

결코 읽을 수 없는, 편지가 아니라고

가슴에 가만히 손만 얹으면, 해독할 수 있는

글자라고, 속삭이는 것처럼

몸에, 자동기술(記述)의 푸른 지느러미가 달린

저 물의, 만년필 ―

―「잉어」 부분

　"잉어"의 "몸"이 만들어내는 "푸른" 물결. 이 "잉어"의 "푸른 글씨"는 "해독할 수 없는" "글자"이다. "잉어가 되어보지 않고서는" "도무지 읽을 수가 없다." 하지만 "잉어"는 "가슴에 가만히 손만 얹으면, 해독할 수 있는 글자라고, 속삭"이며 "깊은 잠의 핏줄 속을 고요히 헤엄쳐" 온다.

　시인은 문득 "나는 무엇의 만년필이 되어주고 있었을까?"라고 곱씹어 본다. '몸'의 시인으로 살아온 지난 삶에 대한 성찰 혹은 회한이, "지느러미를 흔들면 물에 푸른 글씨가 쓰이는" "잉어"의 유려한 몸짓과 포개지며 잔잔한 파문을 일으킨다.

　"우리의 생"은 "질문만 있고 답이 없는" "끝없는 질문의 연속"이다. 시인은 "질문을 껴입고 뚱뚱해진 양파"의 "껍질"을 벗기며, "껍질"이 "알맹이"인 "양파의 결실"(「양파」)을 '11월의 언어[떨어지는 나뭇잎(飛行運) 혹은 그 아래, 물고기 뼈]'를 통해 이제 막 길어 올리고 있다. 이 웅숭깊은 서정의 열매를 음미하는 이 순간, 영혼이 살지는 소리가 들리는 듯하다.

"시쿰한" "生"의 언어 꿈꾸기

—서영식, 『간절한 문장』

서영식의 시는 경쾌하고 발랄한 감수성이 삶의 무거움을 거느리는, 보기 드문 개성을 지니고 있다. 그는 시집 『간절한 문장』(애지, 2009)을 통해 "시쿰한" "生"의 곰삭은 향취를 '젊음'의 언어로 길어 올리고 있다.

군더더기 하나 없이 정제된 이미지의 결을 따라가다 보면 우리는 어느덧 곰삭은 삶의 훈훈한 풍경을 만나게 된다. 내면과 풍경 그리고 자아와 세계의 관계망을 시적 형식으로 구조화하는 능력 또한 수준급이다. 절제와 서술, 집약과 표출, 압축과 진술 사이에서 공명하는 서정에 대한 자의식은 긴장과 이완의 변증법을 통해 질박한 삶의 무늬를 포착하는 데 기여하고 있다.

감칠맛 나는 언어와 경쾌한 이미지의 연쇄로 삶의 속살을 헤집는 그의 시의 진경을 감상해보기로 하자.

누런 쌀밥을 한 입 떠 넣고

삭은 깍두기를 씹는 밤

오득, 오드득 입 안에서

눈 밟는 소리 들려온다

산 입에 어찌 눈이 쌓였는지

누가 이 몸을 걸으려는지

눈 내리는 겨울 덕장

입 벌린 명태 속으로 걸어가는

싸락눈 같은

눈발이 눈발을 밟고

텅 빈 몸으로 드는 소리 같은

오득 오드득

눈발 성성한 입 속, 까마득한

거기가 덕장이다

―「來客」 전문

눈 오는 풍경(덕장)과 "쌀밥/깍두기"를 씹는 입속(몸)을 절묘하게 포개놓은 작품이다. "오득, 오드득" 음식물 씹는 소리는 "눈 밟는 소리"를 소환하고, 이내 "텅 빈 몸으로" 찾아오는 손님을 불러온다. 이렇게 "눈발 성성한 입 속 까마득한/거기"(몸)와 "눈 내리는 겨울 덕장"(풍경)이 한몸이 되는 장면은 가슴 시린 서정의 한 장관이라 할 수 있다. 주목할 점은 이러한 참신한 상상력에 삶을 관조하는 깊이가 내재해 있다는 사실이다. "누런 쌀밥"과 "삭은 깍두기"가 "오득, 오드득"이라는 경쾌한 소리를 통해 투명하고 깨끗한 눈의 이미지로 거듭나며, "눈발이 눈발을 밟고/텅 빈 몸으로 드는" 손님으로 전이되는 장면은 눈이 부실 정도이다. 시인은 "누런"과 "삭은"으로 표상되는 진부하고 보잘것없는 일상을 "입 벌린 명태 속으로 걸어가는/싸락눈 같은/눈발"로 응결시키고 이를 고단한 삶(몸)을 위무하는 "來客"으로 전이시키는 연금술을 발휘하고 있다. 삶을 보듬는 넉넉한 긍정의 시선이 진솔한 내면 성찰을 통해 날카롭게 벼려지면서 투명하고 경쾌한 이미지로 거듭나는 아름다운 풍경이다.

국화차 향기로 어머니를 불러오는 「접신」은 또 어떠한가.

건조한 꽃잎이 풀린다
찻잔 속에서 꽃대도 없이
말라 죽은 국화가 핀다

숨 놓은 게 아니다
밥 한 술 떠 먹이면
화색이 돌 거라고 울었던
그날처럼
어머니 훌훌 삼베를 벗는다

죽은 꽃잎이 벗은 수의를
허공이 받아 입는다

콧속으로 그녀, 들어오신다

—「접신」 전문

삶과 죽음을 넘나드는, 단정하면서도 뭉클한 어조가 전통적 한(恨)의 정서를 투명하게 길어 올리고 있는 작품이다. "찻잔 속에서" 말린 꽃잎이 피는(풀리는) 장면을, 어머니의 죽음과 관련된 애틋한 추억과 연결하는 솜씨가 돌올하다. 말라 죽은 국화가 다시 피듯 "그날"의 어머니가 "홀홀 삼베"를 벗는다. 이윽고 "죽은 국화/어머니"가 벗은 "수의"를 "허공"이 받아 입고 시인의 "콧속"(몸속)으로 들어온다. "그녀"들을 맞아들이는 행위가 "접신"이 아니고 무엇이겠는가? 잘 다듬어진 이미지의 연쇄와 "접신"이라는 제목의 함축성, 그리고 삶을 관조하는 웅숭깊은 시선이 화학반응을 일으켜 건조하면서도 아린 향기를 풍긴다. 웬만한 강심장이 아니라면 이 향기에 중독되지 않을 수 없을 것이다.

심상을 갈고 닦아 투명하게 응결시키는 시인의 능력도 능력이거니와, 이를 풀어헤쳐 산문적 일상으로 스며들게 하는 솜씨 또한 이에 뒤지지 않는다.

부고를 받고 급히 역으로 갔습니다 남은 자리는 역방향뿐이라 하였습니다 역으로 가는 방향이라니, 나도 이 역에서 그 역으로 가는 길이라 선뜻 얹혀가겠다 하였습니다 역으로 가는 자리에 얹혀가는 몸이라 자릿값도 헐었습니다 얹혀간다는 건 스스로 방향을 가늠하지 않아도 되는 일이라서 나는 그 많은 역들과 풍경들을 등으로 밀고 갔습니다 얹혀가는 그 방향에는 또 스치고 마는 풍경이란 없어서 보이던 것들이 획 하고 사라지는 일도 없었습니다 되려 보이지 않던 풍경들이 하나씩 나타나 멀리서 산이 되고 있었습니다 얹혀산다는 게 이런 거구나 싶었습니다 보이던 사람들이 순식간에 사라지고 잊혀지는 그 방향을 순방향이라 불러도 될 일인가 하면서, 의자 하나 거꾸로 놓고 앉아 나를 휙 스치고 떠난 사람을 나는, 역逆으로 찾아가고 있었습니다

—「역으로 가다」 전문

"역방향 자리"에서 시작된 시상은 "얹혀가는 몸"(남은 자리/헐한 자리)에 대한 사유를 거쳐 "순방향"(일상)에 대한 의문으로 이어지고 이내 "보이지 않던 풍경"의 포착으로 나아간다. "부고를 받고" 망자를 찾는 일은 "휙 스치고 떠난 사람"을 "역逆으로 찾아가"는 행위가 아니고 무엇이겠는가. 죽음은 낯익은 일상을 타고 넘으며 이렇게 우리의 삶에 접속한다.

이렇듯, 서영식의 시에는 산문적 일상의 훈기 또한 배어 있어, 사람 사는 냄새가 흠씬 풍긴다. 그의 시에 젖어들면 취할 수도 있다. 「홍탁」에는 곰삭은 삶의 풍경이 진솔하고 소박한 언어로 형상화되어 있다.

문득 홍어에 탁주가 생각나는 것이었다
잘 삭인 그런 안주들은 잘 삭은 술집에서
제법 삭은 내를 풍기는 사람들만 먹는 것 같아서
나같이 설익은 사람들은 얼씬도 못하는 데 같아서
미루고 미뤘던 홍탁을, 오늘은
떼를 써서라도 먹고 싶은 것이었다
홍탁이 홍어와 탁주가 붙어 생긴 말이라는 것을
홍어와 탁주를 먹어가면서 흔흔하게 취해가면서
절실하게 배우고 싶은 것이었다

잘 삭은 홍어 같은 사람 앞에서

하르르 무너져내려도 좋을 허름한 술집 귀퉁이에서

홍탁은 이래서 삭고, 生은 이래서 삭아

홍어와 탁주가 사는 맛과 다를 바 없는 것이라고

홍어나 삶 같은 말을 〈홍탁〉처럼

찰싹 붙여 설명해줄 수 있는 사람과

하루고 이틀이고 취하고 싶은 것이었다

내가 조용히 막걸리 사발을 내려놓을 때

한 점 잘 삭은 홍어를 입에 넣어주는 사람

그리고 나는 말없이 고개를 숙인 채

입천장이 다 헐도록 씹지도 않고

홍어나 삶이나 하는 그 시쿰한 몸을

성체聖體처럼 조금씩 조금씩

녹여먹고만 싶은 것이었다

―「홍탁」 전문

　인용시에는 잘 삭은 홍어 같은 사람, 혹은 홍어 같은 삶에 대한 그리움
이 녹아 있다. 시는 삶을 잘 삭이는 것이며, 시인은 "홍어나 삶이나 하는
그 시쿰한 몸을/성체聖體처럼 조금씩 조금씩/녹여먹고만 싶은" 사람이
다. 소박하고 훈훈한 인정이 깃들어 있는 작품이다.
　"홍탁"이 풍기는 "삭은 내"에 취해 마음을 풀어헤치고 분위기에 빠져
들다 보니, "홍탁이 홍어와 탁주가 붙어 생긴 말이라는 것을/홍어와 탁주
를 먹어가면서 흔흔하게 취해가면서/절실하게 배우고 싶은 것이었다"라

는 대목에 시선이 고인다. 시인은 말을 몸으로 체득하고 있지 않은가. "홍탁"은 "설익은" 시인을 곰삭은 삶의 세계로 인도하는 "시쿰한 몸"의 언어인 셈이다.

하여, 시인은 "말"(언어)과 "生"(삶) 사이의 심연(深淵)을 건너려는 자이다. 시인이 "비유"가 아니라 "그대로, 生"인 "말"을 꿈꾸는 것도 이와 무관하지 않다.

> 나 또 태어나면
> 꽃이었음 좋겠네
>
> 활짝 폈다는 말이
> 살 만하다는
> 비유가 아니라
>
> 그대로, 生인
>
> ―「꽃」 전문

이렇듯, 서영식의 시에는 "生"에 닿지 못하는 "말"의 안타까움이 애틋하게 그려져 있다.

> 이건 동물의 왕국에서 있었던 일이에요. 당신은 당신에게 물었어요. 네게 단 하나뿐인 창이 있다면 그 창과 함께 목숨도 버려야 한다면 창은 무엇을 보호하는 데 쓰겠니? 단 한 번 목숨 건 방어를 위하여 얼마나 많은 쳐죽일 일들 앞에서 너는 창을 거두어야 할까?

이건 동물의 왕국에서 있었던 일이에요. 꿀을 다 먹은 늑대가 죽은 벌들을 밟고 유유히 숲으로 걸어 들어갔어요. 당신은 꾸역꾸역 침을 밀어 넣고 늑대의 마을로 다시 꿀을 찾아 날아갔어요.

—「비창(悲槍)」부분

「비창(悲槍)」은 "목숨" 건 '단 하나뿐인 창(槍)'을 꿈꾸는 "언어"의 비애를 알레고리화한 작품이다. "꾸역꾸역 침을 밀어 넣고" 꿀을 뺏어간 "늑대의 마을로 다시 꿀을 찾아" 날아가는 "벌"의 비애는, 현실 속에서 현실 너머를 꿈꾸는 서정의 모순된 운명을 시사한다. "단 한 번 목숨 건 방어를 위하여" 일상의 모욕을 감내하는 시인의 슬픈 "창"(말)은, "폐쇄"된 "몸"의 문 앞에서 "서성"이는 "둥근 발톱"으로 변주되기도 한다.

살을 파고드는 발톱에 잠을 설친다
몸은 밖으로만 열려 있어
한번 걸어나간 걸음은 물려지지 않는 법
네가 걸어낸 그 많은 길 중에
무르고 싶은 걸음 왜 없었겠는가마는
둥근 발톱이여!
발가락 속으로 들어가는 문은
일찌감치 폐쇄되었다

나 몸 속으로
다시 들고 싶은 날 많았으나
어미도 나를 밀어내고 몸을 닫았다

몸을 태워 몸으로 향하는
모든 틈을 메웠다

나도 너처럼 둥글게 몸을 말고
몸 밖에서 오래 서성거렸다

—「발톱」 전문

　시인은 "밖으로만 열려 있어" "들어가는 문"이 "일찌감치 폐쇄"된 "몸
속"으로 다시 들기 위해 "몸 밖에서" 서성이는 존재이다. "몸을 태워 몸으
로 향하는/모든 틈을 메"운 어미 앞에서 "둥글게 몸을 말고" 몸의 기억을
반추하는 모습이야말로 우리 시대 서정이 직면한 아포리아를 정직하게
보여주는 장면이 아닐까.
　시인이 가지고 싶은 언어가 "물 속에서 물을 비집고 물의 틈을 여는"
"물고기"의 "말", 즉 "外界"의 "상형문자"인 이유도 이 때문이다.

둥근 수반 속 금붕어들이
동그랗게 입술을 말아올리고
물 밖으로 내뱉는 소리들을
나는 알아듣고 싶은 것이다

수조 속 늙은 고기떼들의
언어를 받아 적어보면 안다
동그란, 동그란, 동그라미 속
물고기들의 낱말들은 수면 위로 떠올라

물 밖에서 바람과 소통한다는 것을
그것은 물 속에서 띄우는
바람의 상형문자라는 것을

나도 그런 언어를 갖고 싶은 것이다
물 속에서 물을 비집고 물의 틈을 여는
심해에서 띄워 올리는 낱말이
나와 상관없는 먼 세계에서
사랑이 되기고 하고 고독이 되기도 하는
아무에게 보이지도 읽히지도 않는

저 둥글고 힘센
물고기의 주둥이를 닮은 말 하나를
먼 外界로 띄워 올리고 싶은 것이다

—「소통」전문

　"물 밖에서 바람과 소통"하는 "물고기"의 언어는, 시인과 "상관없는 먼
세계에서/사랑이 되기도 하고 고독이 되기도 하는/아무에게 보이지도
읽히지도 않는" 그런 언어이다. "이곳"에서 "저곳"으로 건너가는 언어인
셈이다.

　서영식의 시는 "홍탁"과 같은 물컹한 삶의 속살(몸)로 스며들기도 하
고, "물고기의 주둥이를 닮은 말 하나를/먼 外界로 띄워올"리는 비상을
꿈꾸기도 한다. 그의 시에는 "현실"과 "현실 너머"가 길항하며 빚어내는
슬프고도 아름다운 풍경이 음각되어 있다. 이 꿈꾸기가 우리가 발 디디

고 있는 삶의 현장에 굳건히 뿌리내리고 있다는 사실을 강조할 필요가 있다. 더불어 구체와 추상, 일상과 존재를 자유자재로 넘나드는 이미지의 연금술이나, 진솔한 삶이 풍기는 맛깔스러운 분위기를 섬세하게 되살리는 언어의 무늬 등은 새로운 감수성의 발현이 화두가 된 우리 시단에 잔잔하지만 의미 있는 파장을 일으키기에 부족함이 없다.

소박한 삶의 인정미를 물씬 풍기면서도 언어에 대한 치열한 자의식이 투영되어 있는 그의 시를 통해, 진부한 일상의 껍질을 뚫고 존재의 본질에 육박하는 투명한 언어들의 향연에 동참하는 즐거움을 누렸다.

이제 서영식 시인에게 전통 서정과 새로운 서정을 잇는 가교의 역할을 기대해보기로 하자. 시의 본질을 소외시키지 않으면서 새로움을 추구하는 그 어디에서 서정의 갱신이 이루어진다는 사실을 수용한다면, 젊음의 감각으로 전통 서정을 타고 넘는 서영식의 시편들은 이러한 믿음을 불러일으키기에 부족함이 없지 않은가.

언어가 숨을 쉬는 순간

—이종섶,『물결무늬 손뼈 화석』

이종섶 시인은 사물을 본래의 자리에서 끌어내어 새로운 자리에 위치시키는 언어의 연금술사이다. 그의 언어에 닿는 순간 세상은 기지개를 켠다. 특히, 일상의 풍경을 낯설게 직조하는 능력이 일품인데, 시인이 손짓하는 서정으로의 동행은 '언어가 숨을 쉬는 순간'을 체험하는 소중한 기회를 제공한다.

먼저, 시집『물결무늬 손뼈 화석』(푸른사상, 2012)을 열어젖히고 있는 첫 작품이 '충격적'이었다는 사실부터 고백해야겠다. '바람의 식사법'이라는 독특한 제목도 그렇거니와, 무엇보다 시인이 연출하고 있는 낯설고 역동적인 풍경이 오랫동안 시선을 붙잡고 놓아주지 않았다. '태풍' 혹은 '폭풍'도 아니고, '미풍' '순풍'도 아닌 이 '육식성의 바람'이 이종섶 시인의 작품을 읽는 내내 머릿속을 휘젓고 다녔다.

이 "짐승" 같은 바람을 어떻게 의미화할 수 있을까?

바람은 흔들리는 것들만 먹고 산다

흔들리지 않으면 죽은 것이라는 감별법에 따라

무엇을 만나든 먼저 흔들어야 직성이 풀린다

끼니때마다 바람의 식탁을 차려야 하는 나무는

잎사귀의 흔들림까지 바쳐야 하는 삶이 괴로워

바람도 불지 않고 흔들림도 없는 어두운 땅속에서

어린 뿌리들의 두 손을 꼭 잡고

아무도 보지 않는 곳으로 떠나라고 재촉한다

가느다란 가지 하나 바람결에 흔들리기라도 하면

탈출계획을 들켜버린 듯 화들짝 놀라는 나무

아무 일 없다는 표정을 간신히 지을 수 있지만

땅속에서는 시커먼 흙을 움켜쥔 뿌리들이

놀란 가슴 쓸어내리며 서럽게 울고 있다

입맛을 더욱 돋워주는 그 소리는

나무 하나 붙잡고 통째로 뜯어 먹는 바람의 양념

뼈만 앙상한 나무에 다시 푸른 살이 오를 때까지

기나긴 허기를 달래줄 맑고 차가운 독을 품는다

뾰족한 잎사귀나 딱딱한 잔가지들까지

모조리 핥아 먹어버리는 바람의 습성 앞에

발이 묶여 있는 나무들이 벌벌 떤다

바람은 흔들림을 먹고사는 짐승

흰 이빨에 맹독을 키우며 나무를 사육한다

바람의 아가리에 물리면 약도 없어

봄가을로 빨갛게 부어올랐다 가라앉는 자국들

푸른 멍이나 이빨자국을 남기며 아문다

—「바람의 식사법」전문

　나무를 흔드는 바람이 연출하는 풍경이 가히 전복적이라 할 만하다. 바람은 "흔들림"으로 자신을 드러낸다. 하지만, 시인은 바람을 "흔들림을 먹고사는 짐승"으로 형상화했다. 자신을 증명해주는 나무를 뿌리째 흔드는 탐욕적 존재인 셈이다. 반면, 나무는 "잎사귀의 흔들림마저 바쳐야 하는" 서러운 존재로 그려진다. 여기에서 바람의 지배에서 벗어나고자 하는 나무의 처절한 몸부림과 "흰 이빨에 맹독을 키우며 나무를 사육"하는 바람 사이의 팽팽한 긴장이 발생한다. 더불어 "끼니때마다" "바람의 식탁을 차려야 하는" 나무의 고통스러운 울부짖음이 생생하게 살아나고 있다. "뾰족한 잎사귀나 딱딱한 잔가지들까지/모조리 핥아먹어버리는 바람의 습성 앞에" "발이 묶여 있는 나무들이 벌벌 떤다." 바람의 흔들림에서 벗어난 "어두운 땅속에서/어린 뿌리들의 두 손을 꼭 잡고/아무도 보지 않는 곳으로 떠나라고 재촉"하는 나무. 이렇듯 "땅속에서는 시커먼 흙을 움켜쥔 뿌리들이/놀란 가슴 쓸어내리며 서럽게 울고 있다." 하지만 이 울음소리는 "나무 하나 붙잡고 통째로 뜯어먹는" 바람의 "입맛을 더욱 돋워주는" "양념"일 뿐이다. "바람의 아가리에 물리면 약도 없"다. "봄가을로 빨갛게 부어올랐다 가라앉는 자국들"은 "푸른 멍이나 이빨자국을 남기며" 아물 따름이다.

　기존의 관습적 심상을 탈피하여 새로운 시각으로 나무와 바람의 관계를 포착하고 있는 작품이다. 자연을 독특한 시각으로 전유하는 시인의 상상력이 보기 드문 역동적인 서정을 선사하고 있다. 이 나무와 바람의 공명이 빚어내는 낯선 풍경 속에서, 뿌리를 잃고 바람의 흔들림에 "간 쓸

개 다 떼어버렸다는 듯 우뚝우뚝 일어서는 "'만년 과장 김 씨"의 모습을 떠올리는 건 지나친 비약일까?

바람의 탐욕과 식욕 앞에서 "놀란 가슴 쓸어내려 서럽게 울고 있"는 나무들이 '오뚝이'처럼 일어서는 풍경은 이렇다.

백 번을 넘어져도 백 번 일어나는 만년 과장 김 씨, 홀로서기의 달인이 되어 누가 쓰러뜨리든 어김없이 일어서는 자리 보존 서커스 1인자, 엉덩이가 가벼워 바람만 불면 이리저리 날아가고 한번 날아가버리면 다시 보기 힘든 세상에서 맨바닥에 붙은 끈질긴 뱃심으로 선천적인 눌러앉기에 들어간다

한 가지 기술로 버텨온 그, 단순함이 가장 강력한 무기라는 것을 처음부터 알았을까 생존을 위해 몸부림치다 저절로 깨달았을까 KO를 당해도 벌떡 일어서는 맷집과 순발력은 예나 지금이나 변함이 없다

아이들을 시켜 머리를 쥐어박는 점잖은 우두머리 앞에서 간 쓸개 다 떼어버렸다는 듯 우뚝우뚝 일어서는 나날, 차라리 중심 잡는 법을 배우지 말았어야 했다는 후회도 생길 만한데 뱃속에서 물려받은 유전자 덕에 일말의 자책도 없이 넉넉하게 견뎌내는 하루가 대견하다

고개를 들 때마다 꺾어버리는 권력의 비위를 맞추기 위해 오늘도 딱딱하게 굳어버린 자존심을 붙잡고 마음보다 몸을 먼저 일으킨다 '내 사전에 실패는 없다'는 좌우명이 묵직하다

오른뺨을 치는 자에게 왼뺨도 마저 돌려 대는 자세, 표정도 변하지 않고 반사적으로 일어나 상사를 대하는 유연함, 머리를 내미는 놈은 한 대 더 맞는 조직에서 끝까지 살아남는 법을 행동으로 보여준다

맞아야 존재감을 드러내는 배역은 흥분하지도 낙심하지도 않는다 눈빛 하나 흔들리지 않고 넘어진 자리에서 그대로 일어서는 복종과 충성, 전형적인 외유내강 고단수 처세술에 김 과장의 자리는 영원하다

—「오뚝이」전문

치열한 생존경쟁에서 살아남아야 하는 '김 과장'의 삶이 눈물겹도록 생생하게 그려져 있다. "만년 과장 김씨"는 "바람만 불면 이리저리 날아가고 한번 날아가버리면 다시 보기 힘든 세상에서" "맨바닥에 붙은 끈질긴 뱃심"('탈출을 꿈꾸는 뿌리들'의 변주이다)으로 "눌러앉기에 들어간다." "KO를 당해도 벌떡 일어서는 맷집과 순발력"으로 "끝까지 살아남는 법을 행동으로 보여"주는 김 과장의 "하루"가 '오뚝이'처럼 숨을 쉬는 장면이다. "점잖은 우두머리" "권력" "상사"로 대변되는 "햇볕"의 "그늘"('바람의 입맛 돋워주는 뿌리들의 울음'이라 할 수 있다)을 따스한 시선으로 보듬으며, 시인은 이른바 "그늘 농사"를 짓는다.

추수할 때까지 걱정이 없는 그늘 농사는
햇볕 농사를 끝낸 늦가을부터 시작한다
작황이 좋은 햇볕 농법은 일손도 많이 필요하고
억센 잎사귀나 껍데기처럼 버려지는 것도 많으나
그늘 농법은 뿌린 만큼 거둬들이는 대신

수고할 일도 없고 버리는 것도 없다

무엇이든 줄에 묶어 걸어놓으면

거름도 농약도 필요 없는 천혜의 농지에서

노릇노릇 편안하게 익어가는 그늘 작물들

무청이나 배추 겉잎으로 만드는 시래기는

그늘에서 심고 거두는 대표작물, 이곳에서

묵은 맛이 일품인 나물도 뜯어 무쳐 먹고

말랑말랑한 곶감도 따서 한 잎 쓰윽 먹어본다

초가집이나 기와집에 정이 가는 것은

사방에 둘린 처마에 그늘이 있기 때문

그런 집에서 자란 아이들은 마음도 깊어

누구의 그늘 아래 있어도 위축되지 않고

다른 아이들까지 품어주며 살아간다

그런 사람들의 양식 우거지국 한 그릇

뜨거운 국물 한 숟가락 후후 불어 삼키고

통통한 건더기 한 입 우적우적 씹으면

입 안 가득 고이는 한 무더기 그늘맛

한 잎 심어 한 잎 얻는 이문 없는 농사라도

이 맛 때문에 포기하지 않는다

—「그늘농사」 전문

　"그늘농사"는 "햇볕농사를 끝낸 늦가을부터 시작한다." "그늘작물"은 "시래기"처럼 겉모양은 볼품없지만, "노릇노릇 편안하게 익어" "입 안 가득 고이는 한 무더기 그늘맛"을 선사한다. 시인은 "이 맛 때문에" "김 과

장의 향기"를, "이문 없는" "그늘농사"를 "포기"할 수 없다.

한편, 시인은 "두릅과 음나무"를 뜯다가 "가지 끝까지 촘촘하게" 박힌 가시를 발견한다. "가시"는 "자신의 향"을 보호하기 위한 울타리이다. 향이 짙을수록 가시가 뾰족하고 촘촘하다. 사람들은 "그들의 향기를 맡지 못해 뾰족한 가시만 보"아 왔다. 모름지기 시인은 "가시 많은 사람들"이 "내미는 가시를" "살살 붙잡고" "그 너머에 있는 향기를 맡"을 줄 아는 사람이다.(「가시의 재발견」) 이 향기는 "허리를 깊숙이 숙인 채/얼굴에 구슬땀을 흘리는 자만이" "읽을 수 있는" "도톰한 점자"와도 같다.

그럼 "가을 들판"이 "두꺼운 종이 한 장씩 넘기며" "깨알 같은 점자"를 파고 있는 풍경을 엿보기로 하자.

한 해의 고단했던 농사는

마른 논바닥과

벼 밑동을 수확하기 위함이다

두꺼운 종이 한 장씩 넘기며

깨알 같은 점자를 파고 있는 가을 들판

낫으로 싹둑싹둑 벼를 베어나가면

가지런히 나타나는 글자들

자근자근 밟아가며 꼭꼭 눌러 쓰는

푹신한 문장들의 감촉

한 자 한 자 깨닫고자

허리를 깊숙이 숙인 채

얼굴에 구슬땀을 흘리는 자만이

도톰한 점자를 읽을 수 있는 법

더듬거리는 빗물

훑고 지나가는 바람

스치는 소리 하나 없이

오랫동안 읽고 있는 햇빛 때문에

점점 낮아지는 점자들

닳아 없어지기 전에

하늘도 눈을 내려 읽어보고

그 다디단 말씀 영원히 보관하고 싶어

함박눈으로 탁본해간다

밤하늘에 하얗게 음각되어 빛나는

벼 밑동자리 별들

달빛이 밤새 어루만지며

포근하게 묵상하고 있다

하늘에서 지상에서 마주보고 있는 책갈피

한 해에 한 질씩 탄생하는 점자 전집

먼 길을 떠나는 새들이

부리로 읽고 가는

경전이다

—「점자경전」 전문

　"낫으로 싹둑싹둑 벼를 베어나가면""자근자근 밟아가며 꼭꼭 눌러 쓰는/푹신한 문장들의 감촉"이 느껴진다. "하늘도 눈을 내려""그 다디단 말씀 영원히 보관하고 싶어/함박눈으로 탁본해간다". 이 "벼 밑동자리 별들"은 "달빛"의 손길을 타고 "밤하늘에 하얗게 음각"된다. 수확 후의 빈 들판에 대한 상념이 투명한 이미지를 거느리면서 맑고 경건한 서정을 연출하고 있는 우리 시의 한 장관이다. 시인은 농부의 땀이 밴, 한 해에 단한 번 볼 수 있는 경관을 '정중동'의 언어로 살려내고 있다. 빈 들판의 허무함 대신 그 자리를 꽉 채우는 "다디단 말씀"(점자경전)의 풍경이 아름답게 빛나는 작품이다. 가을 들판에 대한 깊이 있는 사유와 참신한 상상력이 조화롭게 공존하면서, "하늘"과 "지상"이 "마주보고 있는 책갈피"를 "한 자 한 자" 넘기고 있는 살아 숨 쉬는 풍경이다. "점자전집"이 "점자경전"으로 몸을 바꾸는 시간이기도 하다.(강조는 인용자)

하늘이 쓴 시를 받아 만든 시집 한 권

아이들은 눈사람이라는 시를 좋아하고

사랑하는 사람들은 첫눈이라는 시를 좋아한다

눈이 많이 내리면 재판 삼판을 찍지만

초판만 겨우 찍고 사라지기도 하는 겨울

순수하고 깨끗한 시집은 인기가 좋아

보는 이 마음에 생생한 여운을 남긴다

글만 알면 누구나 쉽게 읽을 수 있고

아침에 일어나자마자 눈 비비며 읽어도

마음 깊은 곳에서부터 탄성을 지르게 한다

보면 볼수록 눈까지 맑고 시원해져

한 자 한 자 읽을 때마다 들려오는

뽀드득 뽀드득 소리

세상에서 가장 아름다운 그 소리가 좋아

평생 곁에 두고 애송하며 잠들고 싶은 밤

읽는 사람 누구나 시인이 된다

시인의 가슴에는 언제나 눈이 내린다

―「눈밭」 전문

　"순수하고 깨끗한" 서정의 무늬가 눈이 부실 정도로 투명하게 음각되어 있는 작품이다. 눈 온 풍경 그 자체(하늘이 쓴 시를 받아 만든)가 한 권의 시집이다. "한 자 한 자 읽을 때마다 들려오는/뽀드득 뽀드득 소리"가 읽는 사람의 가슴에 눈을 내리게 한다. "읽는 사람 누구나 시인"이 되게 하는 이 "눈밭"의 풍경은 "물이 들려주는 또 하나의 창세기"에 다름 아니다.

　풀을 읽고 나무를 읽는 물은 접근하는 모든 것들을 읽어버린다 실물보다 아름다운 물의 접사, 물가엔 물이 반한 마음들로 가득하다 먼 산봉우리도 가까이 잡아당긴 물이 세밀하게 그려놓은 수묵화 한 폭, 누구도 물의 솜씨를 따라갈 수 없다 새들의 비행과 구름의 산책을 바라보면 새들이 하늘로 날아가고 구름이 땅으로 내려온다 해와 달과 별들을 관측하는 물이 들려주는 또 하나의 창세기, 우주는 물속으로 돌아가 안식을 누린다

　물그림자가 늘어서 있는 물의 거리에는 사람을 읽은 흔적도 보인다 그러나 사람이 돌아가면 기록한 이야기에서 사람을 빼버리는 물의 독후감, 사람은 스스로 주인공이라고 생각했으나 물의 자서전에는 언제나 지나가는 사람에 불과했다 바람을 분석하고 계절을 파악할 때도 마찬가지, 사물이든 사람이든 움직이는 것들이 가까이 오면 물은 변함없는 애정으로 그것들을 맞이해준다 그러나 떠나는 순간 바로 지워버리는 물의 페이지, 물앞에서는 아무 말도 하지 않아야 한다

　　　　　　　　　　　　　　　　　　　　　　　　　　—「물의 독서」 전문

　"물은 접근하는 모든 것들을 읽어버린다." 시인의 언어는 "실물보다 아름다운" 이 "물의 접사"를 꿈꾼다. "물가엔 물이 반한 마음으로 가득하다." 그 어떤 언어도 "물의 솜씨를 따라갈 수 없다." "변함없는 애정으로" 모든 사물을 맞이해주고 "떠나는 순간 바로 지워버리는 물의 페이지", 불가능하지만 시인이 꿈꿀 수밖에 없는 언어의 "호수"가 아니겠는가. "물앞에서는 아무 말도 하지 않아야 한다." 하지만, 말을 버릴 수 없는 운명

을 지닌 존재가 시인이 아닌가. 하여, 시인은 언어의 연금술을 통해 "물의 독서"를 좇을 수밖에 없다.

사물에 숨결을 불어넣음으로써 "물의 독후감"에 다가가고자 하는 시인의 안간힘을 음미해보기로 하자.

낡은 책장은 망치로 부수는 것보다
드라이버를 사용하는 것이 더 간단하다
나무의 이음새마다 박혀 있는 나사못
숨쉬기 위해 열어놓은 십자 정수리를 비틀면
내장까지 한꺼번에 또르르 딸려 올라오고
허물처럼 남아 있는 벌레의 집에
어두운 그림자가 밀려들었다
안간힘을 다해 붙어 있는 것들을
대여섯 마리씩 잡을 때마다
하나 둘 떨어져나가는 책장의 근육들
바닥에 납작 주저앉을 무렵엔
한 줌 넘게 모인 애벌레가 제법 묵직했다
가지와 가지 사이를 물고
깊은 잠을 자야 했던 동면기가 끝나면
훨훨 나비가 되어 숲 속으로 돌아갈 줄 알았는데
책장이 늙어버린 탓에
애벌레만 집을 잃고 말았다
꼼지락거리는 것들 땅바닥에 던져버리려다
회오리 돌기가 마디마디 살아 있어

공구함에 보관해둔다
상처도 없고 눈물도 없으니 언젠가는
다시 나무 속에 들어가 살게 될지도 모른다
밤만 되면 꾸물꾸물 기어 다니는 소리
나무의 빈 젖을 물고 싶어 오물거리는 소리
고아원의 밤이 깊어간다

—「책장애 벌레」 전문

'나사못→애벌레→집 잃은 고아'로 이어지는 상상력의 연쇄가 돌올하다. '나사못'이 '애벌레'로 변주되는 순간 "낡은 책장"은 생명력을 부여받는다. 하여, "안간힘을 다해 붙어 있는 것들을/대여섯 마리씩 잡을 때마다" "책상의 근육들"이 "하나 둘 떨어져나"간다. "가지와 가지 사이를 물고/깊은 잠을 자야 했던 동면기가 끝나면/훨훨 나비가 되어 숲 속으로 돌아갈 줄 알았는데/책장이 늙어버린 탓에/애벌레만 집을 잃고 말았다." 시인은 "회오리돌기가 마디마디 살아"있는 "꿈지락거리는" "책장애벌레"를 "공구함에 보관해둔다." "상처도 없고 눈물도 없으니 언젠가는/다시 나무속에 들어가 살게 될지"도 모르기 때문이다. 이 애벌레들이 "꾸물꾸물 기어 다니는 소리/나무의 빈 젖을 물고 싶어 오물거리는 소리"와 함께 "고아원의 밤이 깊어간다." 이종섶 시인과 뒤척이는 이 깊어가는 밤이야말로 우주가 "물속으로 돌아가 안식"을 누리는(「물의 독서」), "물결무늬" "포근한"(「물결무늬 손뼈 화석」), "그리움"의 "나이테"가 "파문"을 일으키는 시간(「나이테」)이 아니겠는가.

이 언어가 "파문"을 일으켜 숨을 쉬는 순간(시인은 밥을 짓는 아낙의 '물결무늬 손뼈 화석'의 출렁임으로 포착하고 있다)에 접속할 때마다 마음(목구멍)의 "눈금"이 하나씩 늘어난다.

　밥을 삼킬 때마다

　목구멍의 눈금이 늘어나는 사람들은

　그만큼 속이 깊어졌을 것이다

—「물결무늬 손뼈 화석」 부분

　이종섶의 시에서 흘러넘치는 "포근한 잔물결"이 우리의 "속"을 "깊어"
지게 하는 순간이다.

지독한 그리움의 서정

─공광규, 허청미의 작품세계

1

공광규 시인과 허청미 시인의 시는 쉽게 읽힌다. 우리가 발 딛고 있는 일
상에서 상상의 나래를 펼치는 이 시편들은 친숙한 서정을 통해 존재의 본
질을 탐색하고 있다. '새로움을 위한 새로움'에 경도되기보다는 기존의 관
습을 타고 넘는 '익숙한 새로움'을 추구하는 셈이다. 문제는 행복한 삶을
위협하는 은폐된 요소들을 탐색하고, 그 조건들을 끊임없이 환기하는 시
적 긴장을 얼마만큼 감당하고 있느냐이다. 이를 염두에 두고 지독한 그리
움의 서정을 연주하는 공광규, 허청미 시인의 내면 풍경을 엿보기로 하자.

공광규 시인의 『말똥 한 덩이』(실천문학, 2008)에는 '그리움'의 정서가 흘
러넘치고 있다. 마치 도구적 이성이 지배하는 '지금 여기'의 삶이 소외시
키고 있는 훈훈한 인정에 대한 향수가 넘실거리고 있는 듯하다.

경찰서에 넘겨져 조서를 받던 그는
찬 유치장 바닥에 뒹굴다가 선잠이 들어
흙벽에 매달린 시래기를 보았다
늙은 어머니 손처럼 오그라들어 부시럭거리는.

—「시래기 한 움큼」부분

완행버스를 타고 가며
남원, 파주, 전주, 파리, 뉴욕을
다시 한 번 다녀온 것만 같다
고등학교도 다시 다녀보고
스캔들도 다시 일으켜보고
희망을 시원한 맥주처럼 마시고 온 것 같다

—「완행버스로 다녀왔다」부분

'빌딩 숲'에서 '담벼락에 걸린 시래기 한 움큼'을 훔친 '산골 출신' '회사원'의 비애(「시래기 한 움큼」)나, '직행버스로 갈 수 없는 곳을/느릿느릿한 완행버스'로 '다시' 다녀온 도시인의 내면 풍경(「완행버스로 다녀왔다」)이 뭉클하게 다가온다.

이러한 '그리움'의 이미지는 「잃어버린 문장」에서 절정에 이른다.

푸장나무 향기가 풋풋한 마당
쑥대를 태우며
밀대방석에서 어머니 무릎을 베고 누워
별과 별을 이어가며 썼던 문장이 뭐였더라?

한 점 한 점 보석으로 박아주던 문장

어머니의 콧노래를 받아 적던 별의 문장

푸장나무도 없고 쑥대도 없어

밀대방석을 만들던 아버지도 없고

어머니 무릎마저 없어

하늘공책을 펼칠 수도 읽을 수도 없는 문장

별과 별을 이어가던 문장이 뭐였더라?

한 점 한 점 보석으로 박아주던 그 문장이

—「잃어버린 문장」 전문

　어쩌면 공광규 시인은 이 '잃어버린 문장'의 흔적(그리움)을 좇아 마음의 무늬를 수놓고 있는지도 모른다. 하지만 아련한 향수와 짙은 여운을 동반하는 그리움의 글쓰기는 무력한 시인의 내면을 고백하는 행위에 머무를 수 있다. 하여, 시인은 '굴욕의 나이를 참고' '빗물이 들이치는 포장마차 안에서' '악보도 연주자도 없이' '술에 젖은 몸'으로 울거나(「몸관악기」), '몸'에 '깨끗한 뼈가 드러나도록' '연못을 파서' '수면에 연못을 모시고' 살 것(「연못을 파고 살아야지」)을 다짐하기도 한다. 시인은 절망적 현실을 '걸레처럼 끌고 다니'며 '몸'에 새기거나(「몸관악기」), '흙탕물'과 '쓰레기'로 뒤범벅된 현실을 '몸'에 모시기도 한다(「연못을 파고 살아야지」). 절망과 초월의 이미지를 한몸에 새기는 셈이다.

　이러한 절망과 초월의 길항은 '거리'에 대한 인식으로 변주되기도 한다.

기운 나무 두 그루가

서로 몸을 맞대고 있다

맞댄 자리에 상처가 깊다

바람이 불 때마다

뼈와 뼈가 부딪히는지

빠악 빠악 소리를 낸다

얼마나 아프겠는가

서로 살갗을 벗겨

뼈와 뼈를 맞댄다는 운명이.

—「사랑」전문

이쪽 나무와 저쪽 나무가

가지를 뻗어 손을 잡았어요

서로 그늘이 되지 않는 거리에서

잎과 꽃과 열매를 맺는 사이군요

서로 아름다운 거리여서

손톱 세워 할퀴는 일도 없겠어요

손목 비틀어 가지를 부러뜨리거나

서로 가두는 감옥이나 무덤이 되는 일도

이쪽에서 바람 불면

저쪽 나무가 버텨주는 거리

저쪽 나무가 쓰러질 때

이쪽 나무가 받쳐주는 사이 말이에요.

—「아름다운 사이」전문

'서로 살갗을 벗겨' '뼈와 뼈를 맞댄' '나무 두 그루'의 '상처'(절망)와 '서로 그늘이 되지 않는 거리에서/잎과 꽃과 열매를 맺는' '아름다운 사이'(초월), 시인은 이 틈에 보금자리를 트고, 지독한 현실에 투항하지도 그렇다고 현실을 초월하지도 못하는 스스로의 내면을 음각한다. 시인의 삶은 아내와 함께 '뼈와 살로 지은 낡은 무량사 한 채'(「무량사 한 채」)와 '진달래꽃과 생강나무꽃이 거리를 두고 환'한 '적당한 거리'의 '도솔천'(「적당한 거리」)을 오가고 있기 때문이다.

이러한 시인의 자의식은 '사는 것이 거짓말'인 줄 '다 알면서도' 그렇게 살 수밖에 없는 절망적 삶에 대한 명징한 인식으로 표출된다.

대나무는 세월이 갈수록 속을 더 크게 비워가고

오래된 느티나무는 나이를 먹을수록

몸을 썩히며 텅텅 비워간다

혼자 남은 시골 흙집도 텅 비어 있다가

머지않아 쓰러질 것이다

도심에 사는 나는 나이를 먹으면서도

머리에 글자를 구겨 박으려고 애쓴다

살림집 평수를 늘리려고 안간힘을 쓰고

친구를 얻으려고 술집을 전전하고
거시기를 한 번 더 해보려고 정력식품을 찾는다

대나무를 느티나무를 시골집을 사랑한다는 내가
늘 생각하거나 하는 짓이 이렇다
사는 것이 거짓말이다
거짓말인 줄 내가 다 알면서도 이렇게 살고 있다

—「거짓말」 부분

상황이 이러한데 어떻게 마음 놓고 '자연'(대상)을 그리워할 수 있겠
는가?

청계천 관광마차를 끄는 말이
광교 위에 똥 한 덩이를 퍽! 싸놓았다
인도에 박아놓은 화강암 틈으로
말똥이 퍼져 멀리멀리 뻗어가고 있다
자세히 보니 잘게 부순 풀잎 조각들
풀잎이 살아나 퇴계로 종로로 뻗어가고
무교동 인사동 대학로를 덮어간다
건물 풀잎이 고층으로 자라고
자동차 딱정벌레가 떼 지어 다닌다
전철 지렁이가 땅속을 헤집고 다니고
사람 애벌레가 먹이를 찾아 고물거린다.

—「말똥 한 덩이」 전문

'관광마차를 끄는 말'이 도심에 '퍽!' 싸놓은 '똥 한 덩이'는 더 이상 자연의 순환에 기여하지 못한다. 초원을 잃어버린 말의 처지를 환기하는 '건물 풀잎' '자동차 딱정벌레' '전철 지렁이' '사람 애벌레' 등 인공에 예속된 자연의 틈(인도에 박아놓은 화강암 틈)을 비집고 '멀리멀리' 뻗어갈 뿐이다. '시골'에서 올라와 '아파트 방 안'에 '누워' 있는 '낡은 농기계'가 '이제/논밭으로 나갈 수 없다는 걸' 알고 '피골상접한 얼굴과 배와 손등에/스스로 밭고랑 논두렁을/깊게 파고 있'는(「고장 난 농기계」) 장면도 이와 무관하지 않다.

숲에서 쫓겨난 시인이 할 수 있는 일이란 '사람/기계'가 되어버린 자신의 몸에 희미한 자연의 언어를 새기는 일밖에 무엇을 할 수 있겠는가? 지독한 그리움의 서정이 황폐한 현실을 몸에 담는 아름다운 장면이다.

2

허청미 시인의 시는 '시간'과 '여성'이 교차되는 지점에서 발원한다. 시집 『꽃무늬파자마가 있는 환승역』(리토피아, 2008)을 열어젖히고 있는 「벽시계」는 그의 시 세계를 이해하는 데 주요한 키워드를 제공한다.

낡은 벽에 붙어
쉬지 않고 페달을 밟아댄다
저 역마살

베코니아 퓨리뮬러 봄볕 가득한 정원을 후루룩 들이켜고

물빛 비키니 B컵을 씹어 먹고
아오리 능금나무의 첫눈을 가로채고

닥치는 대로
불가사리 쇠 녹이듯
끝내는 내 숨까지 먹어 치우고 말
저 무서운 각다귀

——「벽시계」 부분

    마치 모든 것을 '닥치는 대로' 집어 삼키는 '시간'에 선전포고를 하는 듯하다. 하지만 시간과의 투쟁은 패배가 전제된 싸움이다. '쉬지 않고 페달을 밟아'대는 '벽시계'의 '역마살'은, '봄볕 가득한 정원'(봄), '물빛 비키니 B컵'(여름), '아오리 능금나무의 첫눈'(가을/겨울)은 물론, 시인의 '숨까지 먹어 치우고 말' '무서운 각다귀'다. 그럼에도 불구하고 시인은 싸움에 나선다. 인생의 유한함에 세월의 무한함을 맞세워놓은 형국이다. 이 시간의 무늬에는 여인의 일생이 오롯이 음각되어 있는데, 사뭇 비장하면서도 진지하다. 아니, 훈훈하면서도 섬뜩하다.

    허청미 시인의 시는 모성의 신화(무시간성)로 투항하여 여성의 승리를 구가하지도, 그렇다고 여성의 비극적 삶(근대의 선조적 시간성)에 절망하여 패배를 자인하지도 않는다. 이 사이에서 발원하는 상상력의 긴장된 무늬야말로 허청미 시인이 일군 값진 열매이다. 여성적 삶의 딜레마를 차분히 응시하는 시인의 시선이, 여성주의 서정이 다다른 한 꼭짓점을 타고 넘는 지점도 바로 여기이다.

    먼저, '비단조개'의 기억(시간)을 여성(시인)의 내면에 음각하는 풍경을 엿보기로 하자.

냉장고 안에 바다가 있다
바람이 지느러미를 접고
파도가 목젖이 잘려 울지 못하는 한 바다가 있다
투명한 비닐 팩 속에 해감을 게워내며 몸을 뒤척이다
토해놓은 기억을 다시 물고
숨을 몰아쉬는 바다가 있다

누가 그의 세상을 통조림 했는가

냉장고 문을 열어
작은 바다를 송두리째
렌지 위 열탕 속으로 쏟아붓는다
생의 끄트머리에서 방패를 내려놓고
허옇게 가슴을 연다

고장 난 아코디언처럼
한 생의 음계가 뒤엉켜 음각으로 파인
비단조개의 묘비가 수북이 쌓이는 식탁

—「묘비」 전문

시인은 '생의 끄트머리에서 방패를 내려놓고/허옇게 가슴을 연' '비단
조개'가 '토해놓은 기억'에 시선을 집중한다. '통조림'된 '투명한 비닐 팩'

(현재)이 충만한 '바다'(과거)를 물고 '몸을 뒤척'이는 광경, 즉 '한 생의 음계가 뒤엉켜 음각으로 파인/비단조개의 묘비가 수북이 쌓이는 식탁'이야말로 시인이 시간과 싸우는 전장(戰場)이다. 과거와 현재, 바다와 시인, 죽음(묘비)과 삶(식탁)이 뒤엉키는 장엄한 순간이다.

　이 순간은 「그녀의 바다 노을이 붉을 때」에서 '왕소금으로 염장된 고등어'의 생으로 변주되며, '풋내 날내에 홀려 곯아본 생'과 접속한다.

　　재래시장 입구, 한 평도 못 되는
　　그녀의 바다가 부정맥으로 출렁인다

　　한생을 곁눈질만 하던 가자미
　　평생 부부싸움 칼로 물만 베던 은갈치
　　속 타던 배알 홀랑 빼버리고 차라리
　　왕소금으로 염장된 고등어
　　어느 생인들 수월했을까
　　초로의 손이 자반고등어를 낙점한다
　　한물간 날것보다 차라리 염장된 것이 안심이라는 것쯤
　　풋내 날내에 홀려 곯아본 생이라면 다 아는 것
　　네―네, 그렇고말구요
　　입 밖으로 소리가 새지는 않았지만
　　투―욱, 툭, 나무도마에 음각으로
　　그녀의 하루가 파인다

　　　　　　　　　　　　　―「그녀의 바다 노을이 붉을 때」 전문

'바다'의 생이 '염장'을 매개로 '나무도마에 음각으로' '파인다.' '풋내 날내에 홀려 곪아본 생'이라면 '한물간 날것보다 차라리 염장된 것이 안심'이다. '그녀의 하루'는 '고등어'가 살았던 심해로 가라앉지도, 그렇다고 '곁눈질'과 '부부싸움'의 일상으로 떠오르지도 않는다. '왕소금'의 기억에 의지해 가까스로 '바다'의 생을 반추하며 '한물간' 현재의 삶을 견디는 '그녀의 하루', 즉 '부정맥으로 출렁'이는 '그녀의 바다 노을'이 아름다운 이유도 여기에 있다.

한편, 이 아름다운 '바다 노을'이 날카로운 비수로 전이되기도 한다. '아득한 전생'(바다의 생)의 '칼'이 '몸 깊은' 곳에서 '녹슬고' 있는 '무디어진 칼'을 '꿈틀'거리게 하기 때문이다.

용하다는 占집에 가본 적 있다
점쟁이는 쌀알 한 줌으로 징검다리를 놓아
나를 데리고 아득한 전생으로 건너갔다
그곳에서 나는 적의 목을 무수히 베어내던 무사였다고
지금, 내 몸 깊은 데서 그 칼들이 녹슬고 있다고

전생에선 날이 창창하던, 칼 하나가 내 안에 잠자고 있단
말인데…… 이따금 불쑥불쑥 치받치는 것들을
내시경으로 들여다보면 녹슬어 무디어진 칼
한 자루 보일까 그것 꺼내 수천 번 벼리면
시퍼렇게 날 세울 수 있을까? 그 칼!

이 캄캄함 베어 빛을 들일 수 있을까

내 속 이끼 낀 터널이

꿈틀거린다

—「칼」 전문

「칼」에서는 '아득한 전생'과 '캄캄'한 현생이 충돌하고 있다. 시인은 자신의 몸 안에 '잠자고' 있던 '칼'을 꺼내 현생의 '캄캄함'을 베어 한 줄기 '빛'을 들이고자 한다. 이 비수는 '찬 밥 더운 밥 가리지 않고/자식들 허기 채워주는' 여성으로서의 삶(우직하고 외골수인 아버지의 담금질)을 관통하며 '혀'를 베는 '날 선 숟가락'(「놋숟가락」)으로 부활한다.

허청미 시인에게 시 쓰기는 이 내면의 '칼'을 벼리는 행위이자, 시인의 마음속 '이끼 낀 터널'을 '염장'하는 작업에 다름 아니다. 이 작업은 '광활한 밤의 별'에서 '외출 중'인 '우리'를 '찾아 헤매'는 '나와, 당신, 너'의 애절한 비가(悲歌)이기에 그 울림이 남다르다.

나와, 당신, 너,
꿈속에서는 우리
눈 뜨면 숨어버리는

나는 너를 찾아 헤매고
너는 나를 찾아 헤매는
우리는 천 년 전의 화석

천년 후에 발굴 된
授乳의 고리가 끊어진

꿈속의 母女

이 광활한 밤의 별에서
오도카니
나 너 당신

아아, 여보! 당신?

—「우리는 외출 중」 전문

그렇다면 시인의 뒤를 좇아 '아아, 여보! 당신?'이라고 외쳐볼밖에……. 시간과의 고투가 여성의 삶을 가로질러 지독한 그리움의 서정으로 갈무리되는 장엄한 광경이다.

동화와 풍자의 서정

— 하재영, 남태식의 신작시 작품세계

1

하재영 시인은 각박한 현실(일상) 이면에 비껴 있는 훈훈한 삶의 현장을 진솔한 서정으로 길어 올리고 있다. 그의 시는 요즘의 시단을 주름잡고 있는 과장된 포즈의 시풍과 일정한 거리를 유지하며, 차분한 어조로 서정의 본질을 환기하고 있다.

먼저 삶에 대한 시인의 '눈높이'가 투영된 '낮은 아침'의 풍경을 엿보기로 하자.

　　출근 후 신고 온 구두를 벗어
　　가지런히 책상 밑에 놓고
　　슬리퍼로 바꿔 신을 때

고개 숙여 바라보는 눈높이보다 한참 낮게

궂은 바닥에서

이리저리 길을 헤맸을 구두

어디서 누군가와 부딪쳤는지

군데군데 흠이 나 있다

세상 조심조심 디디며

비굴하게 때론 당황하며

닳고 닳은 구두 바닥의 힘으로

자르르 윤기 나는 쌀과 바꾸었는데

터진 코피 말라붙어 딱지 진 듯

구두코 흠집 보이는 낮은 아침

머지않아 버려질 구두가

어머니의 눈동자처럼

내 행적을 기억하는 것 같아

무릎 꿇고 한참 가만히 있었다

—「낮은 아침」 전문

'출근 후 신고 온 구두를 벗어' '책상 밑에 놓고' '슬리퍼로 바꿔 신'는 순간, 시인의 '고개 숙'인 '눈높이보다 한참 낮'고 '궂은 바닥'에서 '닳고 닳은 구두'가 눈에 들어온다. '군데군데 흠이 나 있'고 '터진 코피 말라붙어 딱지 진 듯' '흠집 보이는' 이 '구두 바닥의 힘'이야말로 '어머니의 눈동자처럼' 시인의 '행적을 기억하는' 정직한 삶의 지표가 아니겠는가? 이 삶의 경건함 앞에 '무릎 꿇고 한참 가만히' 지켜보는 시인의 마음이 '낮은 아침'의 풍경을 훈훈하게 적시고 있다.

'머지않아 버려질 구두'에게로 흘러넘치는 따스한 마음은, 자신의 삶을 되돌아보는 엄정한 성찰의 시선과 포개지며 한층 진한 여운을 남긴다. 무릎을 꿇어도 '구두 바닥'에까지 내려가지 못하는 '눈높이'에 대한 성찰이 씨줄로 직조되어 있기 때문이다.

삶의 '궂은 바닥'에 닿으려는 성찰의 시선이 주변으로 확장되면 보다 웅숭깊은 서정의 무늬가 펼쳐진다.

아닌 장날도 장날 같은 곳
그곳 죽도시장에 가면
리트머스 용지로 산성과 염기성을 재듯
시장 경제의 말초신경을 측정하게 하는
어시장, 채소전, 드팀전, 선술집……
경상도 돈을무늬 사투리 속에 재워져 있어
세상 바쁘게 살아가는 아줌마 아제들 만나게 되는데
아닌 게 아니라 미로 같은 골목
좌판이든 난전이든
그들이 파는 이런저런 물건엔
소박한 웃음도
작은 희망과 덤으로 담겨 있네
아무렴 어떨까
바람 따라 꽃씨처럼 먼 길 달려온
그렇고 그런 사람도
이야기 않은 가족 생각나
건어물 한 봉다리 사들고 일어서는데

장날 장구경 따라간

어린 시절 이웃 아제

샛바람에 매칸없이 떠올라

낯선 이웃도 오랜 벗처럼

밤낮없이 동해 푸른 물결 출렁이는 곳

과메기 피데기 돔배기

어화둥둥 어화(漁火)로 길 밝혀주는 곳

—「죽도시장」 전문

「죽도시장」은 '경상도 돋을무늬 사투리 속에 재워져 있'는 '죽도시장'
의 '소박한 웃음'과 '작은 희망'을 포착한 작품이다. '바람 따라 꽃씨처럼
먼 길 달려온/그렇고 그런 사람'도 '가족 생각나' '건어물 한 봉지 사들고
일어서는' '아닌 장날도 장날 같은' '죽도시장.' '어린 시절 이웃 아제' 따
라 '장구경' 나섰던 기억이 '샛바람에 매칸없이 떠올라/낯선 이웃도 오랜
벗처럼' '출렁이는' '어화둥둥 어화(漁火)로 길 밝혀주는 곳.'

과거와 현재, 나와 너, '낯선 이웃'과 '오랜 벗' 등이 어울려 '푸른 물결
출렁이며' '어화둥둥' 춤을 추는 흥겨운 장의 풍경이다.

투명한 서정이 애틋하게 빛나는 다음의 작품은 어떤가?

잊을 만하면 슬며시 놀러온 가을이

허물어져가는 시골집 기와 골 넘어

산비탈 따비밭 고랑도 지나

시나브로 노을 속으로

겉옷 벗고

속옷도 벗고

환장하것네

―「가을이」 전문

시인의 돌올한 감수성이 번뜩인다. '잊을 만하면 슬며시 놀러온' 무심한 '가을'이 시인의 마음을 들쑤신다. 시인은 내심 가을과 한몸으로 뒹굴고 싶지만, 이러한 마음도 아랑곳 않고 가을은 '시나브로' '노을 속으로' 스며든다. 가을이 남긴 흔적은 '허물어져가는 시골집 기와 골→산비탈 따비밭 고랑→노을'로 이어지는데, 이 궤적은 '단풍 든 나무 혹은 떨어진 나뭇잎'이 '겉옷' '속옷' 벗고 알몸으로 사라지는 이미지로 그려진다.

이 장엄한(?) 자연의 풍광 앞에(자신의 눈높이보다 한참 낮은 굳은 바닥에서 닳고 닳은 구두 앞에) 세속의 티끌을 떨치지 못한 시인(인간)이 무슨 말을 할 수 있을까? 시인은 '환장하것네' 다섯 음절로 압축한다. 절묘하다. 이만한 가을 서정이 어디 있을까? 절창이라 할 만하다.

2

하재영 시인의 시가 따스한 동화의 서정을 노래하고 있다면, 남태식 시인의 작품은 차가운 풍자의 시선을 유지하고 있다. 전자가 하나됨의 서정을 추구하고 있다면, 후자는 현실과 일정한 거리를 유지하며 세태를 비꼬고 있는 형국이다.

세상은 넓고 할 일은 없었어라, 꽃 좋고 열매 많다 하니 꽃놀이 서둘러
나갔어라. 꽃 구경꾼 골골마다 넘쳐흐르니 봄여름가을 철 잊는 꽃들 바리
바리 갈려 서둘러 피었어라. 철, 철이 뒤섞여 제 철 가늠 내던진 비도 함께
폭우로 서둘러 쏟아졌어라. 시 때 없이 물벼락 이어이어 퍼부으니 비데의
회로는 서둘러 망가졌어라. 세정 비데 건너뛰고 드디어 오고야 말 나라 김
칫국물 말아 마시며 제 홀로 취해 비틀거리니, 씻지 않은 똥 서둘러 말랐
어라 딱딱 서둘러 굳었어라. 꽃 피었으니 바람 어김없이 따라 일고 꽃잎
온 하늘땅에 나풀나풀 흩날리는가 했더니, 꽃은 온데간데없고 똥 가루만
서둘러 날아내려 곤두박질쳤어라. 바람 맞은 똥 가루 허둥지둥 곰삭는 사
이, 바람맞이 품새보다 얕좁은 뿌리 꼿꼿 내린 꽃나무들, 한꺼번에 일어서
는 경쾌한 새들의 날갯짓에 통째 뽑혀 넘어졌어라. 고양이 세수하듯 서둘
러 씻고 닦은 눈 속에 열매는 애당초 씨알도 안 맺혔어라.

—「서두르다」 전문

시인은 인용시에서 '서두르는' 만물의 세태를 꼬집는다. 주목할 점은
시인의 시선이 '지금 여기'의 속도뿐만 아니라 자연 현상에까지 두루 미
치고 있다는 점이다. 이를테면, '꽃 좋고 열매 많다 하'여 '서둘러' '꽃놀
이' 나갔더니, '철 잊는 꽃들 바리바리 갈려 서둘러' 피는 격이다.

전통 서정과는 다른 모양새다. 자아(시인)와 세계(꽃)가 마주 보고 있
으되, 서로가 너무 '서두르는' 형국이니 온전한 소통이 될 리 없다. 여기
에서는 인간과 자연이 동시에 풍자의 대상이 되고 있는데, 특히 자연을
희화화하는 작가의 솜씨가 돋보인다. '서둘러' 피는 '꽃'의 장단에 발 맞
추어 '비도' '제 철 가늠 내'던지고 '서둘러 쏟아'진다. '시 때 없이 물벼락'
퍼붓는 비는 이미 '정화'의 기능을 상실한 지 오래다. '비데의 기능' 또한

'서둘러' 망가진 셈이다. 하여, 세상은 '김칫국물 말아 마시'고 '제 홀로 취해 비틀거'린다. '꽃은 온데간데없고' '씻지 않은 똥'가루만 '서둘러 날아내려 곤두박질'친다. 이에 '얕줍은 뿌리 꼿꼿 내린 꽃나무들'은 '경쾌한 새들의 날갯짓'조차 견디지 못하고 '통째 뽑혀 넘어'진다. '고양이 세수하듯 서둘러 씻고 닦은' 시인의 '눈 속에' '씨알도 안 맺'힌 '열매'만 비치는 이유도 여기에 있다. 경쾌한 어조와 속도감 넘치는 이미지의 연쇄로 직조된 '어수선산란'한 요지경이 가벼우면서도 묵직하다. 내친김에 조금 더 엿보기로 하자.

꽃 꿈이 깊어 아침 잊으니 망울 틔기 전에 봉오리 터진다 주전자는 서둘러 달아올라 입 뜨겁게 마른다 타는 입 보듬지 않고 성급하게 따르니 물 미처 잔에 닿기도 전에 바닥으로 쏟아져 피로 돌지 못 한다 허둥대며 흘러넘친 말들 주위 담는 사이 빵은 썩어 곰팡이 슨다 그믐 넘고 이월 건너도 여전 물 가득 찬 물귀처럼 꽃은 살이 안 찬다 토한 말에 취해 아침 버리니 얄은 술 바람에도 꽃들 휘청거린다 꽃 진 밑자리, 오래 또 어수선산란하겠다

—「어수선산란」전문

'망울 틔기 전에 봉오리'는 '터'지고, '주전자는 서둘러 달아올라 입 뜨겁게 마른다.' '타는 입 보듬지 않고 성급하게 따르니' '허둥대며 흘러넘친 말들' '썩어 곰팡이 슨다.' '꽃' '물' '말(시)' '빵' 등을 하나의 이미지로 꿰뚫는 시인의 감수성이 돋보인다. 이렇게 서두르니, '그믐 넘고 이월 건너도' '물 가득 찬 물귀처럼 꽃은 살이 안 찬다.' '토한 말'에 취해 '아침'마저 버리니 '얄은 술 바람'조차도 견디지 못해 '꽃들 휘청거린다.' '꽃 진 밑

자리' '오래' '어수선산란'할밖에…….

그렇다면 이 '어수선산란'한 '꽃 진 밑자리'를 어떻게 견딜 것인가? 시인은 '기다림'의 삶, 즉 서두르지 않는 방식을 제안한다.

옅은 바람이라도 맞바람치지는 말자 골짜기를 가로지르는 길 위 무한정 속도 높여 달려보라 때로는 맞바람 타고 옅은 바람도 세찬 강풍 되어 달리는 차 사정없이 뒤흔든다 투사의 시대 이미 지나갔다 그 바람 옅든지 세차든지 일그러졌든지 모났든지 비뚤어졌든지 일단은 맞서지 말자 맞바람친다고 불던 바람이 가던 길 바꾸지는 않으니 바람 불면 속도 낮추고 엎드리자 아무리 기가 센 바람도 사흘 낮밤 불지 않는다 가만히 기다리면 내가 언제 그랬더냐 눈코입 닫고 힘 죽이리라 겨울이 봄 못 이기듯 바람 또한 그러하니 때로는 기다림이 겨울 앞에 물끄러미 선 봄과 같아라 어깨에 힘주지 않고 물끄러미 선

　　　　　　　　　　　　　　　　　　　　　　　　　—「바람을 피하는 법」 전문

'옅은 바람이라도 맞바람치지' 않고, '바람 불면 속도 낮추고 엎드리'는 삶. 서두르는 것들이 판을 치는 세상, 서두르지 않는 방식을 통해 견디는 삶이다. '어깨에 힘주지 않고 물끄러미' 서서 기다리면, '바람'도 '눈코입 닫고 힘 죽이리라.' '겨울'은 '봄'을 못 이기기 마련이다.

'습관성 유산과 같은/자살'(「어느 자살자의 자살 감행 결과서」)만큼 성에 차지는 않지만, 이 밖에 또 무슨 방법이 있겠는가?

'물'과 '사막'의 '퀼트'

— 김경인,『한밤의 퀼트』

애, 지루한 막간극이 끝났구나.
얼른 막을 내려.
맨얼굴이 다 들통 나겠어.

나는 가까스로 닫혀 있다.
이제 곧 흩어질 것이다.(「시인의 말」)

김경인의 시는 '얼른 막을 내려'야 할 '지루한 막간극'에 연주된다. 그
는 막과 막 사이에 '가까스로' 숨어 있는데, '맨얼굴'이 들통 나면, '이제
곧 흩어질' 상황에 놓여 있다. 그래서 시는 늘 긴박하고 조마조마하다. 이
'막간극'의 노래는 감춤(사라짐)과 드러냄, 새로움(낯섦)과 익숙함의 사
이에서 애틋하게 울려 퍼진다.

'이파리에 숨어 초록을 견디는' 나무, '복면을 뒤집어쓴 새' '변성(變聲)을 거듭하며 새 이야기를 낳'는 '그물 속 새' 등으로 변주되는 이미지는 '흑과 백밖에는 다른 말'을 할 줄 모르던(「만담의 내력」) 시인을 조바심 나게 한다. 이들은 시인과 마찬가지로 '가까스로' 닫혀 있는 존재들(이파리에 숨어 있으며, 복면을 뒤집어쓰고 있거나, 그물 속에 갇혀 있다)이며, '오래전 목소리'를 '흉내' 내는 데 머물고 있기 때문이다.

하지만 닫힌 것이 열리는 곳에서 '당신은 자꾸 태어'난다.(「구름 속으로」) 이 새롭게 태어나는 '당신'의 흔적을 좇으려는 욕망이 김경인 시의 '맨얼굴'이 아닐까. 이는 '무언가 결정적인 것이 치밀어 오'(「두 개의 입술」)르는 때를 포착하려는 욕망의 다른 이름이다.

이 순간을 포착하는 작업은 불온하면서도 위험하다. '입을 여는 순간 얼굴을 뜯어버리고 싶을 정도로 우스워지는'(「만담의 내력」) 시간이기 때문이다. 자신을 갈가리 찢어 '흩어'지게 하는 고통스러운 순간(새롭게 태어나는 당신을 만나는 순간)이지만, 자칫 '시체들만 남아/게걸스런 입들을 불러모으는/오래된 파티'(오래전 목소리를 흉내 내는 데 그치게 될 경우)의 연출로 전락할 수 있다(「Oral Party's Custom」). 김경인의 시는 오래전 목소리를 흉내 내는 극(닫힘)과, 새롭게 자꾸 태어나는 당신을 추적하는 극(열림) 사이에서 '가까스로' 공연되는, 존재를 건 '막간극'인 셈이다.

슬그머니 침묵이 끼어들어 시인을 유혹한다. '입을 다물면 세상은 요람보다 안전'하고, 침묵의 '물 속은 아주 따뜻'하다.

입을 다물면 세상은 요람보다 안전해 잠들면 악착같이 자라나는 머리
카락처럼 이야기는 물 아래에서 시작되지 (…)

물 밖에 있는 자의 목소리를 듣는다 실비아, 온전한 다리를 가진 나의
자매, 물 밖에 있는 자들의 안녕 소리를 듣는다 내가 내민 손을 보았니 실
비아, 물속은 아주 따뜻해

—「물 아래에서」 부분

'잠들면 악착같이 자라나는 머리카락처럼 이야기는 물 아래에서' 발원
하기 때문이다. 그러나 물 아래에서 시작된 이야기는 '물 밖에 있는 자의
목소리'와 만나야 비로소 의미를 지닌다.

소리들이 사라진 '창백'하고 '하얀' '잠 속'(물 아래)을 헤매던 시인은,
'피어나려는 꽃대궁처럼 자꾸 흔들'리면서도, '잠시, 반짝, 이는 불빛', 이
'불빛의 등허리마다 내리꽂히는 안개, 반짝이며 박혀오는 유리조각들'을
외면하지 못한다. 아프고 고통스럽지만, '저 길 끝에서 누군가' 부르는,
'은박지처럼 날카롭고 환한 소리'를 들어야 한다. 시인은 '안개 속에 숨은
소리들'의 '푸른 비명'을 찾아 '일출'을 꿈꾸는 운명(「거리는 안개를 키운다」)
을 지녔기 때문이다.

시인은 '오래전 목소리'를 흉내 내는 데 그치지도, 그렇다고 새롭게 태
어나는 당신의 목소리를 좇아 비상하지도 못한다. 시인이 '두 팔로 기어'
'더듬더듬' 물 밖으로 손을 내미는 이유도 바로 여기에 있다. 그래서 잠시
머뭇거리며 '혀'의 '발기(勃起)'를 훔쳐보기도 한다.

쉴 새 없이 떠든다, 혀의 딱딱하고 날카로운
발기(勃起)를 나는 땀을 흘리며 훔쳐보는 중이다
한때 당신과 악수를 나눈 수많은 사람들이 질겅질겅 잘려나가고
무수한 파편들이 하얗게 튕겨나간다

그래, 무엇이든 지껄여보시지 당신은 이제 비루해지셨군
노릇노릇 구워지는 당신의 속살, 나는 입맛을 다진다

그러나 아직은 신중해야 한다 저 혀에 휘말리지 않도록
나는 물어뜯길 뻔한 젖가슴을 감추고 당신의 두 눈을 응시한다

—「드라이브는 정오부터 시작되었다」부분

'쉴 새 없이 떠'드는 '혀에 휘말리지 않도록' '아직은 신중해야 한다.' '혀의 딱딱하고 날카로운/발기(勃起)', 즉 '무수한' 말의 '파편'들이 시인의 '젖가슴'을 호시탐탐 노리고 있기 때문이다.

그렇다고 다시 물속으로 도피할 수 없다. 화자의 '핏줄'마다 '만 갈래로 엉킨 20세기'가 불쑥불쑥 고개를 들기 때문이다. 시인은 '한 번도 가보지 못한 기억의 집 유리창들'의 '아픈 풍경을 담아내느라 덜컹거'리는 '활자들'의 욕망을 '검게 검게 봉해'보지만, '핏줄마다 새겨진' '심장과 머리'의 '이 페이지'는 끝내 지워지지 않는다.

내안, 만 갈래로 엉킨 20세기가 흐른다 첫 페이지를 열면 동경 산보를 마치고 막 돌아온 할아버지가 젊은 아내를 이끌고 경성으로 떠난다 그들이 처음 만났다는 모란봉에도 곧 눈이 내리겠지 바람이 불어오는가, 한 번도 펼치지 않은 페이지들이 나부긴다 언뜻 펼쳐진 페이지에선 할아버지가 밤을 새워 글을 쓴다 채 마르지 않은 잉크엔 불온한 빛깔이 스며 있다 국민의 애국세(愛國勢)는 그칠 바 모르게…… 황군(皇軍)에게 대한 감사의 염(念)과 격려의 성(聲)이 격우격(激又激)한 때였다. 밖에는 사람들이 하나 둘씩 죽어가는데…… 무얼 하시는 거예요, 그만 하세요. 내 뼈마디

가 일제히 비명을 지르며 달그락거린다 어느 페이지에는 폐 속까지 들어
찬 가래를 삼키며 그가 어두운 길을 향해 홀로 누워 있다 젊은 아내는 알
감자 같은 아이들을 이끌고 어디쯤 가고 있는가 쓰다 만 글자 위로 피가
번졌다 내가 한 번도 가보지 못한 기억의 집 유리창들이 아픈 풍경을 담
아내느라 덜컹거렸다 나는 오래도록 활자들을 만지작거리다 겹게 겹게
봉해버린다

　봉인된 심장과 머리를
　페이퍼나이프로 북 찢고
　조그만 빛조차 들어설 수 없는
　어두운 서고를 돌아서면
　나 태어나기 훨씬 전
　핏줄마다 새겨진
　지워지지 않는 이 페이지

─「지워지지 않는 페이지」 전문

이 '심장과 머리'의 '소리'를 봉인해버리면 '온 세상'이, '모든 꿈'이 '창
백'해지기 때문이다. 하여, 시인은 '봉인된 심장과 머리를/페이퍼나이프
로 북 찢고' '어두운 서고'를 돌아선다.

이렇게 '서고'를 돌아서며 물 밖으로 내민 손이 끝내 '그대'에게 닿지
못하고, '하얗게 질려/실핏줄 같은 울음 울먹이다가' '발 디딜 틈도 없
이/우 쏟아'진다.

　그대의 손등에

밤새 맴을 돌다
끝내 녹지 못한
눈송이들이

비로소 봄을 흔들어
겹겹 쌓인 마음 토해내다가,
가시 같은 햇살에 아프게 반짝이다가,
바람 불면 부는 대로 휘청이다가,
하얗게 질려
실핏줄 같은 울음 울먹이다가,

발 디딜 틈도 없이
우 쏟아져버리는

―「벚꽃」 전문

「벚꽃」은 이 애틋하고 안타까운 몸짓을 눈부신 서정으로 형상화한 작품이다. 하지만 이러한 서정을 고수하기엔 '지금 여기'의 현실이 너무 황폐한 것은 아닐까? 형상화 방식이 너무 익숙하다면 다음의 작품은 어떨까?

한밤, 잠들려 하는데, 사막이 몰려왔어요. 1000byte로 부는 모래바람과 선인장 하나 이끌고 왔어요. 화창한 꿈속으로 막 오른발 디딜 참이었는데, 뒤처진 그림자 사이로 모래가 우수수 떨어졌어요. 사막을 맴돌며 내 꿈을 훔쳐보던 선인장이 지지 않는 별처럼 깜박거리며 나를 불렀어요. 잠시 뒤 돌아봤을 뿐인데, 선인장이 몸속으로 가시를 들이밀었어요. 꿈속에는 강물이 펼쳐지는데, 후텁지근한 열기로 팽팽해진 내 몸에 선인장 가시만큼 많은 구멍이 뚫렸어요. 강물 너머 연록빛 이파리가 손짓하기도 전에, 몸속을 흐르던 물길이 줄줄 새어나가고 있어요. 나팔관 속 겨우 숨긴 피 묻은 이름까지 사막 위로 쏟아져 할딱거려요. 밤낮으로 타오를 줄만 아는 사막이 내 몸을 휘감고 단물을 쭈욱 들이켜나 봐요, 머리부터 조금씩 우그러지는걸요. 그러는 사이, 거미 한 마리 부지런히 전자 사막을 가로지르며 내 얼굴을 복제했어요. 흘러내리는 내 둥근 눈물까지 거미줄로 꽁꽁 묶어버렸어요. 마지막 떨어지던 눈물이 사막 속으로 흩어졌어요.

—「또 다른 사막에서」전문

'꿈속'조차 집어삼키는 사막의 냉혹함이 전경화되어 있다. '강물 너머 연록빛 이파리'는 물론, 시인의 '몸속을 흐르던 물길', 나아가 '나팔관 속 겨우 숨긴 피 묻은 이름까지' '쭈욱 들이'켜는 '전자 사막'이 아닌가. 이 사막은 시인의 '얼굴을 복제'하고, '흘러내리는' '둥근 눈물'까지 '꽁꽁 묶'는다. 사정이 이러한데, 어찌 '흰 모래 아래 누워 바삭바삭한 꿈'을 꾸겠는가?

봄부터 몸속에서 물소리가 들려왔어요. 나는 아직 사막을 가지도 못했는데 걸을 때마다 물이 찰랑대는 소리가 들려오고 두 귀가 부풀어 올라 자꾸 몸이 아팠어요. 어느 아침엔 플랑크톤이 식도를 타고 목구멍 아래까지 기어 올라왔어요. 나는 사막을 저벅저벅 걷고 싶은데 무릎을 거쳐 두 귀까지 물이 넘쳐 가라앉는 난파선처럼 자꾸만 비틀거렸어요. 가슴에 가만 손 얹으면 물속으로 가라앉는 쇄골이 느껴져요. 나는 아직 사막에 가지도 못했는데, 눅눅한 내 몸을 말리지도 못했는데 손끝으로 물이 번져 만지는 것마다 온통 젖어오네요. 나는 아직 사막 위에 뜬 달을 보지도 못했는데 몸속 수문이 열려버렸나, 물은 눈까지 차올라 두 개의 눈동자가 밖으로 쏠려가네요. 나는 흰 모래 아래 누워 바삭바삭한 꿈을 꾸고 싶은데 몸속, 물고기들이 내 심장을 파먹어요. 온몸이 수초처럼 풀어진 나는 아직도 사막에 가지 못했는데.

— 「사막으로 가는 길」 전문

'그대의 손등'에 닿으려다 '끝내 녹지 못한/눈송이들'(「꽃잎」)이 시인의 몸에 쏟아져, 급기야 '몸속 수문'을 열어버리기에 이른다. 인용시는 '전자 사막'과 '물이 찬 몸' 사이의 극단적 분열을 드러낸 작품이다. 시인이 '사막'에 가지 못하는 이유도 바로 여기에 있다.

이러한 불균형을 통해 시인은 서정의 결핍(전자 사막의 황폐함에 매몰되는 것)과 그것의 과잉(물속에 잠겨 난파된 몸)을 동시에 경계하고자 한 것은 아닐까? 이를테면, 한쪽에서는 몸속에 물이 차 '온몸이 수초처럼 풀어'져 '난파선'처럼 '비틀거'리고, 다른 한쪽에서는 '당신이 당신을 잊어버'려 '서서히' 돌아버릴 때까지, '각자의 목소리'만 '사랑하는' '번뇌스런 소녀들'이 '둥글게 둥글게 입을 모아' '전자 사막의 노래'를 되뇌이는(「번뇌스런 소녀들_리허설」) 형국이다.

김경인의 시는 이 '사막'과 '물'의 이미지가 씨줄과 날줄로 촘촘히 짜인 '한밤의 퀼트'다. 이 '퀼트'는 낡음과 새로움, 과거와 현재(미래), 현실과 꿈, 의식과 무의식, 닫힘과 열림, 침묵과 발화, 인공과 자연, 사막과 물 사이를 가로지르며 매혹적인 무늬를 주조하고 있는데, 여기에는 양자 중 어느 한쪽도 소외시키지 않고 동시에 품으려는 시인의 눈물겨운 고투가 투영되어 있다. 이 지점에서 우리는 막과 막 사이에서 새로운 가능성을 길어 올리고 있는 김경인 시의 익숙하면서도 낯선, '막간극'의 진수를 맛볼 수 있다.

　사족 하나. 지금까지 필자는 김경인 시의 궤적을 주로 의미론적 차원에서 추적하였다. 이러한 평론가의 욕망을, '아무것도 담지 않고 다른 풍경을 번갈아 비출 뿐'(「창문은 한 방향으로 열린다」)인, '잠자리 겹눈처럼/보일 듯 말 듯 포개진' 시인의 그로테스크한 '눈동자'(「네 눈동자—在娟에게」)가 조롱하며 달아나고 있는 것인 아닌지 곱씹어볼 일이다. 이를테면, 다음과 같은 이미지의 상간(相姦)은, 분석되는 텍스트로 남기를 거부하는 동시에 분석하려는 자의 욕망을 끊임없이 연기시키는, 매혹적인 장관을 연출하고 있다. 사정이 이러하다면, '전자 사막'(색실로 땀을 뜨는 행위)과 '물에 잠긴 몸'(보랏빛 핏내/초록 비린내)을 '잠'의 바늘로 '한 땀 한 땀' 수놓는 시인의 '퀼트'에 몸을 맡길 수밖에…….

　　밤이었는데, 나는 잠을 자고 있었는데, 누가 잠 위에 색실로 땀을 뜨나 보다, 잠이 깨려면 아직 멀었는데, 누군가 커다란 밑그림 위에 바이올렛 꽃잎을 한 땀 한 땀 새기나 보다, 바늘이 꽂히는 곳마다 고여오는 보랏빛 핏내, 밤이었는데, 잠을 자고 있었는데, 여자아이가 꽃을 수놓고 있나 보다, 너는 누구니 물어보기도 전에 꽃부리가 핏줄을 쪽쪽 빨아먹고 무럭무럭 자라나 보다, 나는 온몸이 따끔거려 그만 일어나고 싶은데, 여자아이가 내 젖꼭지에 꽃잎을 떨구고, 나는 아직 잠에서 깨지도 못했는데, 느닷없이 가슴팍이 좀 환해진 것도 같았는데, 너는 누구니 물어보기도 전에 가슴을 뚫고 나온 꽃대가 몸 여기저기 초록빛 도장을 콱콱 찍나 보다, 잠이 깨려면 아직 멀었는데, 누가 내 몸에서 씨앗을 받아내나 보다, 씨앗 떨어진 자리마다 스미는 초록 비린내, 나는 그만 꽃잎들을 털어내고 싶은데, 이마에

화인(火印)처럼 새겨진 꽃잎을 떨구고 싶은데, 밤이었는데, 나는 아직 잠을 자고 있었는데

―「한밤의 퀼트」 전문

이 평론집에 실린 글들의 출전

제1부 연대와 갱신

연대의 문학을 위하여(원제 '중동 분쟁의 문학적 수용양상') · 『국제어문』, 2011년 8월호.

'새로운 윤리의 길'과 노동소설의 서사적 자의식 · 『리얼리스트』 2013년 하반기호.

현실주의 서사의 자기 갱신 · 『너머』 2008년 겨울호.

서사의 힘 · 『문학수첩』 2007년 겨울호.

의도의 과잉과 형상화의 미흡 · 『한국평화문학 6』 2010년 12월호.

젊은 소설의 존재 방식 · 『오늘의 문예비평』 2008년 봄호.

이성의 붕괴와 안주의 불가능성 · 『아시아』 2013년 여름호.

'독립'을 향한 지난한 '혁명' · 『아시아』 2013년 겨울호.

생생하게 살아 숨 쉬는 조국을 위하여 · 『리토피아』 2011년 여름호.

제2부 리얼리즘의 속살

'그대'에게 가는 길 · 『제3회 인천 AALA 문학포럼 자료집』 2012년 4월호.

농촌/농민의 속살 보듬기 · 『누가 말을 죽였을까』, 삶창, 2008.

새로운 가족의 탄생 혹은 아버지의 '경이로운' 귀환 · 『자음과모음』 2013년 가을호.

삶의 무게를 견디는 추억의 서사 · 『자음과모음』 2013년 봄호.

'끝없이' '그리운' 그 '뜨거운 가슴' · 〈웹진 문화다〉, 2013.

'프렌칭' 도시 인간 생태학 · 『마을』, 실천문학, 2009.

희망과 절망의 이중주 · 『바닷가 그 집에서, 이틀』, 실천문학, 2009.

박제된 일상을 유영하는 '백야'의 언어 · 『오후의 문장』, 은행나무, 2011.

저공비행, 혹은 "품위 있는" "소멸"을 위하여 · 『알레그로 마에스토소』, 새미, 2013.

'착한 소설'의 역습 · 『피아노가 있는 방』, 휴먼앤북스, 2012.

제3부 '속울음'의 시학

'분노'를 넘어 '공감'으로 · 『내일을 여는 작가』 2012년 하반기호.

생태주의 시와 사회학적 상상력 · 『시와 사상』 2010년 여름호.

'아름다운 노동'을 위하여 · 『시와시』 2013년 봄호.

서정의 길을 여는 부활의 '백비(白碑)' · 『문학사상』 2012년 4월호.

'목숨을 걸고' · 『이광웅 시선』, 지만지, 2014.

'저녁 6시', 시 이전 혹은 시 이후의 시간 · 『시로 여는 세상』 2008년 여름호.

'저항'과 '서정', 혹은 체제와 이념의 장벽을 넘어 · 『리토피아』 2012년 봄호.

'속울음'의 시학 · 『애지』 2011년 봄호.

제4부 '시큼한' '생'의 언어

"11월" 혹은 "나뭇잎 아래, 물고기 뼈" · 『시인동네』 2012년 겨울호.

"시큼한" "生"의 언어 꿈꾸기 · 『간절한 문장』, 애지, 2009.

언어가 숨을 쉬는 순간 · 『물결무늬 손뼈 화석』, 푸른사상, 2012.

지독한 그리움의 서정 · 『리토피아』 2009년 봄호.

동화와 풍자의 서정 · 『작가정신 9』 2008년 12월호.

'물'과 '사막'의 '퀼트' · 『현대시』 2007년 9월호.

정공법의 문학

© 고인환, 2014

초판 1쇄 인쇄 2014년 6월 5일
초판 1쇄 발행 2014년 6월 19일

지은이   고인환
펴낸이   강병철

펴낸곳   자음과모음
출판등록 1997년 10월 30일 제313-1997-129호
주소   121-840 서울시 마포구 서교동 396-33번지
전화   편집부 02) 324-2347 경영지원부 02) 325-6047
팩스   편집부 02) 324-2348 경영지원부 02) 2648-1311
이메일   munhak@jamobook.com
커뮤니티 cafe.naver.com/cafejamo

ISBN 978-89-5707-804-4 (03810)

잘못된 책은 교환해드립니다.

이 도서의 국립중앙도서관 출판예정도서목록(CIP)은 서지정보유통지원시스템 홈페이지
(http://seoji.nl.go.kr)와 국가자료공동목록시스템(http://www.nl.go.kr/kolisnet)에서
이용하실 수 있습니다.(CIP제어번호: CIP2014017270)